FOLIO POLICIER

Thomas Bronnec

La meute

Gallimard

Thomas Bronnec est journaliste et auteur de documentaires. Il explore depuis plusieurs années les coulisses du ministère des Finances et du monde politique. Il a publié cinq romans, dont *Les initiés* (Folio Policier nº 822) et *En pays conquis* (Folio Policier nº 873).

PREMIÈRE PARTIE

« L'erreur ne se propage, ne s'amplifie, ne vit enfin qu'à une condition : trouver dans la société où elle se répand un bouillon de culture favorable. En elle, inconsciemment, les hommes expriment leurs préjugés, leurs haines, leurs craintes, toutes leurs émotions fortes. »

MARC BLOCH,
« Réflexions d'un historien
sur les fausses nouvelles de la guerre »
(*Revue de synthèse historique*, tome 33, 1921)

1

9 janvier 2020

À pleine vitesse, les essuie-glaces ne peuvent rien contre les gouttes kamikazes qui cognent le pare-brise. Dans l'habitacle, personne ne parle. La visibilité ne dépasse pas dix mètres. En face, les lumières habillent des formes indistinctes. Les plus hautes sont les plus faibles aussi. Des camions par grappes, qui transportent des voitures depuis les usines alentour. L'allure du véhicule ne faiblit pas.

À l'arrière, François Gabory sourit. C'est reparti. Seul contre tous, ou presque. Devant lui, la nuit noire et, irrégulièrement disséminés, les panneaux de signalisation sur le bas-côté, illuminés par ces phares blancs qui jouent les éclaireurs.

Coulevon.

Genevrey.

Visoncourt.

Les noms de communes s'enchaînent. En sourdine, le brouhaha de la radio. Peut-être France Inter. Il les aimait bien, ces humoristes-là. Il ne les supporte plus.

Il ne comprend pas pourquoi ils s'acharnent sur lui, si longtemps après.

— Tu vas voir, François, lui dit Richard Demange, comme tu es attendu. Ici, pour les gens, tu es encore « Monsieur le président ».

Gabory regarde droit devant lui, le flou de l'asphalte obscur. Il a vécu ce genre de scène des dizaines, des centaines de fois.

« Monsieur le président. »

C'est fini, ça. Depuis longtemps.

« Monsieur le président. »

Ça lui paraît tellement loin. Presque irréel. Mais c'est devant lui, aussi. À portée de main.

Baudoncourt.

Luxeuil-les-Bains, 11 km.

Onze kilomètres encore. Il y en aura des centaines, des milliers dans les jours et les mois à venir. Il ne sait rien faire d'autre. Il ne vibre qu'à ça, il ne vit que pour ça, pour qu'on l'appelle encore... « Monsieur le président ».

Il n'a pas le temps de répondre à Richard Demange. Son smartphone bipe. Il le porte à son oreille. Il ne fait qu'écouter, pendant un long moment. Puis il marmonne quelques mots.

— Je ne suis pas étonné. Il y a une forme de logique.

À côté de lui, Grégoire Castelli lui fait un geste d'incompréhension. « Le petit », comme il l'appelle, le connaît par cœur, à force de l'avoir côtoyé quasiment vingt-quatre heures sur vingt-quatre quand il était à l'Élysée. Ils ont tout vécu, ensemble : la crise financière, les attentats, la cohabitation avec l'extrême droite, l'échec du référendum... C'est le seul qui reste. Ils se sont tous évaporés, après son départ de l'Élysée.

François Gabory inspire bruyamment en rangeant l'appareil dans la poche de son imperméable et se penche vers son conseiller pour lui chuchoter à l'oreille :

— Catherine est officiellement directrice de campagne. Au moins, elle est encore directrice de quelque chose.

Il a un petit rire nerveux, se masse les orbites, se pince le nez quelques secondes, effleure le contour de ses lèvres puis se caresse le menton.

Les kilomètres continuent de défiler dans le silence. Richard Demange éteint la radio.

— Les Luxoviens seront flattés d'avoir été choisis, dit-il. Tu vas voir. Ça va être une sacrée entrée en matière !

François Gabory n'a rien choisi, et Richard Demange le sait. C'est l'un des seuls députés de l'ancienne majorité à continuer à le soutenir. Les autres, pour la plupart, lui en veulent à mort et ils se sont éparpillés là où ils pouvaient. Le parti socialiste a éclaté en groupuscules qui semblent irréconciliables. Mais il y croit.

Demange l'a invité, François Gabory est venu. Et tant pis si c'est lui qui a achevé la ville quand il était à l'Élysée, en dissolvant un escadron de défense sol-air pour tenir le budget de l'armée. Deux cent vingt-huit militaires avaient quitté la base aérienne. Un manque à gagner certain pour la ville.

— Ils ne t'en veulent pas, tu sais. La base a été maintenue, c'est ce qu'ils retiennent. Tu vas voir l'accueil !

— On va voir, oui.

— Tu ne peux pas rester planqué, tu sais. Il n'y a

personne d'autre que toi pour ramener la gauche au pouvoir.

Le tic-tac du clignotant. Un coup de frein alors que le rétroviseur se remplit de halos lumineux. Demange insulte le conducteur qui a coupé la priorité à la voiture de l'ancien président, puis ricane, sans écho.

— Bien sûr, tes communicants et toute la clique, ils vont te dire d'attendre, ils vont te dire de faire un « 20 heures », d'apparaître sur ta page Facebook, je ne sais pas quoi. Je dis pas ça pour toi, Grégoire.

— Oh, mais *no offence,* répond Castelli.

— Tu es comme moi, François... C'est le terrain qui compte. L'haleine fétide des petites vieilles sur les marchés et les aisselles ruisselantes des rugbymen dans les vestiaires, rit-il. Et puis une petite partie de gaudriole de temps en temps, pour compenser.

Il se retourne vers Castelli et ajoute :

— Nous, on n'a plus trop l'âge, mais toi, par contre, Grégoire... saute sur l'occasion si elle se présente. Les filles de province, il ne faut pas les snober, tu sais. Elles savent tout faire, comme à Paris, faut pas croire.

Castelli sourit, par politesse plus que par connivence. François Gabory, lui, reste silencieux. Il n'a pas levé les yeux de son smartphone depuis dix minutes.

— Le terrain, reprend Demange, c'est là que tout recommence toujours. On sent ça, non ? Vous le sentez ? L'instinct, c'est le seul truc qu'ils ont pas, les énarques et les HEC.

Derrière, Castelli grogne un peu. Pour la forme. Il a fait les deux écoles.

— Ils connaissent pas la France. Ils connaissent pas Luxeuil. Ils connaissent rien et ils finissent par vous faire faire n'importe quoi.

— On est ensemble, lâche Castelli. Je connais aussi la France. On va tous vers le même objectif. Il est temps de sortir du bois. Ne pas laisser l'espace libre trop longtemps.

Il marque une pause, cherche le regard de Demange dans le rétroviseur central. Il parle au président mais c'est au député qu'il s'adresse.

— C'est bien pour ça que je t'ai conseillé d'accepter la proposition de Richard. J'ai bichonné le reporter qui va venir, pour lui c'est l'occasion d'une vie. Tu lui diras quelques mots, il sera content, il fera des photos, des vidéos... C'est lui qui donnera le tempo sur les réseaux sociaux. Et les médias parisiens récupéreront tout ça après.

La voiture s'engouffre dans la rue des Thermes et s'arrête à proximité du casino. De l'autre côté, à travers la vitre déformée par les gouttes qui coulent, la silhouette sépulcrale d'un immense bâtiment aux persiennes bleu pigeon, figé dans les années 1950, qui semble à l'abandon. Il lit l'enseigne rouge sur le fronton, illuminée par un réverbère fantomatique.

« Hôtel du Parc ».

— Ne me dis pas que c'est ici qu'on descend ? demande Castelli.

Demange s'esclaffe.

— Ah non. À moins que vous ne vouliez dormir avec les cafards, dit-il avec son accent qui traîne sur les « r ». Le vrai est en face, poursuit-il en désignant un immeuble à côté des thermes.

François Gabory sort de la voiture et attend sous le porche de l'hôtel avec Grégoire Castelli, tandis que Richard Demange se rend à l'accueil. Le visage du conseiller est lugubre. Il sort une cigarette de son paquet, l'allume et rejette la fumée brusquement en tournant la tête.

— On s'en doutait, non?

— Oui, répond Gabory. Mais ça fait mal, quand même. La presse va se délecter de ça : le frère contre la sœur... Mais bon, au point où on en est, elle et moi...

Grégoire Castelli, grelottant, tire une longue bouffée de cigarette. Il ne dit rien pendant quelques secondes, jette un coup d'œil à l'intérieur de l'hôtel. Richard Demange est en pleine conversation avec l'hôtesse, une jeune femme brune qui s'esclaffe chaque fois qu'il prend la parole.

— Ça te fait de la peine?

François Gabory regarde son conseiller. Il n'aime pas s'épancher. Mais s'il y réfléchit, oui, ça le touche. Il ne s'est jamais entendu avec sa sœur, mais de là à ce qu'elle vienne l'affronter directement sur son terrain, il y a un gouffre.

— Vous comptez passer la nuit ici ou quoi?

C'est Richard Demange qui, sur le pas de la porte, les appelle à sa façon. Il a l'air heureux, sincèrement touché que « le président » ait répondu favorablement à son invitation. François Gabory n'a pas envie de le décevoir. Il n'a pas envie que sa sœur gâche le début de sa nouvelle aventure.

— Je ne préférerais pas, répond Gabory. Il fait aussi froid qu'en Sibérie, ici. On dépose nos affaires et on se retrouve dans le hall dans un quart d'heure?

2

9 janvier 2020

La ruelle est calme et le ciel dégagé. C'est un soir sans nuages et sans pollution, où les étoiles se détachent miraculeusement dans le ciel. Les lumières des appartements en face sont presque toutes éteintes.

Catherine Lengrand fait pivoter son siège en cuir et se penche sur son clavier. Elle a l'air d'un vieux rapace, le dos bombé, le nez busqué, avec ses griffes qui triturent les entrailles de sa proie. Elle tape frénétiquement, puis relève la tête. Elle regarde l'heure sur le coin droit de son écran. 19 h 56. Sa première journée officielle de directrice de campagne touche à sa fin, avec l'examen des différentes couvertures qui lui ont été proposées par mail pour habiller le petit fascicule qu'elle entend faire imprimer à plusieurs millions d'exemplaires pour le déposer dans les boîtes aux lettres.

Cela fait des mois qu'elle travaille main dans la main avec Claire Bontems. Lorsqu'elle a été contrainte de quitter le journal qu'elle dirigeait, *L'Événement*, Claire lui a aussitôt proposé de la rejoindre.

Face à son reflet sur l'écran de l'ordinateur, elle soupire. Les semaines qui viennent seront décisives. La présidentielle aura lieu dans un an si Hélène Cassard respecte son engagement de démissionner au terme des négociations sur le Frexit[1]. Un an, c'est court, mais suffisant, parce que le chemin est dégagé pour une candidature en dehors des partis.

Le pays n'en peut déjà plus de la droite et lui impute l'angoisse liée aux négociations enclenchées pour quitter l'Union européenne. Le parti socialiste n'a pas réussi à se reconstruire après le pari raté du référendum organisé par François Gabory sur la sortie de l'Union européenne. Le vide n'a été comblé par personne. Tout l'espace politique à gauche est une terre vierge pour de nouvelles conquêtes, celles qui ont été abandonnées par le social-libéralisme de son frère, et celles à inventer pour l'époque qui s'est ouverte et que les vieux barons qui monopolisent la parole depuis vingt ou trente ans ne veulent pas comprendre.

Il ne lui avait fallu que quelques jours pour faire le deuil du métier de journaliste, qu'elle avait exercé pendant trente ans. Quelques jours pour se lancer dans une nouvelle carrière, après que la première s'était brisée net ce jour où elle était allée chercher un recommandé à la poste.

Elle avait lu la lettre qui la convoquait à un entretien préalable au licenciement adossée à un arbre, dans un état second. Son talon s'était enfoncé dans une merde de chien, elle avait laissé sa chaussure patauger dedans,

1. Le Frexit, c'est la sortie de la France de l'Union européenne.

avait attrapé son téléphone et appelé directement sur le portable d'Antoine Fertel. L'ancien patron du Crédit parisien, ancien ministre des Finances de François Gabory, qui avait échoué à maintenir l'ancrage du pays dans la zone euro, était devenu l'actionnaire principal de *L'Événement.*

— C'est François qui vous a demandé de faire ça ?

Antoine Fertel avait lâché un rire faux jusqu'à l'excès avant de répondre :

— François ? Qu'est-ce qu'il vient faire dans cette histoire ?

— Vous le savez très bien. Il ne supporte pas que quelqu'un d'autre réussisse. Il a eu le sommet, et ça ne lui suffit pas. Il ne l'a plus, il faut qu'il écrase les autres.

— Arrêtez de délirer, Catherine. Vous avez beaucoup de talent, et j'ai une grande estime pour votre culture, votre intelligence. Mais ce journal, Catherine, ce journal dont je suis actionnaire, je vous le rappelle – à titre privé, j'insiste –, est un journal social-démocrate. Un journal de centre gauche. Et vous mettez une bolcheviko-féministe en une ! Vous me fendez le cœur.

— C'est de la censure ! Vous savez que je vais mettre tout ça sur la place publique. Que vous n'allez pas vous en tirer comme ça.

— Arrêtez avec ça, Catherine, la menace ne vous va pas au teint. Votre une sur Claire Bontems est passée, malgré les mises en garde de vos adjoints. Très bien. Vous avez pris vos responsabilités. Les ventes n'ont pas trop mal fonctionné, d'ailleurs. Mais ce qu'on vous demande, c'est de respecter la ligne éditoriale du journal. Il existait avant vous, il existera après vous.

Il y a un ADN que vous ne portez pas en vous. Vous n'avez pas le gène de *L'Événement.*

— Et donc vous me virez. Vous me virez parce que j'ai sorti une une qui ne vous plaît pas.

— Je ne vous vire pas. Je n'interviens pas dans vos histoires. Avez-vous vu ma signature au bas de la lettre que vous avez reçue ? Non ? Bon. C'est une question interne. Votre patron est las des querelles entre vous et vos équipes, entre vous et une partie de la rédaction que vous rabaissez systématiquement parce qu'ils ne sont pas d'accord avec vous, parce qu'ils contestent votre engagement auprès de Claire Bontems. C'est très respectable, d'être militant. Mais pas dans un journal. On vous rend service, finalement. Imaginez que vos lecteurs sachent que vous êtes la conseillère officieuse de cette femme dont vous faites sans cesse la promotion... Ça ferait désordre.

Chaque fois qu'elle repense à cette conversation, elle éprouve un énorme sentiment d'injustice. La consanguinité entre les politiques et les journalistes ne gênait personne tant qu'il s'agissait de petits arrangements entre hommes, mais quand deux femmes se sont mises à utiliser les mêmes recettes, le système l'a soudainement éjectée.

Aucune des couvertures proposées par le graphiste ne lui convient. La première, trop sombre. La deuxième, trop sobre. La troisième, trop institutionnelle. Il faut quelque chose de radicalement nouveau. Il faut qu'on voie cette couverture et qu'on sente presque instinctivement que, derrière le chaos provoqué par l'agonie de l'ancien monde, perce enfin un espoir. Celui de voir la gauche, la vraie, celle qui a compris l'époque, accéder à Élysée.

Depuis deux semaines, Claire Bontems obtient systématiquement un score à deux chiffres dans les intentions de vote. François Gabory a pris peur et se précipite parce que la place n'est plus vide. Son meeting dans la France profonde ne pourra jamais masquer sa lâcheté, après son échec au référendum, il y a deux ans. Il avait refusé de remettre le bleu de chauffe pour incarner l'opposition au fascisme rampant qui espère prospérer sur l'après-Frexit, et c'était tant mieux. Il avait espéré que la gauche le rappellerait, il pensait que les Français l'attendaient alors qu'ils l'avaient laissé croupir dans l'indifférence. Les sondages lui donnent aujourd'hui moins de 5 %, les enquêtes de popularité ne montrent aucun mouvement de sympathie à son égard.

Il n'a pas compris que le monde a changé, depuis sa première élection en 2012. La gauche de Gabory n'aura plus sa place dans le monde de l'après-Frexit. La gauche ne peut plus être cet accompagnement béat de la mondialisation qui l'a pourrie depuis Mitterrand et Bérégovoy.

Elle se souvient de cette conversation surréaliste qu'elle avait eue avec son frère à l'Élysée, au bout de deux années de mandat. C'était juste après le sauvetage du Crédit parisien et l'éviction d'Isabelle Colson, la ministre des Finances qui, jusqu'au bout, avait tenté de s'opposer aux désirs de l'administration de Bercy.

L'horloge égrenait son tic-tac dans l'atmosphère ouatée du salon Pompadour. Affalé sur le canapé, François Gabory observait son reflet dans le miroir. Son frère lui faisait l'effet d'un sombre fantôme en costume qui semblait jaillir du vase Ming posé sur le guéridon, comme un mauvais génie.

— Tu avais l'occasion de marquer le coup, lui avait-elle reproché. De te réconcilier avec l'ensemble de la majorité. Tu as été élu pour faire une politique de gauche, François. Pas pour faire ça.

— Pour faire quoi ?

— La politique des banquiers, François !

— Tu fantasmes complètement !

— Dans trois ans, quand tu te représenteras, tu n'auras aucune mesure de gauche dans ta besace. Tu te feras tailler par ton propre camp.

— On a fait le mariage pour tous, on a fait beaucoup pour la jeunesse... Tu exagères, Catherine. Comme toujours.

— Elle est où, ta cinquième semaine de congés payés ? Il est où, ton RMI ? Même les 35 heures, ça allait dans le bon sens. Tu n'as rien coché dans la colonne « conquête sociale ».

— Mais c'est fini, tout ça, ma pauvre. La gauche qui engrange des progrès matériels, c'est fini. Terminé. On est allés au bout de ce que l'économie peut supporter dans un contexte économique ouvert, où tout se joue sur la compétitivité. On a baissé les charges, ça oui, ça joue. On verra bien, Catherine. Mais je ne vais pas augmenter le Smic pour te faire plaisir.

Elle s'était levée, rouge de colère. Lui faire plaisir... Il était devenu tellement ivre de lui-même, ivre de sa puissance, indifférent aux autres et en premier lieu à ses proches.

Un an auparavant, il avait fait placer leur mère dans une maison de retraite, pour ne pas avoir à s'en occuper. Le pire, c'est que Thérèse Gabory ne lui en avait pas voulu. Elle s'était presque excusée d'être devenue un fardeau pour lui. Ç'avait toujours été comme ça : François d'abord, Catherine après. Dans l'ordre de leur naissance.

Elle a peu de souvenirs d'enfance. Des dîners où il faut s'extasier devant les résultats scolaires de François, les compétitions de tennis qu'elle manquait parce qu'à la même heure François avait son match de foot et qu'il avait toujours la préférence. « Toi, tu comprends, tu as le temps, tu es plus jeune », disait leur mère. Jusqu'à cette maison, aujourd'hui, la maison de leur enfance où, petit à petit, elle est devenue *persona non grata* sans que personne n'y trouve rien à redire.

Elle a toujours eu l'impression d'être tenue à distance, comme si sa présence gâchait chaque fois la fête. Mais la fête est finie. Elle a passé l'âge de se faire écrabouiller.

3

9 janvier 2020

Quand il pénètre dans le théâtre, Grégoire Castelli est frappé par la chaleur qui règne à l'intérieur du bâtiment. Une chaleur moite qui contraste avec le froid sec au-dehors. Au bout de trente secondes, il a déjà perdu François Gabory, qui s'est enfoncé dans la foule avec délice. Grégoire Castelli observe le garde du corps jouer gentiment des coudes pour coller aux basques de l'ancien président. Il en a vu d'autres, évidemment, quand Gabory était à l'Élysée, mais il semble surpris, lui aussi. Qui aurait pu parier que la salle serait pleine à craquer ? Évidemment, il y a davantage de petites vieilles que de jeunes filles en fleurs, mais c'est toujours comme ça quand débute une campagne. Il viendra un temps où les mouvements de jeunes du parti se réveilleront et se mettront derrière lui, et là les choses commenceront à changer.

Grégoire Castelli passe tranquillement par les côtés pour rejoindre les premiers rangs où il retrouve les seuls journalistes qu'il a mis dans la confidence. Le localier de *L'Est républicain* est là, le reporter de France Bleu et celui de France 3 ont aussi répondu présent. Mais aucun représentant de la presse nationale n'a été officiellement convié. Et aucun ne s'est déplacé.

« Les médias *mainstream* vont t'assassiner si tu donnes l'impression de demander l'aumône, avait-il expliqué à Gabory, qui s'étonnait du secret que tenait à garder Castelli. Personne ne t'attend. Tu n'es plus *bankable.* Il n'y a plus de désir pour toi dans les médias. Il faut leur montrer qu'il y en a chez les Français. On reprend tout par la base. Sur le terrain, loin des salonards parisiens. »

— Il y a du monde, hein, constate Castelli en les saluant un à un. Vous aurez tout le temps que vous voulez à la fin du meeting, précise-t-il.

Il observe François Gabory qui avance lentement dans les travées, savourant ce bain de foule, le premier depuis longtemps. Il serre les mains, sourit aux visages qui se pressent pour lui demander des selfies. Grégoire Castelli sent que Gabory n'a pas perdu la *grinta.*

L'ancien président a les yeux qui brillent, il est comme un chanteur longtemps abandonné par ses fans et qui entreprend de les reconquérir un à un, salle polyvalente par salle polyvalente, au cœur des périphéries sans âme des villes moyennes. Ce qui compte, c'est d'être sur scène – peu importe laquelle, peu importe si la nuit d'après il faut dormir dans un Formule 1 de banlieue ou sur le canapé d'un militant. Gabory a cette faculté-là, de tout recommencer à zéro. Être sur scène et capter la lumière, se sentir vivre, enfin, après la petite mort de la défaite et du désaveu. La salle est étroite et le public n'a pas l'enthousiasme des grands jours, mais François Gabory semble ressuscité.

Castelli, lui, déplore l'éclairage du théâtre. L'ancien président est plongé dans une lumière crépusculaire qui convient sûrement à des acteurs qui jouent du Shakespeare, mais moins à un meeting politique censé donner le coup d'envoi de la reconquête.

— Excusez-moi, dit-il aux journalistes, je reviens.

Il se dirige vers la régie mais doit laisser l'ancien président commencer son discours baigné dans une lumière spectrale. Cela n'a l'air de déranger personne. De maigres applaudissements fusent même du fond de la salle. Il a laissé Richard Demange organiser la claque. Cela ressemble davantage à une kermesse qu'à un moment historique, mais le côté champêtre ne dérange pas Castelli. Au contraire. Il a voulu de l'authenticité. Il l'a.

— Mes amis, commence François Gabory. Mes amis, merci. Merci d'être là. Vous prouvez que la gauche n'est pas morte, et qu'elle n'est pas condamnée à répéter les erreurs de l'Histoire.

Il marque un temps d'arrêt, observe les spectateurs en silence, lève les bras et commence le *mea culpa* que lui a soigneusement écrit Castelli.

— La France non plus, elle n'est pas morte. Je n'ai pas souhaité la sortie de l'Union européenne. Je me suis battu pour que notre pays reste amarré à cette formidable utopie. Le peuple en a décidé autrement. *Vous* en avez décidé autrement.

Il appuie sur le « vous », laisse passer deux secondes pendant lesquelles il balaie l'assistance du regard. Certains baissent la tête, honteux peut-être. Les nombreux sondages effectués après le référendum laissent supposer que les Français déplorent à une forte majorité le départ de l'Union européenne et la fin de l'euro.

Grégoire Castelli salue le régisseur, un homme d'une cinquantaine d'années à la barbe naissante, qui porte un jean élimé et un gilet en laine. *Péquenot*, pense Castelli en lui chuchotant quelques mots avec son plus beau sourire. L'autre hoche la tête, sans même lui accorder un regard. Mais il n'est pas si mauvais. Il parvient à ajuster la lumière sans à-coups. Gabory apparaît avec plus de chaleur et moins de distance.

— Je n'aime pas regarder dans le rétroviseur. Nous sommes dans cette situation. J'ai ma part de responsabilité. Des erreurs, qui n'en fait pas ? Il faut savoir les reconnaître. Oui, j'en ai fait. Mais pas celles dont on m'accuse. J'ai été obligé de trancher le nœud gordien qui paralysait notre vie politique en mettant les Français face à leurs responsabilités.

Deux ans auparavant, la France avait voté « oui » à la sortie de l'Union européenne. À peine réélu, Gabory avait été contraint de quitter l'Élysée après avoir perdu le pari du référendum. La présidentielle avait vu la victoire de sa rivale Hélène Cassard, chef de file de la droite républicaine, alliée de circonstance à l'extrême droite et pourtant proeuropéenne. Les Français lui avaient confié la destinée du pays et le soin de mener les négociations de sortie, principal enjeu d'une campagne que Gabory et Castelli n'avaient suivie que de très loin.

Hélène Cassard et son gouvernement sortiront exsangues d'interminables pourparlers avec la Commission européenne, à cause desquels la droite, déchirée par ses contradictions, est déjà en lambeaux.

Hélène Cassard a d'ores et déjà prévenu qu'elle quitterait le pouvoir une fois les discussions achevées et l'accord sur le Frexit signé, dans un an au maximum.

— Aujourd'hui, certains se plaisent à dire que si la France sort de l'Europe, c'est de ma faute, poursuit Gabory. Que cela aurait été mieux si on n'avait pas donné à nos compatriotes – si on ne vous avait pas donné à vous – la parole. Que cela aurait été mieux si les élites étaient restées entre elles, à attendre que l'orage passe. Mais enfin ! Est-ce sérieux ? Il ne faut jamais regretter de donner la parole au peuple. C'est *vous* qui avez le dernier mot. Ça s'appelle la démocratie et c'est notre bien le plus précieux.

Castelli, de retour au premier rang, se retourne. Quelques sourires se dessinent, des murmures volent dans les rangs comme pour approuver les paroles de Gabory. Certains ont peut-être connu la guerre, enfants, et en gardent des bribes gravées dans leur inconscient. Ce sont de grands mots, et Grégoire Castelli est toujours un peu gêné de les évoquer : plus personne n'en mesure l'importance parce que, protégés par la paix et la prospérité, on les a vidés de leur sens pendant des années. Mais ces grands mots ne paraissent ridicules que dans les temps où personne ne songe à les effacer.

— Alors je viens vers vous ce soir, à votre rencontre, avec l'humilité et la sagesse d'un vieux grognard. Oh, je sais : l'époque est plutôt à l'arrogance et au coup de balai. On n'aime pas les vieux, en France. L'expérience n'est plus une vertu, mais un vice. Si on était en 1958, avec nos lunettes d'aujourd'hui, de Gaulle se ferait conspuer et ridiculiser. On parle de « la tentation vaniteuse du retour » – j'ai lu ça sous la plume d'un éditorialiste parisien. Mais quel retour ? Je n'ai jamais quitté la vie politique, parce qu'on ne rompt pas avec la France. Je n'ai plus rien à prouver, et mon destin importe peu. C'est celui de la gauche qui compte. La gauche ne doit pas être un valet du libéralisme, et j'ai toujours veillé à maintenir des garde-fous face aux puissances de l'argent – on me l'a tant reproché... Mais elle ne doit pas être non plus une marchande de rêves, même si la vitrine paraît belle et bien fournie. Car à l'intérieur, la boutique est vide.

Tout le monde a compris l'allusion à Claire Bontems. Les mots sont choisis pour faire mal. Des rires gras résonnent dans la salle. Grégoire Castelli observe le silence gêné des femmes. Cette génération-là encaisse et ne conteste pas. Il perd le fil pendant quelques minutes et, déjà, François Gabory termine son discours puis le rejoint au pied de l'estrade. À ses côtés, les deux officiers de sécurité ne laissent que peu de place aux personnes qui se pressent pour lui dire un petit mot ou lui adresser leurs vœux de succès, mais François Gabory se plaît à transgresser les règles de sécurité.

Ce serait mentir que de dire que c'est l'émeute autour de lui, mais l'accueil à Luxeuil est bien plus chaleureux que Castelli ne l'imaginait.

Il faut plus d'une heure pour que le théâtre se vide. François Gabory a tenu à consacrer quelques instants à chacune des personnes venues le saluer. « Comment allez-vous ? », « À bientôt », « Merci d'être venu, merci à vous », « Quelle chaleur dans ce théâtre », « Je note, je verrai ce que je peux faire », « Laissez votre mail à Grégoire »... Castelli sait l'importance de ces petits mots ordinaires adressés à chacun : en famille, entre amis, au bureau, ils pourront témoigner combien

François Gabory est sympa et accessible, comment il a su rester simple. Ils pourront même se laisser aller, pour certains, à regretter les « années Gabory ». Qu'elles semblent loin, tout à coup, ces années à se vautrer dans le faste et à oublier tous les Luxeuil de France.

Escortés par les officiers de sécurité, ils marchent quelques centaines de mètres avec Richard Demange et le journaliste de *L'Est républicain*, qui les emmène dans un improbable bar tout droit sorti des années 1990, celles de l'adolescence de Castelli : l'odeur du tabac froid, « Civil War » des Guns N' Roses crachoté par des enceintes fatiguées, un billard avec des queues nominatives accrochées au mur et du bleu sur le rebord, une tournée de Ricard à 23 heures comme si l'apéritif venait de démarrer.

Et au milieu des quelques habitués prêts à tout pour faire comme chaque soir la fermeture et retarder le retour à la maison, Demange comme un poisson dans l'eau, claquant la bise et s'attardant au comptoir avec une tenancière sans âge et sans beauté – mais « simple comme la province » pour reprendre les termes exacts de Gabory. L'ancien président la drague ostensiblement, porté par l'euphorie du moment. Elle rit bêtement devant les flatteries, elle leur offre un verre – la « spécialité de la maison », un cocktail à base d'ananas et de pétillant du Jura.

Richard Demange rejoint bientôt la table de Gabory avec le journaliste et deux des clients du bar. La conversation débute sur la politique, cet immense champ de ruines que ses tactiques pour tenter de se maintenir au pouvoir ont provoqué.

— Vous nous avez bien mis dans la merde, dit l'un

des clients en riant. Mais vous êtes peut-être le seul à pouvoir nous en sortir.

— Personne n'a jamais réussi à revenir en politique, explique Gabory. Mais ça ne veut pas dire que c'est impossible. Vous pouvez noter, Alexandre, dit-il à l'adresse du journaliste de *L'Est républicain.*

Un sourire se dessine sur le visage de ce dernier, qui se tourne vers Grégoire Castelli, comme pour recueillir son assentiment.

— C'est du on, acquiesce le conseiller. Il est temps que les politiques assument ce qu'ils disent, partout et avec tout le monde.

— Les populistes, à l'extrême droite comme à l'extrême gauche, sont dans l'incapacité de profiter du chaos actuel, poursuit François Gabory. Le Rassemblement national de Laurence Varennes fait encore peur et n'a pas fait sa mue à la faveur de son éphémère alliance avec la droite. Et la gauche radicale n'a aucun leader. Elle s'illusionne en misant tout sur Claire Bontems, parce qu'elle est jeune, moderne et qu'elle n'est pas du sérail. Or il *faut* être du sérail pour l'emporter.

Il regarde Castelli en buvant une gorgée du cocktail qui leur a été de nouveau servi. Il ne compte plus les tournées.

— Grégoire, je suis d'accord avec ce que tu as dit sur le on et le off, sourit-il. Mais ça ne vaut plus après cinq verres. Je suis sûr qu'Alexandre sera d'accord avec moi.

— Pas de problème, répond-il. J'ai largement de quoi faire mon papier et enfoncer par la même occasion mes confrères de la presse parisienne. Et ça, ça fait plaisir.

— Ah, ceux-là..., soupire Gabory. En tout cas, je

vous l'affirme, mes amis : quand je serai élu, vous pourrez dire « j'y étais ». Parce que, soyons objectifs : qu'est-ce qui pourrait faire foirer tout ça ?

La tablée trinque en gueulant « rien ! », et Grégoire Castelli gueule aussi. Du moment qu'il paie les tournées, François Gabory a bien le droit d'entendre ce qu'il veut entendre.

Il est près de une heure du matin. Le journaliste est parti depuis longtemps, Grégoire Castelli ne se cache plus pour bâiller. François Gabory, lui, est plus volubile que jamais et serre le bras de son conseiller avant de lui murmurer à l'oreille :

— Laisse-moi savourer l'instant. Regarde comme c'est beau, dit-il en désignant le comptoir encore animé à cette heure.

Un député trop éméché, des vieux beaux en blouson de cuir, des bières renversées et un adolescent à l'air timide, qui a l'air complètement perdu, à une petite distance des autres. Grégoire Castelli ne dirait pas que c'est beau mais, oui, il y a de la vie.

L'élocution de François Gabory est un peu hésitante. Il a bu suffisamment pour baisser un peu la garde, lui qui est d'ordinaire plutôt avare de confidences.

— Regarde-la, elle. Objectivement, elle n'a rien pour elle mais elle respire la joie. Il y a vingt ans, on aurait passé la nuit ensemble. Baiser, se sentir vivant, c'est une des seules compensations de ce métier qu'on s'inflige.

Il s'approche de Castelli et se met à lui parler tout bas.

— Ici je me sens bien. Je ne me sens bien qu'ici, même. Au milieu des gens. Les vrais. À Paris, tout est factice. L'Élysée même est factice. Il faudrait changer d'endroit. Quelque chose de plus moderne, plus fonctionnel, moins solennel.

Le conseiller lui demande s'il y croit vraiment, à ces fadaises sur les artifices de la capitale. François Gabory n'a jamais vécu que pour ces artifices.

— Tu as tort, et tu as raison. Une partie de moi a rêvé d'être un anonyme au milieu de la beauté du monde, indifférent aux luttes ridicules qui m'ont pourtant occupé toute ma vie. Et quand c'est arrivé, je n'ai pensé qu'au jour où je reviendrai. Tu sais pourquoi ?

Il fait non de la tête.

— Parce que le pouvoir, c'est pire qu'une drogue, c'est un poison qu'on t'a inoculé. Un poison délicieux, mais ça reste un poison, quelque chose pour lequel il n'y a pas d'antidote et qui finit par te tuer. Mais avant ça... Profitons !

Il lève son verre, et ils trinquent encore.

François Gabory prend appui sur la table, se lève doucement pour ne pas bousculer les chaises et s'approche du bar. Grégoire Castelli avale d'une traite un verre d'eau. Sa main tremble un peu quand il attrape son portable dans la poche de sa veste. Il parcourt ses mails. L'un d'eux émane d'un de ses collaborateurs, chargé de scruter les réseaux sociaux.

> Grégoire, il y a cette image qui circule sur Reddit[1]. 96 votes, 18 commentaires... Elle n'est pas référencée ailleurs sur Google. Je ne pense pas qu'on soit dans un

1. Il s'agit d'un réseau social où chacun peut poster des liens, des articles, des images, des vidéos, dans diverses catégories appelées « subreddits ». La hiérarchie des sujets est déterminée par les internautes eux-mêmes, et pas par un algorithme. L'inscription est gratuite et anonyme.

phénomène de masse donc pas de panique, mais c'est à surveiller.

Sur l'écran s'affiche le visage hilare de François Gabory avec, en arrière-plan, une liste de titres de vidéos pornographiques :

Young teen student fucked by Sugar Daddy
Business woman has secret anal with client in office
Teen shares a huge cock with hot roommate

En bas de l'image, en caractères énormes, il est écrit :

#ORANGELEAKS
LE PRÉSIDENT PERVERS :
SES VIDÉOS PRÉFÉRÉES SUR YOUPORN

Grégoire Castelli est habitué à faire les égouts. S'il avait fallu nettoyer tous les déchets charriés par Internet, son équipe y aurait passé l'intégralité des jours et des nuits du quinquennat. Revenir dans la lumière, c'est s'exposer à recevoir des tombereaux de merde sur la gueule. Il lit quelques commentaires.

Pervers pépère était à l'Élysée et il se branlait avec nos impôts.
Ne le laissez pas vous éjaculer dessus et vous essuyer avec vos propres billets.

Il aime tellement la sodomie qu'il nous a enculés pendant six ans.

Grégoire Castelli se lève, fait crisser la chaise dans l'indifférence générale. Il se dirige vers la sortie en bousculant deux ou trois poivrots, fait signe à Gabory qu'il est sans doute temps de rentrer et va l'attendre dehors. Il sort un paquet de cigarettes de la poche de son pardessus, en porte une à ses lèvres et frissonne en aspirant la première bouffée. Les carreaux sont envahis par la buée, mais il distingue François Gabory, penché au-dessus du comptoir, qui susurre quelques mots à l'oreille de la taulière.

Oui, après tout, qu'est-ce qui pourrait faire foirer tout ça ?

4

Nuit du 9 au 10 janvier 2020

L'appartement est plongé dans le noir. À l'extrémité du salon, une lampe japonaise en bambou laqué éclaire une silhouette recroquevillée sur le canapé, plongée dans un livre. Claire Bontems murmure un léger « bonsoir ». Le jeune homme sursaute et se lève.

— Désolé, je ne vous avais pas entendue.

— Tout s'est bien passé ?

— Très bien. Mais elle n'a pas mangé ses brocolis.

— Toujours pas, hein. Et toi, tu as eu le temps de dîner, j'espère ?

— J'ai grignoté, oui.

— Parce qu'il est tard, là. Je t'avais dit 22 heures, je suis désolée, Théo.

— Je comprends, ne vous inquiétez pas, répond le jeune baby-sitter en se tournant vers l'horloge qui marque presque une heure du matin.

Claire Bontems fouille dans son sac et en tire sept billets de dix euros. Elle remarque une petite grimace sur le visage de Théo et sait ce qu'il regarde : la petite tache de sang sur son pantalon, à l'entrejambe. Grenat sur blanc cassé. Un vrai tableau contemporain avec lequel elle a dû se balader depuis la fin d'après-midi, qu'elle a caché comme elle a pu sous les pans de sa veste.

— Pour le taxi.

Le jeune homme sourit et empoche les billets. Il s'accroupit, enfile ses Stan Smith et, en se relevant, lui montre son téléphone.

— J'ai zoné un peu sur les réseaux sociaux en vous attendant... Je ne sais pas si vous avez vu ça.

Claire Bontems serre la main autour du téléphone. Ses doigts touchent ceux de Théo, qui ne les retire pas. Elle recule un peu son visage pour mieux voir. Elle sourit.

— Gabory regarde du porno ? La belle affaire ! Tu n'en as jamais regardé, toi ?

Le jeune homme lâche son téléphone, rougit un peu, reste les yeux rivés sur le sol. Évidemment, ça lui arrive. Claire est même sûre qu'il pense à elle quand il se branle.

— C'est pas le pire. Il y a des gens qui disent qu'il a depuis toujours des relations avec des jeunes filles. Disons même des très jeunes filles.

— Et c'est quoi, des très jeunes filles ? Parce que la différence d'âge, tu sais, c'est de plus en plus commun.

Claire Bontems s'approche de lui, replace délicatement son téléphone dans la paume de sa main. Il semble mal à l'aise. Elle, elle s'amuse.

— Même les garçons avec des filles plus âgées, ajoute-t-elle, taquine.

Il n'osera jamais rien mais si un jour elle en a envie,

Claire Bontems sait qu'il ne dira pas non. Mais il ne réagit pas, il dit simplement :

— 16 ans, 17 ans. Mineures, en tout cas.

— Là, oui, ça peut poser problème, embraie Claire Bontems qui a tout à coup envie qu'il s'en aille. Mais c'est sans doute de la connerie, tout ça. En tout cas, je ne vais certainement pas m'abaisser à utiliser ces rumeurs.

Théo a l'air contrarié, déçu peut-être qu'elle imagine que ça ait pu lui traverser l'esprit.

— C'est pas ce que je voulais dire.

Il enfile son manteau, l'air renfrogné, puis désigne la commode où est posée une enveloppe.

— Ah oui, avant que j'oublie. Noémie m'a demandé de vous rappeler d'acheter un cadeau pour l'anniversaire de sa copine Lola. Elle avait l'air inquiète. C'est samedi.

— Après-demain. Ça me laisse un peu de temps.

— Je peux m'en charger si vous voulez. Et je le rapporte demain soir.

Un léger sourire se dessine sur les lèvres de Théo, narquois ou attentionné, c'est difficile à dire. Peut-être un peu des deux. Le genre de sourire qui permet de faire passer la résignation et l'agacement. Claire Bontems se sent jugée par ce jeune homme qui passe plus de temps qu'elle avec sa propre fille.

Théo noue son écharpe autour du cou, et lui tend la main, qu'elle secoue fermement.

— Je vois ça, je te dirai.

Une fois qu'il a claqué la porte, elle se précipite dans la salle de bains. Elle retire son pantalon, sa culotte et déscratche la serviette hygiénique qui n'a pas résisté à ces règles hémorragiques qui lui pourrissent la vie depuis vingt-cinq ans et font jaillir tous les mois de son sexe des caillots de sang de la taille d'un œuf de caille. Elle aimerait lancer tout ça à la figure des journalistes qu'elle a vus ce soir, qui lui ont donné des leçons sur l'égalité entre hommes et femmes alors qu'ils parlent tant de son physique et si peu de ses idées.

La pire, cette journaliste de *L'Obs*, une véritable kapo du patriarcat. « Vous y arrivez, vous ! J'y arrive, moi. Alors, pourquoi pas les autres ? C'est une question de volonté. » Et c'est elle qui écrit sur la « manucure impeccable » de Claire Bontems, ses « griffes rouges » et même sa « petite poitrine conquérante », signes extérieurs de féminité qu'elle ne s'interdit jamais de montrer – au nom de quoi le ferait-elle ? C'est elle qui lui fait la leçon sur les aides au logement et qui porte au poignet un bracelet à deux ou trois mille euros. La gauche caviar, datée et engoncée dans sa fierté d'être parmi ceux qui ont réussi, étonnée qu'on l'accuse d'avoir tué toute conquête sociale depuis trente ans.

Les journalistes... Des menteurs, des tricheurs, des enfumeurs avec un pouvoir aussi démesuré que leur ego, qui ne pensent qu'à vendre du papier que plus personne ne veut acheter. Elle songe à cette une de *L'Express*, avec une magnifique photo d'elle accompagnée de ce titre ignoble : « Et si la politique devenait sexy ? »

Des girouettes qui n'ont même pas conscience d'être à la solde des dominants, de droite comme de gauche. L'agenda de leurs maîtres se résume à un objectif simple : ne rien changer pour que se perpétue la caste. Le Frexit a fracassé tous leurs désirs et pourtant ils sont toujours là, à regretter le choix des Français et à leur faire des leçons de morale à coups de « Vous avez mal voté, vous allez assumer ». Ce sont toujours les mêmes qui paient et ils ont l'air de trouver ça normal.

Elle se démaquille à la hâte. Elle a les yeux rougis par la fatigue. Elle soulève légèrement ses cheveux, veut croire qu'elle en perd peu et arrache ceux qui lui rappellent son âge. S'il y a cinq ans on lui avait dit que, à peine passé la quarantaine, elle serait candidate à la présidentielle, elle aurait gloussé comme une idiote. Et la voilà lancée. La voilà même qui y croit.

Dans le silence de l'appartement, le clapotis de son urine lui semble si bruyant qu'elle espère qu'il ne réveillera pas sa fille. Elle marche doucement jusqu'à la chambre de Noémie, comme tous les jours avant d'aller se coucher. Elle s'approche d'elle, colle son nez à ses cheveux, respire son odeur, sourit à ses ronflements, à la position de ses bras ou à l'agitation de son corps qui proteste contre les baisers qu'elle lui colle sur les joues.

À la lumière bleutée de la veilleuse qu'elle ne se résout pas à débrancher, elle observe pendant quelques instants sa fille dormir, sa poitrine se soulever au rythme d'une respiration paisible. C'est une petite fille comme les autres. Si elle ne fait rien, dans dix ans ce sera une femme comme les autres, un butin, un trophée, une dépouille dans ce monde où les hommes font semblant de leur faire une place pour mieux les remettre à celle qu'ils leur assignent par réflexe : écrasées par leur poids, les poignets entravés, ou le cul offert et les coudes qui raclent le sol. De gré, ou de force. Les deux, parfois.

Tout ce qu'elle fait, c'est pour que Noémie soit fière d'elle. Mais que peut comprendre une gamine de 8 ans au combat politique?

La chambre de Claire Bontems, contiguë à celle de sa fille, n'a pas encore eu le temps de se réchauffer. Elle enfile une vieille culotte et un de ces T-shirts en coton qu'elle achète par paquets de cinq au Monoprix en bas, avant de s'engouffrer dans ses draps glacés. Le smartphone entre les doigts, elle erre sur Internet, de comptes Twitter en profils Facebook, de blogs en sites conspirationnistes, de forums en captures d'écran bidonnées. Elle est hypnotisée par ce monde parallèle où des éditorialistes sortis de nulle part s'expriment sur des sujets qu'ils ne connaissent pas, à travers des sites qui se drapent dans d'hypocrites formules de prudence. Sur Reinformation.org, une certaine Sophie Damier écrit :

> Quand la rumeur court, il y a deux erreurs à ne pas commettre : croire ce qu'on vous dit, ne pas le croire. La seule chose que je puisse dire, c'est que je n'ai pas vu la preuve que Gabory a eu des relations sexuelles avec des mineures. Mais ça ne veut pas dire qu'il n'en a pas eu.

Catherine lui a envoyé un lien vers le topic « Gabory et les fifilles » du forum Blabla25 de jeuxvideo.com, initié par un certain PlsDontBan. Elle lit plusieurs posts, elle imagine ces gens derrière leur écran, dans leur solitude absolue, jouir de ces mensonges, y croire, sans doute. Ce sont les mêmes qui l'insultent à chacune de ses prises de position féministes.

Tout à l'heure, en cherchant des merdes sur Tochourat sur Twitter, je suis tombé sur des journalistes et militants politiques qui raillaient le fait que Gabory soit allé donner son sang récemment en se demandant si on était sûr qu'il n'avait pas eu plusieurs partenaires au cours des 4 derniers mois. Bref, ils sous-entendaient très clairement que Gabory était un gros queutard en mettant des liens vers des vidéos et tout. Donc apparemment c'est un truc pour lequel tout le petit monde politico-médiatique serait au courant. Du coup, je voulais savoir si c'était crédible, et je poke @Frisotin qui a sûrement des infos là-dessus.

C'est idiot, mais en pensant jusqu'où tout cela peut aller, elle a un peu de pitié pour François Gabory. Il ne sait pas que sa tête est mise à prix dans les tréfonds du Web, et en surface il continue de pérorer.

« Belle et bien fournie », mais « vide ».

Quel connard.

« On a eu de la chance qu'il n'ajoute pas : "et pourtant, elle n'est pas blonde", lui a écrit Catherine. On va pas laisser passer ça, quand même ? »

Sur la *timeline*[1] Twitter de Claire Bontems, personne ne parle du « harem » de François Gabory ni de son addiction supposée au porno, mais des dizaines de comptes féministes ont déjà commencé à accabler l'ancien président après son discours de Luxeuil, ce

1. Sur les réseaux sociaux, une *timeline* est l'endroit où se succèdent les messages postés par les comptes auxquels on est abonné. Elle peut être chronologique, comme sur Twitter, ou ordonnée par un algorithme, comme sur Facebook ou Instagram.

« mâle blanc » « sexiste », « machiste », « misogyne » et « phallocrate ». Claire Bontems se dit qu'il est en train de creuser lui-même son propre tombeau. François Gabory est un homme d'un autre siècle, dans son approche de la vie comme dans la politique qu'il propose.

Elle répond de façon frénétique à Catherine, ses fautes de frappe s'effacent comme par magie grâce au correcteur automatique de l'iPhone :

Laisse faire Twitter. Il se fait mettre en pièces, pas la peine de se mêler davantage de ça.

5

12 janvier 2020

Thérèse Gabory est allongée sur son lit, les yeux à moitié clos. Elle sursaute lorsque la jeune fille ouvre la porte.

— Ah, Mathilde, vous êtes là.

— Oui. Comment allez-vous aujourd'hui, madame Gabory ?

Elle ne répond jamais à cette question. Elle fait une grimace et renifle, en attrapant la télécommande qui permet de redresser sa tête de lit. D'un geste, elle empêche l'infirmière de la toucher. Elle veut qu'on la laisse respirer.

Elle saisit le regard de Mathilde qui s'arrête, comme chaque matin, sur les photos avec lesquelles elle a composé un pêle-mêle, sur sa table de chevet. Elle et ses deux enfants. Elle et François. L'investiture de François. Et Jean Delaunay, tout seul.

— Qu'est-ce que vous devez être fière de votre fils...

Mathilde est fascinée par la célébrité. Elle n'en

revient pas de soigner la mère d'un ancien président de la République.

Elle lui pose souvent des questions qui n'ont rien à voir avec la politique, comme si François Gabory était un people comme un autre. Tout le monde le sait, ici, qu'elle est la mère de François Gabory. Ça lui a valu de nombreuses discussions musclées avec des pensionnaires qui ne sont pas de son bord politique, mais aussi beaucoup plus d'égards que si elle avait été une pensionnaire lambda.

C'est François qui a choisi cette maison de retraite. Il l'a choisie la plus luxueuse possible, ce qui ne veut pas dire qu'elle se vautre dans l'opulence et la magnificence tous les jours. Il a au moins veillé à ce que la nourriture ne soit pas trop mauvaise. Elle peut supporter un logement trop exigu mais pas la purée Mousseline à chaque repas. Et puis le «petit personnel» est agréable, même si Mathilde est parfois un peu trop brusque.

Thérèse Gabory serre les dents parce que l'infirmière est en train de la piquer et même si elle fait cela tous les jours, et avec toutes les précautions possibles, Thérèse Gabory déteste ce moment. Elle a l'impression d'être un chien qu'on envoie *ad patres*.

— Madame? demande l'infirmière.

— Oui?

— Je peux vous poser une question?

Thérèse Gabory essaie de se retourner pour voir le visage de Mathilde.

— Je ne sais pas, c'est peut-être indiscret... Je me demandais, depuis le temps que je viens vous voir... Ce bel homme, sur la photo, c'est votre mari?

Thérèse Gabory tente de déglutir, mais s'étouffe

avec sa propre salive. Elle toussote et s'agrippe au cadre du lit. Mathilde ne peut pas la voir. Elle redresse la vieille dame, qui marmonne quelque chose d'indistinct, puis parvient à articuler juste un mot :

— Non.

Elle aurait aimé, pourtant.

C'est vrai qu'il était beau. Mais Jean Delaunay était lâche, et elle l'a compris trop tard. Pendant plusieurs années, elle avait accepté de n'être que la seconde épouse, celle qu'il voyait à Paris pendant la semaine, à qui il louait un petit appartement, pas trop loin du Palais-Bourbon, sur les fonds de l'Assemblée nationale. Quand elle s'était retrouvée enceinte de François, il lui avait suggéré d'avorter, avec son sourire enjôleur. « J'ai 59 ans, Thérèse, comprends-moi. C'est l'âge d'être grand-père. »

C'était illégal à l'époque, mais il connaissait des médecins qui le faisaient en toute sécurité. Elle lui avait toujours obéi, sauf cette fois-là. Elle avait refusé. Ça n'avait pas empêché Jean Delaunay de rester, par intermittence, auprès d'elle. Elle se souvient même de l'avoir vu se lever en pleine nuit pour changer les couches de François. Et puis, quand elle était tombée enceinte de Catherine, deux ans plus tard, il lui avait dit : « Un enfant illégitime, ça va, c'est un accident. Deux, c'est un mode de vie. Je ne peux pas me permettre ça. Et puis tu as 25 ans, Thérèse. Quand tu en auras 50, j'en aurai plus de 80. Tu ne vas pas te traîner un vieillard toute ta vie. »

Il avait décidé pour elle, après les législatives de janvier 1956, d'où le parti socialiste était sorti majoritaire. Jean Delaunay avait été battu et, sans mandat de député, il n'avait plus aucune raison de revenir à

Paris. La première épouse, quelque part sur la côte normande, reprenait ses droits. Jean Delaunay, ce passe-muraille qui avait traversé sa vie, redevenait un fantôme insaisissable qui, en cadeau d'adieu, lui avait légué une petite maison à Granville, ni trop près, ni trop loin de chez lui – si jamais, avait-elle cru, il lui venait l'envie...

Elle avait déménagé, mais elle ne l'avait jamais revu, si ce n'est sur un portrait installé devant l'autel d'une église, le jour de son enterrement, dix-huit ans plus tard. Elle aurait rêvé d'être au premier rang avec ses deux enfants, au côté de l'épouse de Jean Delaunay et de ses trois filles, tous unis dans la douleur. Au lieu de ça, elle y était allée seule et était restée debout, au fond, pour se cacher de pleurer alors que personne dans l'assemblée ne lui en accordait le droit. Seul un de ses amis, Philippe Coutance, député socialiste de Seine-Maritime, l'un des rares à être dans la confidence, était venu la voir. « Je sais que tu es en deuil aussi, lui avait-il assuré. Je serai là si un jour tu as besoin de quelque chose. »

Jean Delaunay avait eu deux vies, elle n'en avait eu qu'une, passée à l'attendre et à l'espérer, à reporter tous ses espoirs sur ses enfants, sur François, particulièrement.

« Tu seras président, mon fils. »

Tu feras mieux que ton père, un député dont le seul espoir, resté inassouvi, avait été d'obtenir un secrétariat d'État. Elle aurait tellement voulu que Jean Delaunay soit là, le jour de son investiture, qu'il se rende compte qu'il s'était trompé, qu'il avait fait le choix de la mauvaise famille, qu'il demande pardon. Est-ce qu'elle lui en avait voulu ? Non, parce que c'est ce manque, ce vide aussi qui avait fait l'ambition de François.

Il n'avait pas failli à sa promesse. Pour sa fille, en revanche, elle n'avait rien programmé. Ou plutôt rien d'ambitieux. Fonctionnaire, c'était bien. Institutrice, ça laissait du temps pour les enfants, c'était l'idéal. Un bon mari, surtout, voilà ce qu'il fallait trouver. Un homme qui l'aime ou, à défaut, un homme qui la respecte. Au contraire de François, Catherine n'en avait fait qu'à sa tête. Elle avait déjoué les plans de sa mère. Il n'y avait pas de quoi en avoir honte : elle avait même dirigé un journal. Mais après avoir été brièvement mariée, elle était toujours vieille fille.

Catherine détestait cette expression. « Je suis une femme, Maman, que ça te plaise ou non. » Depuis des années, elles ne se voyaient plus guère, peut-être une fois par an. Thérèse aurait aimé avoir une fille qui reste dans la région, qui puisse l'accompagner sur ce chemin de croix qu'elle avait entamé, l'aider à égayer un peu ses journées. Une fille qui lui donne des petits-enfants. Elle aurait pu les voir de temps à autre. Au lieu de ça, Catherine a tout sacrifié à sa carrière professionnelle. Elle se demande parfois si Catherine n'est pas devenue lesbienne. Surtout depuis qu'elle est la plus proche conseillère de Claire Bontems. Quelle idée, de se mettre à faire de la politique... La politique, c'est François, et personne d'autre.

Thérèse Gabory sent bien que Mathilde voudrait qu'elle se confie un peu plus. Mais elle reste silencieuse. Elle aime parler de François, mais Jean Delaunay, c'est sa blessure et son secret. S'il est là, c'est par vanité, par défi, pour que de là-haut, il voie ce qu'il a manqué.

— Il ressemble à votre fils, quand même, lâche l'infirmière. Mais chacun ses mystères, fait-elle en clignant de l'œil. Un jour, si vous voulez, vous me raconterez.

Raconter... Non, jamais. Ce n'est pas l'habitude dans ce huis clos à trois dans lequel ils ont vécu pendant dix-huit ans.

Elle laisse l'infirmière lutter pour soulever ses quelque quatre-vingts kilos et l'amener à la douche. Elle lui passe le gant de toilette sous les aisselles, dans les plis du ventre et des fesses. Puis elle la ramène et lui masse les cuisses et les jambes pour y faire pénétrer la crème antivarices. Thérèse Gabory en achète à prix d'or dans les catalogues par correspondance qui chaque jour remplissent sa boîte aux lettres.

6

14 janvier 2020

Deux mains qui claquent au milieu du silence de l'open space. Roland Fourgue, assis derrière son écran, peut deviner, derrière le masque impassible de son rédacteur en chef, un air exaspéré qui semble signifier à toute l'équipe « magnez-vous le cul ». Il regarde sa montre : 9 h 31.

Il estime qu'il peut sécher le début de la conférence de rédaction et poursuivre encore un peu sa conversation au téléphone. Il n'aime pas ces grands-messes quotidiennes où tout le monde donne son avis sur tout et où les discussions de comptoir se prolongent trop longtemps. Il a autre chose à foutre que de se perdre en palabres avec les connards du service Culture qui se mêlent de politique sans rien y connaître, mais ne se gêneront pas pour lui voler une page et caser le portrait d'un illustre inconnu dont la notoriété ne dépasse pas les vernissages du 11e arrondissement.

À l'autre bout du fil, Nicolas Guerlain, le conseiller spécial du secrétaire d'État à la sortie de l'Union européenne, un proche de la présidente, Hélène Cassard, la plus mal élue de la Ve République. Dans le fracas de la présidentielle qui avait suivi la démission de François Gabory, après la victoire du Frexit lors du référendum qu'il avait convoqué pour sortir le pays de la crise politique, la représentante de la droite s'était imposée au second tour face à Laurence Varennes, la présidente du Rassemblement national, avec 59 % des voix. La gauche avait appelé à l'abstention et moins de la moitié des électeurs s'étaient déplacés au second tour.

— Les négociations avec Bruxelles ne sont pas bloquées, contrairement à ce que je lis ici ou là, affirme Nicolas Guerlain. On se parle, on avance... Je suis optimiste sur la possibilité d'un accord qui ne soit pas punitif. Il n'y a pas de volonté au sein des autres pays de nous faire payer le « non », même s'ils auraient préféré éviter ça. Entre nous soit dit, tout le monde aurait préféré éviter ça...

La présidente de la République, comme la majorité du gouvernement, était contre le Frexit. Hélène Cassard a été contrainte de mettre aux Affaires étrangères Marion Rousseau, la jeune égérie du Rassemblement national, mais a pris soin de lui flanquer un secrétaire d'État capable de tempérer ses ardeurs nationalistes.

— Difficile de négocier quelque chose dont vous ne voulez pas, non ? interroge Roland Fourgue tout en regardant ses collègues prendre place à la table, à une dizaine de mètres de lui.

— On l'a dit à l'époque. C'était une connerie, ce référendum. Gabory a joué avec le feu. Non seulement il s'est brûlé, mais il a incendié toute la maison. Quand je pense qu'il a la prétention de revenir se présenter devant les Français... Il ferait mieux de se terrer dans une cave à l'abri des regards.

— Vous pensez qu'il a ses chances ?

Un soupir, puis un silence qui dure quelques secondes. Roland Fourgue répète deux fois « allô », comme si la communication avait été coupée.

— Vous ne me citez pas, évidemment. En politique, reprend le conseiller, tout est possible, malheureusement. Il est plus populaire qu'Hélène Cassard, alors, vous savez... Remarquez, ça ne va peut-être pas durer.

— Vous faites allusion à quoi ?

Un rire à l'autre bout du fil, un peu forcé.

— Vous avez entendu parler comme moi de toutes ces conneries sur les réseaux sociaux. Son addiction au porno, cette histoire d'esclaves sexuels à Brégançon[1]...

— Ah, ça m'avait échappé, Brégançon.

— Il y a beaucoup de choses qui nous échappent, de nos jours. Ça circule sur Facebook, apparemment. C'est un membre de ma cellule de communication qui m'en a parlé hier.

— Plus c'est gros, plus ça passe. Vous ne croyez quand même pas à ces conneries ?

— Non, bien sûr que non. J'y suis allé, à Brégançon, l'été dernier. Il n'y a pas beaucoup de petites culottes là-bas...

— Quelle triste époque. Les gens ont tellement

1. Le fort de Brégançon, dans le Var, sur la commune de Bormes-les-Mimosas, est une résidence qui appartient à l'État. Située sur une petite île côtière et bâtie sur un piton rocheux d'une trentaine de mètres d'altitude, elle est réservée au président de la République, qui peut choisir de s'y rendre pendant les vacances d'été, notamment.

envie d'y croire, à tout ça. Ça montre bien comment ils vous considèrent, vous, les politiques.

Un rire à l'autre bout du fil.

— Vous n'êtes pas tellement mieux considérés, vous, les journalistes, rétorque Nicolas Guerlain.

— « Tout est possible », reprend Roland Fourgue, ça veut dire qu'Hélène Cassard pourrait revenir sur sa parole ? Qu'elle pourrait faire un mandat complet ?

— Non. Elle l'a dit, et répété. Elle se sacrifie pour obtenir l'accord le moins pire possible et, surtout, éviter une sortie sans accord, qui serait une catastrophe dans la catastrophe.

— Pourquoi ?

— Vous savez bien pourquoi. Parce que sans accord, ce sont les règles de l'Organisation mondiale du commerce qui s'appliqueraient. Le franc qui remplacera l'euro va perdre aussitôt de la valeur, c'est sûr, mais sans accord, il va en perdre beaucoup, beaucoup plus. Et on ne contrôlera plus la dette, ou alors on fera marcher la planche à billets, et là... on ira faire nos courses avec des brouettes.

— Donc, elle n'envisage pas cette possibilité ?

— Contrairement à Gabory, elle n'est pas dans une perspective « moi ou le chaos ». Elle fait l'accord, et après, elle se retire. Dans un an au maximum. Je vais vous dire : elle sait que l'après-Frexit sera pire que la période actuelle. Elle veut bien nettoyer la merde des autres, mais s'ils se remettent à chier un peu partout, ce sera au tour de quelqu'un d'autre. Si ça tente Gabory, après tout... Vous me pardonnerez, monsieur Fourgue, mais je dois vous laisser. Passez au ministère un de ces jours, ça me fera plaisir d'échanger plus longtemps avec vous.

Roland Fourgue se lève et s'étire bruyamment. Là-bas, autour de la table, le rédacteur en chef dessine peu à peu le sommaire du journal sur un écran tactile. Il rejoint ses collègues en bâillant ostensiblement.

— Voilà Roland qui nous fait l'honneur de sa présence, ironise le rédacteur en chef. Puisque tu es là : le retour de Gabory, il serait peut-être temps de le mettre en perspective, non ?

Roland Fourgue le regarde avec une forme de dédain. Il n'aime pas ce type débarqué on ne sait d'où il y a un an et qui prétend tout savoir mieux que personne, alors qu'il n'a même pas 40 ans. Il fouille dans la poche de sa chemise, en tire un paquet de Freedent, pioche un chewing-gum et se met à le mâcher ostensiblement. Il s'est bien passé trois ou quatre secondes quand il répond :

— Parler de retour, c'est peut-être un peu prématuré, Guillaume, sourit-il. Lui, il veut revenir, mais personne ne veut de lui. Il a rempli une salle polyvalente dans un bled de Franche-Comté dont tout le monde ici a oublié le nom. Si ça suffit pour lui servir la soupe...

Les traits du rédacteur en chef se tendent. Il pose son stylet sur la table et, d'une voix mal assurée, ironise :

— Tu n'y crois pas, si je comprends bien. C'est ton droit. Mais c'est l'ancien président, et il était muet depuis le référendum... On n'a fait que des papiers factuels, parce qu'il distille sa parole avec parcimonie. Il nous faut plus que ça. Je veux faire la une après-demain et il faut qu'on ait vraiment de quoi bouffer. Et je veux que tu le tannes pour obtenir une interview. Un duel avec Bontems est en train de s'installer, les autres prétendants à gauche sont disqualifiés par ce retour. Tu ne peux pas ignorer ça, quand même. Sur les réseaux sociaux, chez les gens de gauche, on ne parle que de leur affrontement à venir. Ça corrobore ce que disent les instituts de sondage, d'ailleurs.

Un petit sourire en coin de Roland Fourgue, et une réponse lapidaire :

— Tu tombes dans le panneau. Gabory est *has been.* Il sait que les médias vont en faire des caisses parce qu'il est un ancien président. Mais la vérité, c'est qu'il ne représente plus personne. Tu parles des réseaux sociaux, mais sur les réseaux sociaux, on dit aussi que Gabory avait entretenu un bordel à Brégançon.

— Qu'est-ce que tu racontes, Roland ?

— C'est vrai. C'est la dernière connerie à la mode. Je n'en peux plus de t'entendre parler des réseaux sociaux comme d'une vérité d'Évangile. À Paris, dans la vraie vie, personne ne croit que Gabory a la moindre chance. Si on en fait trop, on fait ce qu'ils attendent de nous : on fabrique de toutes pièces une épopée du retour pour un type que l'Histoire a disqualifié.

— Quelqu'un a entendu parler de cette histoire de Brégançon, ici ? demande Guillaume Drouot à la cantonade.

Un silence consterné, puis Marc Moncel, le chef du service International, vautré sur sa chaise, lâche :

— Oui, moi. Et j'ai des témoignages sur les tortures qu'il leur faisait subir.

Quelques rires gras résonnent autour de la table. Roland Fourgue sait que la plupart des membres de la rédaction se méfient des choix de Guillaume Drouot.

Si on l'écoute, disent-ils, dans deux ans, *Le Temps* sera un vulgaire tabloïd à la remorque de ses concurrents.

— Rassure-moi, Guillaume : on n'est quand même pas à la remorque des décérébrés qui déblatèrent sur Facebook ? reprend Marc Moncel.

— OK, l'ignore Guillaume Drouot, qui s'adresse à Roland Fourgue. On en reparle à 14 heures, d'ici là tu as intérêt à avoir quelques billes.

— Je vais chercher, soupire Roland Fourgue. Mais sincèrement, on devrait éviter de lui faire la courte échelle. Il y a d'autres sujets. Rien que sur le Frexit, on pourrait faire un numéro spécial chaque jour. On pourrait commencer à parler sérieusement du programme de Claire Bontems, aussi. Je veux dire, autrement qu'en le faisant analyser par des économistes libéraux qui le trouveront forcément irréaliste.

Une main se lève. Le type, légèrement en retrait, ne doit pas avoir 30 ans. Roland Fourgue l'a aperçu plusieurs fois sur le desk[1] du Web. Il est déjà presque chauve et préfère visiblement se raser le crâne avec une certaine minutie. Il compense par une barbe foisonnante certainement entretenue chez un professionnel. Roland Fourgue touche la sienne, hirsute et mal taillée, et se rassure en pensant qu'il doit être pédé.

— Si je peux me permettre, ce ne serait peut-être pas si idiot de parler des rumeurs.

Roland Fourgue le fusille du regard et s'apprête déjà à lui couper la parole. D'un geste, Drouot l'en

1. Dans une rédaction, le desk désigne les journalistes qui traitent l'information en temps réel depuis leur bureau, à partir de diverses sources : dépêches d'agence, réseaux sociaux, télévision, téléphone...

empêche. « Si les soutiers ont le droit de prendre la parole en conf', maintenant... », glisse Fourgue à son voisin, qui se marre sans chercher à se cacher.

— Ce que je veux dire, poursuit le jeune homme, c'est que les gens sur Internet parlent beaucoup, beaucoup, des relations de Gabory avec les femmes. Il y a des trucs délirants comme Brégançon, repris par des centaines de comptes sans la moindre vérification. À un moment, ce serait pas mal qu'on démonte le truc. Qu'on fasse notre boulot. Qu'on dise que c'est faux, quoi.

— Et quelle preuve tu as que c'est faux ? provoque le chef du service Éco, assis à côté de Fourgue. Il t'a envoyé un communiqué pour démentir, Gabory ? « Je démens absolument m'être envoyé en l'air avec des putes russes lors de la canicule de 2017. »

— Il y a aussi cette vidéo qui tourne depuis deux jours, reprend-il en ignorant la remarque. Je l'ai vu apparaître au moins dix fois dans mes *timelines.* Vous non ?

Personne ne réagit.

Le journaliste se lève, s'approche du rédacteur en chef, triture son téléphone portable et emprunte le stylet pour faire quelques réglages et relier son smartphone au grand écran. Il trouve la vidéo en quelques secondes et la lance. François Gabory est assis, en bras de chemise, autour d'une table en teck dans un jardin, avec plusieurs personnes autour de lui. Les visages sont masqués par la lumière du soleil, qui se reflète sur les baies vitrées derrière lui.

« Vous l'auriez vue, la petite, dit-il en souriant. 15 ans, et pourtant, elle connaissait la musique. Elle en redemandait, la gourmande. Y a vraiment des salopes, je vous jure. Son cul, putain, vous auriez vu son cul... On peut pas dire qu'il n'y a pas d'emmerdes dans ce métier, mais dans ces moments-là, on est content de faire ce qu'on fait. »

Autour de Gabory fusent les rires et les applaudissements, mais le jeune homme ne va pas jusqu'au bout de la vidéo. Une certaine consternation règne dans l'assemblée. Il semble fier de son petit numéro.

— Ça vient de débarquer sur Facebook, mais ça fait quelques jours qu'on trouvait ça dans certaines thématiques de discussion sur Reddit. C'est une espèce de réseau social, pour ceux qui ne connaissent pas. Pour le moment, c'est encore confidentiel, mais ça va se diffuser en masse.

— J'ai du mal à imaginer Gabory parler comme ça, assure Guillaume Drouot. Pour avoir souvent échangé en off avec lui, je ne le vois pas du tout dire ça, mais alors pas du tout.

— Et pour cause. C'est complètement bidon. C'est ce qu'on appelle un *deep fake.* C'est une technologie basée sur l'intelligence artificielle qui permet de modifier de façon hyperréaliste des vidéos. Là, la scène est tirée d'un film espagnol jamais sorti en France. Ils ont juste modifié le visage de l'acteur pour mettre celui de Gabory à la place. Après, ils lui font dire ce qu'ils veulent. Les pros peuvent faire des choses très bien léchées, mais il y a aussi des logiciels en ligne qui permettent à n'importe qui de faire des trucs basiques. Regardez, là c'est assez grossier. Les contours des cheveux sont pixellisés, par exemple. Ou on voit que le mouvement des lèvres n'est pas complètement raccord avec la parole. Et en trente secondes, il ne cligne jamais des yeux. Mais si vous ne faites pas gaffe... Et surtout, si vous avez envie d'y croire...

Roland Fourgue hésite entre poursuivre sur un ton badin un débat qui n'a pas lieu d'être, et le remettre à sa place. Cette génération est d'une désinvolture qui frise l'insolence et, surtout, elle a une arrogance détestable dans sa façon de donner des leçons aux vieux de la vieille. Le mec passe ses journées devant son écran, il ne lève son cul que pour aller pisser ou fumer, et prétend lui apprendre son métier. Roland Fourgue lève la main, lui aussi, comme pour se foutre de sa gueule.

— Ils auraient dû le faire tourner dans un Dorcel, tant qu'à faire, ç'aurait été plus drôle. Trêve de plaisanterie, si notre métier consiste à parler d'une vidéo truquée par un ado boutonneux ou un facho bas du front, vidéo que, de ton propre aveu, personne n'a vue, ou presque, et à lui donner un écho qu'elle n'aurait jamais rêvé d'avoir, vous auriez pu me prévenir avant : j'aurais quitté *Le Temps* depuis bien longtemps.

Il se lève en faisant crisser sa chaise, détache une feuille de son carnet à spirale, retire son chewing-gum de sa bouche et le colle méticuleusement dessus. Il froisse la feuille et vise avec succès la poubelle derrière Drouot.

— Maintenant, vous m'excuserez, dit-il, mais je vais faire un peu de journalisme.

7

21 janvier 2020

« Connected Sisters. » C'est ce qui s'affiche en caractères épurés sur l'écran du cinéma. Une scène a été installée, comme bricolée à la hâte avec de chaque côté de grands vases effilés remplis d'orchidées. Au milieu, un pupitre déserté depuis quelques minutes par cette femme qui, de sa voix haut perchée, monopolise la parole.

Assise en retrait, Catherine Lengrand est un peu agacée par ses minauderies de petit chat qui lui semblent autant d'insultes au thème de la soirée : « L'égalité au cœur du changement ».

— Vous connaissez tous la Schtroumpfette, oui ?

Dans l'assistance, des murmures d'approbation. Une petite centaine de femmes, sagement assises, hochent la tête.

— Mais est-ce que vous connaissez le syndrome de la Schtroumpfette ? J'en vois qui sourient… Alors non, ce n'est pas une maladie. Ou plutôt si, mais c'est une maladie so-cié-tale.

Elle appuie sur les syllabes, comme si elle parlait à des enfants. Céline Richard mouline maladroitement l'air de ses bras pour essayer d'emmener un public assoupi, comme assommé par le froid qui règne dans cette petite ville à proximité de Rennes, dont elle a déjà oublié le nom.

— Nous avons beaucoup de femmes ingénieures, ici, c'est une ville où la moitié des habitants travaillent pour Orange, a expliqué Céline Richard à Catherine Lengrand, quand elle est venue la chercher à la gare.

Elle l'a fait monter dans sa Volkswagen Touran, encombrée par deux sièges enfant à l'arrière, des emballages vides de compotes à boire et de Pépito... Quand elle a ouvert le coffre pour permettre à Catherine Lengrand de déposer sa valise, il a fallu faire de la place à côté de trois sacs de sport Decathlon crasseux. Catherine a remarqué sur la vitre arrière un autocollant « Connected Sisters, le réseau des *working mums* ». Et pour s'installer sur le siège passager, il a fallu que Catherine attrape un catalogue Vertbaudet et le jette sur la banquette arrière.

— Excusez-moi pour le désordre, a soupiré Céline Richard, en glissant un petit sourire de complicité, mais avec trois gosses...

Trois minutes à peine après le démarrage de la voiture, le téléphone sonnait. Céline a répondu alors que venait de s'afficher sur le tableau de bord le nom du contact : « Chéri ».

— Non, mon amour, a-t-elle répondu à son compagnon qui lui demandait si elle serait là pour dîner. Je t'ai laissé quelque chose à réchauffer dans le frigo. Je suis avec Catherine Lengrand, tu sais, je t'en ai parlé. On va passer une soirée géniale !

La vie de cette femme semble être une excellente copie d'examens, où toutes les cases de la réussite ont été cochées. Catherine Lengrand a essayé, elle aussi. Elle a cru y arriver. Elle a même été mariée, et puis elle a fini par jeter Jacques Lengrand comme un malpropre, sans qu'il puisse comprendre, sans qu'elle puisse même lui expliquer pourquoi. De lui, elle n'a gardé que le nom.

— Ce syndrome de la Schtroumpfette, c'est celui de notre monde, poursuit Céline Richard. Un monde d'hommes, avec une femme à la périphérie qui sert de faire-valoir... et qui fout le bordel. Une fille n'existe pas en elle-même : elle existe dans son rapport avec les hommes.

Elle ajoute, en tournant la tête et en faisant valser sa longue chevelure comme dans une publicité pour L'Oréal :

— Et en plus, sous son bonnet blanc, elle est blonde, la conne ! Ça ne vous rappelle pas quelqu'un ?

Des éclats de rire fusent dans le public. Catherine vient régulièrement prendre la parole dans ces cercles féminins qui fleurissent un peu partout en France, avides de faire témoigner des « *successful women* ». Tous ces moments passés dans des salles polyvalentes, des médiathèques, des entreprises, des cafés, installent dans la future campagne des thématiques qui deviendront incontournables et permettront, le jour venu, d'engranger des voix.

Mais j'ai assez parlé, ajoute Céline Richard. Place maintenant à notre invitée. J'ai l'honneur d'accueillir... Catherine... LENGRAND !

Elle se tourne vers elle et l'invite à la rejoindre. Catherine Lengrand met ses mains sur ses cuisses, comme pour se donner une impulsion, et se lève sous les applaudissements de l'assemblée, prête à réciter son discours sur ce mot galvaudé et déjà récupéré par les hommes : l'égalité. La réalité, c'est qu'elle en a assez de parler d'égalité entre les hommes et les femmes. Elle demande davantage. Elle demande réparation – mais ça, elle n'a pas le droit de le dire.

— Catherine a dirigé pendant plusieurs années *L'Événement*, le premier hebdomadaire français, avec 350 000 exemplaires. C'est bien ça ?

— Un peu plus, en fait, à notre pic, répond Catherine. Et beaucoup moins depuis que je suis partie, ajoute-t-elle en faisant rire l'assistance. Enfin, partie... Disons qu'ils m'ont virée. Ils, ce sont les actionnaires, les dirigeants, les autres rédacteurs en chef. Les hommes, quoi...

Elle raconte tout cela sur un ton léger, de façon à se mettre le public dans la poche, jouant au second degré la caricature de la *pasionaria* féministe.

— Je n'ai même pas demandé une de ces primes de départ systématiquement accordées aux idiots – pas aux idiotes – qui plantent leur entreprise. S'ils me l'avaient proposée, je l'aurais refusée. Mais ça ne leur est même pas venu à l'idée. Et quand mon remplaçant – un homme, évidemment – a pris ses fonctions, la première chose qu'il a dite à la rédaction, regroupée au milieu de l'open space, c'est : « Il est temps de cesser de faire du militantisme ici, et de revenir au journalisme. » Le journalisme, pour eux, pour les hommes, c'est parler d'un monde qu'ils dominent, de façon que ce monde ne change pas. Le féminisme, pour eux, est une idéologie comme une autre. Alors qu'il s'agit de la matrice de la vie en société. Sans elle, toutes les idéologies sont caduques. On n'a pas le droit de réfléchir à changer une organisation sociale si on ne prend pas comme premier objectif l'égalité entre les hommes et les femmes. Bref, je suis venue ici pour vous dire : Ne renoncez jamais à changer le monde ! J'ai été virée, et alors ? Vous avez toutes commencé à le faire. C'est dur. C'est long. Ça fait souffrir parfois. Mais on va y arriver, toutes ensemble. Je suis allée au bout de mes choix, et je suis maintenant au côté de Claire Bontems mais mon but est resté le même : que ce monde cesse d'avantager systématiquement les hommes !

Les applaudissements, d'abord timides, s'intensifient. Sur la scène, Céline Richard sourit. Pourtant, Catherine Lengrand doute que le programme de Claire Bontems trouve grâce à ses yeux. Céline Richard, comme la plupart de ces femmes dans l'assistance, avec leur carré Hermès, leur tailleur et leurs bijoux, leur coupe courte et leur insolente réussite, ne peuvent être que de centre droit, Gabory-compatibles pour les plus farouches. Mais de là à voter pour une bolchevik, comme dirait Fertel... Et pourtant, sans elles, Claire Bontems n'y arrivera pas.

— Vous pouvez penser ce que vous voulez du programme de Claire Bontems, et je ne suis pas là pour parler des futures échéances. Je suis là pour dire ce qu'a été mon parcours. J'ai toujours été une bonne élève, depuis l'école primaire. Ça m'a permis d'avoir le bac avec mention, de réussir Sciences Po, de commencer une honorable carrière de journaliste. Mais à un moment, j'ai été bloquée, comme vous toutes, je pense. Quand j'ai aspiré à prendre des responsabilités, vers 35 ans, on s'est mis à me dire : « Oui, mais... » Et il y avait toujours un homme qui me passait devant. J'ai mis plus de quinze ans à casser ce plafond de béton et je n'aurais pas réussi sans l'aide d'une femme extraordinaire qui m'a fait comprendre que ce n'était pas en bossant davantage que j'allais progresser. J'attendais qu'on vienne me chercher comme les princesses attendent le prince charmant. Mais le prince charmant, vous savez, c'est comme le Père Noël...

La salle réagit bien à son discours. La plupart des femmes qui sont venues assister à sa conférence ont certainement un prince charmant à la maison, et pourtant elles voient très bien ce qu'elle veut dire.

— Passé un ou deux ans, reprend-elle, le sort est terminé, et le prince redevient un homme dans toute sa splendeur. Son salaire est meilleur, parce qu'il a davantage de responsabilités. Il travaille tard, très tard, ne peut jamais emmener les enfants chez le pédiatre, ni au foot le mercredi. Il sort boire une bière avec les collègues ou regarde le foot, refuse de payer une femme de ménage parce que son épouse a fini par se mettre à temps partiel pour faire face sans sombrer.

Il se permet aussi de sauter de temps à autre une stagiaire qu'il fera peut-être embaucher si, en plus des fellations, elle effectue son boulot sans rechigner. Mais cela, Catherine ne le dit pas. Les femmes qui l'écoutent ont compris d'elles-mêmes. Ici, ce n'est pas un lieu pour pleurer ou se faire plaindre. C'est un lieu pour conquérir.

— Cessez d'espérer, de quémander quoi que ce soit, poursuit-elle. Ne demandez pas l'autorisation de réussir, ne demandez pas des droits que les hommes sont peut-être prêts à vous accorder pour vous faire taire.

Ne demandez rien, prenez, prenez ce que vous voulez, comme vous voulez, quand vous voulez.

Elle se tourne vers Céline Richard avec un clin d'œil :

— Organisez tous les coachings, les mentorings, les networkings que vous voulez, mais surtout, soyez solidaires. Pour qu'un jour la devise de la République devienne : « Liberté, Égalité, Sororité ».

Les femmes devant elles sont debout, et commencent déjà à se déplacer dans les travées pour la rejoindre sur la scène. Catherine sait qu'elle les a conquises.

8

24 janvier 2020

Elle est nue, à quelques centimètres de lui, vulnérable. Il peut sentir son envie d'être prise. Elle lui offre son corps sans paravent, écarte un peu les cuisses pour lui faire deviner ce sexe qu'elle a soigneusement épilé car elle sait qu'il préfère ça. Quand il fait mine de couvrir ses cuisses avec le drap, elle l'en empêche d'un petit mouvement de la main.

« Laisse », murmure-t-elle, comme si elle l'invitait à contempler son corps maigre et laiteux dans lequel il s'est encore fondu la nuit dernière.

— Tu veux que je te suce ? demande-t-elle.

C'est une des choses à laquelle François Gabory a du mal à s'habituer avec les femmes de cette génération. Elles parlent de sexe comme elles parlent de tout, comme elles diraient : « Tu veux manger quoi, ce soir ? » Depuis le premier jour, Manon a pris l'habitude de lui demander l'autorisation avant de lécher et d'avaler son pénis, s'exécutant avec l'application d'une bonne élève dès lors qu'il avait hoché la tête en silence. Gabory l'admet, il est un peu vieux jeu et il déteste avoir l'impression de réciter des dialogues de films pornos.

La petite Manon comptait parmi les leaders du syndicat Solidaires, à Sciences Po. Un an après son retrait forcé de la présidence, après le référendum perdu, François Gabory avait accepté de se rendre rue Saint-Guillaume pour tenir une conférence sur le thème de la social-démocratie en Europe. Un comité d'accueil l'attendait, juché sur la Péniche, le banc en bois posé au milieu du hall d'entrée, sur lequel, bien des années auparavant, il s'était lui aussi assis. Des affiches colorées aux slogans aussi injustes que bravaches avaient été suspendues aux murs et, accompagné du directeur et escorté de ses officiers de sécurité, il s'était frayé un chemin au milieu de la foule pour aller discuter avec cette jeune femme complètement exaltée qui, un porte-voix à la main, gueulait sans s'arrêter un slogan dénué d'imagination : « GABORY, T'ES FINI ! À BAS LA SOCIAL-DÉMOCRATIE ! »

Arrivé au pied de la Péniche, il l'avait regardée en silence, la laissant s'exténuer dans le vide alors qu'il était à ses pieds. La scène avait duré moins d'une minute, qui avait dû paraître une éternité à la jeune fille, laissée à elle-même par des camarades tétanisés par l'attitude froide et cassante de Gabory. Elle était seule à crier, seule à s'agiter, comme une enfant qui se roule par terre devant ses parents atterrés. Elle n'avait même pas eu besoin d'être punie.

François Gabory avait achevé de l'humilier en lui demandant simplement, quand elle s'était enfin interrompue :

— Vous avez terminé ?

Et il avait aussitôt repris, en lui tendant une carte :

— Je serais ravi de poursuivre le dialogue avec vous, mademoiselle, mais pas dans ces conditions. La politique mérite mieux que vos happenings vus et revus.

Il s'était dirigé vers l'amphithéâtre, où il avait été accueilli sans entrain par des applaudissements polis, le sourire aux lèvres car il savait qu'elle l'appellerait et qu'il ferait d'elle ce qu'il voulait, pour ce soir-là au moins. Lui-même avait été surpris que cette histoire dure un peu plus longtemps que d'autres. Il la voyait environ une fois par semaine, dans cet appartement qu'il avait acquis à crédit dès ses premières années à l'Assemblée.

— Tu veux que je te suce ? répète-t-elle.

— Oui, pourquoi pas ? répond-il en souriant.

Il sent la langue de Manon s'égarer sur son sexe encore trop mou. Il lui passe la main autour du cou, serre un peu, juste un peu. De l'autre, il lui remet en place une mèche de cheveux, derrière l'oreille. Elle ne le regarde pas, concentrée sur sa tâche, les yeux fermés. Il ferme les yeux, lui aussi. Il lui paraît si loin, le temps où les femmes l'intimidaient.

Sa vie sexuelle avait mal commencé. Au lycée, les filles lui avaient toujours préféré les fils de médecin ou les redoublants aux allures de *bad boy*, avec leurs blousons en cuir. Il avait dû attendre d'entrer à Sciences Po, à 18 ans, pour embrasser les lèvres d'une jeune fille, sur le chemin qui menait au métro Sèvres-Babylone. Une Chantal aux yeux de louve avec qui tout avait été fini au bout de trois semaines, sans même qu'il ose soulever son corsage ou mettre la main dans sa culotte. Lassée de tant d'ignorance ou de timidité, elle avait fini par aller voir ailleurs et lui était resté seul encore plusieurs semaines, tétanisé par son désir.

L'alcool l'avait aidé à se désinhiber. Il avait couché quelques mois plus tard avec une Anita qui venait d'Espagne – enfin, « couché »... Il avait bandé sans parvenir à la pénétrer, finissant par lui éjaculer sur le ventre. Il avait fallu patienter encore quelques années pour entrer dans le camp des « mâles alpha », ceux devant qui les femmes se prosternent et font la queue pour se faire baiser : ça s'était fait sans même qu'il s'en aperçoive, après son entrée à l'ENA, qui, il s'en était rendu compte bien après, lui avait servi de tremplin. Au fur et à mesure qu'il s'était approché des premiers cercles du pouvoir, il avait réussi à séduire des femmes qu'il aurait jugées inaccessibles autrement.

Philippe Coutance appelait ça « la revanche du premier de la classe ». C'était un ami proche de son père, député lui aussi. Le seul qui avait eu quelques mots pour sa mère à l'enterrement de Jean Delaunay. Elle avait rappelé Coutance quand François Gabory avait commencé à s'intéresser à la politique. Philippe Coutance avait été là pour le conseiller, l'aiguiller. « Disons que je te donne ce que ton père n'a pas voulu, ou n'a pas pu, te donner. » En tout cas, on ne le disait pas assez aux boutonneux à lunettes qui travaillaient bien en classe et nourrissaient des complexes vis-à-vis des cadors qui collectionnaient les redoublements et les échecs scolaires mais passaient leur temps à galocher et à peloter dans les toilettes du lycée : la réussite sociale, le pouvoir, l'argent, ça restait le meilleur hameçon pour attirer les femmes.

— Tu bandes mou, constate Manon en lâchant son sexe. Je t'excite pas ?

Il n'arrive pas à faire le vide dans sa tête, il n'arrive pas à être disponible pour le plaisir qu'elle veut lui donner. Il passe et repasse dans sa tête le film de ses conquêtes.

Combien en a-t-il baisées depuis Anita ? Il avait commencé à noter et, à la fin des années 1980, avait arrêté, de peur que Viviane ne tombe sur ce carnet ridicule avec des dizaines de dates, de prénoms... Il avait même noté le détail des positions... Une arrogance ridicule. Il l'avait brûlé. Une seule chose est sûre : il n'y a aucune adolescente dans le lot.

— Ça ne te dérange pas, tout ce qu'on dit sur moi ?

— Ce qu'on dit sur toi ?

— Sur les réseaux sociaux. Que j'entretiens un harem de jeunes filles, que j'ai des relations avec des mineures, la liste de mes fantasmes... Toutes ces conneries.

— Je témoignerai si tu veux, dit-elle en riant. Je montrerai mon passeport et ma date de naissance, ils verront bien que j'ai l'âge de faire ce que je veux. Je parle pour moi, hein. Les autres, je ne sais pas.

— Quelles autres ? Il n'y en a pas d'autres, tu le sais.

— Il y en a au moins une. Mais ce que je sais, c'est que ta femme n'est pas mineure, ça c'est sûr, dit-elle de façon amusée et un peu perfide.

Viviane a son âge. 67 ans. Il l'a rencontrée à l'ENA, elle faisait partie de la promo d'après. Elle avait quelque chose en plus, et puis une qualité énorme. Elle ne posait jamais de questions, même quand il était un simple conseiller à l'Élysée et qu'il rentrait au milieu de la nuit en faisant porter la responsabilité de ses retards sur les notes qu'il devait rédiger pour le président. François Gabory avait aimé cette période.

Tout était possible, tout était ouvert. Il y avait du désir dans l'ambition de Gabory, un désir absolu, un appétit sans limite, l'espoir d'un jour toucher du doigt le pouvoir suprême et, en attendant ce jour béni, les petits plaisirs de la chair disséminés sur la route du succès.

Il a aimé cette époque, sans savoir exactement ce qui lui plaisait le plus, entre la séduction facile des femmes, le plaisir immédiat qu'elles lui donnaient, et le sentiment de plus en plus prégnant que cette ambition abstraite qui lui avait été prêtée dès la naissance ou presque n'était pas complètement illusoire. De tout cela, il reste si peu. Les noms et les visages de la plupart de ses conquêtes éphémères se sont évaporés de ses souvenirs. Certaines ont, grâce à lui, connu une belle carrière, car il leur a souvent servi de marchepied. L'une d'elles ambitionne même d'être présidente de la République à sa place. Claire Bontems est une allumeuse, mais ça ne l'avait pas empêché de lui faire une place au gouvernement. Une ingrate, aussi. Il n'est pas rancunier. De là à lui laisser les clés du pays...

François Gabory a connu la jouissance absolue de la victoire suprême, mais aussi les affres de l'exercice du pouvoir, la blessure du départ et l'humilité qu'impose la solitude. Malgré tout, le voilà reparti à l'assaut des Français, pour un dernier baroud dont il sait la vanité mais qu'il ne peut s'empêcher de tenter. Seul contre tous, ou presque. Un dernier combat pour prouver qu'il peut encore se faire désirer, peut-être même se faire aimer. Le mener contre Claire Bontems, ç'aurait même un petit goût de revanche.

— Qu'est-ce qu'elle en dit, Viviane ?

François Gabory regarde fixement Manon, le

bracelet en or autour de sa cheville, ses jambes guère plus épaisses que des allumettes, les grains de beauté difformes sur son ventre, son nez retroussé. Il sent son sexe reprendre de la vigueur.

— Rien. Elle n'en pense rien, dit-il en guidant sa main vers ses couilles.

Elle lui masse les testicules d'une main, s'empare de son sexe de l'autre et l'avale en le maintenant bien au fond de sa gorge. Il imprime de petits mouvements de bassin, arrachant à Manon des sons rauques qui l'excitent encore un peu plus. Il ne pense plus aux rumeurs, il ne pense plus à Viviane, ni à Claire Bontems. Il pense juste à Manon, à sa jeunesse et son impertinence. Les autres peuvent penser ce qu'ils veulent : il est parfaitement en paix avec lui-même.

9

26 janvier 2020

La musique n'est plus aussi forte que lors des fêtes à l'ENA, et la bière est meilleure. Les conversations ont changé, aussi : à l'époque, ils ne craignaient pas de s'embarquer, entre deux louches de sangria et un ou deux joints roulés avec soin, dans d'interminables débats sur les mérites comparés du protectionnisme et du libre-échange pour l'Union européenne, ou sur la nécessité pour les pays émergents de compter sur des leaders forts même s'ils n'étaient pas élus tout à fait démocratiquement. Aujourd'hui, les invités d'Elena Czado évoquent encore les grands débats du moment, mais il faut lire leurs positions à l'aune de leurs quinze premières années de carrière.

À ce petit jeu-là, Grégoire Castelli n'est pas trop mal placé. Près de six années dans l'ombre du président de la République. Personne ici n'a fait mieux, et même si certains ont déserté la fonction publique pour la finance et affichent des salaires mensuels à six chiffres, il est l'objet de toutes les attentions de la part des camarades de promo qu'il n'a jamais cessé de revoir comme de ceux qui se sont éloignés de son cercle le plus proche.

Leonore Sintermann, par exemple. Il avait oublié à quel point il avait pu fantasmer sur cette jeune fille à Sciences Po, avec son très léger accent allemand, qui ne l'a pas quitté. En la revoyant maintenant, il se souvient des soirées lors desquelles ils s'étaient effleurés. Ils se cherchaient, mais ils ne s'étaient jamais trouvés. Elle est là, en face de lui, au milieu d'un petit groupe qui boit ses paroles sur sa vie à l'Élysée. Des cernes lui creusent le visage, et elle a essayé de cacher une éruption d'acné avec une épaisse couche de fond de teint, sans grand succès. Elle baisse les yeux quand il lui demande :

— Alors, tu deviens quoi ?

— Vaste question, répond-elle.

Sa jambe droite tressaute sans arrêt. Elle porte plusieurs fois à ses lèvres un verre vide, sans penser ni à le poser, ni à le remplir.

— Toujours à Londres ? demande Grégoire Castelli pour combler le silence.

— Non. On vient de revenir habiter à Paris, il y a quelques mois.

Ce « on » le peine un peu. Il regarde alentour, comme pour qu'elle lui désigne son partenaire.

— C'est pas une période facile. J'ai enseigné à la LSE[1] pendant plusieurs années. J'ai créé une boîte.

1. La London School of Economics, une université britannique extrêmement prestigieuse spécialisée dans les sciences économiques, politiques et sociales, ainsi que la finance.

Et puis ça ne s'est pas très bien passé. Alors je suis revenue, avec mon mec.

— Ta boîte s'est cassé la gueule ?

Elle sourit.

— Oh non... L'activité était florissante. Elle *est* toujours florissante, d'ailleurs. Mais je travaillais beaucoup. Et puis j'ai eu des divergences importantes avec mon associée. Tout ça, ça fait que je suis, disons, en pause, depuis quelques mois. Besoin de prendre du recul, si tu veux.

— C'était dans quel domaine ?

Leonore Sintermann le regarde enfin pendant un court moment, et immédiatement il se replonge en arrière, quinze ans auparavant. Tout le reste autour s'est flétri, mais la beauté de ses yeux vert émeraude n'a pas changé. Elle soupire.

— Le marketing. Comme quoi...

À l'époque, rue Saint-Guillaume, elle voulait devenir historienne, comme sa mère, la spécialiste française du socialisme à la fin du XIXe siècle. Elle avait passé l'ENA pour faire plaisir à son père, un haut fonctionnaire allemand qui avait passé des années dans une planque à l'Unesco.

Elle emmène Castelli vers le bar. Elle s'empare de deux coupes de champagne.

— Allez... On ne va pas se laisser abattre ! s'exclame-t-elle en trinquant avec lui. Et toi, dis-moi, la politique ?

— C'était pas non plus une vocation, mais on y prend goût.

— Tu as dû en voir, des choses, pendant ce quinquennat.

— Des choses bien, oui. Des choses dégueulasses aussi.

— Pas aussi dégueulasses que dans le marketing, dit-elle.

— À ce point-là ? Vous faisiez quoi, exactement ?

Ses lèvres se pincent. Elle boit une gorgée de champagne, doucement.

— C'est compliqué, ce qu'on faisait, dit-elle en jetant un coup d'œil derrière ses épaules.

Un homme se lève et se dirige vers eux.

— Laisse-moi notre héros cinq minutes, je ne l'ai pas vu depuis tellement longtemps, plaisante-t-il.

Romain Daumas et Grégoire Castelli avaient été proches, à l'ENA. Ils avaient partagé un appartement pendant un temps à Strasbourg. Ils avaient un peu le même caractère : ni l'un ni l'autre n'étaient de grandes gueules et ils raillaient volontiers le côté superficiel des Méridionaux. Romain Daumas revendiquait ses origines brestoises pour assumer son côté taiseux, même si, à l'époque, il ne foutait les pieds dans le Finistère que pour Noël – et encore, ça dépendait des années. Il avait rapidement pris le commandement de ce qu'ils avaient appelé, par dérision, la « Ligue du Nord », par opposition aux « Confédérés » qui regroupaient les élèves menés par deux fortes têtes originaires du Midi. C'était curieux, mais cette promotion-là avait été marquée par une sorte de clivage géographique qui s'était retrouvé jusque lors de la soirée très officielle où les élèves devaient la baptiser, durant un week-end organisé dans un chalet perdu du massif alpin. La Ligue avait voté pour Pierre Mauroy, et les « Confs » pour Maurice Barrès. C'était Mauroy qui était arrivé en tête, mais sans atteindre la majorité absolue. La promo avait fini par s'appeler Roger-Salengro.

La grande différence entre Grégoire Castelli et Romain Daumas tenait à l'époque à leur capacité de travail. Étudiant, Castelli ne s'était jamais fait violence, ce qui ne l'avait pas empêché de réussir l'ENA du premier coup. Mais une fois à l'école, il s'était retrouvé face à des concurrents beaucoup plus résolus que lui. Certains étaient programmés depuis leur naissance pour servir l'État au plus haut niveau, d'autres nourrissaient déjà des ambitions politiques : c'était le cas de Romain Daumas. Ceux-là savaient *pourquoi* ils faisaient l'ENA. Grégoire Castelli, lui, n'avait jamais su répondre à cette question. Une fois à Sciences Po, tout le monde s'était mis à courir. Alors, dans une sorte de réflexe pavlovien, il s'était mis à courir, lui aussi, dans la même direction. Mais sans horizon.

Il s'était retrouvé haut fonctionnaire au ministère de l'Agriculture, puis au cabinet du ministre, en charge de sa communication. Le ministre était un proche de Gabory, qui l'avait débauché avec son consentement quand il avait éprouvé le besoin de muscler sa communication. La réussite de Castelli était due au hasard autant qu'à son talent. En toute logique, il aurait dû se retrouver chez Publicis plutôt qu'à l'Élysée.

Romain Daumas, lui, avait travaillé comme un damné pour s'assurer de sortir dans la « botte[1] ». Il avait même fait mieux en terminant deuxième de la

1. La « botte » désigne les douze ou quinze premières places, selon les années, du concours de sortie de l'ENA, celles qui permettent aux futurs hauts fonctionnaires de choisir les meilleurs postes : l'inspection des finances, le Conseil d'État ou encore la Cour des comptes.

promotion : le classement de sortie était déterminant pour pouvoir choisir son corps d'affectation, et terminer sur le podium c'était sécuriser son choix à 100%. Il avait opté pour l'inspection des finances et, juste après la « tournée[1] », il avait bifurqué vers la banque d'affaires. Cela avait surpris tout le monde au sein de la promotion Roger-Salengro, où l'on prêtait à Romain Daumas des ambitions politiques. On le voyait à Bercy, directeur de cabinet, voire ministre un jour, lui qui avait incarné « le pouvoir de dire non » dans un petit clip tourné à la gloire du Budget en fin d'année, pour parodier « le pouvoir de dire oui » popularisé par une ancienne publicité pour le Crédit lyonnais.

— Je ne regrette pas de ne pas avoir choisi ce monde-là, dit-il en aparté à Grégoire Castelli. Ça pue. Ça pue de plus en plus. Tu veux que je te dise ? Avec ce qui se dit sur lui, ton patron n'a aucune chance. Que ce soit vrai ou faux.

Grégoire Castelli sourit à ce pote qu'il n'a pas vu depuis près de dix ans. « Aucune chance. » Son camarade de promo a probablement raison.

— Tu sais pourquoi j'ai renoncé à ça, il y a dix ans ? demande Romain Daumas. Je vais te raconter un truc. C'était pendant la dernière année de la tournée, j'étais dans un hôtel Mercure à Montauban. On inspectait un centre de Sécu. Rien de bien bandant, tu l'imagines. Bon, le soir, seul dans ma chambre, je

1. La « tournée » est une période de quatre ans pendant laquelle les inspecteurs des finances, qui sont sortis dans les premiers rangs de l'ENA, effectuent des missions de vérification ou d'enquête au sein de toutes les administrations françaises.

me connecte sur Internet. Une amie m'envoie une *request* Facebook. C'était le tout début, à l'époque. J'accepte, je m'inscris. Pendant toute la nuit, toute la matinée qui a suivi, je n'ai pas quitté mon ordinateur. J'ai recontacté tous les gens que j'avais perdus de vue, mes copains de maternelle, les filles dont j'étais secrètement amoureux au collège, j'ai pris un pied extraordinaire à faire ça, mais j'ai eu l'intuition que ce truc allait tout changer. Tout changer, non seulement dans les relations interpersonnelles, mais aussi dans les relations politiques. Je voyais l'importance que ça avait pris aux États-Unis, comment les Démocrates utilisaient ça. Je me suis dit : est-ce que tu veux vraiment être un personnage public dans un monde comme celui-là, où tout le monde surveille tout le monde en permanence ? Quand Rothschild m'a contacté, je me suis dit : j'essaie, on voit comment ça tourne en politique, je pourrai toujours y aller. Et tu le vois comme moi. Ça tourne mal, la politique. Encore plus mal que ce que j'avais anticipé... Les hommes politiques sont devenus des people sur lesquels courent les pires rumeurs et tout le monde est impuissant face à ça. On leur déverse à longueur de journée des seaux de merde sur la gueule et il leur est impossible de se défendre.

Peut-on vraiment juger l'époque ? se demande Castelli en regardant Romain Daumas et son costume Arnys, sans doute coupé sur mesure, sa chevalière au doigt et sa chevelure gominée qui le fait ressembler à un golden boy des années 1980. Il ne peut s'empêcher de penser que son ancien camarade est soit lâche, soit hypocrite. Déserter une vocation par peur d'en payer le prix, c'est de la couardise. Romain Daumas peut s'inventer toutes les justifications qu'il veut : ce n'est pas la politique qui l'a fait fuir, c'est la promesse des zéros qui s'accumulent sur son compte en banque qui l'a attiré vers la finance. Ce n'est ni blâmable ni admirable, mais qu'il cesse d'accuser le monde dans lequel il vit. Depuis qu'ils discutent ensemble, il a sorti trois fois son smartphone de la poche intérieure de sa veste – trois fois en cinq minutes à peine – et il a tapé un SMS en faisant semblant de l'écouter. Être privé de réseau, pour lui comme pour tout le monde, c'est comme vivre sans eau chaude ou sans électricité : au mieux inconfortable, au pire impossible. Le smartphone est devenu une extension naturelle du corps de chacun. C'est comme un flux branché sur le cerveau en permanence, et personne ne peut, ou ne veut, s'en priver. Ce n'est ni bien ni mal. C'est comme ça.

— Et ce n'est que le début, poursuit Romain Daumas. L'avenir est hyperflippant. Si tu savais... Le fonds pour lequel je bosse investit dans des start-up qui ont des perspectives économiques hallucinantes, mais qui ne réfléchissent pas toujours à l'aspect moral. On sait que ces boîtes spécialisées dans la data, l'intelligence artificielle, vont faire des dizaines, des centaines de millions de profits, mais on ne sait pas exactement quel monde elles nous réservent. Un drôle de monde, où il vaudra mieux vivre caché pour vivre heureux, si tu veux mon avis.

— Mais ça ne t'empêche pas de les financer...

— Dans ce boulot, constate Romain Daumas, il ne faut pas trop se poser de questions. Tu regardes la promesse et tu alignes la thune, ou pas. C'est tout. Et si tu as un peu de jugeote, tu fais des petits très vite. Le fric, ça se multiplie comme les lapins, quand tu sais y faire.

— Et là, par exemple, si j'étais client, tu me conseillerais d'investir dans quoi ?

Romain Daumas rit aux éclats et saisit le bras de son camarade, complice.

— Tu vois que même un serviteur de l'État peut aimer ça. On n'est pas de bois, hein.

— Pure hypothèse d'école, sourit Grégoire Castelli. Je n'ai pas un euro à placer, en vrai.

Avec les quelque 12 000 euros par mois qu'il gagnait à l'Élysée, il faisait pâle figure par rapport à ses camarades partis dans la finance. Mais il avait tout de même pu mettre de l'argent de côté. Il s'en était servi pour créer sa boîte, une agence de conseil en communication, et continuer à se payer pendant qu'elle démarrait. Il avait mis un point d'honneur à ne pas toucher les aides de Pôle emploi. Par éthique, un peu, mais surtout par calcul. Il savait que François Gabory voudrait revenir dans le jeu. Et il n'avait pas envie de le mettre en difficulté si les journalistes se mettaient à fouiner dans les affaires de son conseiller en communication. Car ils le feraient, bien sûr.

— Si tu avais 100 000 euros à me confier, je te conseillerais de suivre ce que fait cette nana.

Il lui tend une carte de visite. Johanna Sargent. Box Vox. *Chief Executive Officer.* Il y a son portable, et son mail personnel.

Elle n'a même pas 30 ans. Sortie il y a quelques années à peine de Sciences Po et de la LSE. Elle, elle a compris l'époque, tiens. Elle te parle de « 3rd party data », de « ciblage », de « modélisation lookalike » : elle est en train d'inventer le marketing à l'heure du numérique. En gros, elle peut dresser un portrait hyperprécis de toi à partir des traces que tu laisses sur les réseaux sociaux, et ensuite te proposer des produits que tu ne refuseras pas, puisqu'ils sont faits pour toi.

— Vaste programme. Si jamais elle a une solution pour contrer les rumeurs et laver les cerveaux de tous ces idiots persuadés que Gabory est un pervers qui a des esclaves sexuels à sa disposition, je suis preneur.

Romain Daumas sourit et le prend par l'épaule.

— Ce genre de boîte a tendance à éviter la politique. Il n'y a pas assez de fric à se faire, et trop de coups à prendre.

Grégoire Castelli regarde, par-dessus son épaule, Leonore Sintermann qui enfile son trench. Elle lui fait un petit geste de la main, sans sourire, comme pour lui signifier qu'il n'a pas besoin de s'approcher pour lui dire au revoir. Il a l'impression qu'on la mène à l'abattoir.

10

29 janvier 2020

Le taxi le dépose juste devant l'hôtel. Il règle la course sans un mot puis claque la porte et monte deux par deux les marches du Scribe, pour se protéger au plus vite de la pluie glaçante. Trop occupé à observer son reflet dans la vitre pour se recoiffer, il ne remarque pas le sourire discret du portier. Le hall est quasi désert, à part une famille de Saoudiens qui attendent calmement dans les fauteuils, une dizaine de valises à leurs pieds. Au comptoir, personne ne semble faire attention à lui.

Un léger brouhaha s'élève du bar et, à mesure que Claude Danjun approche, il distingue quelques têtes connues, à qui il fait un signe, sans ostentation. Il aperçoit Claire Bontems enfoncée dans un canapé rouge, au milieu de la salle. L'un de ses bras est posé sur l'accoudoir, avec une nonchalance étudiée. D'immenses tournesols la surplombent. Elle a les jambes croisées, et porte un pantalon de flanelle qui scintille.

Elle lui fait l'effet d'une actrice porno prête à desserrer les cuisses pour s'offrir à lui.

Après lui avoir fait la bise, Claude Danjun se laisse tomber lui aussi sur un épais coussin avant de se redresser pour faire face à son interlocutrice, avec un sourire ironique. Il lâche :

— Alors, ta petite entreprise se développe bien ?

— Pas si mal, après tout. Tu as vu les derniers sondages, j'imagine. La gauche a ses chances.

— La gauche... Quelle gauche ? Et avec qui ? Avec toi ?

Il lance un rire faux, surjoué. Ils sont quelques-uns à se retourner. Claude Danjun se penche vers Claire Bontems et reprend :

— Ces sondages sont délirants. L'élection aura lieu dans un an, pas avant. L'extrême gauche n'a pas de leader. Et François... François, il est bas, c'est vrai. Mais il y croit. Il est redoutable quand il entre en campagne. Il finira par avoir le parti avec lui.

— Ne m'en veux pas, Claude, mais vous avez du mal à comprendre : les partis, c'est fini. C'est devenu un handicap, d'être dans un parti. Moi, j'ai toujours été en dehors. Ça ne m'a pas empêchée de faire de la politique.

— Grâce à qui ?

— Grâce à moi, d'abord, peut-être ?

— Mais qui t'as nommée ministre, Claire ?

— Secrétaire d'État. Je sais ce que je dois, et à qui. Mais je n'ai jamais été l'obligée de personne. J'ai fait ce que j'ai cru bon de faire. Et la preuve, c'est que je suis partie quand Gabory et toi vous avez lancé la gauche dans cette stupide cohabitation. Enfin, la gauche... Façon de parler. Tu as vu où ça nous a menés ?

Claude Danjun soupire. Il lâche :

— Nulle part...

— Le résultat, aujourd'hui, c'est que moi, je suis vierge. Les gens ne me mettent pas dans le même sac que les Gabory, les Cassard, les Varennes... Ils ont l'impression de s'être fait baiser, avec ce référendum. Maintenant, ils ont peur. Ils ne font plus confiance à ceux qui les ont envoyés dans le mur.

— Ils s'y sont fracassés tout seuls, contre le mur.

— Tu peux toujours insulter les Français, ça ne fera pas revenir Gabory, ni vos jours heureux à l'Élysée. Comment ça se passe, à la radio ?

Claude Danjun s'esclaffe encore devant le culot de cette petite boule de nerfs blonde qui parle avec la bouche en cul-de-poule. Le rouge dont elle a rehaussé ses lèvres lui semble d'une indécente intensité. Quelques mois après le référendum, il a accepté la proposition d'Europe 1 de commenter chaque soir la vie politique, comme s'il n'en avait jamais été l'un des acteurs, comme si l'état désastreux de la classe politique ne devait rien à ces actions qu'il avait patiemment tissées avec François Gabory, pendant toutes ces années où il le conseillait à l'Élysée. Il a eu envie d'un peu de lumière, après avoir été si longtemps dans l'ombre. En étant propulsé sur la scène médiatique, il pouvait d'une certaine façon se laver de toute cette boue dans laquelle il s'était débattu, se présenter en innocent devant les Français pour enfin, à l'âge où la plupart pensent à la retraite, rêver d'une seconde vie au service de la France, d'une autre façon.

Il élude la question de Claire Bontems et préfère reprendre plus haut le fil de la conversation :

— Il te faudra des troupes, des militants, des candidats aux législatives. Tu pars de zéro.

— Non, pas de zéro. Je suis à 10 %. Je fais « L'Émission politique » en février. Je prendrai trois ou quatre points. Et quand je serai à 15-16, tout le monde commencera à venir vers moi. La gauche, la vraie. Et aussi la gauche triste, la tienne, celle qui ne s'assume pas mais qui s'assumera très facilement s'il y a des perspectives de victoire. Tous les progressistes. Là, on pourra bosser sur un programme d'alternance, sur une vraie politique de gauche, en dehors de l'Europe, puisque c'est le nouveau deal. Ça n'était pas ma préférence, mais puisque c'est comme ça... Les gens en ont ras le bol. Ils veulent un renouvellement. Des nouvelles gueules. Je suis la seule nouvelle gueule. Ça marchera.

Elle fait une pause, porte un verre d'eau à ses lèvres avec une certaine grâce.

— Tu ne m'as pas répondu, reprend-elle. Tu dézingues, tu critiques, tu distribues quelques bons points. Tu t'amuses bien, dans ton nouveau job ? Je te connais, Claude. Ça va te passer, tout ça.

Danjun s'arrête sur la tasse de café vide de Claire Bontems. Elle en a renversé une partie dans la soucoupe. Il fait signe au garçon et commande un whisky, puis attrape la petite cuillère et se met à touiller, faisant tinter la porcelaine. Il commence une phrase qu'elle ne comprend pas, puis renonce. Il la regarde en souriant. Un sourire défait. Il écoute Claire Bontems qui poursuit :

— C'est votre petite vengeance, c'est ça ? Épargner la droite, taper sur la gauche ? Parce qu'on a appelé à voter contre Gabory il y a deux ans ? Et ça vous mène à quoi? Vous ne construisez rien. Gabory s'est terré pendant des mois, toi tu as déserté, et vos troupes pratiquent la politique de la terre brûlée en attendant de savoir où elles doivent aller. Vous détruisez, mais c'est complètement vain. Et c'est pour ça qu'il y a de moins en moins de monde avec vous. Mais toi, tu es un bâtisseur, Claude. Tu l'as toujours été. Un bâtisseur de gauche.

Elle n'a pas tort. Claude Danjun n'a jamais été un gauchiste, mais il a toujours veillé, dans son rôle de conseiller de l'ombre, à ce que le parti socialiste n'ait pas à rougir de son bilan chaque fois qu'il est parvenu à se hisser au pouvoir. Il a fait partie de la *task force* qui a mis en place le RMI en 1988. Il a milité pour le partage du temps de travail en 1997. Il a insisté pour nommer une femme de gauche, Isabelle Colson, à la tête de la forteresse de Bercy, en 2012, quand Gabory a été élu pour la première fois. Tout ça pour se retrouver à faire le guignol à la radio. Il aurait rêvé d'une meilleure sortie, c'est sûr.

— Tu veux revenir, Claude?

Il fait mine de ne pas comprendre.

— Revenir où?

— En politique.

Il rit aux éclats.

— C'est une proposition d'embauche ou quoi?

Claire Bontems se lève, tire sur les pans de sa veste, rajuste le collier qu'elle porte autour du cou et lisse son pantalon, puis se rassoit. Elle lui montre, au comptoir, un homme assis sur un tabouret et, au fond de la salle, un groupe de trentenaires du même acabit.

Les gens qui nous gouvernent, voilà d'où ils sortent, Claude. Les banques, les grandes écoles, l'ENA, les journalistes... Ce monde hors-sol qui pérore sur la théorie du « ruissellement » ou du « premier de cordée »[1] ! « Ce qui est bon pour nous est bon pour le peuple. » Quelle blague ! Le premier de cordée, il finit par couper la corde ! On leur apprend à gagner plus, à gratter un peu de pouvoir supplémentaire, à bien se nourrir sur la bête, et la bête, c'est qui ? C'est les Français qu'ils ne voient jamais, les mecs qui sont employés dans les usines qu'ils font fermer, les femmes qui font du stop pour des temps partiels dans les périphéries urbaines... La question du sens ne les intéresse pas. Eux, ils croient faire de la politique, mais il y a longtemps qu'ils ne font plus que de la politicaillerie. Toi, Claude, je ne peux pas croire que tu te sois sincèrement converti à tout ça. Alors, je répète ma question : tu veux revenir ?

Claude Danjun s'écarte un peu de Claire Bontems au moment où le serveur lui apporte son whisky, un Yamazaki qui titre 43 degrés. Il le fait rouler sur sa langue avant de le laisser lui brûler la gorge.

— Si je reviens, c'est avec François.

Elle rit, d'un rire si artificiel qu'il a envie de la gifler.

— Tu es tellement mignon, dit-elle. C'est beau, toutes ces années de fidélité. Il a été plus fidèle à toi

1. La théorie du ruissellement, considérée comme libérale, est une théorie économique formulée pour la première fois à la fin du XIXe siècle, selon laquelle l'argent gagné par les plus riches profite à l'ensemble des individus, parce qu'ils réinjectent leurs gains et leurs profits *via* la consommation ou l'investissement, ce qui stimule l'activité et donc l'emploi. La théorie du premier de cordée, elle, veut que le destin des plus riches soit lié à celui de l'ensemble de la population. Ce sont eux qui, à mesure qu'ils gravissent les sommets, entraînent avec eux les plus pauvres et leur permettent d'améliorer leur condition.

qu'à sa femme, finalement. Claude, tu le sais aussi bien que moi... Gabory, c'est fini.

Claude Danjun soutient son regard, de longues secondes. Il a envie de lui demander comment elle peut en être si sûre. Claire Bontems a cette arrogance de ceux qui pensent avoir gagné sans avoir encore livré bataille, parce qu'ils ont la jeunesse avec eux, la virginité politique. Elle n'a jamais exercé le pouvoir, ou si peu. Elle n'a pas eu à se salir les mains, à accepter des compromis aux allures de renoncement, à se lancer dans des paris perdus d'avance parce qu'il n'y avait pas d'autre choix. Elle n'a jamais eu les circonstances contre elle. Gabory, lui, a déjà manœuvré par gros temps. Il a coulé, mais qui peut vraiment prédire qu'il ne remontera pas à la surface, même quand tout le monde s'active, en coulisses, à lui maintenir la tête sous l'eau ?

— Je connais Gabory depuis cinquante ans, Claire. Aujourd'hui, il est au fond du trou. Mais c'est un culbuto : tu peux le frapper, le renverser, le balancer... il finit toujours par se redresser.

— Claude, on ne va pas se mentir. Ça va être difficile pour lui. Politiquement, et personnellement. Je suis la première à le déplorer, mais toutes ces conneries qui circulent sur le Web, mon Dieu... Ça ne va pas lui faciliter la tâche.

— La première à le déplorer... Ne pousse pas l'hypocrisie trop loin, quand même.

— Les réseaux sociaux sont devenus effrayants. Je les subis moi aussi tous les jours. On a changé de monde, et Gabory ne l'a pas compris. Si tu restes avec lui, tu seras enseveli sous les dernières ruines de la vieille politique. Mais si tu me rejoins aujourd'hui, tu auras l'air d'un visionnaire quand je serai à l'Élysée.

En revanche, si tu attends, tu seras vu comme un opportuniste.

— Tu as raison, ce sera très compliqué pour lui. Tout plaide pour qu'il ne rentre pas dans la mêlée. Et pour être franc, j'ai des doutes, de gros doutes. Mais s'il décide d'y aller, je ne pourrai pas ne pas le suivre. Je crois que c'est difficile pour toi de comprendre ce qu'est l'amitié.

— Attends, Claude, dit-elle en se levant, et son visage change aussitôt d'expression.

Elle se rapproche de lui, plus près qu'elle ne devrait. Il peut sentir son parfum, un parfum acidulé comme aiment en porter les toutes jeunes femmes. De la vanille et du patchouli, peut-être. Il déteste cette odeur si loin de tous ses référentiels, si tant est qu'il lui en reste. Depuis combien de temps n'a-t-il pas été si proche d'une femme autre que la sienne – qu'il a cessé de toucher il y a bien longtemps ?

— On ne va pas se quitter comme ça, dit-elle en frôlant son poignet. Ce serait con.

Il la dévisage. Elle a 40 ans à peine, la peau encore douce sans doute. Il s'imagine caresser ses lèvres avec sa langue, lui tenir le cou, serrer, tirer en arrière sur ses cheveux pour embrasser sa gorge et descendre jusqu'à sa poitrine.

— J'ai vraiment envie qu'on travaille ensemble, ajoute Claire Bontems.

Il sort un billet de cinquante euros de sa poche et lâche à regret, dans un demi-sourire :

— J'ai une chronique à assurer demain. Il faut bien vivre pendant que l'ancien monde s'écroule.

11

30 janvier 2020

Les Bosquets, la Forestière, les Bois du Temple... Partout autour de lui, les barres HLM de ces cités aux noms aussi peu poétiques que leur architecture. Il a l'impression d'être cerné par le béton et la laideur. Combien de fois est-il venu dans des endroits comme celui-là quand il était président ? Trop peu, sûrement.

Un rouge-gorge sautille dans la cour. François Gabory, les mains derrière le dos, l'observe à travers la vitre. Un délicieux intermède après les deux heures passées avec ces adolescents dans l'amphithéâtre du lycée Alfred-Nobel. Des échanges parfois musclés, avec des jeunes naïfs et offensifs, mais il est habitué à ça. Ils sont si prévisibles. Si tendres, malgré leur sweat à capuche et leur phrasé haché, leur façon de crier et de se pousser.

Et les jeunes filles, des diamants bruts, pour certaines. Il a vu Grégoire Castelli s'attarder à la sortie avec une petite Black qui l'a accusé d'avoir laissé tomber les banlieues...

François Gabory lui aurait bien donné, lui aussi, des leçons particulières. Il éprouve un vague sentiment de honte, comme si la presse et les réseaux sociaux avaient une vue plongeante sur ses fantasmes et ses pensées. Elle a 15 ans, peut-être 16. Mais la véhémence de cette fille l'a touché. Les femmes les plus hostiles ne lui ont jamais fait peur. « Mon défi, c'est de les retourner, se vante-t-il souvent. Dans tous les sens du terme. » Grégoire Castelli rit, en général, par politesse. Les hommes de la génération de Castelli ne sont pas à l'aise avec leurs désirs, comme si les femmes les avaient castrés, comme s'il fallait s'excuser d'avoir envie de baiser.

Le pouvoir attire toutes sortes de femmes. Il lui arrive de se dire qu'il aurait pu profiter davantage de sa présidence. Mais il a toujours préféré les campagnes électorales. Susciter le désir, et non la haine, l'envie ou la rancœur. Séduire, se faire aimer. Après... c'est toujours plus compliqué. On ne gouverne pas par amour. Il ne s'est peut-être pas suffisamment fait craindre. S'il avait été plus dominateur...

— Vous faites un peu le même métier que nous, finalement, observe Gabory à l'attention d'un des jeunes profs en face de lui. Expliquer et convaincre un public qui, sans être hostile, n'est pas forcément acquis d'avance.

Avec sa barbe de trois jours, ses cheveux en bataille, son blazer et son jean juste assez usé, cet homme est plutôt classe et décontracté. « Stylé ». C'est ce qu'il a entendu dans la bouche d'une des élèves, une blonde glissée dans un survêtement noir et brillant. Elle aussi, Grégoire Castelli l'a prise à part, à la fin.

Le professeur répond avec malice :

— Oui, mais avec nous, ils ne votent pas. Peut-être que l'Éducation nationale est une forme de dictature, finalement ?

— Et les problèmes de discipline ? rétorque François Gabory. J'imagine que ça ne doit pas être rose tous les jours.

— Il n'y en a pas tellement plus qu'ailleurs, vous savez, si on apprend à les connaître, si on joue avec leurs codes, si on s'amuse à les intéresser. Et puis vous avez vu les plus motivés. Parmi eux, certains pourront tenter Sciences Po via les « conventions éducation prioritaire ». Il y en a deux ou trois qui rêvent déjà d'être à votre place.

L'enseignant sourit. Lui, il est beaucoup plus intimidé que ses élèves. Sans doute un de ces profs qui a toujours voté socialiste, déçu par la gauche au pouvoir mais pas au point de voter à droite. Tenté, peut-être, par Claire Bontems.

— À moi de vous poser une question. Je peux ?

François Gabory hoche la tête et sourit.

— Bien sûr. Allez-y.

— Excusez-moi d'être cash. Pourquoi vous revenez ? Le merdier dans lequel vous nous avez foutus est loin d'être nettoyé.

L'enseignant a dit cela d'une voix froide et cassante, sans agressivité mais avec une colère contenue.

— J'ai quitté l'Élysée, à l'époque. Je n'ai jamais dit que je quittais la vie politique. Disons, si vous voulez, que je veux prendre ma part à ce nettoyage. Il y a d'autres façons de quitter l'Europe que de plonger dans les bras des extrêmes. Qu'ils soient de droite ou de gauche. Et je ne vois personne d'autre que moi pour incarner une France certes indépendante mais qui ne se replie pas sur elle-même.

Il a vécu plus de cinq ans de pouvoir quasi absolu avant de se faire dégager à cause d'un coup de poker. Ça a foiré, mais il n'est pas dit qu'il ne remportera pas la mise la prochaine fois. Il faut juste un bon jeu entre les mains.

Il se lève, salue un à un les enseignants avec qui il s'est entretenu pendant une petite heure. Dans la cour, le rouge-gorge est toujours là. La petite Black aussi. Elle marche vers eux, accompagnée de deux de ses copines. Elle a l'air décidé. Les deux officiers de sécurité font écran entre François Gabory et le trio de jeunes filles, mais l'ancien président leur fait signe de se détendre. Les poings enfoncés dans les poches, la petite Black est restée par instinct à deux mètres de distance. Une des filles derrière elle sort son smartphone.

— Qu'est-ce que tu as, Fatou ? demande le jeune prof. Tu te sens pas bien ? Et toi, Jade, range ton téléphone, tu veux bien, on n'est pas à Disneyland ici.

La jeune fille pouffe derrière son téléphone. Elle recule un peu pour ne pas être à portée de sa main. François Gabory comprend qu'il est filmé. À côté de lui, Grégoire Castelli lui glisse quelques mots à l'oreille.

— Pff, j'y arrive pas, peste Fatou.

— Tu m'écriras, alors, sourit Gabory, soulagé. Grégoire va te donner mon adresse mail.

Il fait un signe vers son conseiller, le pousse un peu du coude.

— Hein, Grégoire ? Tu ne confondras pas avec la tienne ?

Les deux hommes se dirigent vers la sortie, d'un pas lent, quand ils entendent une voix qui crie :

— Hashtag[1] PrésidentPervers !

Gabory et Castelli se figent, se regardent pendant une ou deux secondes, et se retournent en même temps, pour voir le jeune professeur se diriger vers la jeune fille et lui crier :

— Fatou ! Tu débloques ou quoi ?

Il la tient par le bras. La scène est filmée par Jade.

— Et toi, lâche ça, dit-il.

Castelli pose sa main sur le bras de François Gabory.

— N'approche pas, lui dit-il. On n'est pas dans le champ, on ne va pas aller s'y mettre. Je suis habitué à gérer les emmerdes, mais quand même. Attends-moi dans la voiture.

Gabory s'éclipse, tandis que Castelli s'approche des trois jeunes filles, qui ont baissé leur smartphone comme elles auraient baissé leur arme. Cessez-le-feu. Elles acceptent de mettre leurs appareils dans la paume de la main de leur professeur.

— Vous les récupérerez ce soir. Et si vous n'êtes pas contentes, vous attendrez demain.

Grégoire Castelli accompagne l'enseignant dans le bureau.

— Quelles petites teignes, dit ce dernier en posant les téléphones sur le bureau.

— Je ne vous le fais pas dire, fait Castelli en soupesant un à un les téléphones. Vous savez, on pourrait

1. Le hashtag est un symbole (#) utilisé sur Internet, notamment sur les réseaux sociaux, pour regrouper tous les messages liés à une même thématique et permettre d'y accéder sans moteur de recherche.

poursuivre. En justice, je veux dire. On est dans une époque où on ne peut rien laisser passer. Il vaudrait mieux pour elles qu'elles s'assurent que tout ça est effacé.

— Les écrans sont verrouillés, constate l'enseignant. Mais je m'assurerai de tout ça quand je leur rendrai leur téléphone.

— Je ne peux pas prendre ce risque, répond Castelli. Une vidéo où le président se fait traiter de pervers, où il se retourne l'air hébété, évidemment – comment réagir autrement ? Vous imaginez ? Je ne peux pas me permettre ça.

Le visage de l'enseignant se ferme. Un long silence s'installe entre les deux hommes.

— Donnez-les-moi, propose Castelli. Je vous les fais rapporter avant ce soir. Vous n'aurez qu'à dire que la sanction a été aggravée. Ça leur servira de leçon.

— On voit bien que vous ne les connaissez pas. Ça va les exciter encore plus. Elles seraient capables de prendre l'Élysée d'assaut pour récupérer leur téléphone. Je vais me débrouiller.

— Comme vous voulez, répond Castelli, glacial. Mais je compte sur vous, dit-il en lui tendant la main droite.

De la gauche, il fouille dans la poche de sa veste et en retire une carte de visite.

— Tenez-moi au courant, surtout. C'est mon portable personnel.

Sur le trottoir, une voiture entourée de policiers a laissé le moteur tourner. Derrière les clôtures de sécurité, une vingtaine de jeunes observent la C6 de François Gabory qui, à l'abri derrière sa vitre teintée, croque un biscuit au chocolat. Quand il s'engouffre dans la voiture, Grégoire Castelli lui lance :

— Téléphones confisqués. Il va tout effacer.

Il ferme les yeux, se passe les paumes de la main sur le visage comme pour se réveiller d'un mauvais rêve, et se secoue frénétiquement les cheveux. La voiture démarre. Il observe, le front collé à la vitre, les passants et les scooters qui les dépassent. Il soupire :

— On y est. Les effets de la rumeur IRL[1].

— IRL ?

— « En vrai », je veux dire. Il va falloir faire quelque chose.

— Tu penses à quoi ?

— Je ne sais pas. Je réfléchis à haute voix, hein. On peut déposer plainte contre X pour propagation de fausses nouvelles, et médiatiser ces plaintes.

— Le problème, le coupe François Gabory, c'est qu'on va attirer l'attention des médias là-dessus. Ils ne rêvent que de parler de ça, pour eux c'est l'occasion idéale. On va ouvrir la boîte de Pandore.

— Sinon, on donne aux médias ce qu'ils veulent. On en parle officiellement, on démontre combien ces *fake news* sont éloignées de la réalité. On pourrait organiser un meeting, pourquoi pas avec Viviane.

— Je ne suis pas sûr que ce soit une bonne idée. Elle n'a pas les épaules pour supporter les assauts des journalistes. Tu sais de quoi ils sont capables, Grégoire.

Grégoire Castelli tapote frénétiquement sur le bord de la vitre, sans regarder l'ancien président. Il finit par lâcher :

1. « *In real life* », c'est-à-dire « dans la vraie vie », par opposition à Internet. Il s'agit d'une expression régulièrement utilisée en ligne.

— Tu peux laisser Viviane de côté, même si ce serait mieux avec elle. Mais quoi qu'il en soit, pour toi, c'est indispensable, sous une forme ou sous une autre.

— Tu ne peux pas simplement déminer auprès des journalistes ?

— Ce n'est pas les journalistes, l'enjeu. Si je leur en parle en off, et qu'ils me trouvent convaincant, il va se passer quoi ? Ils ne feront pas d'articles. Et ces rumeurs continueront à se propager. Si toi, tu démens publiquement, ils feront des papiers pour reprendre tes propos. Les rumeurs continueront aussi, bien sûr. Mais il y aura une parole officielle pour les contrer.

Instinctivement, François Gabory vérifie que sa ceinture de sécurité est bien bouclée. Il soupire.

— Tu me fatigues, lâche-t-il.

— Je suis payé pour ça, glisse Castelli.

Par la fenêtre, dans le gris de la nuit naissante, François Gabory observe ces paysages de béton, traversés sans désir, abandonnés derrière eux jusqu'à la prochaine fois.

— Je sais que tu as raison, Grégoire. On va réfléchir à quelque chose. Mais il ne faut pas dramatiser ce que je vais dire. Pas de déclaration solennelle, pas de « 20 heures »... Quelque chose de plus... relâché.

La voiture est arrêtée à un feu. Le chauffeur fait vrombir le moteur au moment où il passe au vert. Le téléphone portable de François Gabory sonne. Il le sort de sa veste, regarde le nom qui s'affiche sur l'écran.

— Oui ?

Il ne fait qu'écouter, pendant un long moment. Il marmonne quelques mots. Il inspire bruyamment en rangeant l'appareil dans sa poche.

— Quelque chose qui ne va pas ? demande Grégoire Castelli.

François Gabory tâte pendant plusieurs secondes un grain de beauté qui prend de plus en plus de relief, sans raison. Ça l'empêche de penser à autre chose, ce grain de beauté qu'il vit comme un furoncle à la commissure de ses lèvres, et qu'il voudrait tout à coup arracher, d'un coup sec, après l'avoir apprivoisé.

— Juste les résultats du prochain sondage de l'Ifop qui paraîtra demain dans *Libération.* Moins deux points. Déjà qu'on n'était pas bien haut...

11

31 janvier 2020

Difficile de lui donner un âge. Elle en paraît 20 mais pourrait en avoir 30. Dans son *áo dài*[1] rouge vif, chaque fois qu'elle apporte un plat, elle accapare, sans le vouloir l'attention des mâles présents autour de la table. Claire Bontems les regarde et les écoute faire les beaux, se moquer gentiment de son accent, s'extasier devant les saveurs de son *bó bún* ou de ses nems.

Le repas est terminé. La femme qu'elle a embauchée pour l'organisation de ce dîner à domicile termine tranquillement la vaisselle. Claire Bontems se sent mal à l'aise, à parler d'ambition et de politique dans cette posture néocoloniale qu'elle singe jusque dans son attitude, le coude posé dans un fauteuil en rotin, les jambes croisées, le ton assuré. *Rien n'a changé depuis l'Indochine*, se dit-elle en observant les trois journalistes présents à sa table, qui dégustent un cognac Pierre Ferrand 1840 offert par ses soins. La caste dominante se perpétue et est toujours dotée

1. *L'áo dài* est une tunique traditionnelle vietnamienne.

des mêmes attributs : un pénis, une peau blanche, une éducation comme il faut, une sexualité normée... Elle va se faire une place, elle, au milieu de tous ces clones. Mais arrivera-t-elle à faire une place pour les autres, toutes les autres ?

— Au fond, assène Roland Fourgue, vous prétendez dynamiter le système, vous assurez que vous voulez faire éclater le vieux monde... mais celui qui a donné un gros coup de pied dans tout ça, c'est quand même Gabory, avec son référendum. Il a été plus révolutionnaire que vous, d'une certaine manière.

— C'est vrai, ajoute Jean Fraticelli, un journaliste du *Figaro* qui est passé par Sciences Po en même temps qu'au moins cinq ou six députés nouvellement élus en 2017. Ce n'était peut-être pas son but, et je ne dis pas que c'est bien, mais il faut avouer qu'en matière de changement, difficile de faire mieux que le Frexit.

— Quel changement observez-vous, messieurs, depuis le référendum ? demande Claire Bontems. Je veux dire, concrètement ? Le Smic a augmenté, les conditions de travail se sont améliorées, les inégalités entre les femmes et les hommes se sont résorbées ? Excusez-moi, ça m'a échappé... Ce référendum n'a pas engendré une révolution. Il n'a généré que des emmerdes. Maintenant, il faut faire avec, comme je vous l'ai dit. Une fois qu'on sera effectivement sortis, on peut choisir le repli sur soi, les mesquineries proposées à droite, en matière économique comme sur le reste. Ou le progrès. Ça fait vingt-cinq ans qu'on n'a pas parlé de progrès social dans ce pays. Il serait peut-être temps, non ? La sortie de l'Union européenne va nous obliger à repenser tout ça. Et ce n'est pas plus mal, finalement, car plus personne n'aura l'excuse de dire : « C'est pas nous, c'est les technocrates de Bruxelles. »

Le troisième journaliste, Simon Lartigolle, travaille chez Axios, un *pure player* américain qui vient d'ouvrir une succursale en France. Il est celui qui est resté le plus en retrait depuis le début du repas. Il connaît mal les mœurs du journalisme politique, alors qu'elles transpirent par tous les pores des deux autres : se faire l'avocat du diable en permanence, pousser à la faute en provoquant les petites phrases, se gargariser du off et se prosterner devant les gagnants pour mieux les lâcher à la première difficulté. Mais il apprend vite.

— Votre programme est complètement inexistant à ce stade, lâche-t-il.

— Il reste un an avant la présidentielle, coupe Claire Bontems.

— Certes, mais... comment dire ? Vous allez pouvoir jouer encore quelques semaines, quelques mois sur votre féminité, votre jeunesse, vos phrases contre ceux que vous appelez « les dominants ». Mais il y a bien un moment où il faudra dévoiler des mesures, des choses très concrètes. On va vous chercher sur la faisabilité, le chiffrage. Il faudra travailler avec des experts. Et vous les trouverez où ?

— Alors ça c'est fabuleux. Vous avez quoi, 30 ans, Simon ?

— 28, répond-il avec une certaine fierté.

Vingt-huit ans et déjà à la table des puissants, ou de ceux qu'il imagine être les puissants, voilà qui explique ce sourire discret qui montre à quel point il est content de lui.

— 28 ans, et vous parlez déjà comme vos glorieux aînés, dit-elle en désignant les deux autres.

Tout le monde s'esclaffe, et puis un silence, pendant quelques secondes. Dans la cuisine, à quelques mètres derrière eux, les bruits du métal qu'on frotte et de l'eau qui coule dans l'évier, même si la femme fait tout pour les amortir, leur parviennent comme un écho hors de leur bulle. Claire Bontems pose ses deux mains à plat sur les accoudoirs et avance légèrement le buste vers ses interlocuteurs. Lartigolle replace son verre sur la table basse et opère un très léger mouvement de recul, se renfonçant dans son siège.

— Vous parlez comme un techno de Bercy. On dirait qu'ils vous font fantasmer, tous ces gens qui donnent des bons points aux candidats : crédible, pas crédible... L'élection présidentielle, ce n'est pas un examen, ni un concours comme les affectionnent tant vos amis une fois qu'ils les ont réussis. Je vais vous dire, Jean : on s'en fout du programme. Je n'irai jamais me perdre dans un catalogue de dix, cinquante, cent mesures. Et pourquoi pas mille ou dix mille ? L'important, dans une campagne, c'est la vision, la philosophie. Le cadre, quoi. C'est une erreur de penser que le programme est le cœur d'une campagne. Et vous verrez : les Français le saisiront bien mieux que vous, parce que je leur parle de sujets qu'ils comprennent, qui les touchent, qui les concernent. Des sujets que la classe politique a oubliés depuis des années.

— C'est un peu démago, et vous le savez, rétorque Jean Fraticelli. Si par miracle vous gagnez, il vous faudra des gens qui connaissent tous les rouages de l'État. Il vous faudra des technos, quoi que vous en pensiez. Quand Mitterrand a été élu, il a embarqué avec lui toute une génération d'énarques. Cette génération-là, c'est la génération Gabory : une gauche modérée, réaliste, qui ne fait pas de vagues. Et qui a vocation à exercer le pouvoir... Vous, c'est moins sûr. On ne gouverne pas dans la radicalisation. Vous le savez.

Claire Bontems se lève et marche tranquillement vers la cuisine. Elle échange quelques mots avec la femme qui termine de ranger. Un éclat de rire traverse le salon quand Claire Bontems revient, un couteau de cuisine entre les dents et un citron vert dans chaque main. Elle le pose sur la table basse.

— Je vous ai fait peur, messieurs ? demande-t-elle en ouvrant le coffre où elle dissimule ses réserves d'alcool.

Elle en retire une bouteille de rhum arrangé où macèrent des fruits gâtés par la fermentation.

— Ce que vous n'arrivez pas à comprendre, c'est qu'il n'y a rien de radical dans mon programme. Je n'ai aucune intention d'envoyer les énarques en camp de rééducation. On aura besoin d'eux, bien sûr. Mais il faut qu'ils réalisent qu'ils ont aussi besoin de nous, des gens qui viennent d'ailleurs : des économistes, des militants, des activistes, des syndicalistes. On ne va pas gouverner uniquement avec des gens de Osez le féminisme. Mais ils auront leur place, à côté des juristes, des fiscalistes. Travailler avec des gens différents, c'est bon pour tout le monde. Il faut des gens qui vont chez Lidl et des gens qui vont chez Fauchon, si vous voulez une image choc pour vos papiers. Si dans votre équipe personne ne sait ce que c'est que d'arracher du plastique pour récupérer une brique de jus d'orange parce que le pack entier est trop cher, alors là, oui, vous avez un sérieux problème.

— Il y en a un qui a un autre problème, c'est Gabory, embraie Lartigolle. Claire, depuis le début de ce dîner, on parle politique, Frexit, et c'est très bien. Mais on ne va pas tourner autour du pot. Un seul sujet occupe les rédactions en ce moment : Gabory est-il un pervers qui met des jeunes filles mineures dans son lit ? Excusez-moi d'être un peu brut, mais c'est la vérité. Vous, comment vous vous situez par rapport à ça ?

Son regard croise celui de Claire Bontems, comme s'il cherchait une réaction. Elle n'a rien à leur dire sur le sujet. Ils en feront ce qu'ils veulent.

— Vous avez vu cette vidéo qui tourne partout ? reprend Jean Fraticelli.

— C'est un *fake*, m'a-t-on dit, répond Claire Bontems. Aucun média ne s'en est fait l'écho, d'ailleurs.

— Encore heureux. Mais je ne suis pas sûr que ça fasse une différence. Entre la vidéo, les forums, les sites qui colportent tout et n'importe quoi et les réseaux sociaux qui servent de caisse de résonance... ça ne va pas être simple pour lui. Depuis la campagne américaine de 2016, on sait que ça peut faire des dégâts, ajoute Jean Fraticelli. Ça circule, et même si c'est faux, ça reste dans les têtes. C'est complètement dévastateur. Si c'est artisanal, bon... Mais si c'est orchestré à grande échelle, Gabory a du souci à se faire.

— Je n'y crois pas une seconde, assène Roland Fourgue. Si tu penses que l'élection américaine s'est jouée sur les *fake news* véhiculées par Facebook, tu te fourres le doigt dans l'œil. Les médias sont de moins en moins lus, mais si un sujet n'existe pas dans les journaux ou à la télévision, il n'existe pas tout court. On a autre chose à foutre que de récurer les chiottes sous couvert de faire du *fact checking*[1].

— Moi je crois, au contraire, qu'on doit « fact checker » tout ce qui a ne serait-ce qu'un peu d'audience sur les réseaux sociaux, réplique Simon Lartigolle. D'ailleurs, on a fait le choix de parler de ces rumeurs, pour les démonter.

— Mon pauvre Simon... Tu as encore l'illusion que les gens nous lisent, répond Roland Fourgue. S'ils nous lisaient, oui, peut-être cela servirait-il à quelque chose. Et encore... Des demeurés capables de croire que Gabory entretient un harem de jeunes filles mineures préféreront croire que les médias leur mentent, plutôt que d'accepter le verdict de tes *fact checkers*. Vous êtes des hypocrites. Vous cherchez un moyen moralement acceptable de parler de ces saloperies. La vérité, c'est que si vous le faites, vous ne vaudrez pas mieux que ceux qui propagent ces insanités.

— Si tu n'essaies pas de vérifier, tu abdiques, rétorque Jean Fraticelli.

— Je vois d'ici votre papier : « Non, François Gabory n'a pas entretenu de harem à Brégançon. » Mais tu te rends compte un peu de ce que ça veut dire pour notre métier ?

— Ne rien dire, ça alimente l'idée que les médias sont inféodés à Gabory et à l'establishment. Les gens

1. Le *fact checking* est une technique journalistique consistant à vérifier l'exactitude des déclarations des hommes politiques notamment, ou les chiffres avancés, et à les remettre dans leur contexte. Elle consiste aussi à vérifier l'authenticité des informations, vidéos et images qui circulent sur Internet.

voient ça sur leur fil Facebook, mais rien sur BFM TV ou dans leurs journaux. Du coup, ils se disent : mais pourquoi BFM cache-t-elle des choses aussi graves ? On *doit* en parler. C'est le journalisme d'aujourd'hui. Tous les médias ont positionné des journalistes d'investigation sur les rumeurs qui visent Gabory – sauf *Le Temps* qui est évidemment au-dessus de tout ça, poursuit-il ironiquement. S'il y a le début de quelque chose, là, Gabory aura du souci à se faire. C'est peut-être injuste car, après tout, qu'est-ce qui interdit d'avoir des relations sexuelles avec des mineures, si elles ont plus de 15 ans ? Mais vous, Claire, vous en pensez quoi ? Je veux dire, si je dois vous citer pour mon papier...

— Vous ne me citerez pas, Simon, parce que... je ne vois pas pourquoi je devrais me mêler publiquement de tout cela. Mais la vérité, c'est que ce n'est pas un sujet dont on se préoccupe. On fait comme si ça n'existait pas. La présidentielle aura lieu dans un an. Il peut se passer tellement de choses, y compris pour moi. Je suis nouvelle en politique, mais je ne suis dupe de rien. Ceux qui accaparent le pouvoir aujourd'hui vont être prêts à tout pour ne pas le lâcher. Aujourd'hui, les rumeurs visent Gabory. Demain, ce sera peut-être moi, qui sait ? Mais j'ai un temps d'avance. Gabory est tout juste officiellement candidat. Tous ceux qui, au parti socialiste, attendaient sagement qu'il prenne sa retraite sont en train de se positionner, avec pour seul intérêt la suite de leur carrière : avec qui ai-je le plus de chances de devenir député, secrétaire d'État, ministre ? Gabory, Bontems, quelqu'un d'autre ? Ils se sont tapé le bureau fédéral le lundi soir pendant des années pour parler de la bonne ou de la mauvaise place d'une virgule, ils se sont farci le lendemain ou le surlendemain le bureau municipal dans leur commune et puis le samedi soir ils ont loupé les réunions de famille pour le cocktail d'une association ou la soirée organisée par un chef d'entreprise en vue... Cet investissement, il faut que ça débouche sur quelque chose. Et pendant qu'ils pensent à ça, moi, j'installe des thèmes. Des thèmes dont ne veut pas Gabory et qui feront venir à moi une partie de ses anciens soutiens. Le progrès social, oui, j'assume, l'égalité femmes-hommes, oui, j'assume, l'émancipation des minorités, j'assume aussi. La droite a gagné la bataille culturelle depuis des années. On baigne sans même s'en apercevoir dans un substrat d'ultralibéralisme et d'individualisme. On ne parle que d'immigration et d'identité ; l'égalité, quand elle est abordée, nivelle forcément par le bas, la solidarité, c'est forcément de l'assistanat, les questions de genres sont caricaturées en un grotesque projet qui consisterait à gommer les différences entre les sexes... Une partie de la gauche s'est agenouillée et préfère la compétitivité au progrès. Moi, je dis stop. Grâce ou à cause du Frexit, on reprend la main.

— Même s'ils vous suivent par intérêt à un moment, ils ne vous considéreront jamais comme légitime, interrompt Fraticelli. Vous ne venez pas d'un parti. Vous n'êtes pas du sérail. Vous n'avez pas le curriculum complet. Si vous parvenez à rassembler et qu'ensuite vous perdez... Ce sera l'hallali.

— Mais je n'ai rien à perdre, moi. Si je perds, je ferai autre chose. La politique, ce n'est pas ma vie. Je ne suis motivée par aucune ambition personnelle.

La femme a rendu son tablier et enfilé un long

manteau, qu'elle a laissé entrouvert sur sa tunique. Claire Bontems surprend les regards appuyés des trois hommes. Elle peut presque lire dans leurs pensées. D'une main, la femme tient son cabas à roulettes. De l'autre, elle leur fait un signe maladroit, avec un grand sourire figé, pour leur dire au revoir.

— Merci, lâche-t-elle en s'inclinant légèrement avec un accent asiatique. Merci, répète-t-elle. J'espère que vous avez apprécié ma cuisine.

Elle s'approche de chacun des trois hommes et leur tend une carte de visite. Fraticelli fait mine de se lever, et se ravise. Du fond de son fauteuil, il examine la carte.

— Lê... C'était délicieux, vraiment. C'est nous qui vous remercions, dit-il avec une douceur affectée.

— C'est vrai que c'était délicieux, ajoute Lartigolle une fois que la femme a claqué la porte. Il n'y a pas que la nourriture qui était délicieuse, d'ailleurs.

— Oh oh, un rhum et on se lâche, s'esclaffe Roland Fourgue.

— Je t'ai vu, toi aussi. Tu matais.

— Ces tuniques-là, *oh my God...*, soupire Fraticelli. Elles montrent tout sans rien montrer. Bonne bouffe, ça c'est clair. Bonne baise, je l'imagine sans peine.

— Messieurs, les interrompt Claire Bontems. Je suis encore là, au cas où vous ne l'auriez pas remarqué. Je ne suis pas sûr que l'alcool vous fasse du bien. Ça réveille vos instincts primaires.

Claire Bontems porte le verre de rhum à ses lèvres. Elle a bu plus qu'elle n'aurait dû, mais il lui faut ça pour supporter ces mâles qui ne semblent pas décidés à partir.

Des petits pas font craquer le parquet en point de

Hongrie de son appartement. Les regards se tournent tous vers la petite fille qui s'est arrêtée face à eux. D'une main, elle balance son doudou d'avant en arrière, et de l'autre, protège ses yeux d'une lumière qui l'aveugle.

— Ma-man, lâche la petite fille en étirant les syllabes...

— Oui, ma chérie ? répond Claire Bontems en se dirigeant vers elle, pour l'envelopper de ses bras.

— Est-ce que je peux enlever mes chaussettes pour dormir ?

Claire Bontems sourit. Les trois hommes aussi, qui se lèvent enfin pour s'éclipser. Fraticelli a la même expression attendrie que tout à l'heure, quand il parlait à la femme asiatique. Claire Bontems se retourne vers lui et dit simplement :

— C'est pour elle que je fais tout ça. Ça donne une sacrée force, croyez-moi. Messieurs, on se revoit quand vous voulez. Là, le devoir m'appelle.

13

2 février 2020

Elle arrive toujours cinq minutes avant midi, pour être sûre d'être la première. Elle choisit la même place, à la même table, au fond du restaurant, dos à la fenêtre, pour pouvoir observer l'entrée des pensionnaires. Thérèse Gabory est capable d'éloigner les importuns d'un regard et d'accueillir, d'une simple moue approbatrice, ceux avec qui elle consent à passer un moment. Elle a fait du réfectoire un royaume dans lequel elle accorde ses faveurs et pourtant, aujourd'hui, c'est comme si tout le monde voulait l'éviter. André, le grand geek au sourire ravageur, qui s'était damné pour être invité à sa table la semaine dernière, ne lui a même pas adressé un regard, plongé dans la lecture de son iPhone.

Deux petites vieilles finissent par s'installer juste en face d'elle.

— On dérange pas ? demande Suzanne Gauthier.

— Non, allez-y, grince Thérèse Gabory.

Elle les observe en silence, comme si elle essayait de lire dans leurs pensées. Suzanne Gauthier est la veuve d'un général de l'armée de terre dont elle ne cesse de conter les exploits. L'autre, Jacqueline Maulnes, est une vieille fille qui lui fait parfois penser à Catherine. Jamais mariée, pas d'enfants, seule au monde.

— Comment ça va, Thérèse, aujourd'hui ?

— Pas trop mal, ma foi. Mathilde m'a fait le soin de l'escarre, ce matin. Mais elle m'a mis de l'antiseptique. Ça irrite et ça pique. Je dis ça affectueusement. Je l'aime bien, cette petite. Mais elle n'a que 20 ans. Qu'est-ce qu'elle connaît à nos petits malheurs ?

— Vous êtes un peu sa cobaye, alors, s'amuse Suzanne Gauthier.

— C'est bien de pouvoir en rire, réagit Thérèse Gabory. Je n'aime pas trop quand elle prononce ce mot-là, « escarre ». C'est un mot de vieux. Un mot qui évoque la fin.

— Vous n'en êtes pas si loin, observe froidement Jacqueline Maulnes.

Le sourire de Thérèse se fige, mais l'arrivée du chariot roulant avec les entrées l'empêche de répliquer. Dans leurs assiettes, une salade de roquette, du chèvre chaud et du saumon fumé. Personne ne parle, on entend seulement les bruits de mastication, les couverts qui crissent sur les assiettes. De temps à autre, l'une des pensionnaires jette un œil à la télévision, branchée sur BFM TV, qui repasse des extraits de la conférence de presse tenue la veille par Hélène Cassard.

— Elle est bien, cette femme, observe Jacqueline Maulnes. Courageuse.

— Et puis elle n'a pas hérité d'une situation facile, ajoute Suzanne Gauthier. Cette histoire de Frexit, quelle imbécilité. N'est-ce pas, Thérèse ? Vous avez connu la guerre, vous aussi ? On n'a pas envie que ça recommence. On a passé notre vie à construire l'Europe et le caprice de notre cher ex-président a tout fait valser.

Thérèse Gabory prend sa serviette, la déplie, l'applique soigneusement sur ses lèvres et tire la langue pour en enlever un bout de salade.

— Pour que ça ne recommence pas, la guerre, il faut commencer par éviter de voter pour des gens comme Laurence Varennes, ou de s'allier avec elle. Ce n'est pas ça que j'appelle le courage. Ce serait plutôt de la lâcheté.

Suzanne Gauthier jette un coup d'œil à Jacqueline Maulnes. Toutes deux posent à peu près en même temps leurs couverts sur leur assiette vide, et fixent Thérèse Gabory avec aux lèvres un sourire à peine perceptible. Elle a l'impression d'être prise au piège.

— Vous avez vu les nouvelles de ce matin ? demande Suzanne Gauthier.

— Quelles nouvelles ? répond Thérèse Gabory.

— Tenez, dit-elle en sortant de sa poche une feuille A4 et en la dépliant. C'est de ce site que lit André sur son téléphone. Toujours penché sur son appareil, celui-là.

Thérèse Gabory attrape la feuille et se met à lire le titre de l'article intitulé : « Addiction au porno et sexe avec des mineures : anatomie des rumeurs qui pourrissent la campagne de François Gabory. » Elle lève les yeux, observe les deux vieilles femmes en face d'elle et leur sourire mauvais.

— Vous n'aviez pas entendu parler de ça, apparemment ? interroge Jacqueline Maulnes.

Thérèse Gabory se replonge dans la lecture de l'article.

Même si c'est pour les démonter, le journaliste semble se complaire dans la description très précise des rumeurs qui touchent François Gabory. Thérèse éprouve tout à coup un haut-le-cœur. Elle ne comprend rien à ce que dit le journaliste. Elle ne sait pas ce qu'est Facebook, à quoi ressemblent les réseaux sociaux. Elle comprend simplement que son fils est devenu une cible. Pour qui, et pourquoi ? Aucune idée. Elle repose le papier, sent les larmes monter.

Elle lutte pour les arrêter avant qu'elles ne dévalent ses joues. Hier encore, elle était la mère d'un président de la République. On se battait pour être à sa table. Maintenant, tout le monde aura un doute. Est-elle la mère d'un pervers ? Ces deux femmes la haïssent et ces rumeurs absurdes leur donnent l'occasion de le dire, pour briser sa popularité. Thérèse Gabory ferme les yeux une ou deux secondes, et sa voix se déchire un peu quand elle s'adresse à Jacqueline Maulnes :

— Non, je n'en avais pas entendu parler. Mais vous savez, vous pouvez dire ce que vous voulez, je connais mon fils mieux que personne. Il s'est sacrifié pour la France. Il a eu des succès, des échecs aussi. Après tout, ce n'est pas à moi de dire s'il a été un bon président, ni s'il est légitime à vouloir le redevenir. Mais ce que je sais, c'est que si les petits vieux sont de moins en moins pauvres, c'est grâce à lui. S'il y a de plus en plus de places dans les Ehpad, c'est grâce à lui. Si on peut y manger bio, c'est grâce à lui. Vous avez le droit de le détester, mais il ne mérite pas toutes ces calomnies. Sûrement pas. Sur ce... Vous m'avez coupé l'appétit.

Elle se lève péniblement et fait un signe aux

infirmières, rassemblées autour d'une table. C'est Mathilde qui vient vers elle, le sourire aux lèvres. Thérèse Gabory se laisse soulever, sans résistance. Elle se sent comme un poids mort au moment où elle glisse dans la chaise roulante et se retire sans un mot pour les deux vieilles pies qui gloussent dans son dos.

— Faut pas vous en faire, madame Gabory, lui murmure Mathilde à l'oreille. Ce sont vraiment des pestes, toutes les deux.

— Vous êtes gentille, Mathilde.

L'infirmière l'emmène en silence jusqu'à sa chambre. Thérèse Gabory regarde par terre, le sol en lino qui scintille à la lumière des néons, ses chaussons aux pieds et ses chevilles déformées par les varices. Mathilde l'aide à s'installer dans son fauteuil.

— Vous voulez que je vous mette la télévision ?

Elle fait non de la tête. Mathilde n'insiste pas.

— Vous aviez entendu parler de ça, vous ? Ce qu'on dit sur mon fils ?

L'infirmière baisse les yeux, évite son regard.

— Allons, vous pouvez me dire, Mathilde.

— Vaguement, répond la jeune infirmière en regardant par la fenêtre. C'est sur Facebook qu'on voit circuler ces ragots. Mais bon, personne ne prend ça au sérieux.

— C'est pas passé à la télé, quand même ?

Mathilde fait non de la tête, avant de s'en aller pour rejoindre le réfectoire.

— Tranquillisez-vous avec ça. Faut pas vous en faire. Les rumeurs, ça va, ça vient.

Elle claque la porte. Thérèse tend le bras, décroche le téléphone de son socle et compose le seul numéro qu'elle connaît par cœur. Pourtant, elle ne l'appelle jamais. Elle a toujours peur de le déranger. Elle attend souvent son coup de fil, en revanche, et quand il téléphone, tout doit s'arrêter. Il a la priorité, car c'est lui qui est occupé. Il fait une faveur. Il faut s'adapter. Ça ne dure jamais plus de cinq minutes et c'est toujours un peu la même conversation. Mais elle ne lui en veut pas. Entre la France et sa vieille mère... Difficile de rivaliser. C'est déjà bien qu'il pense encore à elle. Il l'appelle presque tous les soirs.

Il décroche au bout de deux sonneries. Elle lui raconte l'épisode de la cantine. Il a l'air secoué mais il la rassure.

— C'est quoi ces trucs, là, Facebook ? Ça marche comment ?

— Ne t'occupe pas de ça, Maman. Ça n'a aucun intérêt. C'est juste la version moderne des lettres anonymes envoyées aux Allemands pour dénoncer les Juifs ou les communistes. Le monde n'a pas changé, il y a toujours des gens qui s'amusent à dire n'importe quoi.

— Et ils font un article pour dire que ces rumeurs sont fausses ? Mais pourquoi, François ? Si c'est faux ?

Il rit, d'un rire léger, comme si elle avait dit une énormité.

— C'est le monde d'aujourd'hui, Maman. À bien des égards, il n'est pas plus reluisant que celui d'hier. Promets-moi de ne pas prendre ça au sérieux. Et si on t'embête avec ça, dis-leur, à tes petites vieilles, que c'est elles qu'il faudrait envoyer au lupanar.

Elle raccroche. Elle n'a pas envie de rire. Toute une vie à espérer ça, qu'il devienne président. Un rêve exaucé. Et ça n'a rien comblé. Rien. Et depuis qu'il a été chassé du pouvoir, elle se laisse prendre par le même espoir. Que ça recommence. Que les Français se mettent à l'aimer, quoi qu'il en coûte. Mais pourquoi certains le détestent-ils autant ?

Thérèse Gabory observe au-dehors une voiture garée à l'arrière du bâtiment, dans laquelle deux hommes chargent des meubles et quelques cartons. Elle tente de deviner quel appartement on est en train de vider. Il y a eu deux décès au cours des jours précédents. Elle parie sur la dame du premier. Ce qui subsiste d'une vie tient dans le coffre d'un petit utilitaire, et la sienne n'y fera pas exception. La Kangoo est pleine à ras bord. Les deux hommes veulent s'éviter un voyage supplémentaire et ont laissé le coffre ouvert, d'où dépasse une commode. À moins que, suprême délicatesse, ils ne se dépêchent d'avoir fini pour éviter que les pensionnaires n'aient trop longtemps pour spectacle le déménagement d'une congénère vers l'au-delà.

Thérèse Gabory se demande si quelqu'un sera là pour vider son deux-pièces. Tout ira sans doute à la décharge.

14

3 février 2020

Il gare son scooter devant le 25 de la rue de Miromesnil, enlève son casque et se passe une main dans les cheveux. Grégoire Castelli est en retard. Dans l'immeuble, plusieurs lumières sont allumées. Sous le porche, il salue l'officier de sécurité, puis marche rapidement vers le fond de la cour, où il pénètre dans le bâtiment intérieur.

Pendant près d'un an, les bureaux étaient restés quasi inoccupés. Castelli ne les a découverts qu'avant l'été, au moment où François Gabory l'a invité à les visiter.

Il avait été frappé par la décoration, minimaliste, mais qui témoignait de la difficulté que Gabory avait eue à tourner la page. La plus grande pièce de l'appartement abrite un bureau qui est comme un musée de ses années à l'Élysée. Son portrait officiel, grave et sombre, réalisé au crépuscule dans les jardins présidentiels, shooté par un ancien militaire qui avait connu l'Afghanistan et s'était reconverti comme photographe, trône au-dessus du fauteuil. Il avait contribué à forger dès les premières semaines une stature présidentielle, rapidement mise à l'épreuve par les attentats. Le bureau est parsemé de clichés qui sont autant de rappels des moments forts de son quinquennat.

Il a conservé aussi quelques cadeaux offerts par des chefs d'État, même si la tradition invite normalement à les laisser au Mobilier national. Parmi eux, une réplique grandeur nature de *L'Enlèvement de Proserpine*, une sculpture monumentale du Bernin datant de 1621, offerte par le Premier ministre italien, Giuseppe Di Malenta, et qu'il a installée dans la salle à manger. La hauteur sous plafond de l'immense appartement haussmannien est parfaite pour accueillir ces 2,55 mètres de résine.

François Gabory l'avait mené directement sur le balcon.

« Regarde, lui avait-il dit. En se contorsionnant un peu, on aperçoit le Palais. C'est d'ici que commence la reconquête. J'irai. Je compte sur toi, bien sûr. »

Ce n'était pas une question et Grégoire Castelli n'avait pas donné de réponse, puisque cela allait de soi. Et le voilà, quelques mois plus tard, dans les locaux d'une campagne qui, à peine commencée, menace déjà de s'effondrer.

— J'ai réfléchi à ce que tu m'as dit. Il faut qu'on passe à l'offensive pour démonter ces *fake news.* On se voit demain à la première heure.

Ces jours derniers, Grégoire Castelli a passé une bonne partie de son temps à errer sur Internet, de comptes Twitter en profils Facebook, de blogs en sites conspirationnistes d'extrême droite ou d'extrême gauche, de forums en captures d'écran bidonnées. Son constat est effarant. Le #PrésidentPervers prolifère :

de fausses vidéos fabriquées par on ne sait qui, on ne sait comment, aussi ridicules les unes que les autres, sont partagées sur Facebook sans que l'on puisse savoir si les gens y croient ou trouvent juste cela drôle. Et lui-même reçoit des messages WhatsApp qu'il n'a jamais sollicités et qui lui disent à quel point François Gabory est un vicieux dont la seule occupation semble être de se vautrer dans la luxure. Il imagine ces gens derrière leur écran, dans leur solitude absolue, jouir de la haine qu'ils distillent, confortés par d'autres pauvres types comme eux, persuadés que l'addition de leurs délires, à force d'être relayée, va finir par former une réalité. Certains élus mal éduqués les lisent et leur donnent du crédit. Ils en profitent alors pour dire « vous voyez, on avait raison », comme cette femme qui signe des logorrhées aussi absurdes qu'indigentes sur un blog qui ose s'appeler « La Cause du peuple » :

> Et voici ce que disait l'ancien député Xavier Ribarot, proche d'Hélène Cassard, pour confirmer que François Gabory cache « des détails de sa vie personnelle » : « Gabory a passé près de six ans à l'Élysée, ça laisse le temps d'acheter le silence des uns et des autres. Ça laisse des traces et des copains qui le soutiennent et qui ont peut-être aussi profité de ses largesses de tous ordres. » Il entretient des relations suivies avec plusieurs jeunes femmes qui ont ou n'ont pas 18 ans. Ça s'appelle la polygamie et c'est interdit en France. Comment le sait-on ? *Closer* a des photos de lui avec des membres de son ha-

rem dans un sauna, dont la diffusion a été bloquée par quelqu'un de très haut placé dans la majorité actuelle, qui était redevable à Gabory. Tout le monde se tient mais le vernis se craquelle. Derrière Gabory, c'est le lobby de la finance, paravent de la mafia pédocriminelle des banquiers Lieberman, qui est à l'œuvre.

Quand Grégoire Castelli pousse la porte du salon, ils sont déjà tous là, autour de la table sur laquelle est posée la cafetière, encore en marche. Viviane et François Gabory. Jean-Pierre Beauvais, son avocat. Claude Danjun, l'ami et le conseiller de toujours. Castelli serre la main aux hommes et fait la bise à Viviane, froide et fermée comme s'il était personnellement responsable de la situation.

Alors qu'il enlève son manteau et dénoue son écharpe, il commence à décrire l'étendue des dégâts. Viviane l'arrête bientôt d'un geste :

— Stop, Grégoire. On le sait, ce qui circule sur François. Même sa mère est au courant, maintenant. On est là pour trouver une solution, non ? Tu en as une ?

Viviane Gabory est restée une jolie femme, même si des bajoues commencent à pendre de chaque côté de sa mâchoire et que son front se ride dès qu'elle éprouve une contrariété. Elle n'a jamais vraiment aimé Grégoire Castelli, parce qu'elle a toujours rejeté ce qui ramène son mari à la politique. Viviane Gabory a fait une carrière brillante dans la haute administration, qu'elle a poursuivie malgré l'ascension de son mari. Elle était numéro trois de la Poste quand

François Gabory a été élu et qu'il l'a contrainte à « finir Première dame », comme elle le disait. Elle a alors fait le strict minimum. Les voyages officiels, les dîners d'État, l'arbre de Noël de l'Élysée... Mais elle n'a jamais voulu aller plus loin que ça, malgré les demandes de Castelli, qui a toujours pensé qu'une Première dame populaire pourrait servir de joker quand son mari serait au creux de la vague. Il est sans doute temps de sortir cette carte maîtresse.

— On a deux solutions, dit Gabory. Faire le dos rond en attendant que ça passe. Vous connaissez mon opinion : ça ne passera jamais. Ou prendre les rumeurs à la gorge. C'est pour ça qu'on est là, je pense.

Tout le monde acquiesce, sauf Claude Danjun, qui secoue doucement la tête pour faire non.

— On va déposer plainte, répond Jean-Pierre Beauvais en postillonnant, visiblement hors de lui. Diffamation et diffusion de fausses nouvelles. On peut retrouver ces petits salopards et les mettre en pièces à la barre.

— Ils sont nombreux, répond Castelli.

— Si la justice arrive à en attraper un ou deux, ça suffira, on les fusillera pour l'exemple, sourit François Gabory.

— On va commencer par médiatiser ces plaintes..., suggère Castelli.

— Vous êtes en train de tomber dans le panneau, coupe Claude Danjun. On va donner encore plus d'écho à tout ça. C'est de la folie. On ne combat pas la rumeur. On la laisse s'éteindre toute seule.

— Laisse-moi finir, Claude. On ne va pas juste médiatiser les plaintes. Il faut qu'on accompagne ça d'une offensive médiatique, avec un message clair : François a toujours respecté les femmes.

Il jette un coup d'œil à Viviane, comme pour lui demander pardon. Elle connaît la réputation de son mari. Elle sait qu'il n'a jamais été fidèle, même si elle n'a jamais voulu connaître le détail ou la fréquence des incartades. Il faut dire qu'il n'a jamais rien fait pour se cacher : même quand il était président, il allait régulièrement chez l'une de ses maîtresses, qui habitait à deux rues du Palais. Il aurait pu se faire photographier cent fois sortant de la voiture banalisée. L'existence de sa garçonnière dans le 14e arrondissement est un secret de Polichinelle, même si Castelli n'aurait pas mis sa main à couper qu'elle ait été souvent utilisée durant le quinquennat.

— Les Français te connaissent, François. Ils t'ont aimé, ils t'ont détesté, et puis ils t'ont oublié. Et là, ils te retrouvent sous un angle qu'ils ne soupçonnaient pas – et pour cause... On ne peut pas les laisser croire n'importe quoi et il va falloir que tu te livres comme tu ne t'es jamais livré. Il va falloir, Viviane, que tu acceptes de te montrer. Il faut qu'on raconte mieux votre histoire. Qui vous êtes vraiment, d'où vous venez et où vous allez. On va trouver un message fort, un message vrai. Il peut y avoir des failles dans l'histoire, mais il faut être prêts à les reconnaître. On n'est pas obligés de tout dire, mais on ne peut pas mentir. Parce que si on ment, à un moment donné, on sera pris la main dans le sac.

Il regarde Claude Danjun. Le plus vieil ami de Gabory, celui avec qui il a fait toute sa carrière, se mord la lèvre.

— Souviens-toi de ce qui est arrivé à Claude, avec cette stupide affaire de l'élastique.

Quand il était encore à l'Élysée, son ancien conseiller s'était retrouvé au cœur d'une tourmente médiatique pendant plusieurs jours. Dans l'un de leurs livres, deux journalistes avaient décrit une scène où Danjun, voyant une de leurs consœurs qui portait un pantalon taille basse se pencher devant lui pour ramasser un stylo, avait fait claquer l'élastique de sa culotte en s'exclamant : « Eh bien, qu'est-ce que vous me montrez là ? » Il avait commencé par nier. Puis, devant la réaction des associations féministes qui réclamaient sa démission, il avait fallu qu'il accepte d'avouer un « comportement inapproprié », sans donner plus de détails. Il en avait été quitte pour des excuses publiques, sur les conseils de Grégoire Castelli.

La réalité, François Gabory la connaissait. Il était présent ce jour-là. Danjun avait tiré sur le chemisier pour cacher la peau qui s'était dévoilée sans le vouloir – un réflexe catho de père la pudeur plutôt que de vieux dégueulasse. La journaliste s'était retournée et lui avait décoché un regard noir. Elle n'avait pas compris son geste. Il est vrai qu'il aurait dû s'en abstenir.

— Plus tu mens, plus tu t'enfonces, reprend Castelli.

L'ancien président et Viviane se regardent, les yeux dans les yeux. Seuls eux savent, à ce moment-là, ce que signifie cet échange. Il n'y a ni colère, ni mépris, ni rancune, ni chez elle ni chez lui. Ils savent bien qu'aujourd'hui tout le monde peut se placer au centre d'un panoptique qui permet d'observer tous les personnages publics, ce qu'ils font, ce qu'ils disent et ce qu'on dit d'eux, puis de diffuser en masse n'importe quelle assertion. Que ce soit vrai ou faux n'a aucune importance. Gueuler plus fort que les autres, et répéter encore et encore, voilà ce qui compte et peut faire de chacun un procureur zélé de ce tribunal permanent instauré par les smartphones et les réseaux sociaux.

— Je crois qu'à ce stade il faut frapper un grand coup, dit Castelli. Je verrais bien un grand meeting où tu t'afficherais avec Viviane, ainsi qu'avec des femmes qui ont accompagné toute ta carrière politique. Des femmes qui te doivent quelque chose, qui témoigneraient de la personne que tu es. Un gentleman, pas un « président pervers ».

François Gabory se tourne vers son épouse. Elle grimace mais ne dit rien. L'ancien président répond en riant grassement :

— Tu as raison, Grégoire. Excellente idée. On va même inviter Claire Bontems.

Tout le monde s'esclaffe, mais c'est un rire un peu désespéré. Personne ne peut être sûr que ça va marcher. Grégoire Castelli, lui, en est persuadé. Il n'y a rien d'autre à faire. Face aux fantasmes, montrer la réalité, la banalité.

Il s'attarde sur la sculpture, sur les mains de Pluton enfoncées dans la chair de Proserpine, sur le regard effrayé et combatif de la nymphe qui se débat, sur le visage déformé par le désir et les lèvres révulsées du dieu des Enfers qui, escorté par Cerbère, enserre sa proie. Il se dit que jamais il ne faudra organiser d'interview dans cette salle tant que cette statue occupe à ce point l'espace.

15

5 février 2020

De son balcon, il observe cette rue sans animation où il habite depuis maintenant plus de trente ans. En face de lui, un petit escalier mène à une autre venelle où l'on trouve quelques maisons nichées dans la verdure. La lumière orangée des lampadaires donne à son quartier des allures de décor de cinéma.

Il tremble un peu, tâte la poche de sa veste, à la recherche d'un paquet de cigarettes qui reste désespérément vide depuis qu'il a quitté la vie politique. La dernière, il l'a fumée le soir du « non » au référendum, dans le jardin de l'Élysée, en faisant une dernière fois le tour du propriétaire. Après, il a tout arrêté. « À 70 ans, il était temps », lui avait dit son épouse.

Elle avait beaucoup attendu, beaucoup encaissé, sans se plaindre. Claude Danjun n'avait jamais été un don juan, il avait plutôt moins que d'autres profité de sa position de pouvoir, et toute sa carrière, toute sa vie, il était resté ce qu'il était au fond de lui : un homme timide, un peu emprunté, parfois maladroit quand il se sentait trop euphorique – ça n'arrivait qu'assez peu souvent. Il avait trompé sa femme, cinq ou six fois, mais en quarante ans de mariage, c'était peu, très peu, surtout s'il se comparait à François Gabory. Il était tombé amoureux aussi, il s'était cassé les dents, souvent. Il aurait pu la quitter pour d'autres si elles avaient répondu à ses avances. Mais il était là, avec elle.

« À 70 ans, il était temps. » Oui, il était sans doute temps de lui consacrer un peu plus d'attention.

Elle le connaissait par cœur, et c'est elle qui l'avait encouragé à accepter la proposition faite par la radio. « Ça te mettra un peu en valeur, et ça t'évitera de décrépir », avait-elle rigolé. Elle avait juste exigé qu'il rentre dîner quatre fois par semaine. Quatre soirs par semaine en tête à tête avec sa mauvaise conscience, quatre soirs par semaine pour refaire le film d'une vie qu'elle aurait aimée plus ordinaire.

Lui, au contraire, il avait toujours rêvé d'entrer dans l'Histoire. Il avait été de ces hommes qui préfèrent œuvrer dans les coulisses, dont personne ou presque ne retient le patronyme, mais qui influencent eux aussi le destin de leur pays. Il avait occupé à l'Élysée l'ancienne chambre de l'impératrice Eugénie. Certains l'avaient baptisé « le bureau qui rend fou » parce que ses occupants successifs avaient fini par tomber dans une stupide mégalomanie. L'un d'eux y convoquait toutes les semaines un cireur de chaussures, un autre y avait organisé une partie de jambes en l'air avec deux prostituées ukrainiennes qui n'avaient pas manqué de tout raconter à la presse.

Lui n'avait rien fait de tout ça, et s'il était devenu fou, c'était de ce spectacle incroyable qu'offraient les quatre fenêtres de la pièce. Le calme apaisant des jets d'eau, le chant des oiseaux au petit matin, les jardiniers qui s'affairaient le long des allées sans se soucier de ce qui se tramait dans les couloirs, la lueur du soleil sur le damas vert satiné tendu aux murs. Il restait des heures aux fenêtres, à observer la chorégraphie suspendue de ces jardins si parfaits. Il surveillait aussi les allées et venues des visiteurs du soir qui empruntaient la grille du Coq. Il avait eu la nostalgie de ce bureau dès qu'il y était entré. Elle ne l'a évidemment pas quitté depuis qu'il a été contraint de laisser l'endroit à d'autres qui ne le méritent pas.

L'idée du référendum n'était pas de lui, mais il l'avait ensuite défendue et justifiée. Il avait sa part de responsabilité dans ce qui était arrivé : une France gouvernée par une droite qui ressemble de plus en plus à l'extrême droite, qui négocie tant bien que mal sa sortie de l'Union européenne. Voilà le résultat de quarante années de vie au service de son pays : il a accompagné l'Histoire jusqu'au bord du précipice. Peut-être est-il encore temps de la retenir ?

La main de Claude Danjun écrase ce paquet de cigarettes vide qu'il conserve comme une relique de sa vie d'avant. Il rentre dans le salon, referme la porte. Il passe une tête dans la chambre et entend le ronflement familier de son épouse. Il enfile ses chaussures en écrasant le talon et ajuste l'écharpe autour de son cou, avant d'enfiler l'élégant pardessus offert par sa femme dans la semaine qui a suivi son départ de l'Élysée. Il referme doucement la porte de l'appartement et descend tranquillement les escaliers.

Le froid lui semble plus vif dans la rue que sur son balcon. Il rabat son col et presse le pas. Il jette le vieux paquet de cigarettes dans la première poubelle venue. À deux cents mètres, il distingue déjà la lumière de l'enseigne du bar-tabac. Une dizaine de personnes emmitouflées font la queue. Il s'y mêle avec délectation. Il tousse toujours autant, alors à quoi bon avoir arrêté? Elle dira ce qu'elle voudra. Il ne peut pas se résoudre à ce que sa vie soit déjà finie.

Il fouille dans ses poches pour en sortir un billet de dix euros. Le buraliste lui tend un paquet de Winston et quelques pièces qu'il ne compte pas. Il s'arrête sur le trottoir. Un peu perdu, il contemple quelques secondes le va-et-vient des voitures, le pas pressé des femmes autour de lui. Il entend les rires aussi, et des cris au loin qui ne font réagir personne. Ses deux mains sont enfoncées dans ses poches. La droite serre son téléphone portable, la gauche le paquet qu'il vient d'acheter. Il regarde autour de lui, à la recherche d'un homme ou d'une femme qui aurait une cigarette aux lèvres, mais c'est lui qui se fait aborder.

— Vous avez du feu?

Elle a peut-être 50 ans, les traits fins et les yeux en amande. Le maquillage se craquelle. Il se contente de hausser les épaules. Il sourit, un peu bêtement, en la voyant passer son chemin.

Il sort son téléphone, regarde l'heure affichée. Sur l'écran d'accueil quelques alertes et un nouveau SMS de François Gabory.

Après l'échec du référendum, ils ont eu besoin, tous les deux, de prendre leurs distances. Dans l'esprit de Gabory, c'était juste une pause. Il l'a rappelé dès qu'il s'est remis en route, après l'été. Claude Danjun l'a suivi, mécaniquement, sans même lui dire : «Oui, je suis de la partie.» Mais maintenant, il éprouve un peu de pitié vis-à-vis de son ami – vis-à-vis de lui-même aussi. Il aimerait, bien sûr, que ce retour soit possible et l'accompagner comme un sherpa dans l'ascension vers le sommet. Mais le col est trop haut, et l'alpiniste trop affaibli. La stratégie est suicidaire.

S'il fait ce que lui conseille Grégoire Castelli, François Gabory va ouvrir la porte sur quarante années de petits secrets à ces journalistes qui, à force de fouiller, finissent toujours par trouver quelque chose. Claude Danjun croit encore à la vie privée. Il ne veut pas cautionner le grand déballage qui s'annonce et qui, de toute façon, ne réglera rien : dès qu'on parle, dès qu'on bouge, on s'enfonce, comme si on était pris dans des sables mouvants. Mais il n'a pas d'autre solution à proposer. Rester immobile et silencieux n'a pas davantage de sens car cela fait de vous une cible facile, sur laquelle tout le monde peut s'acharner. Claude Danjun en a fait l'expérience, à sa petite échelle. Tout le monde a oublié l'affaire de l'élastique, mais pas lui, ni sa femme.

La seule voie possible est aussi la seule que François Gabory n'empruntera pas. C'est celle du renoncement. Claude Danjun connaît l'ancien président depuis cinquante ans. Il le connaît sans doute mieux que personne. Mieux que sa mère, mieux que sa sœur. Il n'a jamais eu besoin de violer pour obtenir ce qu'il voulait des femmes. François Gabory les a toujours aimées, et elles le lui ont bien rendu. Claude Danjun lui en a souvent voulu.

Il se souvient encore de Capucine Clapère, cette jeune actrice qu'ils avaient rencontrée lors d'un dîner chez Éliane Loza, la marraine des Enfoirés, chanteuse à succès des années 1950 qui n'avait jamais disparu du paysage médiatique depuis. Les yeux verts de la comédienne, ses taches de rousseur semées sur sa peau de porcelaine, sa chevelure blonde en cascade... et ses convictions ingénues d'extrême gauche sur l'économie et les migrants, exprimées avec le ton ridicule de la révolte vue de Montmartre. François Gabory n'avait peut-être pas réussi à la faire changer d'avis, mais elle avait fini dans son lit. Il n'avait pas joué au fanfaron. Il ne le faisait jamais.

François Gabory baisait, peut-être baise-t-il encore même si l'aura d'un ancien président est quelque peu fanée, mais il n'a jamais eu besoin de le faire savoir en prenant les femmes pour des trophées qu'on brandit à la face de ses concurrents. On peut lui accorder cela : il n'est ni vantard ni vulgaire, et c'est aussi pour ça que Danjun l'apprécie autant. Il sait combien les rumeurs et les accusations sont ridicules, et pourtant, il devine aussi que la partie est perdue.

Il ne veut pas le trahir. Il cherche un numéro dans sa liste de contacts. Il se racle la gorge, comme il le fait toujours avant de parler, puis renonce. Au même moment, il reçoit un message de Claire Bontems.

Je viens d'écouter ta chronique en podcast. Merci pour cette allusion à notre conversation de l'autre jour. À bientôt?

Le matin même, sur Europe 1, il a lu son texte sur l'état des négociations du Frexit, dans lesquelles sont empêtrés Hélène Cassard et son gouvernement, et sur le clivage gauche-droite. Il avait d'abord eu envie de parler de Claire Bontems, mais il avait finalement esquissé ce que pourrait être la gauche dans une France hors de l'Europe. Ce qui revenait un peu au même.

Il a toujours été un peu mystique. Il a envie de croire que ce message est un signe. Alors il sort ses lunettes et tapote pendant de longues secondes sur son téléphone :

> La gauche n'est pas morte. Mais c'est quoi, la gauche ? On y travaille tous, quoi qu'on en dise.

Il range son téléphone et regarde autour de lui pour s'assurer que personne ne l'a vu, comme s'il avait fait quelque chose d'illégal. Le train que conduit François Gabory n'a que des murs pour destination : il veut se persuader qu'en descendre dès maintenant est davantage une question de survie que de trahison. Lui non plus n'a pas grand-chose d'autre en dehors de la politique.

16

8 février 2020

Il se revoit déambuler sur la scène. Il a mis le volume au minimum pour ne pas réveiller Viviane, mais il sait par cœur les phrases qu'il déclame en occupant tout l'espace. Face à lui, des centaines, des milliers de personnes brandissent leur téléphone et l'acclament. Il n'a pas besoin du son pour entendre résonner les cornes de brume et les vivats qui l'avaient empêché de poursuivre son discours pendant plusieurs minutes. Il les savoure encore, ces minutes d'acclamation, se voyant à l'écran s'avancer vers le public, les bras en croix. Il se souvient de la chaleur des projecteurs braqués sur lui, celle de la foule hypnotisée dans la fosse. Il sent encore tout cet amour qui s'était déversé sur lui, cette ferveur qu'il avait fait naître. Ces militants, ces sympathisants, ces curieux que les agents de sécurité avaient laissés se hisser jusqu'à lui ne peuvent pas l'avoir oublié.

Il ferme les yeux. Il est transporté en arrière, il y a huit ans, au Palais omnisport de Paris-Bercy, pour le dernier meeting de la campagne qui allait l'installer à l'Élysée : il se laisse toucher, porter, transporter. Il s'abandonne, se relâche. Il n'a jamais été aussi bien.

L'image s'arrête, l'écran devient noir. La pièce est plongée dans la pénombre. Dehors, la nuit est triste et poisseuse, abîmée par la bruine qui n'a pas cessé depuis le dîner.

François Gabory garde quelques secondes la télécommande en équilibre sur la paume de sa main et la repose sur l'accoudoir du canapé dans lequel il s'est installé, après avoir abdiqué face à l'insomnie qui l'a de nouveau frappé. Dopé la journée à la cortisone, plombé par les somnifères qu'il avale désormais avant de se mettre au lit, il s'écroule quand vient le moment de s'allonger et, s'il a de la chance, il est aspiré dans une nuit de plomb, sans rêves visqueux qui s'accrochent aux parois de son sommeil et suintent tout au long des heures. Mais s'il se réveille au milieu de la nuit, si les rumeurs s'invitent à l'improviste dans la paix nocturne que les médicaments lui accordent, il est condamné à faire face.

Il regarde l'heure. 3 h 34. Son sommeil a la délicatesse des funambules et ses réveils nocturnes la saveur d'absurdes vagabondages dans ses années fastes. Celles où il était aimé, celles où il était espéré, celles où l'on pouvait croire que tout était encore possible. Jamais il n'a retrouvé dans l'exercice du pouvoir le plaisir des campagnes électorales. Finalement, il a moins baisé quand il était président que quand il était candidat.

Il entend l'escalier craquer. Dans la pénombre, il devine la silhouette de Viviane, engoncée dans sa robe de chambre comme une mamie. Elle s'approche de lui.

— Tout va bien, François ?

— Oui. Je n'arrive pas à me rendormir. Je réfléchissais.

— À quoi ?

— À nous, ment-il. À tout ce qu'on a traversé.

Elle lui sourit, lui caresse la joue. Les mains de Viviane sont rêches et glacées, elles tremblent plus qu'à l'accoutumée. Il se demande ce qu'il ferait si elle le quittait. L'hypothèse lui paraît improbable. Il ne s'est jamais vraiment caché, et elle a toujours préféré ne pas regarder : ainsi les apparences sont restées sauves pendant plusieurs dizaines d'années. Peut-être l'a-t-elle trompé aussi, parfois. Il ne s'est jamais vraiment posé la question.

— On n'a pas eu une vie comme les autres, hein ?

Il a toujours été obsédé par le pouvoir, sans qu'il sache pourquoi. Pourtant il y sacrifie tout. Elle le lui a reproché souvent. Mais sacrifier tout, cela ne veut rien dire. « Tout », c'est quoi ? Choisir un pack de yaourts plutôt qu'un autre chez Carrefour, tondre la pelouse le samedi parce que c'est interdit le dimanche, accompagner les enfants au foot le mercredi et au solfège le jeudi soir, s'arrêter quelques minutes pour les devoirs et puis, des années après, les accompagner en voiture pour les installer dans leur piaule d'étudiant dans une ville de province...

Ils n'ont pas eu d'enfants. Viviane n'en voulait pas avant d'avoir mis sa carrière sur orbite et quand, à 38 ans, elle avait commencé à envisager l'hypothèse, ils avaient essayé. François Gabory n'y avait pas mis d'entrain particulier. Il avait toujours donné sa préférence à une réunion tardive au parti, à une farandole dans une maison de retraite, à une distribution de tracts sur un marché, et gravir des centaines de marches pour toquer aux portes des appartements lui a toujours semblé plus important que de réserver sa soirée pour baiser parce que « c'est le moment » ou de se reposer avec Viviane au coin du feu un dimanche après-midi.

Il a toujours tout fait pour se faire aimer d'une foule indistincte plutôt que de sa propre famille, sa mère, sa sœur, sa femme, et il n'a jamais eu à choisir entre la capture de cœurs inconnus et la routine d'un vieux couple. Il a tout eu, l'aventure et la sérénité d'une vie de couple stable. Viviane a toujours été là.

— Non, répond-elle. J'aurais bien voulu, parfois... Surtout maintenant.

Elle soupire. Il sait qu'elle pense aux enfants qu'ils n'ont pas eus. Il n'a aucun regret.

— Qu'est-ce qu'on va bien pouvoir dire, François, sans passer pour des cons ? Cette idée de meeting, c'est une idiotie. Ça revient à donner aux journalistes un permis de chasser. Le cliché du couple uni dans la tempête, ils vont vouloir le détruire. Et ils y arriveront. J'ai réfléchi, François. Je ne peux pas faire ça. Souviens-toi de l'affaire Lewinsky : ils ont tout déterré, à l'époque. L'étui à cigares et la robe bleue avec des taches de sperme, très peu pour moi.

— Tu as dit à Grégoire que tu étais d'accord. Tu as changé d'avis ?

Elle n'ose pas le regarder. Il se lève et lui redresse la tête en lui attrapant le menton. Sa voix est glaciale et il s'en veut au moment où il prononce cette phrase :

— Tu ne veux plus défendre ton mari ?

Il voit de la peur dans ses yeux. Il la serre dans ses bras.

— Ça ira, Viviane. Il faut qu'on aille au bout.

Elle sanglote, maintenant, et puis elle se met à crier, en se dégageant brusquement :

— Et pourquoi faut-il qu'on aille jusqu'au bout ? On a l'âge d'être à la retraite, François. On pourrait être tranquilles, profiter un peu. Toute notre vie, j'ai attendu ce moment où on se retrouverait, au calme, j'ai trimé, toi aussi, j'ai supporté ça parce que je me suis toujours dit : « Après, on en profitera. » Et toi, tu ne penses qu'à ça, revenir.

— Si j'arrête, on dira que c'est à cause des rumeurs. On dira qu'elles sont vraies puisque j'ai abandonné.

— Si tu arrêtes, François, répond-elle plus calmement, personne ne dira plus rien. Tout cessera instantanément, plus personne ne s'intéressera à toi. Et c'est ça que tu ne supportes pas. Je me suis sacrifiée pendant plus de quarante ans. Pense un peu à moi.

Viviane sourit un peu, et il sait ce que ça veut dire : elle le supplie, en minaudant, mais elle sait que ça ne marche pas comme ça. Les larmes ont creusé sur son visage d'affreuses rigoles et ses yeux rougis ont retrouvé de la douceur. Elle a dit ce qu'elle avait à dire et sa colère est apaisée, même si elle sait que ça ne changera rien.

— Juste celle-là, Viviane. Après on arrêtera, après ce quinquennat. Je n'en ferai qu'un, j'aurai 73 ans, on aura la vie devant nous. Il y aura encore du plaisir à prendre.

Il a les yeux qui pétillent. Son sexe commence à durcir. Il n'a de relations sexuelles avec Viviane que de façon épisodique, mais il a soudain envie d'elle. Elle se raidit, lui lâche la main.

— Pas ce soir, François.

Il rattrape les doigts de Viviane, les guide vers son sexe. Elle enserre son sexe, commence à lui imprimer des mouvements de bas en haut, de façon mécanique.

— Tu vas en mettre partout.

— Pas grave. Continue.

Il se demande ce que penserait la petite Manon. Elle trouverait sans doute ça dégueulasse, elle le traiterait de vieux pervers, elle aussi, et puis elle éclaterait de rire, elle écarterait Viviane d'un geste et lui dirait « laisse, je vais te montrer », et elle se mettrait à le sucer. Jamais Viviane n'a posé sa langue sur ses couilles. Il lui pose la main sur le cou, amène doucement son visage vers son sexe. Elle résiste, joue à ne pas comprendre. Il n'insiste pas, pense à toutes ces jeunes filles qui lui ont bouffé la bite comme si leur vie en dépendait, et éjacule sur la robe en satin de son épouse, qui ne peut s'empêcher de lui offrir une moue mi-amusée, mi-dégoûtée.

Il se lève, ouvre le frigo, attrape une bière. Il doit s'y reprendre à deux fois pour la décapsuler.

— Tu en veux une, Viviane ?

Elle ne répond pas. Il entend l'eau de la douche qui coule. Elle est sûrement partie se laver, se changer. Elle s'est toujours sentie un peu sale dans ces cas-là, contrairement à ces jeunes femmes qui peuvent s'endormir tranquillement avec du sperme séché sur le cul, le goût de sa bite encore au fond de leur palais.

« Si tu aimes les femmes, fais de la politique. Si tu fais de la politique, il faut aimer les femmes » : il se souvient de cet aphorisme qu'aimait réciter Philippe Coutance. À partir du moment où il avait accepté de prendre François Gabory sous son aile, le député passait régulièrement à la maison, revendiquant une amitié sans faille avec son père. Il surjouait avec lui la complicité des mâles. Mais François Gabory ne l'avait jamais particulièrement apprécié, même si Coutance lui avait mis le pied à l'étrier : il lui avait offert le poste de suppléant en 1981 dans sa circonscription, puis il avait brusquement abandonné la vie politique. À 28 ans, François Gabory avait gagné l'élection, de très peu mais en battant un vieux baron gaulliste. Il s'était fait remarquer par l'entourage de François Mitterrand, et tout s'était enchaîné.

Quarante ans de vie politique, et Viviane voudrait qu'il abandonne déjà ? Mais s'il ne revient pas, il est mort. La conquête du pouvoir est la seule chose qui l'éloigne de cette perspective. Laisser une trace. Chaque fois qu'il monte dans un avion, une voiture, chaque fois qu'il prononce un discours ou qu'il serre une main, il pense à ça, à son nom dans les livres d'Histoire, à la fierté d'être encore là dans deux ou trois générations, à ces hommages que les autres, tous les autres, seront obligés de lui rendre, ceux-là mêmes qui lui ont craché dessus pendant des années, voire des décennies. Chaque fois qu'il remporte le moindre combat, ça lui donne la force d'avancer et de livrer le suivant. S'il n'y a plus de combat, à quoi bon vivre cette vie ?

Il se tourne vers cette photo accrochée au mur depuis si longtemps, celle où il pose avec sa gueule de premier de la classe dans la cour enneigée de l'Assemblée, au cœur de son premier hiver de député, en 1981. Il n'est déjà plus un jeune homme, mais il a la vie devant lui à cet instant. Qu'en a-t-il fait ? Beaucoup plus que la plupart des gens, mais ce n'est pas encore assez.

17

9 février 2020

Elle se met à tousser. Pendant plusieurs minutes, elle est prisonnière d'une apnée intermittente qui lui laisse juste assez de sursis pour ne pas s'évanouir. Elle lutte, ses poumons se gonflent autant qu'elle peut, le cou se tend et puis ça se calme, un peu. Elle sait que la tempête va reprendre et que le naufrage est pour bientôt.

Thérèse Gabory entend un claquement et sent le courant d'air qui se glisse par l'ouverture de la porte. Elle a la tête en arrière et les yeux qui luttent pour détailler de la tête aux pieds la personne qui vient d'entrer. Un filet de bave se met à pendiller à la commissure de ses lèvres tremblotantes. Elle l'essuie du revers de sa manche, tente de reprendre son souffle. Quand elle reconnaît sa fille, elle s'entend clairement dire, pour le regretter tout de suite après :

— Catherine ? Mais qu'est-ce que tu viens faire là ?

La force de son regard cloue un instant sur place Catherine Lengrand. Sa mère ne l'a jamais dévisagée comme ça, comme si elle était une autre, une étrangère. Elle a l'impression qu'elle la défie, et puis l'intensité de ses pupilles faiblit. Elle s'affaisse un peu.

Elle ramasse le cadre fendillé où était placée la photo de François, tombé à ses pieds. Catherine s'approche d'elle, sa main lui caresse la joue. Elle remarque, au milieu des magazines, sur la table basse, le nouveau numéro de *L'Événement*, avec la photo de Claire Bontems et ce titre : « Elle secoue la gauche ! » Si même eux ont fini par la mettre en une, c'est bon signe.

Thérèse Gabory tente de reprendre son souffle. Ses mots sont coupés par des halètements :

— Ça fait longtemps, Catherine... Ça me fait plaisir, tu sais.

Son regard est transparent, maintenant. Catherine Lengrand a l'impression de passer au travers, comme s'il s'était vidé de toute vie. Elle essaie de lui sourire, elle voudrait dire quelque chose d'agréable, mais aucun mot ne sort. Elle a peur que ça sonne trop faux. Elle s'assoit face à elle, rajuste la couverture posée sur ses genoux.

— C'est dur. Avant, ici, j'étais une sorte de vedette, lâche Thérèse Gabory. Maintenant, tout le monde m'évite. J'ai mangé seule ce midi. La vieillesse rend les gens hideux à l'intérieur. Mais à côté de ce qu'endure François... Le pauvre.

François, toujours François. Catherine voudrait tellement se plaindre de lui, comme un réflexe primitif, comme quand ils étaient gosses.

« Maman, il m'a pris mon ballon. »

« Maman, il m'a donné un coup de pied. »

« Maman, dis-lui d'arrêter. »

Mais elle sait que c'est inutile, parce que rien n'a changé depuis cette époque. Elle réalise à quel point elle en est restée là, à se battre pour se faire une place entre les deux. Juste une petite place, qu'ils lui ont toujours refusée.

Dehors, la pluie ne cesse pas. Il y a trois heures encore, elle contemplait Paris depuis les fenêtres du QG de Claire Bontems, et la voici enfermée dans ce petit deux-pièces, pour un tête-à-tête lugubre et oppressant avec sa mère, qui ne parle que d'elle et de François. Thérèse Gabory ne se rend pas compte de la peine qu'elle fait. Catherine Lengrand a du mal à lui en vouloir et pourtant, chaque fois, elle continue d'espérer. Oui, chaque fois, avant de venir la voir, elle entretient ce petit espoir – que sa mère change, qu'elle parle, qu'elle dise «pardon», peut-être. Mais dès qu'elle ouvre la porte, dès qu'elle la voit, la réalité apparaît sous sa lumière crue : Thérèse Gabory est une vieille femme qui est heureuse de voir ses souvenirs s'effacer pour ne pas avoir à les affronter.

Thérèse Gabory se redresse encore, comme elle peut. Catherine se lève pour l'aider, cale un coussin dans son dos, un autre sous sa tête.

— Je suis venue te voir, Maman, dit-elle. Rien d'autre que ça. Mais si tu veux parler de François, après tout... C'est vrai que ça doit être difficile. Mais imagine. Si c'était vrai...

Le visage de Thérèse Gabory se tord, emporté par des singeries incontrôlables, presque comiques. Elle se mord la lèvre, jusqu'au sang. Elle arrive à peine à murmurer :

— Ma vie est un enfer ici, et c'est à cause de lui. Je

pourrais me plaindre, mais c'est lui que je plains. Et tu devrais en faire de même.

Catherine Lengrand pousse un rire nerveux qui pourrait laisser penser à un hennissement. Plaindre François... Non, certainement pas. Il a eu tout ce qu'il désirait, jusqu'à la maison de leur enfance qu'il a confisquée en prenant en charge tous les travaux de rénovation. « Ce sera chez toi aussi », avait-il promis. Plutôt mourir. Elle préférerait brûler la maison que d'y retourner. Mais elle n'aurait pas dit non à un chèque pour s'en débarrasser. C'est Thérèse Gabory qui avait tranché, toujours du même côté. « On fait comme a dit François. » On a toujours fait comme ça, alors pourquoi changer ?

Thérèse Gabory ferme les yeux. Même ses paupières sont fripées. Quand elle les rouvre, l'humidité brouille son regard. Elle parvient à hausser la voix, qui part dans des aigus grotesques.

— Avoir fait tout ça, pour en arriver là... Quand même, on ne peut pas laisser dire ça, Catherine. « Si c'était vrai... » Je ne veux pas plaisanter avec ça. C'est l'honneur de la famille qui est en jeu.

Le silence dans la pièce n'est troublé que par sa respiration criarde et saccadée. Catherine Lengrand se lève. Par la fenêtre, elle voit que dehors la pluie s'est arrêtée. Au loin, dans la véranda, deux pensionnaires sont installées à une table. Elles jouent aux cartes.

Thérèse Gabory respire par secousses et chaque inspiration semble un effort surhumain, comme un pas sur une pente à 90 degrés. Catherine s'assoit à côté d'elle, lui prend la main. Elle ferme les yeux et essaie de se rappeler tous ces moments gâchés, ces bonheurs absents auxquels elle n'a pas eu droit, ce sacrifice qu'elle a fait malgré elle pour la carrière de son frère. Elle a beau avoir dépassé 60 ans, une petite partie d'elle, enfouie sous des tonnes de désillusions, y croit encore. Qu'un jour, un seul jour, sa mère lui dise : « Viens, viens te serrer contre moi. »

Elle est venue pour cela, au fond d'elle, elle le sait. Bien sûr, elle sait aussi que cela n'arrivera jamais.

— L'honneur de la famille..., soupire-t-elle.

Elle regarde sa mère dans les yeux et poursuit :

— Ça fait longtemps qu'on l'a perdu, l'honneur de la famille.

Elle espère que sa mère comprend ce qu'elle veut dire, mais elle n'en est pas sûre. Elle voudrait avoir la force de dire les choses, avec les mots les plus précis, d'être clinique et factuelle, pour ne pas laisser à sa mère la possibilité de s'échapper. Mais cette force-là lui a toujours manqué quand il s'agissait de parler. Elle ne peut pas aller plus loin que ça, tout simplement. Alors Thérèse Gabory peut faire semblant de ne pas avoir saisi et les apparences sont sauvegardées.

— Catherine..., lâche Thérèse Gabory d'une voix éraillée et monocorde. C'est moi qui suis vieille et malade, et c'est toi qui déraillles. Quand notre nom est sali, c'est toi aussi qui es touchée.

Non, Catherine Lengrand ne se sent pas touchée, ni salie. Elle a fait son chemin autrement qu'en se mettant des œillères. Elle a avancé, malgré tout, et elle en est fière. Elle aurait aimé qu'au seuil de la mort, comme pour compenser une vie entière à n'avoir que la carrière de François en tête, Thérèse Gabory raisonne son fils, lui demande de ne pas s'entêter dans ce come-back absurde où il est en train de se perdre.

Qu'elle arbitre, depuis le piédestal où François l'a toujours placée. Il l'écouterait, bien sûr. Qu'elle lui donne raison, à elle, pour une fois. Après tout, elle est sa fille. Sa seule fille.

— Il est peut-être temps que la roue tourne, Maman.

L'infirmière toque à la porte et entre aussitôt. En voyant Catherine, elle s'arrête.

— Je peux revenir plus tard, si vous voulez.

— Non, ne vous inquiétez pas. J'allais partir.

— Comment va-t-elle, ce matin ?

— Fatiguée. Mais elle est solide, croyez-moi.

— Ah oui, ça je vous crois, rigole Mathilde en se dirigeant vers la salle de bains.

Catherine Lengrand se penche vers sa mère, comme pour l'embrasser. Thérèse se laisse faire, puis elle la repousse doucement.

— Vous n'avez plus de papier toilette, madame Gabory, je vais en chercher et je reviens.

Thérèse Gabory tente de se redresser, tend une main vers la table, l'agite, essayant d'attraper quelque chose. Catherine Lengrand assiste à la scène depuis l'entrée, où elle enfile déjà son manteau, qu'elle a déposé sur un cintre, dans la penderie vide.

— C'est ça que vous voulez ? demande Mathilde en désignant *L'Événement*.

Elle lui tend le magazine, en couverture duquel rayonne Claire Bontems. Thérèse Gabory le lance comme elle peut aux pieds de sa fille.

— N'oublie pas ça, quand même.

Catherine Lengrand sort de la pièce en claquant la porte et marche à pas cadencés dans le couloir.

Ce n'est qu'une fois dans sa voiture qu'elle se met à pleurer, la tête entre les mains, appuyée sur un volant qui n'en finit pas de klaxonner, comme un cri qui se perd dans le vide.

18

12 février 2020

Elle le lui dit souvent, mais en se regardant dans la glace, il est presque enclin à la croire. Pour son âge, il n'est pas si mal conservé. Son torse est dénué de pectoraux et son ventre est sans doute assez flasque, mais quand il se compare à d'autres, il a plutôt mieux traversé la carrière politique. Il pense à Manon, à sa beauté et à sa fraîcheur, à ses demi-mensonges qu'elle dit avec candeur pour ne pas le peiner. Il sait qu'elle ne jouit guère, pas à chaque fois en tout cas, comme il a eu longtemps la prétention de le croire.

La lumière des spots fait ressortir les imperfections de son visage. Cette verrue qui est née sans qu'il s'en aperçoive, juste au-dessus du nez, ces cernes indélébiles, ces plaques rouges que le maquillage peine à gommer. Il incline la tête légèrement en arrière, repère un poil trop long qui le nargue dans la narine droite, l'attrape et tire dessus d'un coup sec.

S'il est honnête avec lui-même, c'est surtout elle qu'il a peur de perdre. Cela fait longtemps que Viviane est avant tout une partenaire de travail. Manon, elle, se situe dans un monde parallèle à la politique. Une parenthèse, une bouffée d'air.

Il enfile sa chemise, une chemise blanche bien sûr – il n'en a jamais porté d'une autre couleur. Il la boutonne doucement, en tremblant un peu. C'est elle, la seule femme qui compte, et elle ne sera pas là ce soir. Toutes les autres, bien sûr, elles *ont compté.* Mais ce sont des astres morts, comme lui. Des femmes de son âge, qui ont fait leur temps. Même Viviane. Il a besoin d'elle, mais elle ne lui manque jamais. Manon, elle...

Il fait glisser sur sa nuque une cravate, qu'il a choisie bleu nuit, en grenadine de soie, attrape les deux bouts et les joint en un demi-Windsor. Il se passe la main dans les cheveux.

Grégoire Castelli, installé dans un fauteuil face à la télévision, lui sourit.

— J'ai appelé la maquilleuse, elle arrive, annonce son conseiller.

— Qui parle? demande Gabory en désignant la télévision d'un coup de menton.

— Un député Rassemblement national. À mon avis, il est en service commandé. Il y a de plus en plus de friture sur la ligne, entre les pro-Cassard et les pro-Varennes.

François Gabory s'assoit sur le fauteuil, à côté de son conseiller. Il se penche en avant, les coudes sur les cuisses, mains jointes sous le menton.

« Le projet d'accord qui est sorti dans la presse n'est qu'une manœuvre dilatoire, dit le député, un homme élégant qui s'exprime avec un accent méridional. On sait que la présidente de la République veut un accord de sortie qui n'en soit pas un : on garde le Marché unique, on garde la libre circulation. Encore un peu plus et on gardera même l'euro ! Soyons sérieux. Mme Cassard doit appliquer le mandat du peuple : on largue les amarres. La majorité sera attentive à cela. »

— Il n'y a pas de majorité pour sortir, Ducon, souffle François Gabory. C'est bien ça le problème.

— Le gouvernement ne va pas tenir, ajoute Castelli.

— Oui, on s'enfonce dans l'impasse, et plus vite que prévu. Si ça se trouve, Cassard va en avoir ras le bol et l'élection présidentielle n'aura pas lieu dans un an mais dans deux mois. Ça ne m'arrange pas, Grégoire. Et puis je n'ai pas envie de faire le sale boulot à sa place.

Après quelques secondes de silence, François Gabory reprend :

— Bon, quelle heure est-il ?

— Le début est prévu dans une heure, un peu moins.

Il attrape *L'Express*, qu'il a apporté pour se galvaniser. Sorti le matin même, l'hebdomadaire l'a mis en une, en compagnie de Georges Pompidou, Dominique Baudis, François Mitterrand, Jacques Chirac et d'autres. En titre : « Le poison de la rumeur ». Dossier médiocre et monté à la hâte. Il n'y a qu'un seul papier sur les accusations absurdes dont il est victime sur les réseaux sociaux. Les journalistes les ont toutes listées. Un expert est censé donner un peu de hauteur à tout cela. Des « proches » sont cités, pour dire combien il est serein et à quel point sa campagne se déroule bien.

Son regard reste positionné droit devant lui. Il détaille tout ce qu'il peut voir, pour se forcer à rester calme : le cadre avec la reproduction d'un Picasso au mur, les trois vases remplis d'orchidées blanches, bleues et violettes sur le buffet en escalier, derrière la télévision où s'achève l'interview du député Rassemblement national. François Gabory pose les deux bras sur les accoudoirs, essaie de maîtriser ses jambes lancées dans un tressautement presque comique. *Tu vas y arriver*, se persuade-t-il.

*

Il sort du métro, s'arrête un instant, observe la fumée qui s'élève de sa bouche aux lèvres gercées, serre un peu plus son écharpe et remonte la rue Monge d'un bon pas, les mains gantées de cuir au fond de ses poches. Il est surpris par la foule qui attend devant la Maison de la Mutualité, dense et compacte. Les gens se pressent sur le trottoir en attendant qu'on ouvre les portes.

La « Mutu », baignée d'une lumière rasante, a traversé le XXe siècle avec sa façade d'une symétrie obsessionnelle, « soviétique », même, pense Roland Fourgue en se remémorant la première fois où il a mis les pieds dans ce théâtre. C'était en 2002, lors du congrès d'investiture du candidat socialiste à la présidentielle.

Il enlève le gant de sa main droite et retire son portefeuille de la poche de son jean pour y chercher sa carte de presse, qu'il montre sans sourire à l'officier de sécurité. Le type, un colosse qui doit mesurer deux mètres, lui ouvre en lui disant de s'adresser à l'accueil.

Dans le hall déambulent quelques hommes en costume-cravate, sans doute le personnel de sécurité. Des caméras ont été installées pour les duplex des chaînes d'info en continu.

Roland Fourgue retire son badge d'accréditation

auprès d'une hôtesse aux lèvres écarlates, à qui il ne peut s'empêcher de sourire comme un idiot. Il le passe autour de son cou et pénètre dans le théâtre. La scène a semble-t-il été avancée et, un peu au fond, des escaliers la surplombent légèrement, comme si un public VIP allait prendre place derrière François Gabory.

Beaucoup de journalistes se sont déjà installés dans l'espace presse aménagé à cet effet, ordinateur branché, téléphone sur leur table. Ils attendent. Roland Fourgue regarde sa montre. Encore une trentaine de minutes avant que les portes ne s'ouvrent en grand. Il en profite pour marcher jusqu'à la scène, totalement blanche, quasi virginale. Derrière le décor, il croit reconnaître Viviane Gabory, en pleine discussion avec une autre femme. Il avait souvent eu l'occasion de discuter avec l'épouse de Gabory, avant son accession à l'Élysée. Ensuite, elle s'était fermée. Elle s'était révélée une Première dame d'une discrétion absolue, se contentant d'apparitions au gré d'un protocole qu'elle exécrait. Tout le monde le savait : elle n'avait pas été heureuse à l'Élysée.

Il lui fait un petit signe de la main. Elle lui répond, et se dirige vers lui. Elle s'efforce d'être souriante.

— Monsieur Fourgue, dit-elle. Ça fait longtemps.

Il acquiesce. Il a un peu pitié d'elle, pauvre femme embarquée dans une aventure qui ne lui correspond pas. Il pense à tout ce qu'encaisse Gabory, toutes ces *fake news* autour du « président pervers » et se demande comment, elle, elle parvient à surnager dans cette fange qui envahit la vie politique. Il a un métier à faire, quand même. Il se lance, un pied d'abord, pour tâter la température.

— Alors vous êtes repartie pour un tour, vous aussi ?

Elle rit un peu, façon de se donner une contenance.

— Que voulez-vous, François aime tellement ça ! Je ne vais pas priver un gamin de son jouet préféré !

Roland Fourgue sourit, lui aussi un peu figé.

— C'est décidé ? Il continue, malgré tout ?

Il sent le visage de Viviane Gabory se fermer. Elle a l'air de réfléchir à ce qu'elle va dire. Elle semble hésiter entre l'exécuter sur place pour son audace mal placée, et poursuivre une conversation qui, peut-être, lui permettra d'évacuer la tension accumulée, depuis un mois qu'on affuble son mari de ce sobriquet grotesque sur les réseaux sociaux.

— Vous savez, monsieur Fourgue, dit-elle en soupirant, on vit dans un drôle de monde. On colporte les accusations les plus abjectes sur vous et c'est vous qui devez vous justifier. Imaginez qu'on dise sur Twitter que vous êtes un sale type qui harcèle les stagiaires du *Temps* et qu'en plus vous avez des penchants pédophiles. On vous sommerait de prouver que ce n'est pas vrai. Pas très agréable, hein ?

— Non, je vous le confirme, je n'aimerais pas ça.

— Vous connaissez cette maxime, à la base de toutes les morales religieuses ou presque : « Ne fais pas aux autres ce que tu ne voudrais pas qu'on te fasse. » Eh bien, beaucoup l'ont oubliée apparemment, ne rêvent que de bassesse et sont devenus esclaves de leur méchanceté. Nuire gratuitement, et anonymement, est devenu un sport national dans notre pays. C'est d'une tristesse sans nom.

— François Gabory va parler de tout cela, ce soir ?

— Comment voulez-vous qu'il n'en parle pas ? Tout

le monde ne parle que de ça. Même vous, les journalistes, soupire-t-elle.

— Pas au *Temps*, répond-il. Pas encore, du moins. Moi aussi, j'essaie de garder une éthique dans mon métier, madame Gabory. Mais comme vous dites, on vit dans un drôle de monde.

— La vie privée, monsieur Fourgue. C'est ce qu'il y a de plus sacré. Aujourd'hui, non seulement ça n'existe plus, mais on ne se contente même plus de l'étaler en public. Il y a des gens qui vous en inventent une. Ce serait idiot de ma part de penser que la vie avec François n'a été faite que de fidélité. Les hommes qui ont du pouvoir ou une grosse fortune attirent toujours les femmes. J'en ai vu, des papillons tourner autour de la lampe, et venir s'y brûler. Bien sûr, j'ai eu des inquiétudes, et parfois du chagrin. Et puis on arrive plus près de la fin que du début, et moi je suis toujours là. Les autres... envolées ! Moi je n'écoute pas ce qu'on dit sur mon mari. Je le connais. Il n'est pas parfait, il a ses faiblesses – quoique de moins en moins, avec l'âge. Un coureur, peut-être. Mais un pervers, non ! Cent fois non ! François a toujours été très respectueux des femmes. C'est peut-être pour cela qu'elles l'ont tant aimé et tant cherché.

*

La scène est plongée dans la pénombre. Le public, lui, est éclairé par des projecteurs qui tracent au hasard dans la foule d'éphémères chemins de lumière. François Gabory s'est niché au premier rang des spectateurs, parmi ses proches. Il fait bonne figure pour les téléphones portables qui capturent des images de lui et les diffusent en direct, et pour les caméras des chaînes d'information en continu qui se sont délectées par avance de diffuser le meeting en direct, surtout après que Grégoire Castelli eut insisté en promettant à leurs directeurs qu'ils ne le regretteraient pas.

Son conseiller lui serre le bras.

— Ça va bien se passer, promet-il. C'est la bonne formule. On n'avait plus le choix.

À mesure que l'heure approche, les applaudissements claquent, pour accompagner l'arrivée de François Gabory sur scène. Mais il ne bouge pas, il reste là, à observer cette estrade qui semble vouloir rester confinée dans un noir d'encre. Il imagine, sans pouvoir les voir, ces femmes qui ont accepté de venir le soutenir. Il a fallu que Castelli déploie une énergie folle pour composer le casting.

Il aurait rêvé qu'elles soient quarante, cinquante, cent, de tous les âges et de toutes les origines. Il aurait rêvé de faire défiler toutes ces femmes qu'il a possédées, quelques minutes ou quelques semaines. Des femmes qui représentent la France dans ce qu'elle a de plus extraordinaire.

Trois écrans s'allument en même temps. François Gabory sent sa gorge se nouer. Son visage se fait grave.

— Tu es sûr que c'est une bonne idée ? avait-il demandé à Grégoire Castelli la première fois que son conseiller lui avait présenté son projet.

— Non, avait répondu Castelli. En toute franchise, non. Mais ce que je sais, c'est que moins tu parles, et mieux ce sera.

Les trois écrans diffusent le même film, un montage court et nerveux où se succèdent la liste supposée de ses vidéos préférées sur YouPorn, les captures écran les plus soft possibles d'une vidéo d'un film porno où le visage de l'acteur principal, un quinqua bodybuildé, a été remplacé par le sien, des messages qui l'accusent d'entretenir un harem de jeunes filles mineures au fort de Brégançon, des tweets avec le #PrésidentPervers, des posts Facebook l'accusant d'avoir participé à des orgies lors de ses visites d'État en Russie ou en Chine, et les premières coupures de presse. Un murmure s'échappe du public. Quelques cris aussi. Des exclamations. Il entend quelques bouts de phrases autour de lui.

« C'est pas vrai ! »

« C'est quoi ce truc ?! »

Les journalistes sont happés par le film, comme les mouches sont attirées par la merde. Il dure moins de trente secondes, trente longues secondes qui lui semblent une éternité. La nausée lui laisse le palais sec et putride. Le film se termine sur la une de *L'Express*, les écrans sont tout à coup éclipsés par la lumière qui baigne la scène, une lumière chaleureuse projetée sur une femme radieuse et souriante. Prendre les rumeurs à la gorge pour éviter de se laisser dévorer.

« Vous avez vu ça ? Vous en avez peut-être même parlé entre vous ? Moi, la première fois qu'on m'a parlé de ces rumeurs ignobles, lance Isabelle Colson, c'était à un dîner avec des hauts fonctionnaires du ministère des Finances – oui, j'en fréquente encore... »

Les rires fusent. François Gabory sourit, lui aussi. Elle a des raisons de lui en vouloir : prétextant une affaire de harcèlement sexuel qui n'était jamais sortie dans la presse, il l'avait virée de Bercy il y a quelques années ; ses positions marquées à gauche gênaient le plan de sauvetage du Crédit parisien. Et pourtant elle est là ce soir. C'est qu'elle a aussi des raisons de rester fidèle : c'est lui qui l'a faite. Entièrement. Il lui avait trouvé une circonscription facile, l'avait nommée ministre et après l'avoir évincée, lui avait dégoté un confortable point de chute à 8 000 euros par mois.

« Tout le monde se gaussait autour de la table, poursuit-elle. Surtout les hommes. Et je peux vous dire que certains d'entre eux étaient loin d'être irréprochables. Ça riait gras. Ça y allait, avec de bonnes blagues de régiment. Ça supputait sur la réputation des uns et des autres. Les instincts les plus bas de l'espèce humaine, ça n'épargne pas l'élite, vous savez. Ça n'épargne pas non plus les journalistes. Certains m'ont même appelée pour que je leur raconte comment était François Gabory dans le privé. Franchement... Le monde est devenu tellement fou que la rumeur n'existe plus, que les *fake news* deviennent des "faits alternatifs" et que vous avez beau prouver que tout cela est faux, eh bien, ça continue de se propager. »

Elle a toujours eu beaucoup de charme, même si elle n'est pas belle : un nez épaté et un très léger prognathisme lui donnent un air un peu simiesque qui ne s'arrange pas avec l'âge. Mais elle dégage un mélange de joie de vivre et d'autorité qui lui a toujours permis de satisfaire son appétit sexuel. Isabelle Colson et lui avaient baisé quelquefois, avant même qu'elle accepte sa proposition de se lancer aux législatives de 2012. Il se souvient des ordres qu'elle lui avait lancés : « Finis-moi avec ta langue. » Il s'était exécuté.

« Vous avez tous vu, ou entendu parler de ces insanités que François Gabory a le courage de montrer ce soir, parce qu'il faut savoir affronter la calomnie les yeux dans les yeux. Eh bien, ce que j'ai envie de vous dire, c'est que, depuis près de dix ans que je le connais, jamais je n'ai vu François avoir un geste déplacé. Jamais je ne l'ai entendu avoir un mot de trop. Jamais il n'a prêté le flanc à une quelconque accusation de sexisme. Ce que je sais de lui, en revanche, ce dont je suis témoin, c'est de l'attention qu'il a toujours portée aux autres, et aux femmes en particulier. Je me souviens de cette femme de ménage à l'Élysée, qui s'était plainte de l'attitude d'un des conseillers du Château. Tu t'en souviens, aussi, François ? »

Il hoche la tête. Il connaît l'histoire. Un des membres de l'équipe de communication avait l'habitude de serrer d'un peu trop près une des employées de l'Élysée. Grégoire Castelli s'était servi de cela pour s'en débarrasser, mais c'était surtout parce que le type était une vraie feignasse.

« Il n'a jamais mis en doute la parole de la victime. Jamais. Il a interrogé la personne qui était accusée, et il a tranché. Ç'aurait été tellement facile de faire comme si rien ne s'était passé. Ce n'est pas la voie qu'a choisie François Gabory. Ça, ce sont des faits. Pas des "faits alternatifs". »

Selon une chorégraphie travaillée à l'avance, une jeune femme sort de la pénombre tandis qu'Isabelle Colson y retourne. Le public ne sait pas combien de personnes vont venir témoigner en faveur de François Gabory. Ce jeu de clair-obscur a été imaginé par Grégoire Castelli, qui veut maintenir l'assemblée en haleine. Il veut que les journalistes se sentent merdeux de ne pas avoir été capables de démonter les ignominies qui se répandent sur son patron. Il aurait bien aimé qu'une journaliste se joigne au chœur des apôtresses. Mais cette corporation s'est toujours serré les coudes. Il ne faut rien en attendre, à part des erreurs et de la lâcheté. Il faut savoir la nourrir, en revanche, et cela, elle sait le faire, Léa Libret.

*

Thérèse Gabory n'a jamais vraiment apprécié cette actrice. Un petit air aguicheur en permanence et la morgue de celles à qui tout sourit, tout de suite. Elle avait oublié que François la connaissait, et puis elle s'est souvenue d'un meeting de campagne vu sur BFM TV, où elle était à ses côtés.

Elle a beau monter le son de la télévision, elle a du mal à comprendre ce que dit Léa Libret, à cause du vent qui donne l'impression de vouloir s'engouffrer dans l'appartement, à cause, surtout, de cette toux qui ne la laisse plus jamais tranquille.

« La haine qui se déverse sur les réseaux sociaux contre vous, monsieur le président, affirme Léa Libret au micro, c'est une haine de vous, mais c'est aussi une haine de soi. C'est une haine de meute. Cette haine montre que les communautés sont devenues des meutes. La communauté donne confiance, la meute fait peur. Une communauté, ça vit ensemble, ça accepte les différences de ses membres, ça les respecte. La meute, c'est différent. La meute fait peur, mais ses membres se font dominer. On s'y sent bien, on s'y sent protégé, on s'y sent materné. On obéit aux dominants, jusqu'à s'oublier soi-même, comme un réflexe de survie. »

Thérèse Gabory alterne entre de longues secondes

d'apnée involontaire et de vaines tentatives pour expectorer qui la laissent épuisée. Elle sort délicatement ses mains protégées par le plaid que l'infirmière a placé sur son corps enfoncé dans le fauteuil, et réajuste comme elle peut le tissu. Elle observe avec dégoût sa peau rêche, ses phalanges déformées, ses doigts tremblants et les cache sous la couverture, refermés comme des serres autour de la télécommande.

Un exemplaire du *Canard enchaîné* traîne sur la table basse, à côté d'une coupelle où subsistent un demi-palet et des miettes. Accrochée au mur, une photo de François le jour de son investiture, en 2012, souriant et grave, conscient de ce qui l'attend. Elle était plus vaillante qu'aujourd'hui, elle avait réussi à se déplacer à la cérémonie d'investiture de son fils. La salle des fêtes de l'Élysée lui avait donné l'impression d'être hors du temps, d'évoluer dans un film de *Sissi* ou dans l'un de ces livres sur les rois de France qu'elle lui lisait, enfant. Les tapisseries des Gobelins aux murs, les teintes carmin et doré des parcloses, les lustres en cristal faisaient du Palais une sorte de pastiche de la monarchie, et elle se souvient maintenant de lui avoir dit : « Ne te laisse pas aveugler par tout ça. C'est le meilleur moyen de pouvoir y rester. »

Le prix à payer pour y retourner, c'est ce cirque. Elle n'avait pas imaginé cela, son fils forcé de convoquer son harem pour qu'il clame haut et fort que François Gabory n'est pas ce « gros dégueulasse » dont on parle partout, y compris chez les pensionnaires de la maison de retraite où il l'a installée peu après son arrivée au pouvoir.

Elle se souvient de cette question enfantine qu'il lui avait posée, le soir de la cérémonie d'investiture :

— Tu es fière de moi ?

Bien sûr qu'elle l'était. Mais elle lui avait répondu, un peu sèchement :

— Oui. Mais savoure, ce soir, parce que dès demain le plus dur commence. Ne te fais aucune illusion : tu seras détesté, comme les autres. Essaie juste de l'être un peu moins.

Elle ferme les yeux, comme si ne plus rien voir pouvait la soulager. Sa trachée est usée, râpée, brûlée et ses poumons lui semblent rétrécir comme des ballons de baudruche dont on aurait défait le nœud. Elle écoute Léa Libret poursuivre son plaidoyer :

« Il y a une question que l'on pourrait poser, affirme l'actrice, c'est : Qui ? Qui est à la tête de la meute ? Mais je préfère en poser une autre, qui revient un peu au même : Que feront les forces qui dirigent la meute si elle arrive au pouvoir ? Elles n'instaureront pas le pouvoir du peuple puisqu'elles cherchent à abattre la démocratie en manipulant les foules. Alors, regardez, regardez du côté des extrêmes, qui a intérêt à exciter la meute avec des mensonges qui confinent à l'absurde ? »

Thérèse Gabory pense à la venue de sa fille, à leur incapacité chronique à se parler, et puis elle finit par s'assoupir alors que s'avance sur la scène une nouvelle concubine.

*

Une sueur froide et soudaine imbibe sa chemise. Il incline discrètement la tête vers ses aisselles, dont l'odeur âcre ne le surprend pas. Il voudrait retirer sa veste, mais il ne saurait qu'en faire. François Gabory se résigne à rester macérer dans le remugle d'un corps abîmé par les années.

Il observe une à une les femmes qui se sont succédé à la tribune. Il a le souvenir de moments agréables avec elles, parfois même tendres. Aucune n'a eu à se plaindre de lui. Il a la prétention d'avoir toujours partagé quelque chose avec ces femmes. La preuve, c'est qu'elles sont là ce soir. Il les a aidées jadis. Elles auraient pu le laisser tomber et pourtant aucune ne s'est fait prier.

Celle qui s'exprime actuellement, la dernière à arpenter la scène avant que Viviane ne fasse son entrée, est une ancienne secrétaire d'État du gouvernement Jospin. Il n'a pas beaucoup de souvenirs de leur unique partie de jambes en l'air, il y a une vingtaine d'années. Agnès Doche-Cabot est une petite brune à la chevelure coupée au carré, un peu décatie aujourd'hui, mais qui était plutôt pas mal à l'époque, avec une poitrine protubérante qu'elle a toujours du mal à dissimuler.

« La question des réseaux sociaux, conclut-elle, est une question politique et morale de la plus haute importance. Derrière la façade du divertissement, ils nous imposent une logique secrète qui nous échappe totalement, livrent nos données personnelles à des entités diverses sans notre consentement, et nous enferment dans nos certitudes à cause de leurs algorithmes pervers qui nous évitent le débat d'idées et le contradictoire. Vous avez "liké" une fois une blague graveleuse sur François Gabory ? Facebook va vous abreuver de *fake news* sur le même thème. Il est temps que ces entreprises se posent la bonne question : travaillons-nous vraiment dans l'intérêt de nos utilisateurs ? Les réseaux sociaux sont devenus une industrie de la persuasion : leur mode d'emploi n'est connu que de quelques personnes, alors qu'ils dictent le comportement de milliards d'êtres humains chaque jour. Ils peuvent fabriquer une réalité parallèle où beaucoup croiront, de bonne foi, naviguer pour de vrai. Nous sommes venues là ce soir pour vous certifier que François Gabory n'est pas l'homme que vous décrivent vos *timelines*. Pour vous certifier aussi que, dans cette époque troublée et incertaine, il faut quelqu'un qui ait un cap et qui en comprenne les enjeux. Cette époque extraordinaire et malsaine à la fois n'a pas besoin de gens qui l'épousent, elle a besoin de gens qui la domptent. Mesdames, messieurs, voici François Gabory. François, rejoins-nous ! »

Les applaudissements fusent. François Gabory esquisse un rictus qui pourrait laisser penser à un sourire, mais il se force à rester concentré. Un de ses officiers de sécurité lui a signalé l'entrée de Manon dans la salle tout à l'heure, juste au moment où s'allumaient les écrans. Elle a mis quelques minutes à se faufiler pour atteindre les premiers rangs, mais elle a été bloquée par le cordon de sécurité. François Gabory l'a vue faire de petits signes dans sa direction, sans qu'il puisse répondre, et elle a cessé rapidement, par peur d'être prise pour une folle qui cherche à attirer l'attention. Maintenant c'est à lui d'y aller.

Il se fraie un chemin à travers la foule, serre les mains qui se tendent et embrasse quelques-unes des femmes, qui l'attirent vers lui dans une chorégraphie réglée à l'avance, monte les marches permettant d'accéder à la scène, lève les bras face au public, puis embrasse, une à une, chacune de ces femmes qui ont pris le risque de venir le disculper. Il termine par Viviane, à qui il prend la main. Il la lève comme un soir de victoire.

Au début, elle était très réticente.

— Être cocue, passe encore. Mais m'afficher au milieu de mes rivales, François... Franchement ! Vous n'avez pas une meilleure idée ?

Et puis elle s'est laissé persuader... Elle a accepté de monter sur scène à condition de n'avoir que quelques phrases à réciter. Elle joue le jeu à merveille.

« J'aurais bien aimé que François soit aussi musclé que l'homme que nous avons aperçu tout à l'heure », dit-elle en faisant allusion aux captures d'écran du film porno.

Les gloussements fusent. François Gabory s'esclaffe lui aussi. Viviane poursuit :

« Mais François, c'est François. Un homme qui a ses défauts – aujourd'hui encore, il presse le dentifrice par le haut du tube – mais un homme de valeurs et de convictions. Un homme avec qui la vie n'a pas toujours été facile – mais l'est-elle pour un seul couple ? Un homme que, quarante ans après notre mariage, j'aime et j'admire encore. » « J'ai une chance inouïe, embraie François Gabory. Dans la tempête, personne ne m'abandonne. Oh, c'est une tempête discrète, que les médias relaient encore peu. Mais je les connais : ça ne va pas durer. Et puis j'ai décidé d'être totalement transparent, et on ne va pas faire semblant : les médias sont à la remorque du monde dans lequel nous vivons. Ils commencent à peine à parler des rumeurs infâmes qui me touchent, mais tout le monde ici est au courant depuis longtemps que je passe mes journées sur

YouPorn, quand je ne suis pas en train de me vautrer dans des bacchanales avec des jeunes filles mineures. »

La salle est secouée d'un rire sincère. C'est Grégoire qui lui a conseillé de jouer cartes sur table, pratiquer à l'égard de ces rumeurs cette autodérision qui lui a si souvent réussi face à ses adversaires, en politique. Il se souvient de ce débat d'entre-deux-tours avec Laurence Varennes, où il l'avait démolie en lui affirmant : « Je suis donc un incapable qui a fait augmenter le chômage, laissé entrer des hordes d'immigrés assoiffés de vengeance vis-à-vis d'un peuple français qui ne leur a rien fait, a contribué à consolider une Europe qui n'apporte que du malheur à nos contemporains, et qui a fait exploser la délinquance dans les quartiers, et tout ça avec le sourire. Et vous savez quoi ? Je suis fier de tout ça. Je suis fier de mon bilan. Parce que la réalité de mon bilan, contrairement à vos élucubrations, c'est cela... » Puis il avait égrené des chiffres et des statistiques qui avaient rendu Varennes KO. Ça n'avait pas empêché la candidate du Rassemblement national de le challenger dans les urnes jusqu'au dernier jour. Mais il avait gagné. Et il va encore gagner. Il le sait.

Il cherche Manon du regard dans la foule, ne la trouve pas. Au premier rang, il est attiré par une jeune femme qui l'observe, l'air grave. Elle ne porte pas de soutien-gorge. La sueur moule sa poitrine, ses tétons ressortent comme pour le défier. Il a du mal à braquer son regard ailleurs, mais finit par fixer un point au loin sur le balcon, où des dizaines de personnes, debout, viennent de déployer une banderole : « François, on t'aime. »

« Je suis à moins de 10 % dans les sondages,

poursuit-il. Croyez-vous que ces femmes viennent me soutenir par intérêt, par opportunisme ? »

Il se tourne vers elles, ouvre les bras, sourit en silence pendant quelques secondes comme s'il les jaugeait.

« Vous avez pris des risques pour moi. Demain peut-être, vous devrez subir les quolibets, voire la haine de ces courageux qui répandent sur les réseaux asociaux des délires sans fondement, dans le confort de l'anonymat. Mais vous l'avez fait parce que vous croyez encore en ces valeurs qui sont au fondement de notre capacité à vivre ensemble : la liberté, l'égalité, la fraternité, bien sûr, mais aussi le respect et l'honnêteté. Au rythme où vont les choses, on m'accusera bientôt de viol, de meurtre, de génocide, que sais-je encore... Il y aura des gens pour le croire car plus le mensonge est gros, plus il passe. Mais sachez-le, je ne baisserai pas les bras tant que je ne saurai pas qui est à l'origine de ces saloperies. »

*

Grégoire Castelli se lève et se dirige vers le minibar. Il en sort plusieurs canettes de Sprite, du Coca-Cola, des bouteilles de bière.

— On a bien mérité une petite douceur, Grégoire, lance Isabelle Colson. Tu n'as pas de champagne ?

— J'approuve, lance Jean-Pierre Beauvais.

— Vraiment ? Je ne voudrais pas donner l'impression qu'on fête quelque chose, répond Castelli.

— Allez, trouve-nous de bonnes bulles, Grégoire, tranche François Gabory. Isabelle a raison : on a bien mérité ça. C'était quand même pas une partie de plaisir, pour personne. Merci à toutes, vraiment.

— OK, je vois ça avec le restau de la Mutu. Je prends aussi des antipasti. On n'est pas des mormons, tu as raison.

Grégoire Castelli décroche le téléphone de la loge où tout le monde s'est retrouvé après le meeting. La journée a été éprouvante, la soirée encore plus. Il est temps de relâcher un peu la pression. François Gabory s'amuse de voir Viviane en discussion avec Léa Libret et Agnès Doche-Cabot. Isabelle Colson, elle, échange avec Claude Danjun. Il trouve à son conseiller un air maussade et inquiet.

— Tu as trouvé ça comment, Claude ?

Danjun ne répond pas tout de suite. Il semble ailleurs, même si au bout de deux ou trois secondes, il lâche :

— Tu sais que je n'étais pas forcément convaincu. Mais les premiers retours ont l'air bons. Tant mieux.

À la télévision, les éditorialistes semblent avoir apprécié la contre-offensive de François Gabory, si l'on en croit les bandeaux de BFM et CNews, où l'on peut lire « Gabory démonte avec humour les rumeurs qui le visent », ou encore « Pari gagné pour Gabory ? Analyse à suivre ».

— Si j'en crois ce que je lis sur les réseaux sociaux, intervient Castelli, je crois qu'on ne pouvait pas tellement espérer mieux. Je ne dis pas qu'on a désamorcé toutes les rumeurs, mais enfin on a fait passer un message qui dit exactement l'inverse de tous ces bruits de chiotte : François Gabory respecte les femmes, et il est respecté d'elles. Le respect, c'est ce qu'il y a d'essentiel.

François Gabory quitte le petit groupe et s'approche de son épouse. Léa Libret le prend par le bras.

— J'ai été ravie de pouvoir vous aider, François. Vraiment.

Il sourit. Il pense à cette avant-première lors de laquelle il l'avait rencontrée. Juste avant, il avait lu dans la presse people que son compagnon, un chanteur suisse, venait de la quitter. Il l'avait ostensiblement draguée dans la loge où il avait été admis. Elle avait ri à chacun de ses mots, la gorge en arrière pour lui faire admirer son cou. C'était il y a quoi, trois ans, quatre ans ? Une éternité. Ils s'étaient retrouvés seuls tous les deux. Il s'était approché, l'avait embrassée sur les lèvres. Elle lui avait juste murmuré, avec un gémissement surjoué : « Faites de moi ce que vous voulez. » Elle avait continué à le vouvoyer, même quand il s'était retrouvé nu face à elle, un peu ridicule face à tant de beauté, le sexe à moitié dressé. La déférence face à la fonction présidentielle. Sans elle, il sait qu'il n'est rien.

— Je crois que ç'aura été utile, répond François Gabory. Je l'espère, en tout cas. Une fois que ces rumeurs idiotes seront derrière moi, on pourra enfin parler de politique sereinement.

Viviane le regarde en fronçant les sourcils, avec un petit sourire indulgent. Il sait qu'elle rêve que ça s'arrête, mais elle l'a aidé, et elle l'aidera encore. Son amour pour lui est plus fort que son intérêt personnel. Ça l'attendrit, d'une certaine façon. François Gabory, lui, n'a jamais aimé personne autant que lui-même.

— Alors, Grégoire, ça vient le champagne ? lance-t-il, guilleret.

Castelli balance les bras en signe d'impuissance. Il

ne reste aucune bouteille, dans aucun des deux restaurants de la Maison de la Mutualité.

On frappe à la porte. Un serveur fait son entrée avec trois somptueux plateaux d'antipasti. De la mozzarella, des tomates séchées et des poivrons grillés, de la caponata, de la coppa, des anchois marinés, du melon et des figues...

— Ça a l'air excellent, savoure par avance Agnès Doche-Cabot en commençant à picorer.

— Oui mais s'ils n'ont pas de champagne, hors de question de revenir ici le soir de ma victoire, lâche François Gabory en riant, tout en avalant une tranche de jambon d'Aoste.

Grégoire Castelli s'approche de lui, un verre à la main. Il lui verse doucement de la bière, en faisant attention de ne pas laisser trop de mousse.

— Allez, ça fera office de... On aura d'autres occasions, pour le champagne.

Il lève son verre. Tout le monde l'imite.

— À la victoire ! s'enthousiasme Grégoire Castelli.

— À la victoire, répète la petite assemblée en chœur.

François Gabory observe tous les visages. Les femmes ont l'air soulagées. Associer leur nom au « président pervers » était un pari osé, c'est une marque de fidélité et de respect. Une forme de gratitude aussi. Leur image ne devrait pas en souffrir, si les premières réactions sont positives. Grégoire Castelli, lui, a sincèrement l'air d'y croire. Jean-Pierre Beauvais retient sa joie. Mais Claude Danjun ne parvient pas à cacher une forme inhabituelle de tristesse. Gabory connaît son ami mieux que personne. Il s'approche de lui, le prend à part.

— Qu'est-ce qui ne va pas, Claude ?

Il a son regard de chien battu.

— J'ai du mal à croire à tout ça, François, murmure-t-il. À ce qu'on est en train de faire. En 1981, on abolissait la peine de mort, on instaurait une nouvelle semaine de congés payés, on faisait la retraite à 60 ans. Maintenant, on parle de sexe, de scandales, de rumeurs. Quelle déliquescence ! Où est la gauche, dans tout ça ? La vérité, c'est qu'en quarante ans nous avons brûlé nos vaisseaux. Moi je voudrais replonger dans la politique, François, comme toi. Mais j'ai peur que tu ne sois plus l'homme de la situation.

Le visage hébété de François Gabory exprime une totale incompréhension. Il hausse les épaules, ses sourcils se lèvent.

— Tu es en train de me dire que tu me lâches ? demande-t-il froidement.

Danjun lui adresse un sourire crispé.

— Non, François. Je suis en train de te dire qu'on ne tue jamais une rumeur, et que l'époque a changé. Les séducteurs d'hier, ceux que la société avait toujours valorisés, sont devenus autant de prédateurs en puissance dont les moindres actes peuvent être jetés en pâture sur les réseaux sociaux et dans la presse.

— Mais les rumeurs n'ont rien à voir avec ça, Claude.

— Tout est lié. Tu es à la merci de toutes les femmes avec qui tu as des relations sexuelles, François. Il faut se rendre compte de ça.

Claude Danjun a toujours été austère et mal à l'aise avec l'idée de la jouissance. Dans son système de valeurs, jouir engendre de la culpabilité, et la culpabilité une promesse de punition. Il n'a jamais pu se libérer de la morale judéo-chrétienne. François

Gabory se retourne vers Isabelle Colson, Léa Libret, Agnès Doche-Cabot... Il pense à Manon, il esquisse un petit sourire.

— Tu n'as pas l'impression que la soirée vient plutôt de prouver le contraire, Claude ?

DEUXIÈME PARTIE

« Moi-même, je n'ai jamais été capable de savoir précisément ce qu'est le féminisme. Tout ce que je sais, c'est que les gens me traitent de féministe chaque fois que j'exprime des opinions qui me différencient d'un paillasson ou d'une prostituée. »

REBECCA WEST, « *Mr. Chesterton in Hysterics* », dans *The Clarion*, 14 novembre 1913[1]

1. Republié dans *The Young Rebecca : Writings of Rebecca West, 1911-1917*, Viking, 1982.

19

17 février 2020

C'est elle qui a choisi ce troquet sans prétention, dans un quartier sans politiques, où ils ne risquent pas d'être vus. Elle est installée au fond, penchée sur son MacBook, si absorbée qu'elle ne le voit pas entrer. Claude Danjun s'arrête quelques instants après avoir refermé la porte du café, il enlève ses gants et dénoue son écharpe avant de s'avancer vers elle. Il la connaît peu, finalement, mais elle fait presque partie de la famille, comme une cousine éloignée. Il connaît toute son histoire – ou du moins ce que Gabory a bien voulu lui en montrer en cinquante ans d'amitié.

— Je me demandais quand on s'était vus pour la dernière fois, lâche-t-il avant même de dire bonjour.

Catherine Lengrand sursaute, se lève et lui tend la joue, sans effusion particulière. Ni lui ni elle ne sont particulièrement démonstratifs, en règle générale.

— Quand je suis venue à l'Élysée. Tu m'avais reçue dans ton bureau, avant que je déjeune avec François. Je peux même te donner la date : le 13 avril 2015.

— Quelle mémoire!

— C'est la dernière fois qu'il m'a invitée au Château. Et il n'y en a pas eu beaucoup d'autres. Alors, oui, je m'en souviens. Mais je t'en prie, assieds-toi.

Catherine Lengrand est adossée à la banquette, une petite cuillère entre les doigts, avec laquelle elle tapote régulièrement la table en formica.

— Et encore, c'était à mon initiative. Pour lui parler de Claire Bontems. Tu vois...

— Au moins, il a suivi tes conseils. Même si on ne peut pas dire que ça lui ait porté chance. Finalement, c'est grâce à lui si elle en est là aujourd'hui.

— Il lui a donné sa chance, elle l'a saisie. Mais oui, je te le concède, il y a une forme d'ironie de l'Histoire. Je t'avoue que ce n'est pas pour me déplaire.

— Vous vous parlez encore?

Le rythme des battements de la cuillère s'accélère. Catherine Lengrand se mord fugacement la lèvre inférieure. Elle repose la cuillère dans la soucoupe, à côté de son café, et se frotte les mains, comme pour se réchauffer. Ou pour prier. Elle reste silencieuse, comme si elle ne trouvait pas ses mots.

— Il ne s'est jamais posé de questions, dit-elle sans répondre. Il a toujours avancé, de manière très égoïste. Ça lui a plutôt réussi, tu me diras. Mais il n'en a jamais assez.

— Il a très mal vécu l'échec du référendum. Il y a une blessure, qu'il veut réparer. Je ne le blâme pas pour ça. C'est humain.

— Sauf que pour réparer sa petite blessure, comme tu dis, il est prêt à faire perdre la seule qui ait encore une chance face à la droite.

Un jeune serveur les interrompt, une serviette au

creux du coude, un tablier noué sur le pantalon. Danjun commande un café. « Un double », précise-t-il.

— Pour répondre à ta question, on ne se parle plus. Il n'y a pas vraiment eu de rupture. Ça s'est fait comme ça. Alors, reprend-elle, tu voulais me voir ? Pour me dire quoi ? Que tu refais un tour de piste avec François ?

Claude Danjun déglutit avec peine et se racle la gorge pour s'éclaircir la voix, mais les premiers mots qu'il prononce sont trahis par ses cordes vocales. Il tousse, désigne le verre d'eau de Catherine :

— Je peux ?

Elle fait oui de la tête, il boit pendant qu'elle le regarde avec un petit sourire au coin des lèvres.

— François est un incorrigible optimiste. Il pense que les *fake news* sont derrière lui grâce au meeting de la Mutu.

— Quelle indécence, ce meeting, Claude ! Le mâle dominant et sa cour tout autour de lui. J'avais mal pour ces femmes... Enfin, la presse a eu l'air de trouver ça convaincant.

— Au moins, ils ont eu un prétexte pour en parler. Ça les démangeait tellement. Si au moins ça avait étouffé ces rumeurs... Mais non. Ça continue. Ça entrave son retour et il a du mal à l'admettre. Pour lui, c'est de l'histoire ancienne. J'ai toujours été fidèle, on a eu des désaccords parfois, et je sais ce qu'est une campagne difficile. Sans toutes ces conneries, sa réussite était déjà très incertaine. Mais là, c'est mission impossible. Ça m'attriste, parce que je ne crois pas que nous ayons eu tout faux, mais l'heure est de toute façon aux visages nouveaux. Dehors, les politiques...

Il balaie vivement l'air du dos de la main et manque

de heurter le bras du serveur, qui parvient à sauver la tasse de café et à la déposer sur la table, même si, dans cet exercice d'équilibriste, une partie s'est renversée dans la coupelle.

— Ça ira, pas la peine d'en apporter un autre, dit l'ancien conseiller de François Gabory.

— Qu'est-ce qui t'a fait changer d'avis, Claude ?

Il regarde son café avec intensité, détaille une à une les gouttes qui ont débordé sur la coupelle. Il repense à cette phrase qu'aimait prononcer François Gabory : « La politique, c'est comme une casserole trop pleine : l'eau s'échappe par tous les bords et on ne peut rien y faire. Être un homme politique, c'est éponger. En permanence. »

— Peu importe ce qui m'a fait changer d'avis, Catherine. Mais je vais mettre tout mon poids dans la balance pour qu'il renonce. Face à la rumeur, on est toujours perdant. Si on se tait, on est perdant. Si on tente de se justifier, on est perdant. J'en sais quelque chose, à ma petite échelle. Je n'ai aucune envie de revivre ça, même par procuration. S'il poursuit cette campagne, ce sera un chemin de croix.

— Je suis d'accord. Il faut qu'il renonce. Il va se brûler la peau... Mais tu le connais. Il ne renoncera pas.

— On verra ça... Et si j'arrive à le convaincre... Alors je veux bien aider. Pas forcément de façon officielle, mais être utile.

— Claire t'apprécie beaucoup. Elle t'a vu à l'œuvre. Elle sait ce que tu as approuvé, désapprouvé. Elle sait que tu es authentiquement de gauche, même si tu ne l'as pas toujours montré. Tu le sais, Claude, tu es au crépuscule de ta vie politique : il est temps de te réconcilier avec toi-même. Elle t'en a offert l'occasion et l'offre tient toujours, évidemment. Mais on aura besoin de loyauté dans le combat qui s'annonce. On ne peut pas se permettre d'avoir des agents doubles. Soit tu le fais renoncer, et tu es le bienvenu. Soit il persiste, et il faudra rendre public ton ralliement à Claire.

Claude Danjun porte la tasse de café à ses lèvres, en boit plusieurs gorgées très rapidement et observe, au fond de la porcelaine, le dessin laissé par le liquide.

— Je ne viendrai pas s'il maintient sa candidature.

— Alors on se reparle quand il aura jeté l'éponge. Tu as mon numéro, j'attends ton appel.

Elle se lève, referme son MacBook et le glisse dans son sac, enfile son blouson en cuir puis contourne la table en rentrant le ventre, laissant Danjun derrière elle, face à son propre reflet dans le miroir piqué de taches noires où il la voit s'engouffrer dans une berline.

20

20 février 2020

— C'est chiant, ce bouton. Ça tombe mal.

Elle est presque collée au miroir de la salle de bains, tirant sur sa peau comme une adolescente énervée par une poussée d'acné juste avant une sortie en boîte. Elle est prête à l'éclater et à le noyer sous une truelle de fond de teint. Par la porte entrouverte, Catherine Lengrand lui sourit :

— Il reste encore une semaine avant l'émission. Il aura le temps de disparaître.

Une des ampoules au-dessus du miroir claque sans un bruit. Le visage de Claire s'assombrit. Elle ne peut s'empêcher de faire une petite grimace. Catherine lui sourit :

— T'inquiète pas. Ça se passera bien.

Il n'est pas rare que les deux femmes se retrouvent seules, le soir, dans cet appartement qui leur sert de QG, une fois les membres de l'équipe partis – une dizaine de personnes, en général vers 21 heures.

Une amie, une sœur, une maman... Cette proximité

met parfois Claire mal à l'aise, mais Catherine est irremplaçable. C'est elle qui l'a amenée à être ce qu'elle donne à voir aujourd'hui : une femme réconciliée avec elle-même. Si Claire s'est lancée dans cette folie qu'est une campagne présidentielle, si elle est maintenant en position d'y croire, c'est grâce à Catherine, qui a été la première à lui souffler l'idée. La première à y croire, avant même que Claire ne l'envisage elle-même, comme si Catherine vivait un destin par procuration.

C'était un mardi, juste avant le second tour de la présidentielle de 2017. Claude Danjun l'avait appelée pour savoir si elle accepterait de figurer dans le casting du dernier meeting avant le vote, le jeudi soir, pour « faire barrage à l'extrême droite ».

— François veut montrer que notre rassemblement est très large, face au sectarisme de Laurence Varennes. On a besoin de toi.

Lors d'un dîner en tête à tête dans un restaurant italien du 10e arrondissement, Catherine lui avait conseillé de ne pas y aller.

— Ils veulent de toi parce que tu es une femme, jeune, issue de la société civile, comme ils disent. Ce que ne comprend pas François, c'est qu'il sera élu, oui, mais très mal élu. La droite ne votera pas pour lui, elle s'abstiendra ou votera pour Varennes. Il n'y aura aucune dynamique pour les législatives. La gauche, *sa* gauche, n'est pas majoritaire dans le pays et ne le sera jamais. En revanche, il y a de la place pour réfléchir à ce que doit être la gauche au XXIe siècle. Et s'il y a une personne qui peut incarner cela, c'est bien toi. Ne te compromets pas avec François : il est fini, si ce n'est demain, à brève échéance. Roule pour toi toute seule.

Claire n'y aurait pas songé, et elle avait dû

reconnaître que ça l'avait flattée. Prétendre avoir du pouvoir, conquérir un mandat, s'engager, « faire de la politique » – cette absurde expression qui ne signifiait rien d'autre que « j'ai envie de montrer ma gueule » – c'est un objectif qu'elle avait caressé, comme beaucoup de jeunes à Sciences Po, alors même qu'avant d'intégrer la rue Saint-Guillaume ce monde lui était totalement inconnu.

Son père, médecin respecté, notable d'une petite ville tranquille de banlieue où elle était restée jusqu'à ses 18 ans, vomissait toutes les personnalités politiques – pourtant il ne loupait jamais une émission sur ce thème, pour pouvoir marmonner seul dans son canapé –, tandis qu'à côté de lui sa mère lisait un livre sans écouter un mot du débat télévisé. Professeure dans un lycée de Seine-Saint-Denis, elle ne s'était jamais débarrassée de ce réflexe pavlovien qui consistait à mettre un bulletin socialiste dans l'urne. Ses convictions étaient en béton, pourquoi se serait-elle intéressée à des débats qui, peut-être, auraient pu la faire changer d'avis ?

Adolescente, Claire Bontems s'était mise à regarder « L'Heure de vérité » avec son père. Elle frissonnait quand retentissaient les premières notes de « Live And Let Die », la chanson du générique, admirait ces hommes qui fendaient la foule dispersée de part et d'autre du tapis rouge pour descendre dans l'arène. Ils lui rappelaient ces gladiateurs qu'elle aimait dessiner, ces nobles guerriers qui jouaient leur survie dans le Colisée. C'était envoûtant. Elle les trouvait beaux, fiers. Elle avait un fantasme : dérober le livre d'or que les invités signaient à la fin de l'émission.

Quand elle avait annoncé à son père qu'elle voulait

tenter Sciences Po, il avait d'abord cru qu'elle plaisantait.

C'est seulement à ce moment-là qu'il avait compris que si sa fille regardait ces émissions politiques avec lui, c'était pour des raisons totalement différentes des siennes. Il avait voulu l'éduquer, la prévenir que les politiques ne savaient rien faire d'autre que du *bullshit*, comme on ne disait pas encore à l'époque – il appelait ça de « l'enfumage » –, et au contraire elle ne rêvait plus que d'être l'une des leurs.

Au moment de sa scolarité rue Saint-Guillaume, et durant les années qui avaient suivi, elle avait fait ce qu'il fallait pour intégrer les bons réseaux, les cercles qui comptaient. Elle avait multiplié les amitiés utiles, celles qui servaient à se rapprocher de ceux qui occupaient le pouvoir. Elle avait gravité dans ces cercles où on pouvait se retrouver invité à dîner chez un député, un ministre, un chef de parti.

Au bout du compte, elle avait fini par être expulsée comme un corps étranger de ce milieu qui n'avait jamais été le sien : celui des partis, des syndicats étudiants, l'Unef ou l'Uni, qui ne savaient que singer les politiques et n'ambitionnaient que de leur ressembler. Ils étaient jeunes mais avaient été incapables de réinventer le monde né de la chute du mur de Berlin autrement que par l'entêtement stupide à croire en la résurrection du passé ou à la soumission indécente mais joyeuse à l'hypercapitalisme.

Au fil du temps, elle avait fini par se transformer en une jeune femme exaltée, ivre d'agir avec cette communauté qui l'avait acceptée, celle des ONG et des activistes qu'elle côtoyait le soir et les week-ends. Hétéro et séronégative, elle avait pris de l'ampleur au sein du mouvement Act Up. C'est elle qui avait eu l'idée d'organiser, en 2005, un faux mariage homosexuel à Notre-Dame de Paris. Dans le tumulte et le chaos qu'avait provoqués cette manifestation, elle avait rencontré pour la première fois Catherine Lengrand, qui était là pour *L'Événement*.

Les deux femmes s'étaient retrouvées quelques années plus tard. Claire Bontems avait pris sa carte à Génération verte, le parti écologiste. Elle avait rejoint le bureau exécutif du mouvement, mais en avait claqué la porte au bout de deux ans, après le retrait du candidat du parti à la présidentielle de 2012 au profit du candidat socialiste, François Gabory. Catherine Lengrand avait souhaité parler avec elle du divorce qui minait le parti socialiste, et de l'avenir de la gauche.

Elles étaient tombées d'accord là-dessus : le parti socialiste était mort avec le second septennat Mitterrand et la fascination pour la réussite et l'argent. Ce n'est qu'à la fin de l'interview que Catherine Lengrand lui avait révélé qui était son frère. C'était étonnant, cette sincérité avec laquelle elle s'était confiée.

— Je ne tire aucune fierté du parcours de mon frère. Parce que je sais comment il est arrivé là. Il a été malin. Il n'a pas eu d'états d'âme, et surtout pas pour moi. Ni avant, ni maintenant. S'il est élu, je sais que mon journal ne me fera pas de cadeaux.

Il avait été élu, et il avait effectivement fallu qu'elle s'efface, pour permettre à *L'Événement* de ne pas être accusé de partialité.

— S'ils savaient..., avait-elle confié à Claire Bontems quelques jours après l'élection de Gabory. C'est moi qui aurais été la plus féroce avec lui. Mais ils m'ont foutue aux chiens écrasés.

Elle n'avait pas encore totalement coupé les ponts avec son frère. Catherine, qui ne désespérait pas d'infléchir un peu les penchants de François Gabory pour le social-libéralisme, avait obtenu pour Claire un rendez-vous à l'Élysée quand elle avait su que son frère souhaitait créer un secrétariat d'État dédié à la Condition féminine.

Claire Bontems s'était habillée le plus sobrement possible. Elle avait choisi un tailleur-pantalon tout ce qu'il y avait de banal, qui ne moulait pas trop ses fesses. Sa veste était restée fermée sur son chemisier. Elle s'était à peine maquillée. Elle n'avait pas mis de rouge à lèvres.

Quand elle avait laissé sa carte d'identité aux policiers en faction dans la guérite, qu'elle avait dû passer son sac au portique de sécurité, elle avait eu l'impression de se dénuder, de tout abandonner. Ses jambes tremblaient. Elle avait été menée jusqu'au salon Pompadour. Elle avait observé par la fenêtre la nuit noire et glaciale de novembre, qui semblait avoir tué toute forme de vie dans le Château. Et puis il était apparu. Elle lui avait tendu une main moite et trop ferme. Il n'avait pas cillé, figé dans un sourire gêné, comme s'il avait un vague souvenir d'elle.

Même s'il hochait de temps en temps la tête et la relançait parfois avec des expressions toutes faites, il avait semblé totalement absent pendant qu'elle lui parlait, et que, sans s'en apercevoir, sans le vouloir, surtout, elle lui vendait sa candidature, ignorant ce qu'elle cherchait comme ce qu'il cherchait lui-même.

— Il y a une forme d'assèchement de la politique,

avait-elle plaidé avec un certain courage parce qu'il aurait pu se sentir visé. Il y a une forme de culture militante qui s'est épuisée. L'autre jour, j'ai regardé la liste et le parcours des députés qui sont morts pour la France pendant la guerre de 14-18. Parmi eux, on en trouvait un qui avait travaillé à la mine à 8 ans, qui était parti faire des études à 18 ans... Il était devenu syndicaliste, puis député de Béthune. C'était quand même une autre vie. Je ne me compare pas, mais moi non plus je n'ai jamais été dans cette logique du *cursus honorum* en politique. Je crois à la diversité des parcours, ça enrichit la perception qu'on a des uns et des autres, la perception de la vie et puis celle de notre pays, aussi. Dans votre gouvernement, il n'y a que des technocrates, des énarques, des gestionnaires qui ne perçoivent pas le moment historique dans lequel on est, celui où la gauche, plutôt que de suivre le sens du vent, doit se réinventer.

Le lendemain, quinze ans après être sortie de Sciences Po et bien avant ses camarades qui s'étaient imaginé un destin gouvernemental, elle était nommée à la tête d'un secrétariat d'État dédié à l'égalité entre les femmes et les hommes, immédiatement présentée comme la caution « jeune et rebelle » du gouvernement. Elle n'avait pas pu refuser. Elle n'avait pas été capable de le faire, pas capable de lui dire non – comment dire non à une telle proposition ?

Elle n'en serait jamais là si Gabory n'avait pas existé. C'est sa vie et c'est ainsi qu'elle doit l'accepter. Mais non, elle ne doit pas « tout » à l'ancien président, comme l'ont écrit la plupart des journalistes qui glosent sur sa « traîtrise » et ses ambitions présidentielles. Certainement pas. Elle ne lui doit rien. Catherine le lui répète tous les jours, et ce soir encore :

— Si cette conne de Sarah Forgeraud te pose la question, rappelle-toi que tu ne dois rien, ni à Gabory ni à personne. Si tu n'en es pas convaincue, tu n'arriveras pas à convaincre.

Claire Bontems tourne dans la pièce, sans rien dire, en regardant ses pieds.

— Bon, on révise un peu ?

— OK, dit Catherine. L'Europe ?

— Allez... L'Europe.

— C'est parti. Imagine que je suis Forgeraud, que je présente « L'Émission politique ». Je sais, c'est pas facile. Elle est plus belle et plus jeune que moi. Mais elle est moins intelligente... « L'Europe, on va en sortir. C'est une bonne chose, madame Bontems ?

— J'ai toujours été européenne, madame Forgeraud. L'Europe est une grande idée. Mais les traités étaient une grande calamité. Je crois qu'il y avait un consensus pour les modifier sur un certain nombre de points. La droite a essayé, la gauche a essayé. Ça n'a jamais fonctionné. M. Gabory n'a pas mieux réussi que les autres et, parce qu'il n'a pas été capable de peser, notamment face à nos voisins allemands, il y a eu ce statu quo. Il l'a brisé pour des raisons politiciennes. Mais le fait est là : le peuple a parlé, et le peuple a toujours raison.

— Toujours ? rétorque Catherine Lengrand. Hitler a été élu démocratiquement, en 1933...

— Tu es sérieuse ? Tu penses *vraiment* qu'elle peut me ressortir cet argument-là ?

— Elle est plutôt nunuche, et je doute qu'elle

connaisse très bien l'Histoire, alors oui, si elle a lu ça sur Wikipédia avant l'émission, on ne sait jamais.

— Bon, si c'est ça, je la démolis en lui rappelant dans quel contexte se tenaient les différentes élections à l'époque. Mais je vais t'éviter ça, tu connais ça aussi bien que moi. Laisse-moi finir, j'ai besoin de peaufiner.

— Ils ne te laisseront pas finir, tu sais. N'oublie pas ce que je t'ai dit : quelle que soit l'interruption, la question posée, tu reprends le fil de tes idées. Si tu réponds à côté, mais de façon intelligente, personne ne s'apercevra que tu as esquivé, et surtout pas eux. Garde le *lead* en permanence sur ton discours, ne te laisse pas acculer.

Les deux femmes se regardent et partent dans un fou rire.

— Pardon. Bon. Reprenons. « Les Français n'aimaient pas l'Europe, ils n'ont pas réussi à la changer, alors ils l'ont quittée. C'est aussi simple que ça. Mais ils peuvent retomber amoureux, madame Forgeraud. »

Pendant une vingtaine de minutes, Catherine Lengrand sert de *sparring partner* à Claire Bontems, qui finit par lâcher :

— Il faut que j'y aille. Noémie m'attend.

— Demain il faudra écrire la partie la plus importante. C'est celle où tout va se jouer. Celle où tu vas devenir l'actrice principale d'un « grand moment de télévision », comme disent tous ces cons. Il ne faut pas se rater là-dessus. Montre-moi ça encore une fois...

Catherine s'approche d'elle, déboutonne doucement son cardigan pour faire apparaître ses bras nus.

— Il faudra bien choisir ta tenue...

21

22 février 2020

Assis en face du poêle à bois où il a mis quelques bûches achetées par Viviane chez Leroy Merlin, François Gabory, le visage déjà cramoisi, se perd dans l'observation des flammes. La vitre reflète la silhouette floue de son épouse qui, penchée sur son plan de travail, découpe un poulet avant de le faire mariner et de le mettre au four.

Son téléphone bipe. C'est un texto de Manon, qui lui envoie une photo d'elle avec une capture d'écran d'un article du *Journal du dimanche*, tout juste paru sur le Web. « Gabory prend deux points, Bontems stable : le match à gauche est relancé, notre sondage exclusif. » Elle a accompagné le selfie de ces quelques mots : « Tu es le meilleur. Tu me manques. » Il sent sur ses tempes la pression du sang, comme les battements réguliers d'un prisonnier résigné qui taperait par habitude, juste pour dire : « Hé, je suis encore là. »

Oui, il est encore là. Et pour longtemps. *Personne ne peut se débarrasser de François Gabory*, pense-t-il en souriant bêtement, pris par la légère ivresse que lui procure le Yoshi *single malt* dont il se délecte depuis quelques minutes. Il se laisse aller à s'imaginer sur le tapis rouge qui mène à l'Élysée, au bras d'une Manon totalement nue, portant seulement des talons aiguilles. Ils marchent tous les deux, main dans la main, pour aller à la rencontre d'Hélène Cassard, et il savoure le contraste entre cette vieille femme décatie qui lui a volé sa légende, et la fraîcheur de sa conquête qui l'a aidé à la ressusciter.

Il sent une présence derrière lui, l'haleine de Viviane et ses bras qui s'étendent autour de son cou, la peau de sa joue contre la sienne. Un samedi soir ordinaire comme il les a toujours détestés, cette espèce de crépuscule où la médiocrité des gens prend toujours le dessus, tout ce qu'il a toujours fait en sorte de ne pas vivre. Mais ce soir, cette médiocrité lui fait plaisir car il sait que c'est la dernière avant longtemps.

— Qu'est-ce qu'il y a de si agréable dans cette petite tête ? demande Viviane en lui tapotant sur le crâne.

Il continue de sourire bêtement. *Si tu savais...*, songe-t-il. Elle sait, en réalité. Ses infidélités sont connues et tolérées de Viviane depuis toujours. François Gabory, quand il était député sous François Mitterrand, multipliait déjà les conquêtes dans son appartement de la rue du Château. Il travaillait énormément et il baisait, aussi souvent qu'il pouvait. Le frigo était vide, en général. Une bouteille de lait, un yaourt, souvent périmé... Quelques costumes rangés dans l'unique armoire. Il n'avait le temps ni de faire les courses ni de faire le ménage, et ne s'était jamais véritablement installé là, même s'il y avait vécu deux ans.

Sa mère lui avait rendu visite et lui avait trouvé une

femme de ménage. Elle lui avait refait sa garde-robe, lui faisant jurer de prendre le temps de s'installer un peu. « Si tu ramènes une fille ici, elle va fuir en courant. »

Personne n'avait jamais fui. Il y en a même une qui était restée beaucoup plus longtemps que les autres. Il l'avait épousée ensuite. Ils s'étaient installés dans un autre logement, plus grand et mieux aménagé. Mais il avait gardé ce petit appartement, sans en parler à sa femme. Elle le savait, et il savait qu'elle le savait. Un couple libre, mais un vrai couple, solide. Viviane est sa partenaire, son alliée. Sans elle, il n'aurait pas eu cette vie qu'il avait tant rêvée.

— Je pensais au moment où on remarchera sur l'Élysée, dit-il. Tu sais, ce tapis rouge, qu'on va emprunter dans l'autre sens. On va revenir à la maison, Viviane, je le sens.

Elle lui prend son verre vide, attrape la bouteille de whisky et le sert généreusement.

— Allez, profitons. On n'en a pas tant que ça, des soirées tranquilles, à la maison.

Viviane fait le tour du fauteuil, pour mieux le regarder. Elle le fixe avec un air énamouré qui le mettrait presque mal à l'aise.

Dehors, le vent souffle fort. Une tempête s'annonce pour la nuit. François Gabory en a essuyé tellement, des tempêtes, dans cette maison où il a passé toute son enfance, qu'il a fait totalement rénover quand il a dû placer sa mère en maison de retraite. Il a investi plus de 100 000 euros pour pouvoir s'y mettre au vert de temps en temps. Catherine, qui n'a pas mis un centime, s'étonne de ne pas y être la bienvenue.

Il ferme les paupières quelques secondes et accepte

les souvenirs que cette bâtisse finit par réveiller : il y en a eu quelques-uns de bons, faut-il croire. Il l'oublierait presque, dans le flot incroyable qu'a été sa vie, mais ça revient : la couleur de son gobelet ; les jouets qu'il aimait emporter dans le bain qu'ils partageaient ensemble, Catherine et lui, pendant que leur mère, autoritaire et attendrie, les surveillait d'un œil ; leur jeu favori, mettre la tête sous l'eau et tenir le plus longtemps possible, se relever et tout éclabousser, et rire aux éclats. À un moment, il a fait partie d'une famille. Quelque chose de très ordinaire. Quelque chose qu'il n'a jamais pu offrir à cette femme en face de lui, mais que, tout à coup, il se verrait bien offrir à Manon. Pourquoi pas, après tout ? Un bébé à l'Élysée, les Français adoreraient cela.

22

27 février 2020

On frappe à la porte. Elle se tourne vers Catherine Lengrand, elle est sereine, comme si le stress était une forme de libération. Elle déboutonne doucement son cardigan, le retire et le pose sur le dossier de la chaise.

— J'avais peur qu'il fasse trop froid, lâche Claire Bontems. Mais finalement ça va. Je suis chaude. De la braise.

Elle va oser. Elle va donner du caviar à des mangeurs de merde, mais c'est pour la bonne cause. Catherine Lengrand s'approche d'elle.

— Fais-moi voir.

Elle lui retrousse les lèvres comme si elle inspectait un canasson. Elle enfonce doucement son petit doigt entre une canine et une molaire pour en retirer un débris de saumon. Les deux femmes se tiennent un long moment enlacées.

— Allez, c'est l'heure, ma grande, dit-elle en lui tapant sur les fesses. Montre-leur ce que c'est qu'une vraie femme.

Et elle ouvre la porte. Une jeune femme affairée, un dossier sous le bras, un casque-micro en guise de serre-tête, leur fait signe de la suivre. Dans le couloir, elle croise le regard de David Soucarron, un vieux beau, député de Seine-Saint-Denis, qui vient de se rallier et se montrera dans le public pour la soutenir. Il émet un sifflement et s'écrie :

— Avec ça, ouah... Tu vas pas passer inaperçue !

C'est le but, connard.

Il faut monter quelques marches pour entrer dans le studio. La jeune femme la fait patienter. Claire Bontems jette un coup d'œil à l'horloge rouge au-dessus de la porte. Trois minutes et quarante secondes avant de se jeter dans la fosse aux lions. Elle voit David Soucarron s'installer au premier rang. Ce gros porc sera juste derrière elle pendant toute l'émission.

— Ça va ? lui sourit l'assistante.

Claire fait un signe de tête.

— Ça va bien se passer, reprend-elle alors que le portrait de Claire est déjà en train d'être lancé par Sarah Forgeraud. Vous êtes superbe, ajoute-t-elle avec un clin d'œil.

Claire Bontems ferme les yeux et acquiesce, en écoutant la voix de l'animatrice égrener ses faits d'armes.

— Il y a encore six mois, elle n'était qu'une ancienne secrétaire d'État dont tout le monde avait oublié le nom – si jamais il avait été connu un jour. Mais en politique, tout va très vite et les inconnus d'hier peuvent faire les étoiles de demain. La crise existentielle de la gauche après le « oui » au Frexit, l'impatience du peuple que personne n'arrive à calmer, et surtout pas la droite au pouvoir, la lassitude vis-à-vis des vieux professionnels de la politique lui laissent un trou de souris pour se faufiler. Mais jusqu'où ? Aujourd'hui, elle défie à la fois Hélène Cassard et François Gabory, assumant la lutte des classes autant que la lutte des genres. Ancienne activiste ralliée sur le tard à l'action politique, Claire Bontems, 42 ans, mère de famille, cite Marx, Olympe de Gouges et les populistes du Nicaragua, et prétend pourtant rallier à son panache rose une majorité de Français. Qui est-elle vraiment ? Quelle est exactement sa ligne politique ? Est-elle aussi désintéressée qu'elle le dit ? Son programme peut-il sortir la France de la crise ?

À mesure que Sarah Forgeraud pose ses questions, Claire Bontems avance doucement jusqu'à la table où elle rejoint l'animatrice, dents serrées, mains ouvertes, dans cette robe échancrée qui offre ses bras nus à la vue de tous. Un murmure parcourt le public. Elle lit de la surprise et une forme d'admiration dans les yeux de Sarah Forgeraud qui, peut-être déstabilisée, bafouille en prononçant les dernières phrases de sa tirade :

— Voici « L'Émission politique » avec Claire Bontems. Merci d'avoir accepté notre invitation. Nous avons deux heures ensemble, deux heures pour mieux vous connaître et voir ce que vous avez vraiment dans le ventre.

*

— Tiens, la télécommande est là. Moi, je vais me laver.

Elle a l'air fâchée. Elle se lève, sans rien dire de plus et, avant d'allumer la télévision, François Gabory admire sa silhouette, la chute de ses cheveux dans son dos légèrement déformé, la beauté de son cul qu'elle lui offre sans pudeur. Il l'a baisée trop vite, sans doute, et peut-être n'a-t-elle pas apprécié qu'il éjacule sur sa poitrine sans le lui demander.

Il n'a pensé qu'à lui mais il n'avait pas envie de faire durer les choses. Il enfile un caleçon à la hâte, se branche sur France 2 et, assis sur le bord du lit, regarde le visage de Claire Bontems en plan serré s'afficher sur l'écran. Le bruit de la douche, à l'autre bout de l'appartement, couvre en partie le son de la télévision. Il est obligé d'augmenter le volume pour entendre Sarah Forgeraud, sur qui est désormais braquée la caméra. Elle déroule le plan de l'émission.

— Il y aura d'abord le duel, puis vous subirez les questions acérées de François Tocasso sur les problématiques économiques...

François Gabory connaît par cœur les recettes d'un programme qui peut se transformer en coupe-gorge autant qu'en libre tribune, jusqu'à être mis dans la confidence de l'identité de cet invité mystère qui, en attendant son tour, doit piaffer dans les coulisses. Avec un peu de chance, ça tournera en combat de boue.

Sarah Forgeraud a le talent inversement proportionnel à sa plastique, mais elle a un mérite, qu'il a pu lui-même expérimenter : elle peut poser des questions malveillantes avec un grand sourire et perd facilement ses moyens si on lui répond avec une ironie qui souligne ses insuffisances.

La caméra s'attarde maintenant sur Claire Bontems. La robe qu'elle porte est d'une indécence rare, mais elle fait son petit effet. Il sent son sexe durcir en découvrant sur son biceps un tatouage qu'elle a apparemment décidé de ne pas cacher. Il a un petit goût d'inachevé. François Gabory s'imagine fugacement déchirer le tissu pour découvrir ses seins et les laper comme un chien assoiffé. Il ferme les yeux, secoue la tête, s'approche de l'écran pour essayer de déchiffrer, sans succès, les mots qu'elle a fait inscrire sur sa peau.

Enveloppée d'une serviette écarlate qui fait briller sa peau diaphane, Manon s'assoit à côté de lui.

— Stylée, la meuf, lâche-t-elle. Faut oser, quand même.

— Tu arrives à lire ?

Manon plisse les yeux.

— Non. Attends, je regarde sur Twitter.

*

L'animatrice lui tend une main moite, que Claire Bontems serre sans doute un peu trop fort avant de se hisser sur le tabouret puis de porter à ses lèvres le gobelet placé devant elle, pour ne boire que quelques gouttes d'eau. Claire Bontems sent les regards s'appesantir sur elle, sur sa tenue, sur son bras nu, sur sa peau transformée en un tract éternel. Curieusement, elle ne s'est jamais sentie aussi légère, comme si elle était portée par la grâce. Elle sait qu'elle ne peut pas se rater, parce qu'elle incarne le Juste et le Vrai.

— Il y aura d'abord le duel, puis vous subirez les questions acérées de François Tocasso sur les problématiques économiques : il aura beaucoup de questions à vous poser, vous verrez, sur vos propositions iconoclastes qu'il a confrontées à la réalité. Vous pourrez ensuite débattre avec trois Français, qui se situent sur votre droite – sur le plateau, mais aussi politiquement, vous le verrez. En même temps, c'est plus facile de trouver des gens à votre droite qu'à votre gauche. Nous poursuivrons avec l'invité surprise puis viendront les questions des téléspectateurs, que vous pouvez d'ores et déjà poser sur notre site Internet et qui seront relayées par Stéphane Darbion. Adrien Lévêque, de l'institut de sondage Ipsos, viendra ensuite vous livrer son verdict : avez-vous convaincu les Français ? Toutes vos déclarations seront décryptées et vérifiées par la rédaction de France 2. C'est parti, vous êtes prête ?

— Bien sûr. Je suis prête. Prête à affronter le vieux monde, absolument.

Sarah Forgeraud semble choquée. Sur la défensive, elle rétorque :

— Le « vieux monde » ? C'est-à-dire ?

— Celui qui, par exemple, part du présupposé qu'être de gauche, c'est proposer des réformes irréalistes. Ou celui qui, en 2019, continue de mettre à l'écran uniquement des visages d'hommes, blancs, quinquagénaires.

— Je ne suis ni un homme, ni blanche, ni quinquagénaire.

— Ça ne m'avait pas échappé, mais ce n'est pas vous qui posez les questions sérieuses, Sarah Forgeraud, sourit-elle avec une certaine cruauté. Vous me posez les questions de divertissement, vous envoyez les amuse-bouche, mais quand ça va devenir sérieux, ce sont les hommes qui vont me mettre sur le gril. Et croyez-moi, je le déplore. Les médias aujourd'hui sont comme la politique, gangrénés par le conservatisme à tous les plans, obsédés par les changements cosmétiques qui occultent les véritables remises en question.

Elle se penche sur la table, pose ses avant-bras sur le verre poli dont la froideur la surprend. Elle parvient à ne rien montrer mais sent ses poils soigneusement décolorés se dresser sur sa peau.

— On dirait que vous avez mangé du lion, lâche Sarah Forgeraud. On y va quand même ?

Et elle se lance, avec quelques questions d'actualité aussi absurdes qu'inintéressantes. Sarah Forgeraud lui demande de répondre par oui ou par non à des questions dont la formulation simpliste n'a d'autre but que de la piéger, elle la prie de réagir en lui montrant des images comme on le fait à des gosses de 2 ans qui doivent reconnaître des girafes ou des vélos, et elle utilise ce ton infantilisant de la maîtresse d'école que le parti médiatique adore quand il s'agit de faire la leçon à ceux qui ne pensent pas comme lui.

L'un de ses représentants les plus éminents vient de prendre place en face d'elle, à l'invitation de Sarah Forgeraud. François Tocasso a l'élégance et l'arrogance des âmes nées du bon côté. Sanglé dans un costume bleu nuit, les mains à plat sur la table de verre, il lui parle des propositions économiques qu'elle a esquissées la semaine précédente. Il les décrit avec sarcasme et les caricature à l'excès pour tenter de la faire passer pour une incompétente. Très vite, Claire Bontems ne l'entend plus que comme un écho qui agonise en elle, fascinée par ce visage figé dans sa fatuité, si froid qu'il semble déjà mort : « Augmenter les dépenses publiques », « augmenter les prélèvements obligatoires », « 100 milliards », « 200 milliards », « la dette », « nos partenaires »...

Elle l'arrête d'un geste.

— Nous n'avons plus de partenaires, monsieur Tocasso. Nous sommes sortis de l'Europe, si vous n'étiez pas au courant.

— On dirait que cela vous réjouit.

— Je n'ai ni à m'en réjouir ni à le déplorer. L'Europe est une grande idée. Mais les traités étaient une grande calamité. Il y avait un consensus pour les modifier sur un certain nombre de points. Ça n'a jamais fonctionné. M. Gabory n'a pas mieux réussi que les autres et se serait volontiers contenté du statu quo. Il l'a brisé pour sauver sa place. Il a joué, il a perdu. Et tout le monde avec lui. Mais c'est un mal pour un bien, monsieur Tocasso. On ne pouvait plus continuer à faire pour toute l'Europe la politique voulue par les retraités allemands, qui avaient besoin d'un cours de la Bourse élevé et d'un euro au plus haut. On ne pouvait plus continuer à s'aligner sur le coût du travail des pays les moins-disants socialement, en comprimant les salaires et en diminuant les impôts sur les entreprises. On ne pouvait plus, monsieur Tocasso, faire semblant de croire que le peuple était heureux de se contenter des miettes que les puissants daignent lui laisser. C'est ce que les Français ont voulu signifier en disant « oui » au Frexit. Un bras d'honneur aux politiques, un bras d'honneur à l'establishment. Un bras d'honneur à vous, monsieur Tocasso.

*

— Elle était moins en colère quand je l'ai vue l'autre soir, lâche Roland Fourgue, assis sur un bureau.

À la rédaction du *Temps*, ils sont une petite dizaine à suivre l'émission en direct. Sur le desk, un journaliste retranscrit les propos dans le live ouvert pour l'occasion, et un autre, le hipster qui avait découvert le *deep fake*, surveille les réseaux sociaux – Roland Fourgue a encore oublié son nom. Lui, il est là pour commenter la prestation de Claire Bontems.

— Ce besoin de nous cajoler en privé et de nous attaquer en public, ça me tue, poursuit-il.

Personne ne lui répond. Tous les autres ont l'air de simples spectateurs qui assistent à l'émission comme ils assisteraient à un match de foot ou à un spectacle de cirque. Chacun écrira peut-être une cinquantaine de lignes.

— Quelqu'un a réussi à lire ce qu'il y a écrit sur son tatouage ? demande Guillaume Drouot.

Le hipster lève un peu le nez de son ordinateur.

— Il y a des captures d'écran qui circulent et qu'on peut grossir. C'est une citation de Virginia Woolf apparemment.

— Ça dit quoi ?

— « *The thing is to free one's self : to let it find its dimensions, not be impeded*[1]. » En français, ça donne : « Ce qui compte, c'est se libérer soi-même, découvrir ses propres dimensions, refuser les entraves. »

— Tout un programme, lâche Roland Fourgue.

— Il faudrait faire un papier dessus, assure Guillaume Drouot en se tournant vers l'un des journalistes scotchés devant l'écran. Traduire et expliquer d'où ça vient. Tu peux t'y mettre, Stéphane ?

— Il y a énormément de tweets autour de ça, ajoute le hipster. J'en ai mis quelques-uns dans le live, déjà. C'est en mode « c'est beau/c'est moche » et les gens

1. Citation extraite du *Journal de Virginia Woolf*, 29 octobre 1933.

s'écharpent là-dessus. Il y a aussi des insultes, évidemment. Twitter, quoi...

Roland Fourgue reste absorbé quelques minutes par le réseau social, hypnotisé par les centaines de messages qui défilent sous le #TattooBontems.

ton avis c personnel c pas une généralité donc si elle trouve que son tatouage est beau il est beau tu fermes ta gorge de casse-couille la et tu vas dormir t as école demain

Meuf on est sur Twitter, tu crois vraiment que je vais aller lui lécher la moule en disant « oh ma chérie ton tatouage est trop magnifique » alors que c juste ridicule quand on fait de la politique

On s'en bas les couilles de ton avis en fait C'est son tatouage, sa peau, sa vie, son histoire, vient pas faire chier

« Le tatouage c'est blesser la peau pour qu'apparaissent les cicatrices de l'âme. » J'espère qu'on va savoir la signification du tattoo plutôt que de parler pendant des heures de politique

La MILF[1] tatouée je lui remplis la bouche de mon foutre

Il a du mal à croire ce qu'il voit à l'écran : une jeune femme qui affiche sans complexe un tatouage

1. «Mother I'd Like to fuck» : acronyme couramment utilisé sur Internet pour désigner une mère de famille sexuellement attirante, littéralement « bonne à baiser ».

sur son biceps alors qu'elle brigue la présidence de la République, une jeune femme qui assume tout, sa façon de s'habiller, son langage, sa radicalité, son célibat. Il entend encore le son des petits pas de sa fille sur le parquet, il voit son doudou dans sa main, l'amour et la tendresse dans les yeux de sa mère et ces bras nus, cette robe que la moitié des téléspectateurs mâles ne rêvent que d'arracher pour voir si dans son dos d'autres *tattoos* ne seraient pas dissimulés.

La maman et la putain.

Deux candidates pour le prix d'une.

*

— Un bras d'honneur ? À moi ? C'est me faire bien trop d'honneur, madame Bontems, rétorque François Tocasso avec flegme.

— Oui, à vous qui depuis des années venez professer la bonne parole sur les plateaux télé, décerner des brevets de « réalisme » et de « sérieux ». Regardez où ça nous a menés, votre catéchisme !

— Vous voulez augmenter les impôts de 120 milliards d'euros, madame Bontems. Pouvez-vous me donner un seul exemple dans le dernier siècle d'un pays qui a relancé son activité avec un choc fiscal de cette ampleur ?

— Pouvez-vous me donner un seul exemple, monsieur Tocasso, d'un pays qui, en suivant les politiques prônées par Bruxelles, a éradiqué le chômage et la misère ? Treize millions de travailleurs pauvres dans cette Allemagne que vous chérissez tant ! J'aime l'Europe, je suis amoureuse de l'idée européenne, mais je déteste les valeurs de notre société, la cupidité, la lutte de tout le monde contre chacun. C'est fini, tout ça. Si j'arrive au pouvoir, toute personne qui gagne 3000 euros par mois ou moins – ça en fait du monde, hein, même si vous n'en faites pas partie...

— Vous non plus.

— Qu'est-ce que vous en savez ?

— Votre patrimoine est public, dois-je vous le rappeler ? Vous avez été ministre, madame Bontems.

— Je paierai de bon cœur, croyez-moi. Tous ceux qui gagnent moins de 3 000 euros, donc, paieront moins d'impôts. La question, ce n'est pas la quantité d'impôts, mais qui on fait payer.

— Vous êtes un mélange de Marx et de Robin des Bois, finalement.

— Vous pouvez vous moquer. C'est ce que vous faites depuis vingt ans, regarder le peuple se débattre dans la fange depuis votre refuge. Mais l'odeur est en train de remonter jusqu'à vous.

— Avez-vous besoin d'être vulgaire ?

— Je ne suis pas vulgaire, je suis révoltée. Si on vous écoute, il n'y a plus qu'à baisser les bras, rentrer à la maison en ressassant cette vieille rengaine du « c'était mieux avec l'euro ». Je ne suis pas d'accord. On n'a pas réussi à changer l'Europe de l'intérieur. Changeons-nous d'abord nous-mêmes et après, on verra ce qu'on peut faire avec les peuples amis.

Il la fixe avec intensité. Elle ne sait que lire dans ce regard impitoyable : de la colère, du mépris, du désir peut-être. Elle ne baisse pas les yeux. Elle tient face à ce sourire narquois qui ne vise qu'à la balayer et elle sourit, elle aussi, elle sourit pour lui dire que ses gesticulations grossières et ennuyeuses n'amusent plus personne, et qu'il est temps pour lui de cesser ses invectives.

Ce face-à-face silencieux dure quelques secondes, deux ou trois, un moment suspendu au milieu d'un show médiatique qui ne souffre pas les temps morts. C'est elle qui le brise.

— J'avais encore l'illusion d'avoir un journaliste en face de moi. Vous me confirmez que vous êtes un militant politique.

— Un militant politique? Tiens donc!

— Pendant des années, des dizaines d'années, vous et vos semblables, vous avez récité la messe. Votre mission, c'était d'empêcher les autres de penser et de les maintenir en rang dans le troupeau. Votre pouvoir, pas seulement le vôtre, mais celui du parti médiatique, était exorbitant. Mais vous savez, ça fait longtemps que le peuple ne vous croit plus et qu'il s'organise autrement, qu'il réfléchit sans vous, dans la rue, sur les réseaux sociaux, partout où vous n'êtes plus présents. Depuis combien de temps n'avez-vous pas vu un vrai Français?

— Parce qu'il y a de vrais Français et de faux Français?

— Il y a des Français qui vivent dans un monde virtuel où tout va bien, et des Français qui vivent dans le vrai monde où vous ne mettez jamais les pieds. Demandez-vous pourquoi les gens ne peuvent plus supporter les médias. Ça vous fera du bien.

*

Pour le moment, c'est un sans-faute. Le téléphone à la main, les yeux rivés sur Twitter en même temps qu'il écoute Claire Bontems, Grégoire Castelli est obligé de constater qu'elle casse la baraque. Le coup du tatouage, c'est génial. Ça excite les mecs, ça la rend sexy, ça rend ses idées sexy alors que l'Histoire a déjà tranché depuis longtemps quant à leur pertinence. Elle rend le communisme affriolant. Les gens ont besoin de ça, en ce moment. Elle prendra plusieurs points dans les sondages. L'effet de la Mutu risque d'être annulé.

Le meeting a réussi à étouffer toute velléité des médias d'évoquer les rumeurs mais il n'a pas éteint le #PrésidentPervers, même s'il est submergé par #TattooBontems ce soir. Grégoire Castelli sait aussi que, à l'intérieur de certaines rédactions, des journalistes, titillés par la forme même du meeting, ont commencé à chercher les anciennes conquêtes de Gabory dans l'espoir que l'une d'elles voudra cracher sur son patron. Il connaît la presse : il y aura des papiers sur son rapport aux femmes, parce que les journalistes n'aiment pas se contenter de la version officielle. Mais il en est persuadé : il fallait prendre le risque.

Il a vécu plus de cinq ans auprès du président. Il le connaît peut-être mieux que son épouse. Il n'a jamais été témoin d'une quelconque attitude déplacée envers les femmes. Il en a séduit, il en a baisé évidemment. Il a toujours fait attention à ne pas se faire voir en public, mais il n'a jamais vraiment cherché à le dissimuler à son entourage. Il est arrivé à Castelli de le couvrir et de le mettre en garde. « Si la presse s'intéresse un jour à ma bite, c'est qu'elle sera tombée bien bas, répondait-il en riant, et ce jour-là, ça ne vaudra plus du tout le coup d'être président de la République : je rendrai mon tablier avec plaisir ! »

*

Claire Bontems se redresse sur son tabouret, tire un peu sur sa robe et savoure comme si c'était déjà le dernier round. Elle jette un coup d'œil à l'horloge. Il reste plus d'une heure d'émission, et elle sait que le plus dur est à venir. Elle sent son cœur s'emballer et essaie de se calmer pendant que Sarah Forgeraud congédie François Tocasso avec une douceur complice et lance la séquence suivante. Les trois Français choisis par la rédaction sont tout sauf des citoyens lambda. Le patron d'une boîte spécialisée dans les logiciels qui la met en garde sur la compétitivité des entreprises, une femme médecin généraliste qui se plaint par avance de voir ses impôts tripler, et un militant socialiste téléguidé pour défendre l'union de la gauche. Tous ont été sélectionnés pour leur capacité à prendre le contre-pied systématique et caricatural de ses positions, mais elle n'a aucun mal à s'en défaire. Claire Bontems traverse ces moments d'échange en pilotage automatique, sans effort ni plaisir particulier.

L'invitée surprise la désarçonne davantage. Elle fait son entrée avec une noblesse et une assurance qui lui rappellent pourquoi elle est l'une des seules figures politiques du pays pour laquelle elle a eu du respect, si ce n'est de l'admiration, du moins jusqu'à ce qu'elle s'affiche à la Mutualité avec François Gabory.

Le sourire d'Isabelle Colson est solaire : depuis son

poste de présidente du CESE[1], l'ancienne ministre des Finances de François Gabory est devenue l'une des coqueluches des médias depuis quelques années. Isabelle Colson lui ressemble beaucoup, par bien des aspects. Elle était entrée en politique sur le tard, après des années d'engagement dans des associations de gauche où elle l'avait souvent croisée sans jamais trop l'approcher.

À l'Assemblée nationale puis au gouvernement, elle s'était forgé une réputation d'intransigeance face aux puissances de l'argent. François Gabory l'avait virée sans ménagement en 2014 quand il était devenu clair qu'elle refusait d'endosser la responsabilité du plan de sauvetage du Crédit parisien, façonné par les technocrates de Bercy et ce monde de la finance qui semblait intouchable[2].

— On se connaît bien, avec Claire, commence Isabelle Colson en se tournant vers Sarah Forgeraud. On se tutoie dans la vie, alors je propose qu'on ne fasse pas semblant. Tu es d'accord, Claire ?

Claire Bontems hoche la tête et se force à sourire. Cette complicité affichée la met mal à l'aise, parce

1. Le Conseil économique, social et environnemental est une assemblée consultative, dont les membres sont issus du patronat, des syndicats et du monde associatif, et qui donne son avis sur les projets de loi ou sur des problèmes d'ordre économique, social ou environnemental, comme son nom l'indique.

2. Voir *Les Initiés* (Folio Policier n° 822). Ministre de l'Économie et des Finances, Isabelle Colson s'oppose au plan de sauvetage de la plus grande banque française, le Crédit parisien, tel qu'il a été concocté par l'administration de Bercy. Elle finit par perdre le bras de fer qui l'oppose à cette dernière et se fait lâcher par le président de la République.

qu'elle risque de faire d'elle, aux yeux du public, une membre de la grande confrérie des élites.

— On se connaît bien et on a beaucoup de points communs. Nous sommes des femmes et nous avons les idéaux de la gauche chevillés au corps. J'ai payé le prix fort pour leur rester fidèle, comme tout le monde s'en souvient. Et c'est de cela dont je veux te parler, Claire. Quand j'étais au gouvernement, la gauche, ça n'était pas juste un mot. J'ai rajouté deux tranches à l'impôt sur le revenu pour que les plus riches paient davantage. J'ai rétabli l'autorisation administrative de licenciement pour lutter contre les licenciements boursiers. J'ai augmenté le Smic, pour soutenir le pouvoir d'achat. Si j'ai pu faire ça, c'est parce qu'on avait un président de gauche. Un président de gauche qui avait su rassembler pour se faire élire. J'ai l'impression, Claire, que tu fais le contraire. La gauche est minoritaire dans le pays, et le Frexit n'a pas modifié la sociologie électorale d'un coup de baguette magique. Comment comptes-tu conquérir l'Élysée toute seule, Claire ?

Alors qu'elle ouvre les lèvres pour répondre, Isabelle Colson l'arrête d'un geste qu'elle veut amical.

— Je précise juste mon propos, et je te laisse répondre. Durant les quarante dernières années de la vie politique française, la gauche et la droite se sont partagé le pouvoir de manière assez équilibrée. La gauche a réussi à percer le plafond de verre en 1981 parce qu'elle s'est unie. Le parti socialiste a construit l'union de la gauche avec le PCF et ensuite, c'est l'unité, toujours, qui lui a ouvert les portes du pouvoir : en 1981, en 1988, en 1997, en 2012. Après, c'est autre chose, je te l'accorde... Mais ça a permis la cinquième semaine de congés payés, la retraite à 60 ans, le RMI, les 35 heures, la hausse des salaires. Si la gauche n'avait pas été unie, c'est la droite qui serait passée, et nous n'aurions rien eu de tout cela. Est-ce que ta stratégie ne risque pas de conduire à la reconduction de la droite, alors que son incapacité à mener à bien les négociations sur le Frexit devrait la disqualifier ?

Claire Bontems esquisse un sourire. Elle va la mordre et lui faire mal, parce que l'autre veut l'entraîner avec elle dans la disparition du vieux monde.

*

— Il ne manquait plus qu'elle...

Le ton acerbe de son épouse le surprend. Il lui passe un bras autour du cou.

— Deux gourgandines face à face, ajoute-t-elle.

Claude Danjun la regarde avec tendresse.

— Qu'est-ce qui te prend ? dit-il en souriant.

— Je ne supporte pas l'arrogance de ces jeunes femmes. Le « vieux monde », c'est de la connerie. Comme si tout ce que vous aviez fait, ça n'avait servi à rien.

— Ce n'est pas ce que dit Colson.

Il repense à la manière dont ils l'ont lâchée, en 2014, au moment de l'affaire du Crédit parisien. Elle avait été *clean*, loyale jusque dans l'humiliation. Elle ne s'était jamais épanchée dans la presse. Elle ne s'était pas privée de critiquer la politique de Gabory, mais en restant toujours sur des arguments de fond. Ils étaient restés proches, suffisamment en tout cas pour qu'elle le défende à la tribune de la Mutu.

Il est vrai que Gabory n'avait pas su être l'héritier

des conquêtes sociales emblématiques de la gauche. Mais la vérité, c'est qu'il n'avait pas *voulu* l'être, même s'il ne l'avait jamais dit comme cela. Il considère, et Claude Danjun avec lui, que la question sociale est tranchée. Être de gauche, ce n'est pas promettre des progrès matériels, encore et encore. Ça, c'est la définition du populisme.

Le populisme, et la démagogie. La mégalomanie aussi. Dans une période où les idéologies ont presque disparu, ce sont les caractères qui comptent. Il se demande de quel bois est faite la petite, qu'il voit crever l'écran sur France 2. Il doit l'avouer : Claire Bontems est excellente. Elle est excellente parce qu'elle est divertissante. C'est une héroïne de téléréalité. Elle en a la blondeur et le QI, elle en a le physique et le parler. Elle est en phase avec l'époque.

Pendant toute l'émission, Claire Bontems se contente de défendre une vision enfantine de l'économie, avec d'un côté les « méchants », les riches, et de l'autre les « gentils », les pauvres. Les « méchants » doivent donner aux « gentils ». Fin de l'histoire.

Peut-il rejoindre son camp sans se renier ? Peut-il, au crépuscule de sa vie politique, de sa vie tout court, même, trahir un ami de cinquante ans juste pour refaire un dernier tour de piste ?

Tout à coup, il se voit tel qu'il est, un vieil homme en charentaises avachi devant la télévision. François Gabory a peut-être un peu plus de vigueur, mais quel poids font-ils, eux, les sexagénaires bedonnants, face à la jeunesse et à la beauté de cette femme dont le tatouage aimante tous les regards ? Quel poids les débats politiques ont-ils face à la fascination partagée devant cette peau impudique ?

*

— Tu as fini ? Je peux parler, maintenant ? Bien. Merci Isabelle. C'est vrai qu'on se connaît. Nous ne sommes pas intimes, mais on s'est souvent retrouvées dans les mêmes combats. Et puis je t'ai perdue le jour où tu es devenue ministre, parce que j'ai compris que le mot « compromission » ne te faisait pas peur.

— « Compromission » ? C'est fort de café, rétorque Isabelle Colson. J'ai été virée du gouvernement parce que je n'ai pas voulu céder face aux banquiers, Claire. Tu as la mémoire courte.

— C'est vrai. Mais tu as aussi été virée parce que tu faisais de l'ombre à François Gabory. Tu devenais très populaire alors qu'il s'enfonçait dans les sondages, et il s'inquiétait de te voir prendre sa place pour l'élection de 2017. Tu aurais pu le faire, mais, au fond, ça n'aurait rien changé. Gabory ne t'a pas virée parce que tu étais trop à gauche. Les riches et les entreprises n'ont pas été malheureuses, quand tu étais à Bercy. L'augmentation des impôts pour les plus aisés s'est accompagnée de nouvelles déductions fiscales pour ceux qui paient l'impôt sur la fortune. Certains ont même vu leur situation s'améliorer. La hausse du Smic s'est accompagnée d'une baisse des charges sociales sur les bas salaires : rien n'a changé pour les entreprises, mais le déficit de la Sécurité sociale s'est creusé comme jamais. Les compromis finissent toujours en compromissions. Moi, des compromis, je n'en ferai pas. Toi et les sociaux-démocrates, les sociaux-libéraux ou peu importe comment on vous appelle – moi, j'appelle ça la « gauche Gabory » –, vous nous demandez d'être « responsables ». C'est votre mot préféré, avec le mot « raisonnable ». Vous dites : « C'est l'unité qui a toujours fait gagner la gauche. » Vous dites : « Celui qui est le mieux placé, c'est lui qui doit représenter la gauche. » Vous dites : « Celui qui est le mieux placé, c'est le parti socialiste. » Vous dites : « Attendons de voir qui sera le candidat du parti socialiste. » Vous dites beaucoup de choses, et beaucoup de bêtises. Est-ce que je vais vous écouter ? Bien sûr que non ! Parce que dès lors que nous deviendrons les mieux placés, le discours va changer pour nous barrer la route, parce que nous sommes l'avenir et que vous avez peur de l'avenir. Il ne faut pas se laisser induire en erreur par les appels à l'unité. Les plus grands facteurs de discorde, c'est vous, qui n'avez que ce mot à la bouche. Vous, les fanatiques de l'unité, vous voulez nous faire une sauce au gloubi-boulga où les antagonismes vont réapparaître en énormes grumeaux dès qu'on cessera de remuer. C'est la meilleure façon de préparer notre échec une fois au pouvoir. Un contrat clair, ou rien, mais pas de gloubi-boulga. La gauche, chez vous, est un vernis qui rend le monde un tout petit peu moins insupportable. Mais ce n'est pas de ça qu'il s'agit. On nous demande de changer le monde. Moi, j'offre un contrat clair. Pas d'alinéa ni de note de bas de page en petits caractères. Un contrat clairement de gauche.

Isabelle Colson ne s'attendait visiblement pas à une telle virulence. Elle semble un peu groggy l'espace d'un instant, mais se reprend rapidement. Elle se lance dans une défense de son bilan et, plus curieusement, dans une défense de François Gabory. « Je n'approuve pas, dit-elle, mais je comprends pourquoi il a cédé sur le plan de sauvetage. » Elle le « comprend » aussi d'avoir organisé le référendum.

Pour quelqu'un qui a été évincé avec tant de violence, elle est bien magnanime. Que cherche-t-elle à travers cet improbable numéro ? se demande Claire Bontems en l'écoutant parler. À se rapprocher de Gabory pour prendre Matignon s'il réussit son retour ? À se lancer elle-même à la conquête de l'Élysée s'il renonce ? Qu'est-ce qu'elle a dealé avec lui ? Est-ce qu'elle couche avec lui ? Isabelle Colson n'a jamais craché sur le sexe. Elle avait eu une affaire de harcèlement au cul quand elle était présidente de SOS Homophobie. Elle avait échappé de peu au même type d'accusation quand elle était à Bercy, avec un jeune techno que Gabory avait envoyé pour la piéger. Si elle avait sauté, c'était aussi à cause de ça. Claire Bontems a envie de le lui dire, mais ça n'est pas le moment et ça risque de gâcher son effet d'annonce.

— Je t'ai connue plus encline aux compromis, Claire. Quand tu étais au gouvernement, il ne me semble pas que tu aies fait entendre ta voix pour condamner la politique de François Gabory.

— J'étais secrétaire d'État, chargée de l'égalité entre les femmes et les hommes, dit-elle avec sévérité. Et je n'ai jamais fait de compromis sur cette question, Isabelle. Jamais.

— Bien, ce sera le mot de la fin, intervient Sarah Forgeraud. Isabelle Colson, merci. C'est maintenant votre séquence, à vous qui nous regardez, et Stéphane Darbion, qui nous rejoint maintenant – bonjour, Stéphane – a reçu énormément de mails, de tweets.

Le présentateur s'installe sur le tabouret et lui sourit. Il ne porte pas de cravate, le premier bouton de sa chemise est ouvert. Ses cheveux en bataille sont savamment sculptés avec du gel.

— Bonjour Sarah, bonjour madame Bontems.

Un sourire mielleux, qui s'excuse presque de poser la question qu'il va poser, et qui en même temps jouit déjà sans le savoir d'être celui qui va permettre à la France entière de jouer les voyeurs.

— Comme vous vous en doutez, nous avons énormément de questions sur... sur votre tatouage, hésite-t-il. Alors, un tatouage, c'est souvent quelque chose de très intime mais puisque vous avez manifestement choisi de l'arborer ce soir, je me permets de me faire le porte-parole de nos internautes qui se demandent... tout simplement, ils veulent savoir quelle est la signification, l'histoire de ce tatouage et pourquoi vous le dévoilez ce soir. Voulez-vous nous en parler ?

*

Ce n'est pas pour Claire Bontems qu'elle a allumé la télévision. Ce tatouage et cette robe achèvent de la convaincre que cette jeune femme n'a aucune décence. C'est sa fille qu'elle cherche et qu'elle voit, floue, assise juste derrière Claire Bontems. Parfois la caméra s'attarde sur Catherine, on la voit sourire, acquiescer, discuter avec son voisin. Elle a choisi son camp.

Qu'est-ce qu'elle espérait ? Thérèse Gabory s'en veut de ne pas avoir su conserver l'harmonie de l'enfance entre le frère et la sœur. Elle se souvient encore des dessins de la tour Eiffel que Catherine faisait quand elle était gamine. À Noël, elle voyait à la télévision les vitrines des Galeries Lafayette. Paris, pour Catherine, c'était un monde de féerie. Une féerie pour d'autres qu'elle, parce que Paris, pour Thérèse, n'était qu'un paradis perdu, qui lui donnait seulement des raisons de se lamenter. Elle n'y retournait presque jamais. Elle aurait pu l'emmener, elle aurait dû... Ça s'était passé autrement.

Parfois, Thérèse se demande si maintenant Catherine est heureuse dans cette ville qui la fascinait tant et qu'elle avait fini par découvrir si douloureusement. Ce serait déjà ça.

Elle attrape la télécommande d'un geste fébrile et éteint la télévision.

*

Cette question-là, elle l'attend depuis le début de l'émission. Elle l'attend même depuis des années. Elle s'y est préparée. Elle sait que sa réponse va couler tranquillement, naturellement, alors elle se lance.

— C'est une citation de Virginia Woolf, l'une des auteures les plus puissantes du début du XXe siècle. Cela signifie : « Ce qui compte c'est se libérer soi-même, découvrir ses propres dimensions, refuser les entraves. » Virginia Woolf, vous savez, était une femme libre. Et moi aussi, je suis une femme libre. Toutes les femmes de ce pays sont des femmes libres. Ce tatouage est là pour le rappeler. On a le droit de marcher dans la rue, de prendre le métro le soir, de porter une minijupe, de porter un voile, de voyager seule, d'avoir du désir, des pulsions. On a le droit de ne pas être jugée, soupesée comme un bout de viande. Ce tatouage est là pour rendre hommage à quelqu'un qui a été moteur dans mon engagement pour les femmes. Mon engagement féministe. Je suis fière de ce mot.

Certains aiment bien nous caricaturer en camionneuses mal épilées et frustrées sexuellement. Je leur dis que nous pouvons être belles et attirantes sans être des objets de désir. Les femmes ne sont pas des objets. Vous n'êtes pas des objets, mesdames, même si chaque jour d'inadmissibles comportements vous ramènent au rang d'une petite chose, une petite chose fragile que les hommes peuvent choisir de protéger... ou de posséder. On ne possède pas les êtres humains. On ne me possède pas, et personne ne possédera jamais ma fille. Mon engagement pour l'égalité a décuplé le jour où elle est née. Ce tatouage est là pour que ma fille vive dans un monde différent du mien, ce monde où, quand une femme qui vient de subir un viol prend son courage à deux mains pour porter plainte au commissariat, on lui demande comment elle était habillée et si elle était ivre. Ç'a été mon cas. Je n'étais peut-être pas habillée comme il fallait et j'avais sans doute un peu bu. J'étais montée dans l'appartement d'un monsieur. Un monsieur très bien. Vraiment très bien. Un monsieur insoupçonnable. J'ai fini par me retrouver seule avec lui. Ça ne l'autorisait pas à me considérer comme une chose. Mais aujourd'hui, je suis là. Je suis une victime, mais je suis forte. Je suis une victime, mais je me bats, pour toutes les victimes, pour que, comme moi, elles parviennent à dire « je » après avoir été d'autorité transformées en « ça ». Vous pouvez penser ce que vous voulez de tout ça, que je n'ai pas surmonté le traumatisme, que je l'ai peut-être un peu cherché, que je déteste les hommes, que je ferais mieux de m'occuper des femmes pauvres et non blanches, que je devrais écouter la parole sensée des hommes qui nous donnent des leçons partout, dans les entreprises, dans les administrations, en politique et dans les médias... vous pouvez faire l'exégèse d'un événement qui ne vous appartient pas, et ce sera probablement faux, parce que la vérité, la seule vérité qui sort de tout ça, c'est que personne ne décide pour moi. Je suis une femme libre et, oui, je veux changer ce monde pour que ce soit aussi le cas de toutes les femmes. Ma fille, vos filles, vos sœurs, vos mères. Toutes les femmes. Et j'ajoute que les hommes n'ont rien à craindre de tout cela : je n'en croque jamais ni au petit déjeuner, ni au déjeuner, ni au dîner.

Il y a un moment de flottement sur le plateau. Au bout de deux ou trois secondes, quand il est évident que Claire Bontems a fini sa tirade, quelques applaudissements timides fusent dans le public. Des femmes se lèvent, imitées par quelques hommes et les applaudissements redoublent d'intensité. Sarah Forgeraud ne les interdit pas, comme elle le fait d'ordinaire. Au contraire, Claire Bontems sent qu'elle se force à ne pas applaudir, elle aussi. Une femme comme les autres. Détestable, mais une femme tout de même.

Stéphane Darbion esquisse un sourire gêné. Elle le fixe avec intensité. Il détourne les yeux. Un « bitard » à la niche, un de plus.

*

— Elle a du cran, dis donc. Je suis choquée.

Il attrape la main de Manon, entrelace ses doigts autour des siens.

— Tu pourrais voter pour elle après ça ? demande-t-il.

— Sans doute, oui. Quel show !

François Gabory pose sa tête sur son épaule.

— Tu me laisserais tomber, alors ?

Elle se tourne vers lui, lui décoche un de ses sourires capables de provoquer un frémissement dans tout son corps : les dents de devant légèrement écartées, les lèvres retroussées, la langue en embuscade. Il ne peut pas se passer d'elle.

Claire Bontems a du cran, oui. Du cran et du culot. Il se redresse dans le lit, cale un oreiller sous son coccyx et attrape son téléphone pour envoyer un nouveau message à Castelli.

— Ça passe ou ça casse ?

La réponse ne se fait pas attendre

— Elle va prendre cinq ou six points. Il va falloir s'accrocher.

Après le numéro de cirque de Claire Bontems, il va falloir s'accrocher, en effet, pour expliquer que la France est allée au bout de ce que l'économie peut supporter, dans un contexte ouvert où la compétitivité est le seul juge de paix de la réussite ou de l'échec d'un pays. Le ringard qui incarne la voix de la raison, face à la quadra sexy soudainement envahie par la compassion de tout un pays. Dans les jours qui viennent, elle pourra affirmer ce qu'elle voudra : les Français goberont.

Il attrape doucement Manon par le cou, approche ses lèvres des siennes, les lèche doucement. Il descend le long de son corps, commence à lui caresser le sexe de sa langue. Mais il a du mal à se concentrer. Il a tout à coup un goût âcre dans la bouche en pensant à Claire Bontems, à ce qu'il a fait pour elle, à sa trahison. Il n'arrive pas à lui en vouloir. Elle lui fait de la peine. Elle ne lui avait jamais dit qu'elle avait été violée. Sinon, il aurait peut-être agi autrement.

Il se relève, malaxe trop brusquement les fesses de Manon et introduit son sexe en elle. Prendre ce qu'il y a à prendre, au moins. Pour le reste...

*

Le générique est lancé, et le son des micros est coupé alors que sur les bancs du plateau les spectateurs commencent à se lever.

— Quelle émission ! lâche Sarah Forgeraud, aussi incrédule qu'admirative. Vous nous avez offert un vrai moment de télévision.

— J'en avais les larmes aux yeux, lui dit Catherine Lengrand en lui touchant l'avant-bras. Tu as été divine.

— On a bien mérité une coupe de champagne, lance l'animatrice avec un sourire. C'est par là.

Claire Bontems suit en silence. Elle se sent totalement vidée, à bout de souffle. Elle frissonne, glisse quelques mots à l'oreille de Catherine, fait un détour par la loge et s'affale dans le canapé. Son téléphone vibre sans arrêt. Il y a les « merci » et les SMS de félicitations, plus ou moins maladroits. Elle est touchée, soulagée. Cette cicatrice invisible qui suinte encore parfois est devenue son étendard : elle est fière de porter la parole des femmes, de leur montrer que la honte n'est pas de leur côté, qu'elle est du côté des hommes qui ne savent que dominer les femmes ou les plaindre. Elle rêve d'un monde où les femmes seraient simplement respectées.

Sur les réseaux sociaux, tout le monde ne parle que de Virginia Woolf et de cette phrase énigmatique qui a crevé l'écran. Le passage où elle évoque Virginia

Woolf apparaît des dizaines et des dizaines de fois sur sa *timeline.*

Quatre minutes d'émotion sans interruption. Elle a son lot d'insultes et d'indignations, aussi. Elle est habituée. Aller sur Twitter, pour elle, c'est comme faire les poubelles ou récurer les chiottes.

Sale pute, On va ruiner ta vie

Va te faire foutre sale bourgeoise, tu n'as rien vu de la vie, tu provoques avec ton tatouage et ta robe de pute, tu parles d'une traumatisée

Elle me dégoûte cette vieille blondasse. Beurk

Si son programme c'est d'émasculer tous les mecs, que notre engin serve quand même une dernière fois pour la bifler

Oh dur dur d'être une femme, pauvres petites victimes innocentes à se trémousser le cul à l'air et qui viennent se plaindre des attouchements des hommes qu'elles ont provoqués... Bande de grosses connes !

La salope qui prétend faire la police de la pensée, on te nique, on te nique et on te nique

On devrait décerner la légion d'honneur au héros qui a violé cette bitch

Pas la peine, pense-t-elle.

Ceux qu'elle appelle « les bitards » réagissent quoi qu'elle écrive, et l'insultent pour éviter de lui répondre.

Mais ils ne sont pas si différents de ces messieurs qui se prétendent plus respectables et qui, comme ce soir, lors des tables rondes ou par tribunes interposées, lui collent sans cesse, dès qu'elle entrouvre les lèvres, avant même de l'avoir écoutée, cette étiquette : féministe, hystérique et radicale, forcément, qui dessert la cause des femmes à force de rentrer dans le lard de ces mâles polis et bien propres, lesquels, eux, savent ce qui est bon pour leurs mères, leurs sœurs et leurs épouses. Pour leurs putes aussi. Qui savent ce qui est bon pour la France, parce qu'une femme, elle, ne peut pas le savoir.

Alors, elle a joué leur jeu. Elle leur a donné ce qu'ils voulaient voir, mais c'est elle qui a défini les règles du jeu. Elle verrouille son téléphone, reprend son souffle et enfile un cardigan noir avant de rejoindre la nomenklatura médiatique, ses petits-fours et son champagne.

23

28 février 2020

Il tire un peu sur sa veste, qu'il porte sans cravate – une habitude héritée de l'Élysée. Ça ne l'empêche pas d'être élégant. Grégoire Castelli veille à chaque détail, jusqu'à la chaîne en or autour de son cou, qu'il laisse soigneusement dépasser, et aux chaussettes qu'il aime porter vermillon. Une touche de couleur dans un monde anthracite.

Roland Fourgue le salue d'un signe de la main depuis la terrasse avant de pénétrer dans le café. Sa veste est parsemée de pellicules et sa chemise n'est pas repassée. Le jean est usé et les chaussures n'ont pas été cirées. Une phrase de la mère du président lui revient en mémoire. C'était il y a six ans. Elle était venue assister à son meeting, *backstage*, quand elle était plus vaillante. « Regarde tes souliers, François, lui avait-elle dit. Il faut que ce soit impeccable. Les gens, c'est la première chose qu'ils voient. S'ils sont sales, tu dégringoles dans leur estime. » Elle s'était retournée vers Grégoire Castelli, avait inspecté ses chaussures et lui avait lancé : « Vous ne lui avez pas appris ça, vous ? C'est le b. a.-ba, quand même. »

Quatre campagnes électorales à son actif, des centaines d'articles, quelques documentaires pour la télévision et aucun électeur à séduire : Roland Fourgue se soucie davantage de chroniquer le règne des hommes et des femmes de pouvoir que de son look vestimentaire. Et dans ce domaine, il est l'un des plus doués.

À l'époque où il était encore à l'Élysée – il y a moins de deux ans, mais cela lui paraît une éternité –, Grégoire Castelli avait classé les journalistes en plusieurs catégories : « ami », « compatible », « indifférent », « hostile ». Fourgue était au sommet de la première. Mais depuis la conversation téléphonique qu'il a eue avec lui, il n'est plus trop sûr de savoir qu'attendre de lui.

— Merci de m'accorder un peu de temps, Grégoire. On en a besoin pour faire notre boulot correctement.

— C'est normal.

Grégoire Castelli triture son smartphone, puis pose l'appareil à côté de la tasse. L'écran clignote pendant qu'il remue la cuillère pour dissoudre le sucre plus rapidement dans son café.

— Je voulais prendre la température de votre côté. Il y a eu deux moments forts ces derniers temps, la Mutu, « L'Émission politique »... Le match a clairement commencé. Claire Bontems a de l'avance dans les sondages. Tu vois ça comment, la suite ?

Grégoire Castelli a toujours aimé les conversations à bâtons rompus avec les journalistes, surtout ceux en qui il peut avoir confiance. Fourgue n'a jamais trahi un off, ni un embargo. Il a toujours été fair-play. Il a fait souvent partie des équipées dans l'Airbus présidentiel, à l'occasion de déplacements de François Gabory. Combien de fois ont-ils fait et refait les campagnes en plein ciel, en confrontant leurs analyses politiques ? La seule différence, c'est que Fourgue a sa place réservée dans l'avion, quel que soit le président. Castelli, lui, n'a qu'une seule chance de retrouver cette sensation voluptueuse d'être dans le cercle très fermé de ce que Claire Bontems appelle « la caste ».

Il l'assume : sans une élite prête à tout sacrifier pour lui, un État n'a pas d'avenir. Mais une élite vidée de ses privilèges n'attirerait personne et, alors même que l'argent n'est pas et ne peut pas être la motivation première des serviteurs de l'État, il faut bien récompenser ceux qui font passer l'intérêt national avant le leur.

Grégoire Castelli est fier de l'avoir fait, pendant plus de cinq ans. Des nuits entières sans dormir, des dizaines, peut-être des centaines de milliers de kilomètres parcourus, des petites amies délaissées... qui, parmi ceux qui fustigent « la caste », voudrait de cette vie-là ? Les populistes sont très doués pour lancer des anathèmes, mais que feraient-ils une fois au pouvoir, à part imiter ceux qu'ils ne rêvent que de « dégager » ?

Il attrape machinalement la cuillère et tapote sur la table, plusieurs fois.

— Ta question est un peu orientée, Roland. Comme si tu nous enterrais avant l'heure... Ce n'est pas ta première campagne, tu devrais savoir que ce n'est pas un an à l'avance que les choses se décantent.

— Une candidate violée, face à un candidat dont la vie sexuelle inventée est détaillée sur les réseaux sociaux. Gabory ne part pas favori, disons...

Grégoire Castelli joint les mains, fait craquer ses doigts et appuie fortement sur la table avec ses paumes. Il se penche vers Roland Fourgue, comme pour lui dire un secret :

— Je sais bien que ce n'est pas à vous seul d'endiguer le flot de fausses informations. C'est comme écoper à la main un bateau coupé en deux par la tempête. Mais on ne peut rien attendre de Facebook, de Twitter, de toutes ces boîtes qui n'ont rien à foutre de la vérité. Il faut vous réveiller, putain ! Je sais qu'au fond de vous vous espérez que ce soit vrai, toutes ces conneries. C'est bien pour ça qu'on a décidé d'en parler nous-mêmes. Souviens-toi de l'affaire Baudis[1] : il a été enseveli et c'est vous qui avez mis les derniers coups de pelle.

— Ne tire pas sur le messager, Grégoire. Personne n'a écrit quoi que ce soit pour relayer ce qui se dit sur les réseaux sociaux.

— Non, mais je sais qu'il y a un peu partout des journalistes qui creusent le passé de Gabory. Sauf qu'il n'y a rien à trouver, Roland. Rien du tout ! Vous perdez votre temps. Si tu es venu me soutirer des débuts de confidences sur la vie sexuelle de Gabory, au nom de notre vieille amitié...

— Grégoire, je ne suis pas là pour ça ! s'indigne Roland Fourgue. On parle politique, stratégie. C'est vous qui avez fait des rumeurs un fait politique.

— On n'avait pas le choix. Mais mettez vos forces

1. Ancien maire de Toulouse et plusieurs fois député, Dominique Baudis avait été mis en cause dans une affaire liée au tueur en série Patrice Alègre en 2003, alors qu'il était président du Conseil supérieur de l'audiovisuel. Jeté en pâture à l'opinion par une partie de la presse, injustement accusé de proxénétisme, de viol, de meurtre et d'actes de barbarie, il avait bénéficié d'un non-lieu.

ailleurs. Ne le prends pas personnellement, Roland, mais le journalisme est devenu indigent. Une candidate à la présidentielle vient à la télévision détailler un programme à la limite du collectivisme. Tout le monde devrait se mobiliser pour montrer qu'elle mènerait la France à la ruine. Et au lieu de ça, on ne parle que de son tatouage et de son viol.

— Et alors quoi ? Tu voudrais qu'on n'en parle pas du tout ? Raconter ça face à des millions de gens, en direct, c'est un fait politique, aussi. C'est vous qui faites la campagne, pas nous !

— Soyons sérieux, Roland. Oui, c'est bien joué. Oui, ça va susciter de la sympathie. Mais quand il s'agira de choisir quelqu'un pour diriger le pays, là ce sera une autre histoire. La gauche n'a une chance de gagner que si elle est rassemblée et ses électeurs le savent. Ne crois pas que ce que nous vivons depuis la dernière présidentielle et le référendum ait mis au fin au clivage gauche-droite. Ce clivage a toujours existé. Au XIXe, on s'écharpait sur la nature du régime qu'il fallait pour le pays. Quand le régime républicain s'est définitivement imposé, le clivage n'a pas disparu. Il s'est transféré sur les questions économiques et sociales. Et puis la mondialisation a mis tout le monde d'accord, alors il y a eu un troisième enjeu, ce que vous appelez le « sociétal » – je déteste ce mot. La famille, la naissance, la mort. C'est ça, la double erreur de Claire Bontems. Un, se positionner sur la question économique et sociale, qui a déjà été tranchée. Deux, aborder le sociétal de manière radicale : le mariage homosexuel, la PMA pour toutes les femmes, la GPA, l'euthanasie, la reconnaissance des genres... Il faut y aller à tâtons, là-dessus, sinon tu braques la moitié des gens.

— Tu te trompes. D'abord, ce que les gens vont retenir de sa prestation lors de l'émission, ce n'est pas le côté « salauds de patrons, rendez l'argent, à bas le capitalisme ». Elle vient de se repositionner avec brio sur les questions de l'époque. Ensuite, sur le plan économique, la sortie de l'Europe change tout.

— Parce que tu crois vraiment que nos difficultés sociales venaient de l'Europe ? Le libéralisme, le capitalisme se sont imposés partout. Il n'y a plus de débat et les Français le savent, ils ne croient pas aux balivernes de Claire Bontems. Faites du *fact checking*. Faites-en même sur son histoire de viol.

— J'ai peur de ne pas bien comprendre...

— Elle a choisi de tout montrer. C'est une femme de l'époque. Au contraire de Gabory, sa vie privée et sa vie publique sont imbriquées, jusqu'à exposer une intimité sans aucun filtre. On peut trouver ça indécent, ou courageux. C'est à double tranchant. Alors imagine qu'on découvre que cette histoire de viol, c'était du pipeau ?

— Comment ça, du pipeau ?

— Je n'en sais rien, moi. Personne n'est allé vérifier. C'était quand ? Est-ce qu'il y a eu une plainte déposée ? Est-ce qu'il y a eu, est-ce qu'il va y avoir une enquête ? Qui est le violeur ? Les faits, rien que les faits. Je ne vais pas t'apprendre ton métier. Les gens ne parlent que de ça. Et tu connais les gens. Ils veulent savoir la suite, qui a fait ça, ils attendent le récit de la nuit où c'est arrivé, le portrait du type... S'ils n'ont pas ça, ils se mettront à douter. Et ils oublieront l'émotion qu'elle a suscitée pour la clouer au pilori. C'est très volatil, l'émotion, tu sais. C'est la première chose qu'on apprend quand on fait de la com. C'est pour ça que j'ai toujours refusé cet artifice.

Roland Fourgue esquisse un sourire narquois. Il n'est pas dupe. Grégoire Castelli a usé et abusé de l'émotion lorsque Gabory était à l'Élysée. Pendant les attentats, il n'a cessé d'alterner entre cette corde-là et la corde sécuritaire.

— Claire Bontems et son histoire de viol, c'était du *one shot*. Je ne la vois pas recommencer. C'était un pari, ça a marché. Mais, dans un mois ou deux, tout le monde aura oublié et on se concentrera de nouveau sur la politique. La décision des Français de sortir de l'Union européenne, même si on ne sait pas ce que donneront exactement les négociations, va obliger la gauche à repenser son logiciel. Avec ce vote, l'opinion publique a voulu dire merde à l'ultralibéralisme et à l'individualisme et...

— C'est une lecture, coupe Roland Fourgue. On peut aussi se dire que les Français en ont eu marre des migrants et des technocrates... et de Gabory, accessoirement. Tu n'es pas assez naïf pour croire que le « non » était une révolution hippie sur l'air du *peace and love* et de la fraternité, quand même ? Ou alors tu as perdu tout ton sens politique.

— Bien sûr que non. On le sait, tout ça. On le sait, que la France est un pays de droite.

— Alors, de quel espace tu me parles ?

— Le centre. Le vaste espace entre l'extrême gauche et l'extrême droite. Ce que va proposer Gabory, c'est un logiciel adapté à l'époque, pas des coups politiques et médiatiques qui sont par nature éphémères. À long terme, le petit spectacle de Claire Bontems, l'autre soir, ça ne change rien. Il n'y a pas d'espace politique pour une femme comme Claire Bontems. Elle est hors-sol, ultraclivante, alors qu'une élection présidentielle, tu le sais mieux que moi, consiste à rassembler. Elle plaît aux bobos progressistes à Paris ? La belle affaire.

Il se lève, noue son écharpe autour du cou et enfile son pardessus. Il tend la main vers Roland Fourgue, resté assis. L'autre se lève, lui serre la main.

— Pense à ce que je t'ai dit, Roland, lâche Castelli. Ne cède pas à la facilité. Creuse aussi du côté de Bontems.

24

1er mars 2020

« *Il a vraiment une sale gueule*, se dit-elle. *Il est plutôt beau gosse, et pourtant il a une sale gueule.* » Julien Bagatelle, le jeune secrétaire d'État à la sortie de l'Union européenne, offre son visage poupin et l'arrogance de ses 28 ans aux téléspectateurs de l'émission de France 3, « Dimanche politique ». Ses yeux clairs et sa chevelure soigneusement désordonnée, l'assurance indécente avec laquelle il s'exprime, lui procurent un charme indéniable. *Une tête à claques ou un toy boy, à la rigueur*, s'amuse à penser Catherine Lengrand, debout derrière le plan de travail sur lequel elle découpe quelques tomates en tranches.

Dans le sillage du « oui » au Frexit lors du référendum, Hélène Cassard a voulu s'entourer de nouveaux visages, pour éviter que le saut dans l'inconnu soit incarné par de vieux politiques qui ânonnaient leur haine de l'Europe depuis Maastricht, et qui auraient donné à sa politique une trop forte odeur de naphtaline et de revanche. C'est sans doute sa plus belle réussite, d'être parvenue à se parer des oripeaux du sacrifice en martelant le message « On respecte le vote, mais on limite la casse ». C'est toujours plus facile avec des jeunes dont on peut fouiller le passé sans en exhumer de déclarations gênantes.

Le bruit du micro-ondes couvre la voix de Bagatelle, qui essaie de convaincre le journaliste de l'avancée des négociations avec Bruxelles.

— Vous nous dites qu'il y aura une sortie concertée ? C'est sûr ? Beaucoup s'inquiètent...

— Vous savez, les traités européens sont de véritables écheveaux. Il faut les démêler calmement. J'ai par exemple la semaine prochaine un rendez-vous à Bruxelles avec le ministre de l'Agriculture pour parler de la politique agricole commune. On ne va évidemment pas laisser les paysans français en dehors du marché de l'UE. Il faut donc organiser tout ça. Ça prend du temps. Le diable est toujours dans les détails. Mais nous avançons, bien sûr.

Catherine sort du micro-ondes un sachet de lentilles à l'indienne, qu'elle agrémente de tomates et d'un filet d'huile d'olive. Elle s'attable et se met à mâcher doucement. Pour rien au monde elle n'aurait aimé se trouver dans le camp d'Hélène Cassard en ce moment. L'ancienne Première ministre de Gabory a brigué et obtenu l'Élysée pour mettre en place une mesure contre laquelle elle avait fait campagne, elle n'a que des coups à récolter. Quand elle aura fait le sale boulot, peut-être y aura-t-il une possibilité de refaire de la politique. Elle la remercierait presque de s'y être collée.

L'écran de son portable, qu'elle a laissé sur « silencieux », s'allume. C'est un message de Roland Fourgue qui lui demande de la rappeler quand elle pourra. Elle termine rapidement son plat, coupe le son de la télévision et rappelle le journaliste. À l'écran, muet, Julien Bagatelle a l'air encore plus factice. Sa gestuelle est travaillée à l'excès : on voit que son corps récite maladroitement les mantras des *media trainings* qu'il a dû suivre en urgence après sa nomination.

— J'espère que tu as une bonne raison pour m'appeler un dimanche.

— On a toujours une bonne raison quand on appelle. Catherine... On a cherché, on ne trouve aucune trace de plainte, ni même une main courante, rien qui corrobore les propos de Claire Bontems.

— Évidemment. Elle n'a jamais déposé plainte. Comme 99 % des victimes d'agressions sexuelles.

— Donc on doit la croire sur parole ?

— Oui.

Un silence s'installe. Roland Fourgue ne s'attendait pas à une telle franchise. Il ne sait pas quoi répondre.

— Elle va donner le nom de l'agresseur, qu'on ait de quoi reconstituer l'histoire, lui donner la parole ?

— Je ne sais pas. Cette histoire lui appartient. Si elle veut le donner, elle le donnera. Si elle ne veut pas, elle ne le donnera pas.

Son ton est froid, cassant, humiliant presque. Elle sent Roland Fourgue désemparé.

— Je vais reposer la question autrement. Elle encourage les victimes de viols à déposer plainte. Et elle ne le fait pas. Pourquoi ?

— À l'époque, elle en a été dissuadée par l'attitude de la police. Maintenant, il y a prescription. C'est arrivé il y a longtemps. Ça ne servirait à rien.

— Si. À crédibiliser l'histoire.

Catherine Lengrand ferme les yeux, inspire sans se soucier de ce que perçoit Roland Fourgue. Elle laisse passer quelques secondes, comme si elle voulait donner une chance au journaliste de se rattraper. Au contraire, il choisit de s'enfoncer.

— Tu sais, dit-il, s'il n'y a aucun élément, on va finir par douter.

— Douter, hein ? reprend-elle à la volée. C'est tout ce que vous savez faire, douter.

— Tu dis « vous », Catherine, mais tu n'es pas différente. Tu as été journaliste, toi aussi, ton métier, c'était de douter.

— Laisse-moi finir. Tu te souviens de ces débats sans fin, dans les rédactions, quand les accusations ont déferlé sur les réseaux sociaux, sur des dizaines, des centaines d'hommes, plus ou moins connus, plus ou moins sympathiques, plus ou moins cavaleurs, plus ou moins rigides, et de cette facilité à brandir la présomption d'innocence pour ignorer la réalité ? « Pas lui, ce n'est pas possible, elle affabule complètement. » Combien de fois on a entendu ça ? Tu ne te rends pas compte que tu baignes dans les idées préconçues, façonnées par des années de patriarcat qui veulent qu'une victime de viol soit systématiquement présentée comme une accusatrice, et son agresseur comme un présumé innocent ?

— Mais c'est la justice qui veut ça, Catherine ! On ne peut pas accuser comme ça, gratuitement.

— Je n'en ai rien à foutre, de la présomption d'innocence, quand je sais que j'ai raison.

Elle est au bord des larmes. Un homme ne peut rien comprendre de ces plaies qui ne cicatrisent jamais et se mettent à puruler parfois, dix ans, vingt, trente, quarante ans après. C'est la même chose pour toutes les femmes abusées, la même chose peut-être pour des femmes qui ont croisé la route de Roland Fourgue – qui peut assurer qu'il ne fait pas partie, lui aussi, de ces hommes qui tuent les femmes, d'un coup sec ou à petit feu ?

— Tes idées préconçues, poursuit-elle en serrant les dents, c'est qu'un homme puissant est toujours entouré de prédatrices et de tentatrices, que c'est presque malgré lui qu'il cède à ces succubes autour de lui.

— Un homme puissant, tu dis ? C'est quelqu'un de connu ?

Catherine Lengrand ne répond pas. C'est à Claire de dire ce qu'elle veut en dire. Ce n'est pas à elle de s'immiscer là-dedans, même si elle sait que oui, ça viendra, évidemment. Parce que l'époque reste sourde aux appels au secours et préfère exiger des bûchers pour se rassurer, se consoler, et éviter de s'interroger sur elle-même.

— Tes idées préconçues, dit-elle encore, c'est qu'une femme est prête à tout pour arriver et que c'est normal de passer à la casserole, que c'est juste un mauvais moment à supporter pour espérer mieux que les miettes que laissent les hommes. Derrière ta question, Roland, il y a beaucoup de crasse à nettoyer. Alors si tu ne crois pas la parole d'une femme abusée, si vous ne voulez pas faire confiance aux victimes et que vous préférez croire les accusés qui nient parce qu'ils savent qu'on ne peut rien prouver... J'ai envie de te dire d'aller te faire foutre.

— Il n'y a même pas d'accusé, dans cette affaire, souffle Roland Fourgue. Peux-tu au moins me dire si, à toi, elle a dit de qui il s'agissait ? Si elle t'a donné plus de détails ?

Catherine Lengrand regarde son téléphone, qu'elle tient à bout de bras. Elle a une furieuse envie d'appuyer sur la touche rouge et de le jeter contre la télévision où se tord la bouche muette de Julien Bagatelle. Elle se calme, et elle lâche, de guerre lasse :

— Bien sûr, elle me l'a dit. Mais qu'est-ce que ça change ? Ce n'est pas lui qui nous intéresse. C'est elle. Et ce qu'elle dit, et ce qu'elle fait. Ce qu'elle va faire quand elle sera à l'Élysée, pour changer tout ça.

25

1er mars 2020

Elle est allongée sur le lit, les yeux fermés, la bouche ouverte. Ses lunettes sont posées à côté d'elle, sur le drap, près d'un livre dont il ne regarde pas la couverture. Il s'assoit à côté d'elle, lui prend la main. Il ferme les yeux et essaie de se souvenir de tous ces moments qui n'appartiennent qu'à eux deux.

François Gabory devait avoir 7 ou 8 ans. Souvent, sa mère entrait dans sa chambre avant qu'il ne s'endorme, elle allumait la lampe de chevet, une lumière douce qui accompagnait le sommeil plutôt qu'elle ne l'entravait, et elle lui demandait de sourire. Il s'exécutait sur commande, elle restait à le regarder un long moment et puis elle le serrait contre elle. Parfois, il sentait le goût du sel sur ses joues, il se débattait pour s'extraire et pour l'accuser :

— Tu pleures ?

Elle niait :

— Je ne pleure pas.

— Si, tu pleures.

— Non.
— Si. Tu pleures !
— Mais non...
— Si !

Et ils pouvaient continuer comme ça pendant de longues minutes qui finissaient toujours dans les rires, et ces rires amenaient encore des pleurs, et d'autres rires. Il lui avait fallu plusieurs années pour comprendre qu'elle cherchait tout simplement à retrouver les traits de son père dans ce sourire. Il n'avait aucun souvenir de Jean Delaunay et il ne lui avait jamais manqué. Mais pour sa mère, c'était une blessure restée à vif. Elle l'avait aimé. Elle l'avait regretté, longtemps, et attendu aussi. Elle avait accepté la maison en compensation de l'abandon, mais elle avait toujours espéré le voir frapper à la porte, même des années après.

Thérèse Gabory n'était pas de celles qui se lamentent sans rien faire. Elle se débrouillait pour gagner, chaque mois, suffisamment d'argent pour vivre décemment. Elle faisait des ménages, gardait les enfants des autres, comptait chaque franc sans jamais priver son fils et sa fille, et pouvait s'appuyer sur l'aide de ses propres parents.

François et Catherine n'avaient jamais manqué de rien, à part d'un père et d'un peu de fantaisie. La vie à la maison était austère, les règles strictes. Thérèse Gabory s'était fixé un objectif : faire de son fils aîné un homme qui susciterait l'admiration de son père. C'était vrai : Catherine était toujours passée après. Mais qu'est-ce qu'il y pouvait ? Il avait détesté sa mère tant elle avait placé d'espoirs en lui, mais il l'avait aimée aussi, plus que quiconque, et avait fait en sorte de les dépasser, ces espoirs.

Sur sa table de chevet, elle a laissé le journal ouvert. François Gabory l'attrape et le feuillette. Le bruit des pages qu'il tourne sans précaution réveille sa mère. Il la sent sursauter. Elle tousse, penche la tête sur le côté. Il entend la voix de sa mère. Sans qu'elle ait besoin d'ouvrir les yeux, Thérèse sait qu'il est là. Elle murmure :

— François...

— Je suis là.

Il croit voir un sourire dans le rictus qui la défigure le temps qu'elle dise :

— Ta sœur est venue me voir, l'autre jour.

Le visage de Thérèse Gabory ne s'anime que par ses deux yeux qui brillent encore, au milieu d'une peau parcheminée prête à partir en lambeaux. Elle pose sa main sur le drap et ramasse un à un les cheveux qu'elle perd par poignées. Elle montre les touffes à son fils.

— Ils se sont mis à tomber, comme ça. Regarde : je n'ai plus rien sur le caillou. On dirait... tu sais, celui que tu aimes bien, là. Raymond Calbuth[1]. J'ai la même tête.

Il doit faire un effort pour capter la voix de sa mère, comme un mince filet d'eau qui continue de couler alors que le robinet est fermé :

— François... Qu'est-ce qu'on peut faire pour elle ?

Elle chuchote quelque chose entre ses dents. François Gabory s'approche pour tenter de comprendre. Il lui demande de répéter mais il ne comprend toujours pas.

1. Héros comique de bandes dessinées, créé par Tronchet.

François Gabory prend son visage entre ses mains, se masse l'arête du nez, les yeux fermés tellement fort qu'il voit des étoiles floues quand il les rouvre, humides et rougis.

Chaque inspiration, chaque expiration est un effort, un obstacle sur la route de Thérèse Gabory. Ses phrases se fraient avec difficulté un chemin à travers les chuintements qui sortent de sa gorge encombrée :

— Tu te souviens comme elle était rebelle, ta sœur ? Sans doute, oui, je n'ai pas fait tout bien. Mais elle était dure aussi. On aurait dû...

Sa mère semble s'animer un peu.

— Chaque fois que je vois Catherine, je vois un reproche vivant devant moi. C'est difficile, à la longue.

Ses yeux se voilent, mais aucune larme ne coule. Elle baisse la tête. François Gabory laisse le son heurté de sa respiration envahir la pièce. Cela fait longtemps qu'il ne l'a pas vue si abattue.

— J'aurais aimé que vous puissiez vous réconcilier, toi et Catherine. Avant ma mort, j'aurais aimé voir ça.

Il ne dit rien. Il attend la suite.

— Mais je sais que ça n'arrivera pas. On n'effacera jamais toute sa rancœur. Elle est sans doute justifiée, mais tu n'as pas à payer pour ça. C'est moi qui suis fautive. Alors... il faut que tu finisses ce que tu as commencé, François. Je t'en prie. Retourne à l'Élysée !

C'est une injonction, un ordre comme Thérèse Gabory en donnait tant quand il était enfant.

« Brosse-toi les dents ! »

« Finis ton assiette ! »

« Mets tes chaussures ! »

« Retourne à l'Élysée ! »

— Je ne verrai pas ça avant de m'en aller, murmure-t-elle, mais de là-haut, je te regarderai.

Malgré les rides et la peau abîmée, malgré les lèvres gercées et les dents gâtées, il devine le sourire malicieux de sa mère, le même qu'elle avait quand elle lui montrait – et c'était rare – combien elle était fière de lui.

26

2 mars 2020

D'une main, il porte la tasse de thé noir à ses lèvres et de l'autre, il tient la télécommande, au bout de ses doigts, comme si elle le brûlait. Claude Danjun se tient debout face à la télévision branchée sur BFM, le regard aimanté par le culot de l'invité. Daniel Algard, ancien ministre de l'Agriculture de François Gabory, annonce son ralliement à Claire Bontems. Ce n'est pas une surprise mais Claude Danjun ne peut s'empêcher de voir cela comme une trahison. Il a du mal à se dire qu'il pourrait lui-même compter parmi les renégats. Il essaiera en tout cas de ne pas s'essuyer les pieds sur la gueule de celui qui a fait sa carrière, comme Algard.

— Du jour où il est devenu président de la République, explique l'ancien ministre, François Gabory n'a plus vraiment fait de politique. Il a fait de la tactique, il a géré, mais il n'a pas fait de politique au sens noble du terme.

La noblesse de la politique, pour Daniel Algard, avait consisté à se rouler par terre pour obtenir Bercy lors du dernier remaniement du quinquennat. François Gabory le lui avait refusé.

— Je vais vous raconter une anecdote, lance Algard, complice, au présentateur de la matinale. François Gabory m'a proposé Bercy, à un moment. Il m'a dit, en substance : « Il faut aller plus loin dans la réduction de la dépense publique. Donner un signe sur la suppression des postes de fonctionnaires : les Français attendent ça. Ça nous coûtera quoi ? Cet électorat-là est captif. » Je vais vous dire : cette politique à la petite semaine, ça m'a choqué. Je lui ai répondu qu'on n'avait pas besoin d'humilier les gens, qu'il fallait garder un équilibre et éviter qu'il donne l'impression de présider de manière comptable. Dire : « On supprime deux postes de fonctionnaires sur trois parmi ceux qui partent à la retraite », c'est de la démagogie. C'est ce qu'il voulait que je fasse. Bien sûr, j'ai dit non.

Claude Danjun était présent le jour de cette entrevue. Il s'en souvient parfaitement. Elle est racontée de façon tout à fait fidèle, à un détail près. Daniel Algard inverse les rôles. C'est lui qui voulait se payer les fonctionnaires. À l'époque, Algard n'avait pas d'états d'âme sur la politique économique menée par le président et le social-libéralisme dont il se réclamait ne lui posait pas de problème. Il trouvait même que le président n'allait pas suffisamment loin, suffisamment vite.

— François Gabory a été prisonnier de la technocratie, dès son premier jour à l'Élysée, lance, péremptoire, Daniel Algard. La technocratie, c'est bien, mais ce n'est qu'une partie de la machine gouvernementale. Si c'est toute la machine, alors elle tourne sur elle-même. Ce n'est pas une mauvaise machine, c'est une machine qui n'est pas pilotée. Vous prenez une tondeuse à gazon et vous la lâchez, elle ne va pas tondre la pelouse toute seule. Elle va avancer tout droit, et elle va se foutre dans la haie, et elle va tondre, tondre, tondre jusqu'à ce qu'elle n'ait plus de batterie. Avec Gabory, c'était ça. Ça manquait de politique. Le paroxysme de ce manque de vision, c'est le référendum. Un pari stupide, et un pari perdu. En gros, il faut que quelqu'un reprenne les commandes de la tondeuse à gazon.

Claude Danjun sourit en imaginant Claire Bontems dans son jardin, avec sa tondeuse autotractée, sous un soleil de plomb, et Daniel Algard qui trottine à côté d'elle pour la rafraîchir quand elle le demande. Un valet médiocre et centré sur lui-même, pitoyable dans ses ambitions de vieux notable persuadé de prendre le train de la modernité en marche.

Il aurait rêvé d'une espèce de passage de flambeau entre Gabory et Bontems, d'une réconciliation entre les deux gauches qui lui aurait facilité la tâche, mais là... Il n'est pas question de trahir – mais il n'ira pas non plus au casse-pipe par pure fidélité.

— Le passage de Claire Bontems à « L'Émission politique » a fait beaucoup de bruit, poursuit le présentateur. Médiatiser ainsi sa vie privée, était-ce une bonne stratégie ?

Daniel Algard paraît un peu décontenancé. Pour un peu, Claude Danjun le plaindrait presque. Pour faire de la politique aujourd'hui, il est devenu indispensable de cautionner le mélange des genres. Daniel Algard est, comme lui, de la vieille école. Il n'est pas à l'aise avec ça.

— N'y a-t-il pas un risque d'effet boomerang,

détaille le présentateur, à évoquer ainsi des blessures si intimes ?

— Le viol, vous l'avez dit, est une blessure intime, répond Algard. C'est aussi un phénomène de société. Je crois qu'en parlant d'elle Claire Bontems a aussi parlé de beaucoup de femmes. Ce n'est pas facile de parler de cela. C'est un sacrifice qu'elle a fait. Pour toutes les femmes de ce pays.

— Certains à droite ont parlé de « politique-spectacle » ou d'instrumentalisation de la douleur. Et malgré les sollicitations, Claire Bontems refuse d'en dire plus sur le sujet, notamment d'expliquer pourquoi elle n'a jamais porté plainte, ce qui prête le flanc à toutes les théories. Y compris celle, véhiculée par certains responsables politiques, d'un arrangement a posteriori avec les faits.

— J'espère que vous saisissez l'absurdité de votre question. D'un côté, vous accusez Claire Bontems de « politique-spectacle »...

— Je n'accuse personne, de rien du tout, coupe le présentateur. Je relaie des propos de responsables politiques, tenus à la radio ou à la télévision.

—... et de l'autre, poursuit Algard, vous vous plaignez de ne pas en savoir assez. Vous ne voudriez tout de même pas qu'elle expose en détail le moment le plus difficile de sa vie ?

Claude Danjun termine son thé en riant intérieurement. Bien sûr que si, il le voudrait. Et toute la France le voudrait aussi. Parce que l'époque l'exige. Elle exige qu'on dise tout, que plus rien ne soit caché. Une fois que vous avez commencé, vous ne pouvez plus vous arrêter. La politique implique l'acceptation de ces règles, se mettre à nu et ouvrir un à un tous ses placards. Car si vous ne le faites pas, d'autres s'en chargeront et ils feront de la moindre trace de poussière une tache indélébile sur votre carrière.

Il baisse le son, dépose sa tasse dans l'évier et s'installe dans un des fauteuils du salon en attendant son épouse. Il jette un coup d'œil, sur son smartphone, à l'édito de la matinale du *Temps*, signé Guillaume Drouot, qu'il vient de recevoir.

> On est un peu perdus. Les deux candidats putatifs de gauche à la prochaine présidentielle – dont on ne connaît pas la date, faut-il le rappeler – ont choisi le sexe comme thème de campagne. Oh, ils parlent bien d'autre chose. Il faut dire que la France est en train de quitter l'Union européenne et ils se disent que, peut-être, cela vaut le coup d'être évoqué au passage. Mais ils ont bel et bien choisi de mettre en avant cette drôle de thématique, en se défendant de vouloir faire dans le racoleur. Résumons. Claire Bontems, brillante lors de « L'Émission politique », choisit de faire passer tout son programme au second plan de l'attention avec un happening intime dont, journalistiquement, il ne reste rien. Il est de tradition, dans la presse du « vieux monde » comme elle aime à nous appeler, de poser quatre questions : qui, quand, quoi, où ?
>
> Qui ? Qui a violé ? On ne sait pas, car elle ne veut pas le dire et n'a pas porté plainte – peut-être à cause de l'attitude des policiers à l'époque, mais enfin, elle n'a pas porté

plainte. Quand ? On n'en sait rien non plus, même si on devine que c'était il y a longtemps. Où ? Elle ne le dit pas non plus. On peut supposer que c'était à Paris. Quoi ? Là aussi, mystère. Elle dit avoir été « considérée comme une chose ». Mais est-ce une agression, une agression sexuelle, un viol ?

Un peu court, même si ses propos ont évidemment les accents de la vérité. Mais la recherche de cette vérité suppose une transparence plus forte et autre chose que le mépris comme réponse aux questions – légitimes même si elles sont gênantes et parfois impudiques – des journalistes.

La vérité, c'est ce qu'a voulu rétablir François Gabory. Cela fait des semaines que les réseaux sociaux suintent des pires avanies pour l'ancien président et sa vie sexuelle. Jamais les rédactions n'en ont fait état – peut-être auraient-elles dû le faire pour éviter à François Gabory l'humiliation d'avoir à sonner le ban et l'arrière-ban de ses groupies pour l'aider à se défendre lui-même en public de rumeurs qui n'ont jamais dépassé le stade du virtuel. Cet exercice a ses limites : il a focalisé l'attention sur de fausses informations qui auraient sans doute dû rester où elles étaient, c'est-à-dire dans les poubelles d'Internet. Et la rumeur, cantonnée jusqu'ici à quelques dizaines de milliers de personnes, est désormais connue de tous les Français. Pour élever le débat, on a sans doute fait mieux.

Claude Danjun n'avait pas fait attention au titre. « Le viol de la République ». C'est assez bien trouvé. Mais il n'est pas certain d'être d'accord avec Guillaume Drouot sur les auteurs du crime. Les journalistes ne sont pas les derniers dans la file, quand il s'agit de faire subir un *gang bang* à la pauvre Marianne.

27

2 mars 2020

L'open space est encore sombre. Le ciel est plombé, comme si le jour avait décidé de ne pas se lever. La lumière est allumée sur des bureaux quasi vides. Des écrans géants fixés au mur indiquent l'audience du site et montrent sa page d'accueil. L'interview d'Hélène Cassard, à paraître cet après-midi dans *Le Temps*, s'affiche en grand : « Sur le Frexit, c'est mon accord, ou pas d'accord du tout. »

Roland Fourgue aperçoit un journaliste du desk, penché sur son ordinateur.

— Tu es tout seul ?

Le gars lève la tête, surpris. Il enlève ses écouteurs. Sur son écran s'affiche l'intégralité de l'interview dans le *back-office* du journal. Il est apparemment en train de travailler dessus.

— C'est mieux titré comme ça, reprend Roland Fourgue. On va changer pour le print aussi. On a encore le temps. Je vais voir ça avec la mise en scène[1].

1. Dans un journal papier, la mise en scène est le service qui s'occupe de la relecture des articles et de leur mise en page.

C'est Roland Fourgue qui a mené l'interview, avec un autre journaliste du service Monde, spécialisé dans les institutions européennes. Dans cet entretien, Hélène Cassard détaille son plan de sortie de l'Union européenne, qui comprend le maintien d'une relation commerciale étroite entre la France et l'UE après le Frexit, avec la création d'une zone de libre-échange, notamment pour les produits agricoles. Parallèlement, elle souhaite mettre fin à la liberté de circulation des citoyens européens sur le territoire français.

Un avertissement à destination de ses ministres du Rassemblement national, et de ceux de son propre parti qui seraient tentés de les suivre dans un Frexit plus intransigeant. Ces frondeurs lui mènent la vie dure et veulent un divorce brutal avec l'Union européenne. Ils veulent être capables d'user de l'arme du protectionnisme qui, assure Hélène Cassard dans l'entretien, « est une arme disqualifiée par l'Histoire car elle a trop souvent conduit au désastre ».

Elle n'a rien voulu dire, en revanche, même en off, sur les deux affaires politiques du moment : les rumeurs qui touchent François Gabory et les révélations de Claire Bontems sur le viol qu'elle a subi. « J'ai déjà assez d'emmerdes comme ça pour ne pas avoir à me soucier de celles des autres », a-t-elle souri.

Roland Fourgue passe à son casier pour récupérer les journaux du matin. Il s'installe à son bureau, après avoir salué deux autres collègues du service Politique.

— Vous avez quelque chose sur Bontems ?

Les deux hommes lèvent la tête, et font une moue qui veut tout dire. Aucune trace, pour le moment, d'une quelconque plainte déposée, ni à l'époque, ni aujourd'hui.

— Personne dans son entourage ne semble au courant de quoi que ce soit, lâche Matthieu Bronck, un des journalistes. Leur surprise a l'air sincère. Ils expliquent qu'elle ne leur en a jamais parlé, qu'ils ne savaient même pas qu'elle allait faire un « coup » comme ça.

— Vous avez essayé la famille ?

— Tu nous prends pour qui, Roland ? interroge Alexis Gardon, l'autre journaliste. Évidemment, on a essayé. Sa mère nous a raccroché au nez. Son père ne nous a jamais rappelés. Elle a un frère et une sœur, qui n'ont pas été plus coopératifs.

— Vous pensez qu'elle a pu inventer ça ?

— Tout est possible, répond Gardon. Mais ça m'étonnerait.

— Trop risqué, renchérit Bronck.

— Alors, on continue à lui foutre la pression, pour qu'elle lâche plus d'infos. Il faut qu'on soit les premiers à sortir le nom du violeur.

Roland Fourgue repense à ce que lui a dit Catherine Lengrand : « Tes idées préconçues, c'est qu'un homme puissant est toujours entouré de prédatrices et de tentatrices, que c'est presque malgré lui qu'il cède à ces succubes autour de lui. » Comme si, inconsciemment, elle voulait le mettre sur la voie.

— Je vais réessayer Halleray, dit-il. Il faudra bien qu'il communique, à un moment.

Il prend son téléphone portable, cherche dans son carnet d'adresses le numéro d'Antoine Halleray, le procureur général, et part s'enfermer dans une petite pièce sans fenêtre qui sert à réaliser des interviews au calme. Il avait été en relation avec lui à l'époque où Halleray était juge d'instruction, dans le cadre de l'enquête ouverte contre le prédécesseur de François

Gabory pour financement illégal de campagne électorale. Antoine Halleray n'est pas du genre bavard avec les journalistes, qu'il ne porte pas en très haute estime. Il a une certaine idée de la démocratie, et il les tient pour principaux responsables des dérives qui pourrissent à ses yeux l'action politique : considérer les hommes et les femmes politiques comme des people, organiser des débats pour qu'ils aient l'air de combats de catch, ériger quotidiennement l'anecdote en fait politique...

Une, deux, trois, quatre sonneries... Antoine Halleray finit par décrocher.

— Oui ? fait-il d'une voix traînante.

— Roland Fourgue, du journal *Le Temps*.

— Monsieur Fourgue ! Cela fait bien longtemps. Qu'est-ce que vous devenez ?

— Toujours pareil, sourit-il. À fouiner là où il ne faut pas.

— Oh, ne dites pas ça. Votre métier ne se résume pas à ça, fouiner. Vous faites aussi très bien les perroquets quand il le faut. Que me vaut votre appel de si bonne heure ?

— Nous enquêtons sur le viol qu'a subi, ou que dit avoir subi, Claire Bontems.

— C'est bien. Et en quoi puis-je vous être utile ?

— On ne trouve trace d'aucune plainte déposée.

— Ce n'est pas rare, dans les affaires de viol, monsieur Fourgue. Je ne vous apprends rien, j'espère.

— Donc, vous confirmez ? Il n'y a pas de plainte ? C'est ce que dit son entourage, d'ailleurs.

— Personne ne me l'a signalé, en tout cas. Or, Mme Bontems, ce n'est pas n'importe qui. J'ose imaginer qu'un procureur en présence de ce type d'information m'en aurait avisé. Donc, oui, vous pouvez considérer qu'il n'y a pas eu de plainte déposée.

— Ni d'enquête ouverte ?

— Je ne communique pas sur ce point-là.

— Vous avez ouvert une enquête ?

— Monsieur Fourgue, vous êtes incorrigible.

— Vous l'avez dit vous-même, Mme Bontems n'est pas n'importe qui. J'imagine mal que ces accusations restent sans suites judiciaires.

— Avez-vous l'impression que Mme Bontems souhaite des suites judiciaires ? J'ai plutôt le sentiment qu'elle veut utiliser son cas personnel pour alerter sur un phénomène général, non ?

— Ce qu'elle souhaite, à la limite, peu importe. Je veux juste dire que si vous n'ouvrez pas d'enquête, la vérité risque de ne jamais se faire jour... ou se dévoilera au gré des envies de Claire Bontems.

— J'aime quand vous m'apprenez mon métier, monsieur Fourgue. Je vous laisse, j'ai du travail.

Il est 9 h 29. Les deux mains du rédacteur en chef claquent pour signifier le début de la conférence de rédaction. Roland Fourgue, pour une fois, s'installe à la table parmi les premiers. Tous les chefs de service sont là. Certains lisent ostensiblement la presse du matin, ou restent absorbés dans leur téléphone. Guillaume Drouot attend quelques secondes et donne la parole à Marc Moncel, le patron du service International. Les deux hommes se détestent, Moncel déteste aussi Fourgue. Moncel déteste beaucoup de monde mais il vit sur une rente : un prix Albert-Londres il y a bien longtemps, et une interview exclusive du président russe au lendemain de l'annexion de la Crimée. Il sent les coups et les sujets, mais déteste ce que la plupart des journalistes appellent « l'actualité » et prend un malin plaisir à proposer des sujets les plus éloignés possible de ceux qui sont à la une des journaux ou des chaînes d'information en continu.

— Il y a une histoire intéressante qui commence au Nicaragua, lâche Marc Moncel.

— Au Nicaragua..., soupire Roland Fourgue.

Moncel ne relève pas et poursuit :

— Je vous la fais courte. Une entreprise de marketing a visiblement utilisé les données personnelles de millions de personnes dans le cadre de la dernière présidentielle.

— Oui, acquiesce Guillaume Drouot, distrait. On avait dit qu'on balayait les gros sujets, Marc.

— *C'est* potentiellement un gros sujet, Guillaume. La boîte a été créée par deux Françaises. Elle fait du ciblage marketing extrêmement pointu grâce aux données récoltées sur Internet, et notamment sur les réseaux sociaux. Modéliser des comportements, influencer les décisions et les actions.

— Mais qu'est-ce qu'il y a d'illégal ou de scandaleux là-dedans ? l'interrompt Drouot. C'est la définition même du marketing politique.

Un petit sourire en coin de Marc Moncel, suivi d'une réponse dédaigneuse :

— Cette boîte a fourni ses services dans de nombreux pays pas très regardants avec l'éthique, qui ne s'embarrassent pas trop avec les libertés individuelles ou la récolte des données personnelles, le fichage, vous savez, tout ce qui fait qu'on garde un semblant de vie privée ou qu'on finit par la céder. Alors, si c'est illégal, je n'en sais rien. Et si c'est scandaleux, ce sera aux Nicaraguayens de le juger... Encore faut-il qu'on le sache. C'est ça, notre rôle, Guillaume. J'ai une source au cœur de l'entreprise. Il faut que je la travaille un peu, mais il y aura une bonne histoire à raconter. On aura peut-être de bonnes surprises. De *très* bonnes surprises.

— Bon. On verra ce que ça donne. Mais de toute façon, ça ne sera pas prêt tout de suite, si je comprends bien.

Marc Moncel lui répond par un sourire forcé.

— Il faut un peu de temps pour faire du bon journalisme, Guillaume. On a tendance à l'oublier un peu trop souvent, dans ce journal.

Guillaume Drouot ne relève pas et passe à la politique. Il demande à Roland Fourgue où en sont ses investigations sur Claire Bontems.

— On n'a rien. Que tchi.

Il entend Marc Moncel qui ricane et qui lâche :

— Essayez de ne pas tomber dans le caniveau, quand même.

— Bon, soupire Guillaume Drouot sans faire attention aux sarcasmes. Continuez à avancer.

— On est bloqués, Guillaume, répond Fourgue. Le seul truc qui peut faire avancer ça, c'est une enquête préliminaire. Et pour le moment... Bref, reprend-il, ironique : le papier sur le Nicaragua risque d'être prêt avant qu'on connaisse l'identité du violeur.

Tout le monde s'esclaffe. Marc Moncel, lui, tapote avec ses dix doigts sur le rebord de la table. Il finit par se lever et lance à la cantonade :

— Bon, je vais faire mon boulot, moi. Ça m'évitera d'entendre des conneries.

28

6 mars 2020

Toute l'équipe est là quand elle arrive à la permanence. Son manteau est constellé de neige et, malgré sa capuche, il reste quelques flocons épars dans sa chevelure. La télévision est branchée sur BFM TV. Un débat autour du « dégagisme » en politique réunit des vieilles barbes de la gauche et de la droite, et une députée du Rassemblement national, une petite blonde qui incarne à elle seule le renouveau. Claire Bontems regarde un à un les membres de son équipe. Ils sont neuf.

Elle s'assoit sur la table au milieu du salon, parmi ses troupes. Catherine sort son téléphone portable et prend une photo alors que tous les visages sont tournés vers elle. Jésus et ses apôtres. Un superbe cliché pour les réseaux sociaux.

Elle sourit, puis improvise un discours :

— Tout le monde est là, alors j'en profite pour vous donner quelques éléments pour la suite. Je vous le redis, je me suis fait violence lors de « L'Émission politique». Ce n'est jamais agréable de parler de son intimité devant des millions de Français. Si je l'ai fait, c'est parce que je sais que cela va servir la cause que nous défendons. On m'accuse d'instrumentaliser le viol que j'ai subi : et alors? Au moins, que cela serve à quelque chose. Et en même temps, on me reproche de ne pas en dire assez. Les journalistes me pressent d'en dire plus. Ils cherchent une preuve que je dis la vérité. Ils sont comme les policiers qui recueillent les plaintes des victimes d'abus sexuels : leur premier réflexe, c'est de ne pas les croire. Ce doute est alimenté par nos adversaires politiques, et notamment par l'entourage de Gabory, qui bave auprès des journalistes en leur demandant d'enquêter sur moi. Sachez que Gabory est à l'agonie. On le laisse se débattre avec ses problèmes, et on continue à tracer. Mais l'histoire n'est pas finie. S'ils veulent venir me chercher, je dirai tout. Je suis même prête à leur raconter tous les détails du viol, s'il le faut, minute par minute. Ils pourront faire des live sur leur site Internet et des récits sensationnalistes de «la nuit où...». Je préfère ça que d'être soupçonnée de mentir. On va nourrir les médias, et on va les pourrir. Ne soyez pas surpris. Je vais commencer dès maintenant dans ma chronique.

Ils écoutent tous religieusement, mais elle sent que certains font la moue. Elle poursuit :

— C'est le monde d'aujourd'hui. Si je tiens dans ce monde, c'est uniquement grâce à vous. À vous tous. Merci d'être là. La route est loin d'être finie. Plus le temps va passer, plus nous serons nombreux. Catherine est en train de recruter plus de monde. Nous allons devoir déménager bientôt. Tout ça, ce sont des bonnes nouvelles. Mais si nous allons au bout, je n'oublierai pas les pionniers que vous êtes. Vous avez permis que s'installent dans le débat public des thématiques nouvelles, des thématiques progressistes, des thématiques de gauche. Nous sommes la gauche, la seule. Aujourd'hui nous sommes une dizaine. Demain, nous serons des millions.

Elle descend de la table. Quelques applaudissements timides fusent, tout le monde suit. Catherine a le sourire. Claire Bontems lui fait signe de la suivre dans son bureau, et referme la porte derrière elle.

— Ce petit con de Castelli a ambiancé les journalistes, constate Catherine Lengrand. Fourgue a été le premier à m'appeler, dimanche, mais depuis, c'est le défilé. Ils veulent tous savoir qui, quand, comment... Putains de voyeurs.

— Je sais. On s'en doutait, Catherine.

— Oui. Mais ils me dégoûtent.

— Puisqu'ils insistent, on va leur donner ce qu'ils veulent. Petit à petit. À notre rythme. Ça dispensera même Halleray d'ouvrir son enquête préliminaire : il n'aura qu'à lire la presse.

Catherine Lengrand rit aux éclats, elle en recrache presque son café.

— D'habitude, c'est dans l'autre sens que ça se passe, constate-t-elle. Allez, viens, on va tourner ta chronique.

Sur le trépied, l'iPhone a l'air ridiculement petit. Derrière, cambré pour triturer l'appareil, l'homme semble, lui, beaucoup trop gros, trop malhabile. Sa main qui caresse le smartphone pourrait sans doute le broyer d'un coup sec.

Le cadre est posé. Une table Ikea dans le fond, quelques chaises autour, au premier plan quelques journaux. Une fenêtre sur la droite, pour qu'on puisse deviner le temps maussade.

— Ça te va, le décor ? demande Catherine.

— Oui, c'est bien. La neige par la fenêtre, c'est très bien.

Elle s'installe, remet ses cheveux en place, regarde l'iPhone fixement. Derniers réglages.

— On peut y aller quand tu veux, lance Antoine, un militant bénévole chargé de la vidéo pour le site de campagne de Claire Bontems.

— OK, répond-elle. On tente en une prise et puis tu couperas, si besoin.

— Ouais, comme d'hab', sourit l'homme. Yeah, c'est parti.

Claire Bontems inspire, ferme les yeux, lève le cou comme si elle cherchait une bouffée d'air frais.

« Alors bonjour, lance-t-elle. C'est la treizième édition de mon commentaire de la semaine et n'oubliez pas, mettez des pouces bleus, ça nous stimule, ça nous aide, ça nous motive. Et pendant que je vous parle... »

Elle suspend sa voix, lève les deux pouces et les déplace sur le côté gauche, désignant la fenêtre.

« ... il neige, sourit-elle. J'aime bien la neige. J'ai fait un bonhomme de neige, là, il a fondu depuis, mais quand même... On a tous des nostalgies. Quand j'étais enfant, j'adorais la neige. Quand je la vois tomber, j'entends le calme. Ça me rappelle mon enfance : on partait avec mon père et le chien, on marchait dans la poudreuse, sans rien dire. C'était un taiseux, mon père. Ça me manque. Mais la neige, c'est aussi des mauvais souvenirs. C'est venu plus tard, quand j'étais adulte. »

Derrière Antoine, Catherine Lengrand est adossée

au chambranle. Elle fait signe à Claire Bontems de s'arrêter, et s'avance, sans rien dire. Elle attrape un mug, posé hors champ, et le place dans le cadre.

— Vous avez oublié ça. Hyperimportant, le mug. Voilà, tourné comme ça, de biais. Qu'on puisse deviner le dessin.

Sur le mug se révèle le portrait de Virginia Woolf, avec la même phrase que celle qui orne le biceps de Claire Bontems.

The thing is to free one's self :
to let it find its dimensions, not be impeded.

— Allez, on recommence, s'impatiente Antoine.

— Je ne vais pas en parler tout de suite, dit Claire Bontems. Pas dès le début.

— Fais comme tu le sens. Mais recommence depuis le début. C'est mieux avec le mug, vraiment. Plus les gens verront cette femme, plus ils te verront, même sans le savoir.

Claire Bontems se repositionne sur la chaise, travaille quelques secondes à se trouver une posture cool sans être avachie et répète son laïus sur la neige.

Au moment où elle parle du « mauvais souvenir », elle attrape le mug et le tourne vers elle. Elle se replonge dans l'ambiance de l'époque. Qui elle était, ce qu'elle cherchait, ce qui la faisait rêver... Sa candeur. Alors oui, il y avait eu le plaisir de se faire inviter, celui de l'entendre parler de littérature et de politique, ce sentiment d'assister à un véritable *one man show* quand il s'était lancé dans la description des us et coutumes du pouvoir, et ces rires des convives à chacun de ses bons mots. Elle ne pouvait nier l'ivresse qu'elle avait ressentie en s'approchant si près des puissants. Elle voulait que ça se prolonge, toujours. En être, absolument. Comme les autres, mieux que les autres.

« Voilà, quand je me suis lancée dans cette campagne, explique-t-elle face à la caméra, je m'étais préparée à pas mal de choses. Mais la campagne qui est lancée contre moi actuellement dans les médias... C'est juste abject. J'ai subi un viol. J'ai décidé d'en parler. Et on me somme de donner des détails et un nom. On me somme de *prouver* que ce que je dis est vrai. Les *fact checkers* et les Sherlock Holmes sont de sortie et ne trouvent pas de traces de ce viol. Eh bien, je vais vous dire : vous ne trouverez rien, parce qu'il n'y en a pas, de traces. Je n'ai pas porté plainte à l'époque, comme la plupart des victimes. Personne ne m'a encouragée à le faire, et je n'ai pas eu la force... Les faits sont aujourd'hui prescrits, telle est la justice et c'est très bien comme ça. Ça ne veut pas dire qu'il n'y a pas de faits. »

Il avait fermé la porte, derrière le dernier invité à partir. Il ne restait plus qu'elle, et lui. Elle se souvient de ce sourire crispé qu'il avait et qu'il n'a pas perdu, celui du prédateur qui est désormais le maître du jeu. Elle avait sorti son rouge à lèvres de son sac à main, sans savoir pourquoi. Peut-être était-ce une forme de protection, l'instinct de la futilité comme ultime rempart au danger qui l'avait paralysée dès qu'elle avait compris ce qui allait se passer ?

Elle s'arrête, demande une pause. Elle se lève et regarde par la fenêtre. Dans la pièce, personne ne brise le silence. Claire Bontems se retourne vers Catherine Lengrand.

— Parfois, je me dis qu'on ferait mieux d'ignorer tout ça. C'est trop casse-gueule.

Il y avait eu ce geste qui voulait dire « reste là », et puis il s'était baissé pour lui délacer les chaussures. Il s'était mis à donner de petits coups de langue sur ses chaussettes en nylon. Elle se souvient encore de deux choses : la première, d'avoir pensé qu'elle puait sans doute des pieds après avoir marché toute une journée ; la seconde, d'avoir voulu lui balancer un coup dans la gueule comme on punit un chien qui essaie de vous mordre, et de ne rien avoir pu faire d'autre que l'observer lui laper les pieds, les mollets et les cuisses, jusqu'à parvenir aux frontières de sa culotte.

— Il faut le faire, Claire. Les médias sont en train de se retourner. Castelli sait ce qu'il fait, et il le fait bien. Il les travaille au corps, il instille le doute. Mais nous on reste droites dans nos bottes. On assume d'être des victimes, parce qu'il n'y a pas à en avoir honte. Tu parles de toi, mais tu parles des autres femmes. De toutes les femmes.

Ça avait continué, les petits coups de langue sur sa peau, et puis il lui avait baissé la culotte jusqu'aux genoux. Elle avait regardé la scène comme extérieure à son propre corps. Il avait tendu le bras, lui avait pris le bâton de rouge à lèvres, l'avait appliqué sur son sexe, méthodiquement, comme pour mieux en dessiner les contours. Et il avait commencé à lui enfoncer le bâton à l'intérieur du vagin, des va-et-vient face auxquels elle était impuissante, paralysée.

Elle avait 24 ans. Ce n'était pas la dernière fois qu'elle avait fréquenté les cercles du pouvoir, mais elle s'en était éloignée, petit à petit. Elle était revenue par la grande porte du gouvernement, des années après, sans grande illusion mais avec la conviction qu'il ne fallait plus se taire face à ces violences, qu'il fallait les considérer comme des marqueurs politiques du patriarcat, une oppression de genre institutionnalisée par l'État, et qu'il fallait combattre désormais de l'intérieur.

Claire Bontems fait tourner le mug, sourit à Catherine, se pince les lèvres.

« Les faits sont aujourd'hui prescrits, reprend-elle, c'est la justice et c'est très bien comme ça. Ça ne veut pas dire qu'il n'y a pas de faits. Les faits, ils sont là. Et vous, vous devez choisir de me croire, ou pas. Alors je sais, messieurs, ce n'est pas facile. Croire un politique sur parole, vous avez déjà donné. Mais c'est comme quand une femme vient dans un commissariat pour porter plainte. On ne peut pas partir du principe qu'elle ment. On ne peut pas partir du principe qu'une victime de viol l'a bien cherché. On ne peut pas par tir du principe qu'une femme est prête à tout pour arriver à ses fins et qu'elle l'a bien mérité. Moi, je n'ai pas mérité ce qui m'est arrivé un jour d'hiver, le 17 janvier 1998, dans un appartement du 14e arrondissement. Un jour où il neigeait comme aujourd'hui, il y a vingt-deux ans. C'était mon deuxième hiver à Paris. Il neigeait et je ne l'ai jamais oublié. Et je suis sûre que mon agresseur non plus ne l'a pas oublié. Il m'avait même envoyé un petit mot quelques jours plus tard par la poste. Je m'en souviens très bien. Une carte postale représentant une nature morte de Giorgio Morandi, où il avait écrit une citation de Talleyrand : "Les femmes pardonnent parfois à celui qui brusque l'occasion, mais jamais à celui qui la manque." »

Elle ménage un silence, baisse un peu les yeux,

attrape l'anse du mug et le porte à ses lèvres, puis relève la tête comme un boxeur qui revient sur le ring, pour lâcher la phrase finale comme un uppercut aux journalistes qui se sont mis à douter :

— Le 17 janvier 1998... Il neigeait, comme aujourd'hui. Et ça, messieurs les *fact checkers* – elle insiste lourdement sur l'expression –, vous pourrez aisément le vérifier.

29

7 mars 2020

Dehors, le vent s'est mis à souffler. La mer se confond avec le ciel. L'île, que d'habitude on aperçoit sans peine en face, a disparu dans les brumes. La météo annonce des vents à 120 km/h et déjà la pluie tombe en vrac sur les ardoises de la maison.

Peut-être est-ce la lumière, incertaine parce qu'une des trois ampoules du luminaire a claqué. Dans le miroir, ce qui le frappe, ce sont ses joues gonflées par la cortisone et les cernes qui se sont creusés sous ses yeux. Cela donne à son visage un aspect étrange et caverneux qui lui rappelle, un bref instant, les traits de Philippe Coutance. Il lève la main comme pour chasser cette idée, mais la gueule de l'ancien député lui revient souvent en mémoire ces temps-ci.

Il a regardé au moins dix fois la vidéo de Claire Bontems depuis sa publication, il y a deux heures. Il n'a pas mis longtemps à comprendre que, en faisant allusion à Morandi, elle lui adressait un message personnel que lui seul pourrait comprendre. Sa tête le brûle. Il réalise que les heures qui vont suivre, les jours, s'il a de la chance, ne seront qu'un sursis avant la déflagration.

Il a un vague souvenir de cette soirée. Pendant tout le dîner, Claire l'avait regardé avec gourmandise. Elle avait fait en sorte de rester la dernière pour se retrouver seule avec lui. Elle lui avait tendu son bâton de rouge à lèvres. Elle ne s'était pas plainte quand il l'avait enfoncé dans son vagin. Elle n'avait rien dit, elle ne l'avait pas rejeté. Il ne l'avait pas brusquée. Il ne l'avait même pas baisée. Il était persuadé qu'elle reviendrait.

« Petite salope », murmure-t-il. « Petite salope », répète-t-il encore.

Lorsque Catherine lui avait parlé de la jeune femme, il y a quelques années, il n'avait pas fait le rapprochement. Il ne se souvenait pas de son nom. C'est en la voyant face à lui, dans le salon doré, postulant sans le dire à un portefeuille au gouvernement, qu'il s'était souvenu de cette nuit-là. Il n'y avait fait aucune allusion, pour ne pas la mettre mal à l'aise. Ils repartaient de zéro. Il l'avait nommée secrétaire d'État parce qu'elle l'avait convaincu. Il n'aurait pas dit non s'il y avait eu une possibilité de la mettre dans son lit, mais ça ne s'était pas présenté durant son passage au gouvernement.

Le 17 janvier 1998. C'était il y a si longtemps. Il n'a aucun souvenir des autres convives ce soir-là. Il vient de regarder les journaux télévisés de ce jour sur YouTube. On y parle de la victoire de Roxana Maracineanu aux championnats du monde de natation, de la mobilisation des chômeurs pour qui le retour à l'emploi n'est pas assez rapide. À cette époque, il était engagé avec le PS dans la campagne des régionales, qui venait de s'ouvrir. C'était l'âge d'or du parti, l'âge d'or de la gauche. Une croissance à 3 %, voire 4 %, un chômage au plus bas, la préparation de l'entrée dans l'euro... François Gabory, qui n'avait pas intégré le gouvernement, avait vécu tout cela depuis le parti. Il était une sorte de Premier ministre *bis* sans qui rien ne se décidait. Il y avait, oui... une euphorie.

Le 17 janvier 1998, c'était aussi le jour où Bill Clinton, le président des États-Unis, avait été confronté à Paula Jones, qui l'accusait de harcèlement sexuel. François Gabory a regardé l'intégralité du reportage. La plaignante menaçait de révéler des caractéristiques particulières du pénis présidentiel. Celui de Gabory n'en avait aucune, à sa connaissance. Ni trop gros, ni trop petit. Dans la moyenne. Un pénis social-démocrate, en somme : pragmatique et sans fantaisie, mais qui fonctionne. Mieux à l'époque qu'aujourd'hui, certes.

Il déroule un bout de fil dentaire et le casse d'un coup sec pour l'enrouler entre ses doigts. Il le passe entre les molaires et les canines et crache dans le lavabo des morceaux de porc et de pommes de terre, les restes du dîner préparé par Viviane.

Il ne lui a rien dit. Elle l'a trouvé maussade. Le dîner a été silencieux. Elle a fini par lire la presse sur son smartphone.

Le bruit d'un moteur qui s'arrête et d'une porte qui claque le surprend alors qu'il ferme le robinet et observe les déchets engloutis dans le siphon.

Il ferme les yeux, les deux poings appuyés sur le lavabo. Son haleine est remplie de l'odeur de la viande morte. Il verse dans un gobelet quelques gouttes d'un bain de bouche mentholé qu'il coupe à l'eau et le porte à ses lèvres.

Le carillon sonne.

— François, crie Viviane, c'est Claude !

Il descend l'escalier, sourit à son épouse en lui caressant le dos.

— Que me vaut l'honneur de cette visite ? dit-il en faisant la bise à son ami.

— Je me suis dit que tu avais peut-être besoin de moi, répond-il en souriant.

— On va se balader ? Je suis resté toute la journée enfermé ici, à préparer mes escapades de la semaine prochaine. À tout de suite, Viviane.

François Gabory enfile son pardessus, noue son écharpe d'un geste rapide, et claque la porte. Les deux hommes parcourent une centaine de mètres en silence, jusqu'à apercevoir au loin, sur la pointe, un signal lumineux qui clignote. Les bateaux mouillent dans l'anse, fragiles silhouettes qui tanguent au gré du vent. Debout sur la falaise, ils surplombent la plage déserte, rendue méconnaissable par la marée. La mer monte jusqu'à creuser la roche et le ressac oblige François Gabory à tendre l'oreille.

— J'ai tout de suite compris, dès que j'ai vu la vidéo, commence Claude Danjun. Je me souviens de cette soirée, François. Quand j'ai vu que la jeune femme ne faisait pas mine de s'en aller, je me suis dit que tu allais encore te taper la plus belle. À l'époque, ça ne gênait personne. Il faut croire que l'époque a changé.

François Gabory sourit tristement.

— Je ne me souvenais même pas que tu étais là, à ce dîner.

La lumière du port éclaire le visage de Claude Danjun d'une lumière spectrale. Dans l'obscurité qui avale sa chevelure se détachent deux yeux blanchâtres et un imposant nez busqué. Sa gorge est serrée par un nœud de cravate qu'il n'a pas voulu défaire.

— Tu crois que je suis foutu ? reprend Gabory.

— Je ne sais pas ce que Claire Bontems a dans la tête. Mais ça m'étonnerait que cette histoire en reste là. La presse va fouiller, il y aura une enquête, sans doute. Je t'ai toujours parlé franchement : oui, ça ne sent pas très bon.

— Cette époque est vraiment dégueulasse, Claude.

— Il dit quoi, Grégoire ?

— Je ne lui en ai pas parlé. Il est à mille lieues d'imaginer que c'est moi le violeur. Rien que de prononcer le mot, ça me rend malade. Moi qui n'ai jamais fait de mal à une mouche. Quelle salope, putain.

— Oui. Le procédé est ignoble. Tu sais que Catherine m'a contacté ?

François Gabory le fixe. Il connaît son ami mieux que personne. Il sait quand il ment. Il comprend que Danjun prépare son passage à l'ennemi. Il espère juste qu'il n'a rien à voir avec tout ça.

— Je t'écoute à la radio, Claude. Je vois tous ces messages subliminaux que tu adresses à Claire Bontems. Je vois tes réticences à t'investir dans ma campagne. Si tu veux renier toute une vie politique, si tu veux aller avec Claire Bontems, que veux-tu que je te dise ? Vas-y !

Claude Danjun remonte le col de son pardessus. Il ne nie pas, mais ne dit rien. Il laisse Gabory terminer.

— On a décroché ensemble, Claude, et on savait que c'était temporaire. On savait qu'on reviendrait, et qu'on reviendrait ensemble, pas chacun de notre côté. Mais on est entre adultes, Claude. Tu as le droit de changer d'avis, tu as le droit de changer de cheval. Mais par pitié, ne me dis pas que tu étais au courant de cette accusation absurde !

— Évidemment non, s'offusque Claude Danjun. Ce qu'elle fait, c'est immonde !

— Tu pourras leur dire, alors, à Claire Bontems et à Catherine, quand tu les verras, répond François Gabory, glacial. Elles pourront faire ce qu'elles veulent, m'accuser de viol, de meurtre ou d'anthropophagie, remuer mon intimité devant la France entière, ça ne changera rien. Je me présenterai à cette élection.

— Tu feras 3%. Tu seras ridicule. Et humilié. Je le déplore, François, crois-moi. Et je ne leur dirai rien, parce que, évidemment, je ne rejoindrai jamais une équipe pareille. Mais regarde la situation telle qu'elle est. Ton nom va sortir, François. C'est calculé de leur part. Ce sont des méthodes totalitaires, mais le temps de le prouver, elle sera déjà élue.

À la faible lueur des lampadaires, le visage de François Gabory semble défiguré par une espèce de grimace. Ses yeux se voilent et, devant lui, Claude Danjun apparaît comme une ombre transparente. Frigorifié, l'ancien président éclate de rire pour se donner une contenance.

— Élue, Bontems ? Une femme de la gauche radicale à l'Élysée, qui joue sur le pathos sans dire ce qu'elle fera, c'est un bon scénario de série télé, mais ça n'arrivera jamais, Claude.

François Gabory sent les traits de son visage se détendre. Il regarde son ami fixement, avec un petit sourire mélancolique. Claude Danjun, lui, reste immobile, les bras ballants. Par-dessus l'épaule de son conseiller, François Gabory aperçoit l'agent de sécurité qui les observe, le visage fermé, impassible. On dirait qu'il tremble de froid, mais il ne se plaint pas.

Enfin, François Gabory passe une main dans le dos de son ami.

— C'est la maison de mon enfance, ici. On allait à la mer quand on voulait. Mon grand-père venait le week-end parfois, et il nous emmenait à la pêche dans ce qu'il appelait ses «coins» et qui étaient connus de lui seul. On ramenait des crevettes, des crabes. On allait à la plage, on allait se baigner, on rentrait et puis on mangeait tout ça. Je revois ma grand-mère éplucher les pommes de terre crues et les taillader pour y faire apparaître des soleils, des lunes, des bonshommes, et puis moi, à côté. Une nappe à carreaux, toujours la même. Certains appellent ça la vraie vie.

Il regarde les paysages de son enfance avec effroi. Rien ici ne respire le bonheur ou la joie, parce qu'il y a toujours eu un manque. Un père qu'il n'a pas connu, ou si peu. Une mère qu'il adorait mais qu'il n'a jamais sentie heureuse, toujours tendue vers cet objectif absurde et impalpable : réussir. Réussir sa vie, dans les yeux des autres, pas la réussir pour soi. Rien n'a de sens quand on ne le fait que pour soi.

— Si la vraie vie, c'est le temps qui s'arrête et la solitude, alors elle est sans doute ici, la vraie vie, reprend François Gabory.

Une voiture, tous feux éteints, descend tranquillement la route pour s'arrêter sur le parking. Gabory tourne la tête, machinalement. L'agent de sécurité s'avance vers le véhicule. La portière claque, un homme sort de la voiture et porte la main à sa poche. L'officier de sécurité a le poing refermé sur son arme. Il est prêt à dégainer mais, dans l'ombre, son geste n'est pas visible. L'homme porte un briquet à ses lèvres. De la fumée s'envole au-dessus de son crâne. Il regarde la mer, à quelques mètres de Gabory et Danjun, sans paraître leur prêter la moindre attention.

— Regarde ce gus, reprend François Gabory. Tu crois que ça lui importe, Paris, la politique, les scandales... Le soir, il dépose ses casiers pour pêcher du homard. Il bichonne les fleurs de son jardin. Peut-être même a-t-il un potager bio qui lui assure une certaine autosuffisance. Tout ce qu'on ne sait pas faire et que certains appellent la vie. Mais ne me demande pas pourquoi : pour moi, c'est un mouroir.

30

9 mars 2020

Il fait tourner le vin dans son verre, un pomerol qui s'annonce excellent, le porte à ses narines, y trempe ses lèvres. Il acquiesce d'un signe de tête en direction de la serveuse, une jeune femme qui semble avoir à peine dépassé 18 ans. François Gabory entoure de ses deux doigts le pied du verre, le soulève de quelques millimètres, le repose. Il a du mal à prendre la parole. Face à lui, Grégoire Castelli et Jean-Pierre Beauvais restent eux aussi silencieux. On n'entend que le bruit de la mastication de l'avocat, qui s'échine à déchiqueter un morceau de bavette trop filandreux.

— Excuse-moi, fait l'avocat en se saisissant de sa serviette pour y cracher aussi discrètement que possible la viande. On aurait mieux fait d'aller à l'Hippopotamus...

Grégoire Castelli est gêné par cette allusion dans laquelle il croit déceler du mépris pour la France d'en bas, cette France que personne, parmi eux trois, n'a plus fréquentée depuis longtemps. Ce qu'il ne sait pas, c'est qu'au début des années 1970, alors que Gabory et Beauvais étaient encore étudiants, ils venaient régulièrement dîner avenue Franklin-Roosevelt dans ce tout nouveau restaurant, où les frites n'étaient pas encore à volonté. Leur compagnonnage avait duré jusqu'à aujourd'hui, sans aucune ombre au tableau. Jean-Pierre Beauvais avait défendu son ami chaque fois que cela avait été nécessaire, mais s'il avait dû compter sur lui pour faire fructifier son cabinet, il n'aurait jamais fait fortune.

Contrairement à celui de ses prédécesseurs, et à ceux de nombreuses autres personnalités de la classe politique, le nom de François Gabory avait été associé à très peu d'affaires. Il était sorti dans les années 1990 quand avait éclaté le scandale Degaray, une histoire d'attribution de marchés publics surfacturés dans plusieurs grandes mairies socialistes, qui alimentait ensuite une pompe à finances destinée aux campagnes électorales, mais l'ancien président, qui n'était pas encore à la tête du parti même s'il en était sans doute l'une des personnalités les plus importantes, n'avait pas été poursuivi. Tout juste Jean-Pierre Beauvais avait-il eu à gérer deux ou trois histoires d'atteinte à la vie privée, quand la presse people s'était mise à le mitrailler en vacances et à afficher en couverture sa silhouette légèrement bedonnante.

— Je ne suis pas sûr qu'il y ait de salons privés à l'Hippo, Jean-Pierre, sourit Gabory. Et j'ai besoin de discrétion. Cette affaire est surréaliste. Qu'est-ce qu'on va faire ?

Son regard trouble Grégoire Castelli. Ce dernier ne l'a vu qu'une seule fois dans cet état, aussi désemparé. C'était le soir des attentats qui avaient frappé Paris en de multiples endroits. Quand il n'y avait plus eu aucun doute sur la nature des attaques, et sur leur ampleur, quand il était devenu évident que les morts allaient se compter par centaines, il avait paru tétanisé, incapable de parler pendant plusieurs minutes.

Il s'était ressaisi rapidement, épaulé par le Premier ministre, le ministre de l'Intérieur, le chef d'état-major, le patron de la police, celui de la gendarmerie, des renseignements. Personne n'avait évoqué dans la presse ces quelques minutes d'abattement. Il y avait une équipe autour de lui, forte et soudée, qui avait contribué à le sortir de sa léthargie. Surtout, il n'avait pas le choix : l'État ne pouvait pas se laisser ébranler par quelques terroristes disséminés dans la capitale.

Cette fois, c'est différent. Ce n'est pas la République, ce n'est pas le pays qui est visé. C'est lui, François Gabory. Et lui seul. Il n'incarne plus rien, il se retrouve en première ligne avec, derrière lui, des troupes qui ont déserté, à part quelques fidèles qui n'ont de toute façon pas de solution idéale. Grégoire Castelli, en tout cas, ne voit pas comment limiter les dégâts de la bombe qui s'apprête à exploser.

— J'ai eu Halleray au téléphone, indique François Gabory. Il est assailli de coups de fil de la presse.

C'est François Gabory qui avait nommé Antoine Halleray procureur général du parquet de Paris, c'est lui aussi qui l'avait fait commandeur de l'ordre de la Légion d'honneur. Les deux hommes avaient traversé ensemble la vague d'attentats terroristes qui avait ensanglanté la France. Des centaines d'enquêtes ouvertes, des dizaines de condamnations, des années à se demander où et quand la France allait être frappée... Ça forge une amitié.

— Il les contient pour le moment, il leur assure qu'il n'ouvrira pas d'enquête, poursuit Gabory, mais il m'a dit que ce n'était pas tenable à terme. Donc il va le faire. Il va entendre Claire Bontems. Elle va raconter son histoire, finir par donner mon nom tout en se défendant d'avoir voulu le faire. C'est cousu de fil blanc.

— Tu lui as dit que c'était toi qui étais visé ? demande Jean-Pierre Beauvais.

François Gabory se tamponne les lèvres de sa serviette et porte son verre à sa bouche.

— Non, bien sûr que non.

— Tu es tenu en joue, constate l'avocat. Tu ne peux pas rester immobile. Tu fais une cible trop facile. On ne va pas attendre tranquillement qu'elle te tire dessus, putain !

François Gabory écarte son assiette d'un geste brusque, et pose les deux coudes sur la table. Ses mains se rejoignent et triturent son nez, masquant sa bouche et tout le bas de son visage, ne laissant surnager que deux yeux perdus dans le lointain. Au bout d'un moment qui paraît interminable, il pose à plat sur la table ses deux mains enlacées, fait craquer ses doigts, maltraite son alliance. Il passe sa langue sur les lèvres et lâche enfin :

— Je ne vois qu'une solution. Révéler moi-même ce qui s'est vraiment passé ce soir-là.

Grégoire Castelli le fixe avec stupeur. Il se tourne ensuite vers l'avocat qui, d'un regard, lui donne une forme d'assentiment.

— C'est hyper casse-gueule, répond Castelli. Tu vas dire qu'elle ment, elle va répondre que tu mens, ce sera parole contre parole, mais dans le contexte, c'est forcément elle que les gens vont croire. Une nana de 22 ans et un homme politique parmi les plus puissants de France... Ce sera forcément interprété comme un abus. On n'est plus dans les années 1990, François.

Les assiettes et les verres sont vides, les serviettes chiffonnées sur la table. Les trois hommes s'observent sans parler, sans savoir qu'ajouter. Le téléphone de Castelli, posé sur la table à côté de sa fourchette, se met à vibrer. Il jette un coup d'œil à l'écran. Leonore Sintermann. Il hésite et murmure :

— Excusez-moi. C'est personnel.

Il se lève, quitte le salon privé où ils déjeunent tous les trois et sort du restaurant. Il a du mal à respirer au moment où il dit à Leonore :

— Oui, je suis là. Pardon, j'étais en train de m'isoler.

— Je ne te dérange pas ?

— Jamais. Comment ça va depuis l'autre jour ?

— Bien. Je voulais te dire que j'allais bientôt partir. Pour longtemps. Ça m'a fait plaisir de te voir l'autre jour et je me disais... enfin si on pouvait prendre un verre, ou quelque chose.

— Bien sûr. Tu pars quand exactement ?

— À la fin de la semaine. Dimanche.

— Je t'envoie un texto d'ici une heure avec mes dispos, d'accord ?

— OK, ça marche Grégoire. Je... Je t'embrasse.

Il raccroche. Il sourit comme un idiot. Il revient dans le salon. François Gabory se lève et se dirige vers le portemanteau. Il se tourne vers lui :

— Grégoire, organise-moi une rencontre off d'ici à demain avec quelques journalistes, parmi les moins cons. Tu mets Fourgue dedans.

Il boutonne son pardessus, noue son écharpe et se passe la main dans les cheveux, pour ensuite lâcher à Jean-Pierre Beauvais :

— Je sais que c'est casse-gueule, Jean-Pierre. Mais aujourd'hui, si tu n'as pas un temps d'avance, tu finis par te faire baiser.

31

10 mars 2020

Assis derrière son bureau, les pieds posés sur la table, il se perd dans la contemplation des réseaux sociaux. Il pose son smartphone et regarde Grégoire Castelli, lui aussi absorbé par ses *timelines*.

— Dis-moi, Grégoire, demande François Gabory à voix haute en ricanant de manière artificielle, comment vas-tu faire élire à la présidence de la République un psychopathe qui viole ses adversaires ?

Grégoire Castelli sourit, un peu contraint, comme si l'heure n'était pas si grave.

— On a plusieurs solutions qui, sur le papier, sont assez simples. D'abord, on peut leur faire oublier que tu es un psychopathe qui viole ses adversaires.

Il s'arrête une seconde, puis reprend :

— Ou alors, on peut leur prouver que tous tes rivaux sont encore plus psychopathes, et encore plus violeurs que toi.

— Me faire violer par Claire Bontems, lâche Gabory, je ne dis pas forcément non, remarque. Moi, je n'en ferais pas tout un plat... Mais comme ma sœur roule pour elle, on serait en plein inceste. Tu vois, Grégoire, comme ça peut être dégueulasse, la politique ?

François Gabory se lève, regarde par la vitre les trottoirs et les motards, la vie de la rue qui lui paraît tout à coup si lointaine. Il n'a aucun abri, nulle part où il pourrait être tranquille. Même ici, il est à la merci de tous. Il a une pensée fugace pour Philippe Coutance. Quand le député avait quitté la vie politique, cela faisait des décennies qu'il multipliait les relations sexuelles avec des filles qui n'avaient pas 20 ans, et souvent même pas 18... « Tout le monde le sait, Philippe, lui avait dit Gabory. Mais si quelqu'un se met à l'écrire dans un journal, pensez aux conséquences. » Philippe Coutance avait été épargné par l'humiliation publique. François Gabory, lui, est en train de la voir venir, sans pouvoir l'arrêter. Il peut tout juste essayer de la freiner.

— Ils sont en retard, tes journalistes.

— Ils sont arrivés. J'ai demandé à ce qu'on les mette dans le petit bureau. Ce sera plus intime.

— Tu ne veux pas les recevoir dans la salle principale ?

Grégoire Castelli pense à *L'Enlèvement de Proserpine.*

Il fait « non » de la tête, sans donner plus d'explications.

Gabory voit son conseiller observer à la dérobée son propre reflet dans le miroir de l'entrée. Visage triste, traits tirés. Grégoire Castelli rajuste sa cravate et le col de sa chemise, triture la chevalière à son doigt. Tout à coup, François Gabory se souvient d'un vieux film d'aventures sur l'alpinisme qu'il avait vu quand il était gosse. L'histoire d'un guide qui chute le long d'une paroi, à flanc de montagne, et qui reste accroché à sa corde, se balançant dans le vide. Il essaie de s'agripper à la paroi, d'y prendre appui avec ses pieds, mais il n'y arrive pas. Il reste de longs moments dans cette position. La nuit tombe et au petit matin, de guerre lasse, il sort son couteau de sa poche. Et il coupe la corde.

Ce n'est pas encore le moment de couper la corde, se persuade-t-il.

François Gabory arpente les quelques mètres qui le séparent des journalistes en guerrier, les poings serrés.

— Bonjour à tous, lance-t-il en pénétrant dans la salle où l'attendent les trois reporters que Castelli a triés sur le volet.

Il fait le tour de la table et serre les mains, une à une. Il fait un signe un peu plus appuyé à Roland Fourgue, même s'il sait qu'il ne lui fera pas de cadeaux. Il est comme les autres. Frapper un homme à terre, il sait faire. À contrecœur, peut-être, mais il sait faire.

— Il s'agit d'une rencontre totalement off, précise Grégoire Castelli en préambule. Pas de citation, pas de *background*. Vous ne pourrez rien utiliser de ce que nous allons vous dire.

— Pourquoi on est là, alors ? demande Roland Fourgue en piochant des chips dans la corbeille, au milieu de la table.

Castelli lève les yeux vers lui, agacé d'avoir été coupé dans son élan. Il se contient.

— Vous êtes là parce que nous avons voulu vous alerter sur la tournure que prend la campagne. Nous avons acquis la certitude que...

Il se tourne vers François Gabory. L'ancien président lui sourit, pose sa main sur son bras et prend la parole.

— Nous vous avons fait venir parce que nous avons confiance en vous. Confiance dans le fait que vous respecterez les conditions de cet entretien. Confiance dans votre éthique et la façon dont vous pratiquez ce métier qui, parfois, donne l'impression de partir à vau-l'eau. Bref. Je supporte pas mal de choses depuis que je suis entré en campagne. Quand il s'agissait de débiles mentaux qui s'amusaient à me traiter de « président pervers », bien planqués derrière leur anonymat, j'avais presque envie d'en rire.

— On ne s'est jamais abaissés à reprendre ces bruits de chiotte, l'interrompt la seule femme de l'assemblée. Mais c'est vous qui avez voulu les médiatiser.

Myriam Brouzais bourlingue dans le milieu de la politique depuis plus de vingt-cinq ans. François Gabory la connaît très bien. Il a eu des relations sexuelles à plusieurs reprises avec elle, il y a très longtemps. Ça avait commencé à l'époque de Bérégovoy, et ça s'était terminé après la présidentielle de 1995. Si elle n'a jamais été belle, elle est de ces femmes à qui la maturité va mieux que la jeunesse. Elle porte un carré long qui lui enserre le visage et lui donne un côté sévère. Des bajoues un peu trop marquées tirent son visage vers le bas. Elle ne lui fait pas envie, mais elle ne le dégoûte pas, loin de là.

— Oui. J'ai pris les devants. Et si je suis là, c'est encore pour prendre les devants. Voilà. Ce n'est pas facile à dire, tellement c'est surréaliste.

Il ménage un silence.

— Je vais être accusé de viol.

Ses lèvres restent désespérément droites, figées.

— De viol ? répète Jean Fraticelli, le troisième journaliste invité.

— Inutile de vous dire que c'est totalement farfelu.

— Qui vous accuse ? demande Myriam Brouzais.

— C'est là où on atteint le *summum* de l'absurde et de l'ignominie, lâche-t-il.

Il regarde Grégoire Castelli, comme si celui-ci pouvait venir à son secours. Il n'a pas envie de le dire, il n'en a pas la force parce qu'il sait qu'après tout sera différent.

Il hésite encore une ou deux secondes, et au moment où il veut se lancer, il entend Myriam Brouzais lâcher, en consultant son smartphone :

— Oh putain !

Tous les appareils se mettent à vibrer en même temps. Il regarde le sien et lit une notification de *L'Événement* :

> Claire Bontems accuse François Gabory de viol : lors de son audition par les enquêteurs, elle a révélé le nom de celui qui a été son agresseur il y a plus de vingt ans.

Ses aisselles soudainement moites se mettent à dégager une odeur rance qu'il ne peut contenir, sa bouche s'assèche, il sent un courant glacé fulgurant au travers de son torse. Il y est. Il vient de perdre la première bataille, celle du temps. Il voulait avoir un coup d'avance, il a un coup de retard. Il jette un coup d'œil à Castelli. Il n'a jamais lu sur le visage de son conseiller une telle expression. On dirait de la pitié comme on en éprouve pour un chien qu'on s'apprête à piquer. Il n'a même pas le temps de penser qu'Antoine Halleray est une belle saloperie.

Il s'éclaircit la voix et dit, aussi naturellement que possible :

— C'est l'époque d'aujourd'hui. Tout va très vite. Ma conviction était juste, en tout cas. Claire Bontems ne recule devant rien pour m'éjecter du paysage.

— Est-ce que vous allez être entendu, vous aussi ? demande Jean Fraticelli, visiblement surexcité. Vous avez déjà reçu une convocation, c'est pour cela que vous vouliez nous voir ?

François Gabory imagine les journalistes massés derrière les barrières d'un commissariat. Bien sûr qu'il sera entendu. Il espère que les policiers auront la décence de ne pas faire fuiter la date, pour le laisser se défendre. Il n'a pas envie de voir les images de son humiliation chez les flics faire le tour du monde.

— Eh bien, j'imagine que oui.

— Et vous leur direz quoi ?

— Ce que je leur dirai ? La vérité. Que Claire Bontems est une menteuse et une affabulatrice.

— Mais... excusez-moi de vous poser la question, demande Roland Fourgue. Vous avez eu des relations sexuelles avec Claire Bontems ?

— Nous sommes dans une démocratie, répond François Gabory. Chacun a le droit au respect de sa vie privée, et moi pas moins qu'un autre. Je dirai ce que j'ai envie de dire sur ma vie sexuelle, et quand je le souhaiterai.

Son regard s'attarde quelques instants sur Myriam Brouzais. Il a envie d'y lire une forme de soutien. Elle n'exprime rien. Elle ne pose pas de question.

— Vous me connaissez, reprend Gabory. Vous

m'avez côtoyé à différents moments, et depuis longtemps. Vous avez suivi mon quinquennat. Vous savez que je ne suis pas ce genre d'hommes. Claire Bontems va essayer de vous faire croire que l'histoire qu'elle raconte est vraie. Moi, je voudrais faire dix centimètres de plus. Mais vous et moi, nous savons que cela n'arrivera pas. Je ne vais pas grandir de dix centimètres, et je n'ai jamais violé personne. Avouez quand même que c'est étrange : ça fait plus de vingt ans que les faits se seraient déroulés, Claire Bontems a été ma secrétaire d'État – on a du mal à comprendre, un, pourquoi je le lui aurais proposé si je l'avais violée, et deux, pourquoi elle aurait accepté. Quand on se fait violer, on évite en général les situations qui vous mettent en présence du violeur.

— Il y a des femmes qui se font violer par leur mari tous les jours, et pourtant elles restent, répond Myriam Brouzais. Je ne sais pas pourquoi vous avez proposé ce poste à Claire Bontems, ça vous regarde. Ce que je sais, c'est que je ne vois pas pourquoi elle aurait dû refuser. Elle a déjà assez payé pour ne pas sacrifier aussi son ambition professionnelle.

François Gabory croit déceler un petit sourire qui ne s'adresse qu'à lui. Il se demande tout à coup si elles ne vont pas se réveiller, toutes ces femmes qu'il a baisées et qui trouveront ça chic de dire qu'elles ont été violées. Il voudrait expliquer à ces journalistes ce que c'est, que d'avoir des petites courtisanes à foison quand on a de l'influence, leur expliquer les règles implicites d'un jeu qui n'est ni glorieux ni honteux, celui où chacun sait ce qu'il vient chercher, ce qu'il consent à perdre et ce qu'il consent à gagner. Que voulait-elle, d'ailleurs, Claire Bontems, il y a un peu plus de vingt ans ? Il n'en sait rien, à part que, comme les autres, elle voulait s'aveugler dans les lumières du pouvoir pour rêver, un jour, d'en être.

Elle en est. Et elle y est, elle y est presque. Après le départ des trois journalistes, il ne faut que quelques minutes pour que tout s'enchaîne dans les pensées de François Gabory, quelques minutes pour qu'il comprenne que oui, pour lui, en revanche, ça sent la fin.

TROISIÈME PARTIE

« L'efficacité de la propagande politique et religieuse dépend des méthodes employées et non pas des doctrines enseignées. Ces dernières peuvent être vraies ou fausses, saines ou pernicieuses, peu importe. Si l'endoctrinement est bien fait au stade voulu de l'épuisement nerveux, il réussira. Dans des conditions favorables, pratiquement n'importe qui peut être converti à n'importe quoi. »

ALDOUS HUXLEY,
Retour au meilleur des mondes, 1957

32

11 mars 2020

Après sa douche, elle a enfilé un vieux survêtement et un sweat-shirt « Madame Bonheur » que sa fille lui a offert à Noël, l'année dernière. Elle ouvre le frigo et en sort un yaourt dont elle regarde par habitude la date de péremption. Elle en déchire soigneusement l'opercule puis commence à le manger sans penser à rien. Elle jette un coup d'œil au micro-ondes qui indique 21 h 54. C'est la première fois depuis longtemps qu'elle est chez elle à cette heure-ci. Elle se dit que c'est agréable, de voler un peu de temps au tumulte médiatique dans lequel elle est prise depuis « L'Émission politique ».

Théo a eu l'air surpris quand elle est rentrée tout à l'heure, presque coupable, comme s'il avait quelque chose à lui cacher. Claire Bontems a vite compris : Noémie n'était pas encore couchée. Sa fille était en train de se brosser les dents, son sourire contrastait avec l'inquiétude qui se lisait dans son regard.

— On a un peu traîné, lui a avoué le baby-sitter. Hein, Noémie ?

— Oui, mais c'est pas ma faute, a-t-elle répondu en pouffant.

Claire Bontems les a imaginés, tous les deux, à se raconter des histoires, à rire ensemble, à dessiner ou à jouer aux toupies. Elle a juste souri, mais la vérité, c'est qu'elle n'éprouve aucune envie, aucune jalousie vis-à-vis de ce jeune homme qui est en train de lui dérober les instants de complicité qu'elle devrait vivre avec Noémie. Elle le sait, que les enfants grandissent vite et qu'elle devrait en profiter. Pourtant, elle n'aspire qu'à une chose, ce soir : être au calme et tranquille, rien qu'une fois. Savourer.

Elle a laissé Théo coucher Noémie, préférant la quiétude d'une douche brûlante aux interminables embrassades, espérant que sa fille dormirait déjà quand elle viendrait lui souhaiter bonne nuit. Vœu exaucé : elle pouvait entendre ses ronflements avant même d'entrer dans la pièce. Théo, lui, était déjà parti, sur la pointe des pieds, sans la déranger.

L'audition chez les enquêteurs, la veille, a été brève. Elle a tout expliqué, exactement comme ça s'était passé le 17 janvier 1998. Ils ont été très compréhensifs. Ils lui ont dit que si elle ne voulait pas donner le nom de son agresseur, elle n'était pas obligée, mais que ça leur faciliterait quand même la tâche. Et ils ont précisé que, de toute façon, ça ne servirait à rien car les faits, même dans l'hypothèse où ils seraient avérés, étaient prescrits. Elle a répondu qu'elle savait tout cela, et puis elle a lâché le nom. À voir leur tête, ils ont d'abord cru qu'elle se foutait de leur gueule.

Et puis ils ont fini par noter le nom de François Gabory sur le procès-verbal.

Elle a signé, comme on signe un acte de décès, avec l'impression de refermer elle-même le cercueil, soulagée.

Elle allume la télévision et fait le tour des chaînes d'information en continu. Sa cote de popularité a grimpé de cinq à huit points, selon les instituts de sondage. Sur BFM, Aurélien Bougival, l'un des éditorialistes vedettes de la chaîne, a la parole. Elle l'a croisé de temps en temps mais l'homme, qui affiche une quarantaine jeune et sportive, a la réputation d'être peu disert et il ne fréquente pas beaucoup les politiques.

« Quel spectacle nous offre-t-on aujourd'hui ? s'interroge le chroniqueur. Celui d'une classe politique totalement soumise au règne de l'image. Un homme politique aujourd'hui, c'est un produit qui se lance, avec une cible et un positionnement qui se trouvent plus ou moins en accord avec ses propres idées et ses convictions. »

Claire Bontems l'écoute d'une oreille, et de l'autre, parcourt les réseaux sociaux. La haine dont elle fait l'objet depuis son passage à « L'Émission politique » et, plus encore, depuis qu'elle a diffusé sa vidéo sur YouTube et que le nom de son violeur est sorti dans la presse, est si outrancière qu'elle en sourirait presque.

Tu ressembles à mon cul quand j'ai la chiasse. Il faudra passer le Kärcher sur ta grande gueule et l'écraser bien fort pour qu'il n'en reste que de la bouillie

Tu vas crever grosse pute de téléréalité. Suicide-toi, ça vaudra mieux pour tout le monde, sinon on ira violer ton cadavre devant ta petite fille

Aurélien Bougival est plutôt beau gosse, même s'il raconte énormément de conneries, se dit Claire Bontems. Au moins, François Gabory n'a pas réussi à la dégoûter de ces corps poilus, de ces barbes, de ces bites, de ces voix graves ou cassées, ces muscles saillants ou cachés, ces fragilités qu'ils dissimulent tous, même et surtout les plus machos d'entre eux. Elle a vu des colosses s'effondrer en larmes, et c'est ce qu'elle cherche à montrer : que la force n'est pas et ne peut pas être la justification inconsciente d'une inégalité d'État.

« La présidentielle va avoir lieu dans un an si Hélène Cassard respecte l'engagement qu'elle a pris, poursuit l'éditorialiste. Ce sera une gigantesque bataille de marketing, avec des produits concurrents qui chercheront à avoir une stratégie différenciante et forcément agressive dans les techniques de vente. Le premier est sorti depuis quelques semaines sur le marché. C'est Claire Bontems, qui a investi le segment sociétal avec en tête de gondole la défense des droits et de la dignité des femmes. »

Son fil Twitter est une parodie de masculinisme et de vulgarité. Elle multiplie les captures d'écran qui finiront peut-être par nourrir une plainte pour cyberharcèlement. Elle n'a aucune envie de laisser passer ce type de propos, même s'ils ne lui font pas peur.

Ton témoignage m'a fait bander ! J'aimerais te sodomiser à sec ton gros cul de salope !!

Voyons-nous vite et après je te jure que tu boiras mon sperme à la paille

Aurélien Bougival continue sa chronique :

« L'époque est à l'impudeur et il faut accepter de se présenter totalement nu devant les Français, puisque c'est ce qu'ils exigent désormais pour être gouvernés. Claire Bontems l'a bien compris. Elle fait de sa vie, de son histoire, un référent universel auquel tout le monde peut s'identifier, quitte à abandonner tout droit à la vie privée si cela lui permet d'éliminer l'un de ses rivaux. Les Français ne sont plus des électeurs qui votent pour des idées, mais des consommateurs-voyeurs qui achètent le produit qui les attire le plus et veulent tout savoir sur sa composition. Claire Bontems n'y échappera pas, elle a commencé à raconter, et elle devra le faire encore et encore, cette blessure qu'elle a subie il y a vingt ans. Elle a choisi de le faire, et son principal adversaire ne s'en relèvera pas. En même temps elle n'a pas eu le choix car la vie politico-médiatique est ainsi faite aujourd'hui. Alors interrogeons-nous, nous aussi. La politique est devenue un strip-tease permanent et nous, journalistes, serions bien avisés d'éviter qu'elle ne se transforme en viols à répétition sous couvert de transparence exigée par des rumeurs et des penchants exhibitionnistes échappant à nos radars mais pas à nos smartphones. Le temps de la justice n'est pas le nôtre, celui des médias. Sans doute est-il trop lent. Mais c'est le seul qui devrait compter. »

L'éditorialiste lui fait de la peine. Son discours est presque réactionnaire. Fustiger l'époque, cela n'a aucun sens. Claire Bontems préfère en voir les bons côtés. Elle a réussi à mettre le débat sur les violences sexuelles à la une de l'actualité. Même Gabory serait censé avancer des propositions pour lutter contre le harcèlement et les crimes sexuels. Elle sourit en pensant à ça. Le type est cramé. Il ne pourra plus faire campagne.

Et puis elle entend un bruit sourd, qu'elle a d'abord du mal à identifier, un bruit sourd suivi d'un silence. Elle regarde l'heure. 1 h 10. Traîne-t-elle depuis si longtemps devant la télévision ? Elle se redresse sur son canapé, tend l'oreille. Elle se demande si ça vient du dehors, ou de son appartement. Elle pense immédiatement à Noémie, se lève et se dirige à la lumière de la veilleuse vers la chambre de sa fille.

Alors qu'elle entrouvre la porte et aperçoit avec soulagement son corps endormi, un autre bruit la fait sursauter, plus intense. Une seconde de silence, et encore un autre.

Noémie se réveille en sursaut, se met à pleurer et à crier : « Maman ! Maman ! »

Les coups pleuvent maintenant sur la porte d'entrée. Des coups de poing, des coups de pied, des coups de masse, des coups de hache, elle ne sait pas. Mais elle a l'impression que le bois frêle de la porte se déforme, qu'il va bientôt céder.

Elle voudrait s'approcher, regarder par l'œilleton pour savoir qui tape, mais elle est paralysée, incapable de bouger. Sa fille continue de pleurer : « Maman, c'est quoi ? Qu'est-ce que c'est, Maman ? »

Quelqu'un tambourine à la porte, plus doucement, maintenant, et puis la gratte comme un petit animal.

Elle serre sa fille contre elle, presque résignée à voir la porte s'affaisser pour découvrir le visage de ses agresseurs, prête à regarder la mort en face.

Le tempo des coups reprend du rythme et de la

vigueur, comme un boxeur qui cherche à mettre son adversaire KO.

Elle sent les coups en elle. Elle serre encore davantage sa fille, comme si Noémie pouvait la protéger.

— Maman ! hurle-t-elle. Maman, tu me fais mal.

Jamais elle n'a connu une telle frayeur, jamais depuis la nuit du viol.

Et puis tout s'arrête. Le vacarme dans l'escalier laisse place à un silence aux allures de répit et de menaces à venir.

C'est la première fois que le danger est palpable. La première fois que la meute qui la pourchasse sur les réseaux sociaux vient la chercher jusque chez elle. Qu'est-ce qui se passera la prochaine fois ? Un viol collectif, comme le proposent régulièrement des comptes Twitter aux intitulés absurdes ou des membres du forum jeuxvideos.com aux avatars de mangas ? L'enlèvement de sa fille, dont le prénom circule sur les réseaux sociaux et que certains suggèrent d'inscrire sur des sites pédophiles ? Un assassinat, comme le suggère la photo postée par un homme sur Facebook, qui s'est rendu sur un champ de tir pour vider un chargeur entier sur une cible à l'effigie de Claire Bontems ?

— Viens, ma chérie, viens dans mon lit.

Elle entoure Noémie de son bras, le corps chaud de sa fille s'abandonne doucement au sommeil, lové sur la peau de sa mère. Claire Bontems, elle, ne dort pas. Elle se dégage doucement, laisse Noémie dans la chaleur de ses draps et s'installe dans le salon.

Dans le noir, sa box indique 2 h 35. Elle ne sait pas quoi faire, qui appeler, à cette heure. Elle voudrait contacter la police. Il faut stopper ces malades qui la harcèlent sans relâche. Il faut les stopper mais elle n'a pas envie de voir les flics débarquer chez elle en pleine nuit, déranger ses voisins pour cette histoire où tout le monde verra simplement un type bourré qui s'est trompé d'étage – elle sait qu'on la prendra pour une folle et que l'affaire se retrouvera dans la presse. Elle ne veut pas que ça parasite la descente aux enfers de Gabory. Elle parlera à son avocat. Demain.

Pour le moment, elle a juste envie que quelqu'un l'écoute. Elle envoie un SMS à Catherine Lengrand, qui la rappelle aussitôt. Entendre sa voix réconfortante fait un bien fou à Claire Bontems.

— Ils sont venus jusque chez moi, tu te rends compte? Je suis sûre que ton frère est derrière tout ça. Que c'est lui qui orchestre cette haine.

— Ça m'étonnerait que François et sa clique se soient risqués à organiser ça et, d'ailleurs, ils ne sauraient pas comment faire. Ils doivent être KO à l'heure qu'il est. Ce sont des petits merdeux qui se cachent derrière leur écran et jouissent d'insulter les femmes. Parmi eux certains ont trouvé ton adresse et ont voulu faire les malins. Tu iras voir les flics demain. Et puis, à la limite... Même si ça sort dans les journaux, ça renforcera ton image.

— Je n'ai pas envie de m'installer dans le rôle de la victime, Catherine. Victime de viol, victime de harcèlement... ça commence à faire beaucoup. À la réflexion, je ne pense pas que je porterai plainte. Les gens n'élisent pas des victimes.

— C'est vrai. Ils élisent plus facilement des coupables, ricane Catherine.

— Ne parle pas de malheur.

— François n'a plus aucune chance.

— Je ne parle pas de ça. Mais si les journalistes finissent par fouiner... Ils trouveront des choses.

— Rien qui puisse concurrencer un viol, Claire. On en a déjà parlé mille fois. On n'abat pas le patriarcat avec des bons sentiments. Tu es en train de créer un incroyable mouvement dans le pays. Bien sûr, il y a des résistances. Un vieux système ne s'écroule pas sans faire de dégâts. Mais on est sur la bonne voie, Claire. Et la voie est dégagée, ne t'inquiète pas pour ça.

— Je ne m'inquiète pas. Tu as vu les sondages ? Ce serait vraiment con de s'inquiéter alors qu'ils n'arrêtent pas de monter.

33

12 mars 2020

Son chauffeur a garé la voiture à cheval sur deux places dans le parking désert. La pluie tape sur le pare-brise comme si elle voulait le faire éclater. À l'arrière de la berline, François Gabory détache sa ceinture de sécurité. Il attrape son smartphone, dans la poche intérieure de sa veste. Uniquement des messages de journalistes qui le pressent de venir s'expliquer.

Il a d'abord cru qu'il pourrait leur faire face, à ces inquisiteurs, qu'il pourrait regarder les téléspectateurs dans les yeux et nier, leur dire à quel point tout cela est absurde et délirant. Leur raconter, peut-être, les bribes de cette nuit restées accrochées à sa mémoire, puisque l'époque exige de tout rendre public, pour sauver sa réputation.

Et puis Viviane lui a annoncé qu'elle partait se mettre au vert quelques jours. Il veut encore croire qu'elle ne le lâche pas. Elle-même, sans doute, ne sait que faire, ni qui croire.

— J'ai regardé ailleurs pendant toutes ces années, sans être dupe, lui a-t-elle dit. Toutes ces femmes qui te tournaient autour n'en voulaient pas qu'à ta plastique et je sais que c'est difficile de ne pas craquer. Je ne t'en veux pas d'avoir craqué et je ne pourrai jamais croire que tu aies pu violer une femme. Mais je ne suis pas sûre de pouvoir supporter une campagne dans ces conditions. Ne m'en veux pas, François.

C'est à ce moment-là, lorsqu'elle est partie en déposant un baiser timide sur ses lèvres, qu'il s'est assis dans son canapé et qu'il s'est senti happé par une invraisemblable obscurité, comme si quelqu'un avait fermé la porte de sa propre chambre mortuaire et qu'il était désormais condamné à y errer sans aucun horizon, en attendant juste qu'on veuille bien écrire le mot « fin » sur ce qu'a été sa vie.

Il n'a pas eu la force d'appeler Manon. Il ne voulait pas se montrer tel qu'il est, un homme liquéfié par la peur. Manon n'a pas pris de ses nouvelles, elle non plus. Peut-être s'est-elle déjà trouvé un autre amant moins démonétisé.

Son chauffeur éteint la radio et regarde droit devant lui, les mains sur le volant, respectueux. François Gabory reste silencieux dans la voiture. Quelle urgence peut-il y avoir à descendre ? Il a longtemps cru que ce moment n'arriverait jamais. Il a essayé de s'y préparer, mais il n'est pas pressé de s'y confronter. Il s'offre quelques minutes de répit, des minutes pour voir s'il ressent encore le frisson de la conquête.

Il sent les larmes monter. Il ferme les yeux pour les écraser. Il aurait voulu que sa mère soit épargnée par le spectacle de la décrépitude d'un monde où n'importe qui peut accuser un ancien président de la

République de n'importe quoi, l'insulter, le sommer de disparaître, sans que ça n'émeuve personne.

Des voix qui crient dans le désert mais qui s'additionnent pour former un chœur qui dénigre, écrabouillé et ne se repaît que de l'humiliation permanente. L'époque n'est plus au combat collectif, mais à l'agitation individuelle. Claire Bontems n'en est que la figure de proue.

Il ouvre la portière et court vers l'entrée de la résidence, sa sacoche sur la tête en guise de parapluie. À l'accueil, une étudiante en faction a un mouvement de recul en le voyant entrer.

Derrière elle, BFM TV est branchée en sourdine. Il voit sa gueule en arrière-plan, et autour de la table tous ces gens qu'il a côtoyés, et qui crachent sur ce qu'il a été. Les défections s'accumulent depuis deux jours. Le directeur de la maison de retraite, un type dégingandé, lui tend la main.

— Toutes mes condoléances, murmure-t-il.

— C'est arrivé il y a deux heures, ajoute le docteur Vernet, le médecin traitant de sa mère. C'est l'infirmière qui l'a trouvée. Elle était dans son fauteuil, devant la télévision.

Thérèse Gabory passait beaucoup de temps devant BFM TV. François Gabory se demande ce qu'elle a vu, au moment où son cœur a lâché. Il se demande si c'est lui qui l'a tuée, de ne pas avoir été à la hauteur, ou si ce sont les médias qui ont choisi de se vautrer dans la fange en relayant cette dénonciation pour viol. Elle était habituée, pourtant, à encaisser les coups, depuis le temps. Il l'a préservée comme il a pu, mais elle est morte sans même qu'il ait pu la rassurer, lui dire que non, son fils n'est pas cette personne décrite dans les médias, un violeur, un homme qui abuse des femmes.

Dans la poche de sa veste, le téléphone bipe. Il ignore le message et marche jusqu'à la chambre, avec le directeur et le médecin à ses côtés. Le couloir est assombri par le crépuscule. Les détecteurs de mouvement ne fonctionnent pas, ou ce sont les ampoules qui sont cassées. La lumière orangée du réverbère, venant du dehors, est la seule qui guide leurs pas.

Il entre, laissant les deux hommes sur le seuil. Elle est allongée dans son lit. Une infirmière a dû faire les premiers soins. Elle lui a fait croiser les mains, au-dessus des draps. Des mains glacées au toucher, violacées, parsemées de lignes jaunâtres qui se fraient un chemin à travers la peau.

Il croit entendre le souffle éraillé de sa respiration et ça a quelque chose d'effrayant, comme si elle luttait encore pour grappiller un peu de cet air qui avait tant de mal à s'engouffrer entre ses lèvres.

— Maman, murmure-t-il pour lui-même.

Sur la table de nuit, la photo de son sacre n'a pas bougé depuis ce jour où, contrainte par la dégradation de son état de santé, elle a été forcée d'emménager dans ce deux-pièces où elle s'est lentement décomposée. C'est la première chose qu'elle a faite, poser ce cadre dans sa chambre, pour qu'il veille sur elle quand elle s'assoupirait.

Il se souvient de leur conversation. « J'aurais aimé que vous puissiez vous réconcilier, toi et Catherine, avait-elle dit. Avant ma mort, j'aurais aimé voir ça. Mais je sais que ça n'arrivera pas. »

Non, ça n'arrivera pas.

Il dépose un baiser sur le front de sa mère, lui caresse les mains.

— C'est dur, tu sais, souffle-t-il. Si je n'abandonne pas, c'est pour toi. Pour que tu sois fière de moi, de là-haut.

Il sort de la chambre, rejoint le directeur et le médecin en discussion dans le petit salon, au bout du couloir.

— Nous avons suivi scrupuleusement vos instructions, lui dit le directeur. Nous avons appelé les Pompes funèbres générales, qui vont venir chercher votre maman pour la placer dans la chambre funéraire que vous nous avez indiquée. Nous n'avons pas prévenu votre sœur, comme convenu.

Il ne sait pas quoi lire dans les yeux du directeur. De la pitié, sans doute ; du mépris, peut-être. Il était plus habitué à susciter l'envie, la crainte aussi. Le docteur Vernet, lui, exprime davantage de compassion. Il le connaît depuis longtemps. Il est maladroit, mais il n'est pas méchant.

— Il y a des moments où tout semble s'effondrer, dit le docteur Vernet. Mais tant qu'on est vivant, tant qu'on est debout... Il faut continuer, monsieur le président.

Il réprime comme il peut un rire nerveux. La question leur brûle quand même les lèvres, à ces deux hommes qui se sont davantage occupés de sa mère que lui. « C'est vrai, ce que dit Claire Bontems ? » voudraient-ils demander pour pouvoir briller lors de leur prochain dîner. Vrai ? Qu'avait écrit ou dit Hitler, déjà ? L'une de ces citations qu'on se refile et dont on oublie l'origine... « Un mensonge répété dix fois reste un mensonge, mais répété dix mille fois, il devient une vérité. » C'est cela. Combien de fois ont-ils été écrits ou partagés, ces mensonges ? Il en viendrait presque à douter. Les souvenirs se brouillent. Est-ce qu'on demande au gibier s'il est coupable ? L'important, c'est de l'abattre avant qu'il ne morde.

Le docteur Vernet lui serre la main.

— N'hésitez pas à m'appeler, si vous avez besoin.

François Gabory hoche la tête. Mais c'est Catherine qu'il va falloir appeler, maintenant.

34

13 mars 2020

« Maman est morte. »

Il n'a pas pu faire mieux que ça.

« Maman est morte. Appelle-moi dès que tu peux. »

Il n'a pas pu faire mieux qu'un SMS, qui la place devant un dilemme impossible. Si elle appelle, c'est elle qui fait un pas. Si elle n'appelle pas, c'est elle qui ne prend pas la main tendue.

« Maman est morte. Appelle-moi dès que tu peux. Je t'embrasse. »

Il n'a pas trouvé mieux que ces mots dénués de sens. Non, il ne l'embrasse pas, car il est sans chaleur ni tendresse. Ces mots sont factices quand il les écrit. Il ne la serrera pas dans ses bras, parce qu'il ne l'a jamais fait. Il n'a jamais pensé qu'à lui, et « Maman » aussi n'a fait que ça, penser à lui, à François Gabory.

Et elle ? Elle s'est écroulée sur son lit. Elle est aimantée par l'écran de son smartphone et ces mots de son frère qui disent une vérité redoutée, repoussée, dont elle a du mal à se dire qu'elle l'a aussi espérée.

Catherine Lengrand se sent vide, comme si l'intérieur de son corps s'était dégonflé. Elle n'est qu'une baudruche échouée après une course sans but.

« Maman est morte » et elle, elle est toujours vivante. Elle lui a survécu, à cette femme qui l'a toujours écartée, chassée d'un revers de la main comme un insecte nuisible et collant. Au bout d'un long moment, étiré par les années, elle avait tout de même cru oublier. Une heure passe sans y penser et c'est déjà une victoire, puis une journée, une nuit entière à dormir sans faire de cauchemar. Elle avait eu des répits, mais rien d'autre, car le souvenir finit toujours par revenir, impudique et triomphant. Elle l'avait cru enfoui, écrasé. Elle avait cru poser des pierres par-dessus. Elle s'était même demandé si tout ça avait été vrai.

Elle n'avait su que faire semblant. Elle avait cru être amoureuse, plusieurs fois. Elle avait même été mariée. Elle pense parfois encore à Jacques Lengrand. Elle s'en veut de l'avoir jeté comme un malpropre, lui qui était si attentionné. Un jour, au bout de deux ans à peine, elle n'avait plus supporté que Jacques Lengrand la touche. Elle l'avait vu dans ses cauchemars, elle avait eu cette impression que ça se voyait sur son visage, une tache indélébile, que tout le monde savait et la pointait du doigt, que tout le monde voyait en elle une salope avec le feu au cul.

Elle l'avait quitté, désolée pour lui qui n'y était pour rien, elle avait demandé le divorce, vaincue des années après par des réminiscences obscènes où tout se mêlait, les odeurs et les lieux, les visages et les couleurs, les cris, les pleurs, les ricanements, un puzzle morbide où elle n'avait plus rien à quoi s'accrocher.

Le souvenir s'était évadé, il la narguait. Alors

Catherine Lengrand, des dizaines d'années plus tard, en avait reparlé à sa mère. Elle lui avait écrit, d'abord. Elle n'avait pas eu de réponse. Alors elle était allée la voir.

« Il était député, s'était justifiée Thérèse Gabory, dans son hospice de vieillards où l'avait placée François. Il était intouchable. »

Elle aurait pu pardonner ça, peut-être, la lâcheté et la faiblesse. Mais la suite, jamais. « Et puis il a fini par être puni, avait-elle dit comme pour balayer les états d'âme de sa fille. Il a dû renoncer à ce qu'il chérissait le plus, la politique. Il a payé, cher. Ça l'a détruit, si ça peut te consoler. »

Ça ne l'avait pas consolée. Au contraire, à partir de ce jour-là, elle avait appris à ne plus espérer, à ne plus quémander quoi que ce soit. Elle ne sait pas si l'histoire de Claire est vraie, mais qu'est-ce que la vérité dans ces cas-là, à part celle d'un huis clos inaccessible où chacun des acteurs vit ce qu'il peut ? Un viol, c'est une histoire à deux où il faut un vainqueur et un vaincu, et où l'un des deux, au moins, sort forcément détruit. Elle a décidé que ce serait lui.

Son frère, François Gabory.

Non, il ne l'embrasse pas. Non, il ne la serre pas dans ses bras. Tout ça, il aurait fallu le faire il y a bien longtemps. Maintenant, c'est trop tard.

Ses doigts tremblent mais courent sur le smartphone, pour écrire à Claire Bontems. Elle reprend les mots de son frère, car ils sont incontestables.

« Maman est morte. »

Et elle ajoute :

« Je vais devoir me mettre en retrait quelques jours. »

35

13 mars 2020

Le parc est envahi par une purée de pois qui a l'air de vouloir s'installer, mais il est là, fidèle à ce rituel qu'il s'impose chaque dimanche depuis son départ de l'Élysée. La bruine ruisselle sur son visage et son K-way, il regarde droit devant, jetant régulièrement un coup d'œil à sa montre connectée pour voir s'il est dans les temps.

Deux tours déjà, près de 4,5 km en un peu plus de vingt-six minutes. Grégoire Castelli accélère un peu sur le faux plat, le long de la rue Manin, avant d'attaquer la montée à proximité de la Fondation Rothschild. Il double quelques joggers, des hommes auxquels il ne peut s'empêcher de se comparer – sont-ils plus musclés, plus élégants, plus rapides ? – et des femmes sur qui il se surprend à fantasmer. Une grande blonde l'a laissé sur place, offrant son cul à sa vue pendant quelques dizaines de mètres avant qu'elle ne disparaisse, trop forte pour qu'il espère pouvoir la rattraper.

Elle ne sera pas celle qu'il espère et qui ne vient

jamais. Grégoire Castelli a tout sacrifié au pouvoir et, si les femmes ont été nombreuses à partager une nuit ou deux avec lui, il n'a plus eu d'histoire sérieuse depuis longtemps : aucune n'était capable de supporter ses absences et ses réveils au milieu de la nuit pour éponger les fracas du monde ou les conneries des membres du gouvernement.

« Tu es en train de bosser sur mon cul, là, c'est ça ? » : c'était la dernière fois peut-être qu'il avait été amoureux, et il l'avait gâchée en voulant rédiger un communiqué à 3 heures du matin pour préparer, à la demande du président, quelques éléments de langage à un ministre incapable de se débrouiller seul, en lui évitant le ridicule lors de la matinale qui l'attendait quatre heures plus tard. Il avait attrapé son ordinateur portable, l'avait ouvert et posé sans réfléchir sur les fesses de sa partenaire, qui s'était réveillée en l'insultant. C'était il y a trois ans, au moins. La fin de sa mission à l'Élysée n'avait rien arrangé.

Le brouillard et la pluie n'ont pas découragé les sportifs. Grégoire Castelli est loin d'être seul à avaler les kilomètres dans ce parc où l'on oublierait presque le tumulte de Paris ou de la vie politique. Ils sont des dizaines à virevolter autour de lui, mais il est dans sa bulle, il ne fait attention qu'aux visages et aux formes, imaginant que tout n'est pas encore foutu.

Qu'est-ce qui le pousse à rester auprès de François Gabory alors que tout semble perdu ? Peut-être une forme de générosité à l'accompagner sur ce chemin de croix, à l'aider puisqu'il a choisi, seul et contre tous, de s'y engager au-delà de toute raison. Grégoire Castelli est plus à l'aise dans le rôle de l'apôtre dont personne, au bout du compte, ne se souviendra, que dans celui du Christ qui fait don de lui-même, quelles que puissent être les souffrances. Quelle lumière, au bout, vaut qu'on sacrifie tout pour elle ?

La vérité, c'est qu'il n'a jamais cessé de penser à lui-même. Le dévouement qu'il a pour Gabory, c'est sa réussite à lui, cette nécessité d'approcher la lumière mais de ne pas s'y brûler, parce que, au dernier moment, quelque chose le retient, qui l'empêche de basculer dans cette folie où l'on se met à nu devant la France.

Ce pourrait être Gabory ou un autre, mais il a besoin de cela pour s'estimer un peu : être parmi ceux qui font l'histoire d'un pays, dans l'ombre parce que c'est plus confortable, même si personne ne se souvient de vous. Au contraire des politiques, il n'est pas préoccupé par la postérité. Il veut juste s'assurer qu'on l'aime et qu'on l'admire à l'instant présent.

Il imagine encore, comme il le faisait enfant, des encouragements et des applaudissements au bord de la route, l'ambiance d'un stade qui scrute avec frénésie une piste d'athlétisme enflammée par la ferveur d'une finale olympique. Mais il n'y a qu'un parc silencieux, enveloppé par le brouillard, qu'il finit par quitter après avoir bouclé ses quatre tours.

Alors qu'il trottine dans les rues qui le rapprochent de son immeuble, sans prêter attention aux gens autour de lui, il sent son téléphone vibrer.

Ma mère est morte hier. Je vais devoir prendre un peu de temps pour moi. Je reste joignable, évidemment on s'appelle en cas d'urgence mais ne prévois rien dans les jours qui viennent.

Il s'arrête, reprend son souffle, essaie d'imaginer une réponse appropriée, mais renonce car il ne parvient pas à trouver les mots qu'il faut. Grégoire Castelli pensait qu'ils avaient touché le fond. Que peut-il arriver de pire, maintenant ? « Ne prévois rien dans les jours qui viennent », dit-il, comme s'il pouvait rester silencieux dans les circonstances actuelles. Il se demande s'il ne devrait pas informer les journalistes du décès de Thérèse Gabory, leur demander une sorte de « trêve » pendant quelques jours, mais rapidement il y renonce. Cela pourrait se retourner contre eux. On pourrait les accuser de vouloir manipuler la presse.

Il tape les quatre chiffres sur le digicode, pousse la porte et monte les escaliers qui mènent au troisième étage. Il se déchausse dans l'entrée, se déshabille et s'offre une douche trop chaude pendant laquelle il essaie de ne penser à rien. Il tire le rideau, aventure un pied sur le caillebotis, puis l'autre, et attrape d'un geste mal assuré la serviette qui chauffe sur le radiateur avant de s'en envelopper comme un boxeur après le combat.

La salle de bains s'est transformée en sauna, les vapeurs d'eau chaude font comme des petites fumées qui naissent et s'évaporent aussitôt devant lui. Il se tamponne le visage, relève la tête. Le miroir est envahi par la buée. Il y devine quand même le cramoisi de son visage.

Il est toujours nu quand retentit la sonnerie à sa porte. Grégoire Castelli sent son cœur s'emballer en découvrant le visage déformé de Leonore Sintermann à travers le judas. Elle est en avance. Il crie à travers la porte « une seconde » et enfile à la va-vite un boxer, un jean et un T-shirt.

Elle lui sourit quand il ouvre la porte. Elle dépose son sac dans l'entrée, enlève son manteau. Sa voix est toujours aussi envoûtante, avec cet accent légèrement guttural qu'il a toujours trouvé plein de promesses charnelles.

— Qu'est-ce que tu deviens depuis l'autre jour ? commence-t-il.

— Oh, pas grand-chose, et beaucoup de choses à la fois, Grégoire. Ça m'a fait plaisir de te croiser. C'est pour ça que je voulais te revoir. Je vais partir à l'étranger, pour longtemps.

Elle est très peu maquillée, elle a vieilli depuis l'ENA mais elle a toujours du charme. Ses boucles blondes tombent sur son front, elle les rabat machinalement. Elle n'est pas aussi à l'aise qu'elle veut bien le montrer.

— Je ne voulais pas partir sans te dire un dernier au revoir. Je me suis toujours demandé pourquoi, toi et moi, on n'avait pas... à l'époque...

Grégoire Castelli a rêvé d'un moment comme celui-là depuis si longtemps. Il sait que les occasions manquées ne se rattrapent jamais, mais la vie a visiblement décidé de faire une exception. Il se penche vers elle et l'embrasse. Le goût de ses lèvres, c'est celui de sa jeunesse. Où sont passées les quinze dernières années ?

Bientôt, les seins de Leonore se collent à son torse. C'est d'une douceur absolue. Il oublie Gabory, il oublie tout, le temps lui semble suspendu pendant quelques minutes. Il tient son visage entre ses mains, ne le lâche pas, Leonore fait l'amour en silence mais cela ne le gêne pas. Ce qu'il aime, c'est quand elle gémit et que ses yeux disparaissent à l'intérieur de ses paupières. Il ferme les yeux et s'assoupit, sa main dans la sienne, son sexe collant étalé sur sa cuisse.

— C'était où, ça ? demande-t-elle en désignant des yeux le cliché que Grégoire Castelli a affiché au mur.

Sur la photo, on le voit monter les marches de l'Élysée quatre à quatre. C'est un journaliste de l'AFP qui l'avait prise, un jour où il devait s'ennuyer. Il la lui avait offerte au moment de son départ. Souvenir des temps heureux et masochistes où l'adrénaline faisait figure d'ersatz au bonheur.

— À l'Élysée. La dernière année, quelques jours avant le référendum.

Elle sourit, elle se lève. Castelli est hypnotisé par sa longue chevelure blonde qui tombe sur le creux de ses reins, son cul trop maigre qui se dandine. Il entend l'eau couler, l'imagine ruisseler sur sa peau. Le sexe de Grégoire Castelli durcit. Sa bouche est sèche. Il a une envie terrible de la prendre, encore.

Elle revient, enveloppée dans sa serviette, et s'assoit sur un tabouret, le long du bar qui sépare la cuisine de Castelli de son salon. Il s'installe en face d'elle, triture son téléphone portable. Il capte son regard fuyant, accroche le sien à la commissure de ses lèvres, s'attarde sur sa façon de respirer.

— Tu pars vraiment, alors ?

— Oui. Je fuis, Grégoire. Je me mets à l'abri.

Il la fixe, éberlué.

— À l'abri de quoi ?

— À l'abri des médias, de la police. À l'abri du tumulte.

— C'est-à-dire ? Tu as fait une connerie, Leonore ?

— Tu te souviens, chez Emma, quand je t'ai dit

que le marketing pouvait être encore plus dégueulasse que la politique ?

Il a du mal à déglutir. Il attend la suite, mais la suite ne vient pas. Il lui touche le bras, pour l'encourager. Elle a les larmes aux yeux.

— On s'est fait des centaines de milliers de dollars au Brésil, en Uruguay, au Kenya, au Nicaragua, en fournissant au plus offrant des stratégies de communication clés en main, basées sur l'analyse de données. Au Nicaragua, on a soutenu Carlos Fernandez, le candidat de la gauche populiste en nous appuyant sur des firmes spécialisées dans l'envoi de messages en masse sur WhatsApp. Tout le monde utilise ça, là-bas. On a inondé le pays de messages, sans jamais les valider sur le fond, en utilisant des listings de contacts qu'on a récupérés en toute illégalité auprès d'opérateurs de téléphonie ou d'entreprises de recouvrement de dettes. Notre promesse, elle était claire : non seulement on trouve vos électeurs, avant même qu'ils sachent qu'ils vont voter pour vous. Et en plus, on les fait passer à l'action.

Grégoire Castelli s'approche, se place juste derrière elle, le téléphone portable toujours dans la main droite. Elle se retourne, lui sourit.

— On a fait élire des pourritures, Grégoire. Notre fric avait l'odeur de la merde. Johanna et moi, on s'est fait aveugler par notre technologie – Johanna, c'est mon associée, celle avec qui j'ai fondé la boîte. J'ai commencé à ouvrir ma gueule. Je pense que ça l'a fait réfléchir. Je suis partie, j'ai vendu mes parts à Johanna. Elle a promis que Box Vox ne soutiendrait que des causes nobles. La boîte a laissé tomber les « démocraties immatures », comme on les appelait.

Le nom de Johanna, celui de Box Vox, jaillissent dans son esprit comme une étincelle. Il se souvient de sa conversation avec Romain Daumas et de ce qu'il disait : « Ce genre de boîte a tendance à éviter la politique. » C'est comme s'il avait compris avant même que Leonore poursuive sa confession.

Il s'éloigne un peu d'elle, se plonge dans son smartphone, scrolle et tape plusieurs fois avec le bout de son doigt. Leonore Sintermann s'approche.

Il pose son téléphone sur une étagère, l'enlace. Les pensées se télescopent et se cognent en lui alors qu'il bande à se faire mal. Le sourire de Leonore Sintermann ne la quitte pas, figé comme un socle pour supporter ses joues creusées. Il dépose un baiser sur ses lèvres, caresse son cou gracile de ses deux mains. Elle se dégage doucement.

— J'ai décidé de tout dire à la presse, reprend-elle après un silence. Un journaliste du *Temps* va sortir un papier sur le Nicaragua. Ensuite, il ne restera plus qu'à tirer la pelote. Et c'est pour ça que je pars, Grégoire. Parce que le fil de la pelote, il arrive jusqu'ici. Jusqu'en France.

À mesure que Leonore Sintermann parle, Grégoire Castelli sent ses poumons se rétrécir, traversés par un courant d'air froid qui les paralysent. L'air lui manque, il ouvre la bouche, expire longuement, doucement, dans le cou de Leonore. Il embrasse sa peau, le duvet qui court le long ses vertèbres. Il a envie de lui dire de rester là, toute la vie – mais il sait déjà que le combat va vite reprendre, parce qu'il n'est peut-être pas complètement perdu, alors il profite juste encore un peu du visage et du corps de Leonore Sintermann avant qu'elle ne s'évapore pour de bon.

36

16 mars 2020

Le secrétaire en merisier n'a pas grand-chose à voir avec le bureau Cressent qu'il occupait à l'Élysée, et le fauteuil Louis XIV, que sa mère avait acheté chez un antiquaire quand François avait 11 ou 12 ans, singe à grand-peine celui du Salon doré à l'Élysée. C'est un des rares vestiges de son enfance. Ce fauteuil, il se souvient de s'y être assis souvent pour le goûter pris sur le guéridon du salon. Le reste de la pièce, des rideaux aux tapis, du canapé à la console, semble s'être évaporé au fil des années. Ce qui subsiste d'une vie doit tenir dans le coffre de cet utilitaire qui stationne derrière le petit bout de jardin où elle n'allait jamais, faute de pouvoir se lever seule.

François Gabory laisse fondre sous sa langue un comprimé d'anxiolytique, s'assoit quelques minutes dans le fauteuil, ferme les yeux. Il vient de découvrir les classeurs dans lesquels sa mère a consigné tous les articles de presse sur lesquels elle tombait et qui parlaient de son fils. Elle y a consacré presque une armoire entière, sans jamais lui en avoir parlé. Quarante ans de vie politique filtrés par un regard plein d'amour, car elle n'a retenu que les éloges et les bonnes nouvelles. Il a envie de rire devant tant de naïveté. Il a envie de s'excuser de l'avoir parfois oubliée.

Il appelait, c'est vrai, quand il pouvait. En voiture, en marchant, entre deux rendez-vous... Il optimisait son temps et, entre deux corvées, en casait une troisième, quelques minutes de conversation où il la laissait dire ce qu'elle voulait sur la politique qu'il menait.

Il ne s'est jamais soucié d'elle comme elle s'est souciée de lui. Il n'avait pas voulu voir sa décrépitude et il a fallu qu'elle chute et reste allongée sur le carrelage de sa salle de bains pendant près de six heures, incapable de se relever, pour qu'il réalise que sa mère était devenue une vieille femme, impotente et dépendante. Il lui avait alors trouvé une bonne place en maison de retraite, et ça l'avait libéré. Il s'était senti moins coupable, et plus libre mentalement. C'était un peu plus d'un an avant son accession à l'Élysée. Même dans le timing de sa déchéance, elle avait tout fait pour ne pas le gêner.

Sa mère était une sainte mais une page est tournée. Il va falloir apprendre à vivre sans son ombre au-dessus de lui, qui juge et entraîne, qui pousse et oblige, cette présence permanente qui l'a toujours empêché de décrocher. Elle s'était sacrifiée pour qu'il puisse aller au sommet, et quand il en a été délogé, elle a été la première à lui dire de ne pas renoncer.

Elle savait que son fils avait plus d'importance pour elle que le contraire, mais ça n'empêchait pas François Gabory d'être son unique raison de vivre, de tenir, d'accepter de croupir dans cette vie cloîtrée où son horizon le plus lointain était la salle à manger.

Combien de fois a-t-il partagé son repas, dans cette cantine où elle se pavanait quand il venait la visiter, accompagné de ses gardes du corps ? Trois fois. Il a prétexté la lourdeur du dispositif de sécurité pour ne pas revenir. La vérité, c'est qu'il aurait pu manger là tous les soirs s'il l'avait voulu. Il aurait pu aussi lui réserver une chambre médicalisée dans ses appartements privés au Palais.

Il a reçu tellement d'amour qu'il n'a jamais songé à en donner. Elle le lui disait parfois : « Ce n'est pas grave. Ta mère, c'est la France et c'est elle qu'il faut que tu serves. Moi je ne suis là que par substitution. » C'était absurde et grandiloquent, mais il y avait cru. Qui, maintenant, peut l'assurer que son destin politique n'est pas achevé ?

Dans l'un des classeurs de sa mère, soigneusement protégés par quelques-uns de ces transparents qu'on utilisait à l'école pour ranger les polycopiés – ces choses existent-elles encore ? se demande soudain Gabory –, il retrouve les premiers articles de presse qui parlent de lui. C'est pendant la campagne des législatives de 1981. Il a 28 ans, il est l'un des plus jeunes, sans doute, à entrer au Palais-Bourbon. Il y raconte la première fois qu'il a poussé la porte d'un parti, à l'âge de 16 ans. Il n'a aucun souvenir du journaliste à qui il a pu confier cela, mais de ce jour-là, il s'en souvient nettement : il se revoit tourner autour de la permanence pendant dix ou vingt minutes, un peu comme la première fois qu'on sort en boîte de nuit, avec la peur de ne pas être à sa place et de se faire refouler.

Le responsable de la section locale de la SFIO était là, qui devait être à la fac et se baladait toujours en veste. Le nez épaté, des cheveux filasse qu'il coiffait en raie sur le côté, une gueule d'huissier de justice capable de vendre père et mère pour satisfaire son ambition. Il l'avait envoyé coller des affiches pour Gaston Defferre... Il a oublié son nom, mais pas celui de l'autre type qui tenait la permanence ce jour-là et qui lui avait servi de mentor lors de ses premières sorties à badigeonner les murs d'une immonde colle de poisson qui leur laissait les mains grasses et puantes : Claude Danjun ne l'avait pas quitté pendant près de cinquante ans.

Le papier évoque aussi le rôle de mentor de Philippe Coutance, la drôle de campagne menée en tandem par les deux hommes en 1981. Au départ, il ne devait être que suppléant de Coutance dans sa circonscription de Seine-Maritime... Un vieux clébard à qui le parti avait offert la compagnie d'un jeune chiot pour dynamiser sa campagne. François Gabory savait que Philippe Coutance était tout juste bon à piquer, et il était prêt à attendre : 1986, après tout, ça ne paraissait pas si loin.

Et puis tout s'était accéléré. Philippe Coutance avait fini par jeter l'éponge, à un moment parfait, pas trop près de l'élection mais pas trop loin non plus, ce qui empêchait le parti de se retourner. Dans l'article, Philippe Coutance y allait même de son petit compliment : « François Gabory a énormément de qualités que j'avais aussi à son âge. Il me ressemble, mais il ira plus loin, vous verrez. » Tout cela, c'était une sorte de miracle qu'il avait saisi sans se poser trop de questions.

Il referme le classeur, fouille encore un peu dans les papiers de sa mère. Il épluche des archives sans importance, des documents inutiles qu'il balance un à un dans un grand sac poubelle laissé ouvert au milieu de la pièce. Il ouvre chaque enveloppe, parcourt chaque feuille, examine les dates, les signatures. Il se sent mal à l'aise de fouiller ainsi dans ce qui a été une vie, et qui vient de s'achever. Il n'y a rien à garder de tout cela, que des souvenirs et des sensations.

Et puis il saisit cette lettre. Elle est datée du 27 mai 2012, quelques jours après son accession à l'Élysée.

> *Maman, j'ai mis plus de quarante ans à me décider à t'écrire. Tu me diras que le temps a passé mais moi je te répondrai qu'il n'a rien effacé, ni de mes souffrances, ni de mes folies. Je n'ai pas besoin de te le dire encore, parce que je te l'ai déjà dit à l'époque et que tu n'as pas voulu me croire. Tu n'as pas voulu croire que j'étais encore une petite fille, ta petite fille, et que je t'avais obéi en pensant que tu ne voulais que mon bien. Voir Paris, ça devait être une fête... Parfois, je veux encore croire que tu n'as pas voulu ce qui s'est passé, que tu n'avais aucune arrière-pensée. Et puis je réfléchis, je me dis qu'à 16 ans, moi, j'avais le droit d'être naïve, mais pas toi, qui en avais 40. Oui, je réfléchis beaucoup, trop peut-être. Mais ce que je me dis, c'est que tu m'as vendue, tu m'as utilisée pour que ça profite à François, d'une manière ou d'une autre. François devant, et moi derrière. Toujours. L'ordre naturel des choses, n'est-ce pas? L'histoire de nos vies.*

Je ne suis même pas sûre que tu l'admettes encore aujourd'hui. Peu importe, au final.

Tu es seule avec ta conscience. Mais je ne veux pas que ta joie de le savoir à l'Élysée soit pleine et entière. Je veux que tu te rappelles sur quoi tout cela a été bâti. J'aurais pu mourir de cela, mais je n'ai pas voulu vous faire ce cadeau-là, d'être débarrassés de moi. Je suis vivante et je le resterai pour être cet œil qui vous regarde et ne vous laissera jamais tranquilles.

C'est une lettre absconse et confuse, délirante à certains égards mais qui lui fait l'effet d'un coup à l'estomac. La moiteur soudaine de ses aisselles dégage une odeur rance, sa bouche s'assèche comme si la salive, en s'évaporant, avait laissé place à tous les déchets organiques et les relents fétides qui restent normalement calfeutrés. Comme si, finalement, son corps était en train de pourrir à l'intérieur et que l'odeur de sa décomposition cherchait à s'échapper à tout prix.

Jamais François Gabory ne s'était dit qu'il avait usurpé sa place. L'époque n'était pas la même. On payait autrement ses fautes et ses erreurs. Les mots de sa mère à sa sœur étaient restés gravés dans sa mémoire : « L'empêcher de rester député, c'est ce qui lui fera le plus mal. » C'était un truc de femmes, il ne s'en était pas mêlé. Ça lui avait profité et, c'est vrai, il ne s'en était jamais plaint. Mais c'était le hasard. Rien que le hasard. Ça ne pouvait pas être autre chose.

François Gabory n'a jamais rien demandé à personne. Il ne doit rien à personne, sauf à elle, cette vieille femme qu'il a aimée comme personne et à qui il faudra bientôt dire adieu.

37

16 mars 2020

Il ne s'aventure pas souvent de ce côté de l'open space. Le service International est un service à part, qui n'aime pas trop qu'on marche sur ses plates-bandes. Les journalistes qui en font partie méprisent le reste de la rédaction, et particulièrement les confrères qui s'occupent de politique, et qui constituent l'autre seigneurie du journal. Les reporters qui parcourent le monde, de guerre en guerre, de catastrophe en catastrophe, d'élections en élections, trouvent mesquine et indigne la chronique de la conquête du pouvoir et de son exercice dans cette toute petite France qu'ils jugent si médiocre. Roland Fourgue partage parfois leur avis, mais il ne les aime pas, et moins il a de relations avec eux, mieux il se porte. Dans une rédaction de plus de deux cents journalistes, il n'est pas difficile de s'éviter.

Mais il est là, les bras posés sur la console marquant l'entrée de leur territoire, à observer Marc Moncel, qui, seul à son bureau, tape sur son clavier. Sentant une présence, Moncel lève des yeux écarquillés vers Roland Fourgue.

— Tu as ton visa ? demande-t-il en souriant.

Roland Fourgue lui répond en lui présentant la paume de sa main :

— Tu as deux minutes ?

— Bien sûr, cher Roland. Qu'est-ce qui t'amène ? Tu ne travailles plus sur cette belle histoire de mœurs que nous offre la politique française ?

— On n'arrive à rien. Gabory est terré on ne sait où, en plus il a perdu sa mère... Et Claire Bontems refuse d'en dire davantage pour le moment. À part ça... Ton papier sur le Nicaragua, cette boîte qui utilisait les données personnelles des gens pour faire du marketing politique ?...

— Oui ?

— C'est bouclé, ton enquête ?

— Presque, pourquoi ? Tu as été nommé à la rédaction en chef, pour faire le flic comme ça ?

Roland Fourgue l'observe, narquois. Marc Moncel essaie de se contenir avant de lui répondre :

— Tu sais, ou tu ne sais pas, d'ailleurs, qu'enquêter sur le Nicaragua sans être sur place, c'est pas simple. Si on était il y a encore cinq ans, j'y serais déjà depuis dix jours. Mais ces messieurs du contrôle de gestion sont passés par là. Alors je dois tout faire à distance et me baser sur un fixeur que je connais à peine pour ce qui doit être fait depuis là-bas. Bref, ça prend du temps.

Roland Fourgue sourit.

— Tu ne crois pas que personne n'en a rien à battre, du Nicaragua ?

— Écoute, répond Marc Moncel en tentant de

rester calme, si tu es venu chez moi pour chier sur mon paillasson, autant que tu t'en ailles.

— Tu ne crois pas que ce serait plus sexy, ton histoire, si ça avait lieu en France ?

Cette fois, Marc Moncel se lève de son bureau. Il se met en face de Roland Fourgue, son visage à quelques centimètres de celui de son collègue. Moncel fume trop et il doit avoir des aigreurs d'estomac. Résultat : il a une haleine irrécupérable. Une petite goutte de sueur perle sur son front.

— Tu me prends pour un con, Marc ? reprend Roland Fourgue. Tu comptais m'en parler quand ?

— Allez, viens, on va au café en bas, répond Marc Moncel en lui attrapant le bras. Je t'offre une bière.

Roland Fourgue regarde l'heure sur la Swatch à son poignet : 17 h 10. Un peu tôt pour l'apéro, mais impossible de refuser. Moncel est aussi une espèce d'alcoolique triste et rétro qui ne conçoit pas un bouclage sans une pinte ou deux.

Us descendent jusqu'au Tournesol, où ils s'installent dans le fond, à l'abri des regards.

— Je connais ta source, Marc. Je sais que le Nicaragua, c'est juste L'*antipasti.* J'imagine qu'elle te l'a dit.

— Elle me l'a dit.

— Et tu ne t'es pas dit : « Comme ça concerne la politique, je vais en parler à mon vieux collègue Roland et on va peut-être pouvoir bosser à deux là-dessus. »

— Non, je ne me suis pas dit ça. Tu sais que je n'aime pas travailler avec quelqu'un d'autre.

— On tient possiblement le scoop du siècle, Marc. Ça vaut peut-être le coup que tu me dises ce que tu sais. Tu l'as rencontrée comment, Leonore Sintermann ?

— J'aime beaucoup le « on »..., répond Marc Moncel. C'est surtout moi qui tiens le scoop du siècle, Roland. La petite Sintermann, je ne l'ai jamais rencontrée. Mais j'ai discuté avec elle. Beaucoup. Tous les jours, ou presque, pendant deux semaines. C'est elle qui m'a contacté. Elle m'a dit qu'elle lisait *Le Temps* depuis toujours, et particulièrement mes papiers, et qu'elle voulait quelqu'un de sérieux pour entendre ce qu'elle avait à dire.

Marc Moncel rougit de plaisir. Il aura bientôt 56 ans, il a reçu le prix Albert-Londres à 39 ans pour une enquête sur le financement des attentats du 11 Septembre, il est le chef du service International d'un des plus grands quotidiens européens, mais il aime toujours autant qu'on lui dise qu'il est le meilleur. Un gamin.

— Elle s'est dit que j'étais le bon interlocuteur, poursuit-il. Et elle a commencé à se confier. Je l'ai laissée venir, petit à petit. Ce qui m'étonne, c'est qu'elle t'ait contacté, toi aussi. Ça ne cadre pas du tout avec ce qu'elle me disait. Elle avait un petit côté parano. Elle voulait qu'on utilise des messageries cryptées. Elle voulait être sûre que je ne sortais rien avant que je le lui dise... Bref. Je suis un peu sur le cul, pour tout te dire.

Roland Fourgue a un petit sourire idiot. Ça lui fait plaisir de se payer la tête de Marc Moncel. Il a presque envie de lui mentir, de lui raconter par le menu ses conversations imaginaires avec Leonore Sintermann. Mais il préfère jouer franc jeu.

— Je te rassure, Marc. Je n'aurais jamais dû entendre parler de cette femme. Mais le monde est petit. Elle a fait ses études avec Grégoire Castelli, le conseiller de

Gabory. C'est lui qui m'a contacté. Il m'a dit que Leonore Sintermann avait décidé de quitter la France, et de couper les ponts avec tout ce qui pouvait la ramener à Box Vox. Mais qu'avant ça elle avait laissé quelques mines prêtes à exploser. L'une de ces mines, c'est toi, j'ai l'impression. Personne ne s'offusquera que des élections aient pu être manipulées au Nicaragua. Mais ici, ce sera différent. Ce qu'on doit montrer, c'est qu'ici aussi Box Vox a fait des dégâts. Et pour ça, tu as besoin de moi.

— De quels dégâts tu parles, puisque tu connais si bien le dossier ?

— De la réputation de Gabory. Tu sais, le « président pervers ». Tout ça a été construit par Box Vox.

— Et tu tiens ça de Castelli, qui est le plus proche conseiller de Gabory... qui n'a donc aucun intérêt personnel à te faire croire ça, ironise Marc Moncel. Tu as perdu ta carte de presse ? Tu es rentré dans l'équipe de Gabory ? Fais gaffe, Roland, quoi qu'ils t'aient promis, tu ne l'obtiendras pas. Il ne sera pas élu, le « président pervers » !

Marc Moncel se marre sans discrétion, vautré sur sa chaise. Il porte la pinte de Leffe à ses lèvres.

— Oui, elle m'a parlé de Gabory, la petite Sintermann, reprend Moncel. Mais je vais te dire, Roland : la France, ce n'est pas le Nicaragua. Si on accuse une boîte d'avoir manipulé l'opinion, encore faut-il avoir des billes. Du concret. Et je bute là-dessus, mon cher ami. Ce qui m'intéresse, ce n'est pas de servir les intérêts de Gabory en allumant des contre-feux. Ce qui m'intéresse, c'est une forme de vérité.

— C'est là où je peux t'aider.

Roland Fourgue sort son téléphone portable, branche le casque et tend les écouteurs à Marc Moncel. Il a déjà écouté dix fois l'enregistrement. Il le connaît par cœur, ou presque, et s'amuse de l'expression qu'il lit sur le visage de Moncel, un mélange d'ébahissement et d'allégresse, à mesure que s'élèvent les voix de Leonore Sintermann et de Grégoire Castelli.

CASTELLI : Si je te suis bien, Box Vox a fourni à Claire Bontems des informations très précises sur des profils Facebook à cibler prioritairement et leur a envoyé des messages personnalisés ?

SINTERMANN : C'est ça.

CASTELLI : Mais y a rien d'illégal là-dedans ?

SINTERMANN : C'est là où ça se corse. Les internautes pour lesquels on a collecté des informations n'avaient pas donné leur autorisation à Facebook. Techniquement, ce n'est pas légal.

CASTELLI : C'est pourtant la base de l'objet social de ta boîte, si j'ai bien compris. C'est pas un peu gênant, ça ?

SINTERMANN : L'objet social de notre entreprise, c'est de faire du ciblage marketing extrêmement pointu grâce aux données récoltées sur Internet, notamment sur les réseaux sociaux. Modéliser des comportements, influencer les décisions et les actions. Ça, ce n'est pas illégal.

CASTELLI : Qu'est-ce qui est illégal, alors ?

SINTERMANN : La façon dont on collecte les données peut éventuellement l'être.

CASTELLI : Et ça l'a été ?

SINTERMANN : Ça a pu l'être, oui. Ça ne nous gênait pas quand on opérait dans des pays où le système juridique était, disons, plus défaillant qu'ici. C'est plus gênant ici.

CASTELLI : Tu n'as pas l'air convaincue ?

SINTERMANN : Légal ou illégal, ce n'est pas tellement ce qui m'a éloignée de Johanna et de Box Vox. Je considère qu'on peut franchir les limites si la cause est juste.

CASTELLI : Et la cause ne l'est pas ?

SINTERMANN : Mettre fin au patriarcat, c'est une cause juste. Assouvir une vengeance personnelle, ça ne l'est pas.

CASTELLI : Qui assouvit une vengeance personnelle ?

(Un silence.)

SINTERMANN : En tout cas, les ressources de Box Vox ont été utilisées et détournées pour torpiller François Gabory, oui, clairement.

CASTELLI : Pour diffuser des *fake news* ?

SINTERMANN : Oui.

CASTELLI : Pour les fabriquer, aussi ?

SINTERMANN : Le *shitstorm*[1] n'est jamais une œuvre individuelle. Il y a une meute de gens qui se lâchent quand on leur en donne l'occasion. Mais il faut un chef de meute.

(Un silence.)

SINTERMANN : C'est la dernière fois qu'on se voit, Grégoire, avant longtemps. Très longtemps. J'aimerais bien en profiter plutôt que de parler de tout ça, encore et encore.

1. Littéralement, « tempête de merde ». L'expression s'emploie quand une personne subit des critiques en masse sur les réseaux sociaux.

La conversation laisse ensuite la place à des bruits de succion, des soupirs, des halètements. Grégoire Castelli n'a même pas pris la peine de couper le fichier. Il l'a donné tel quel.

— On sent presque l'odeur de la chatte, lance Marc Moncel en enlevant les écouteurs. Quel bâtard, ce Castelli. On va être obligés de bosser ensemble, j'en ai peur.

Roland Fourgue sourit avec satisfaction et range son casque dans la poche de son blouson.

— Eh bien, on va peaufiner tout ça et en parler à Drouot. On signe à quatre mains, dans l'ordre alphabétique, évidemment.

38

17 mars 2020

Elle a eu du mal à trouver l'endroit. Ils y venaient souvent, pourtant, quand ils étaient enfants, François et elle, lorsque son grand-père les emmenait à la pêche à pied. Ils faisaient toujours un festin avec ce qu'ils avaient ramassé. Elle se souvient aussi de ces frites sculptées qui l'émerveillaient sans qu'elle sache pourquoi, de la joie à voir sa grand-mère manier le couteau quand elle disait : « Je veux quelqu'un qui rit », ou « Fais-moi une étoile, Mamie ». Les visites de ses grands-parents à la maison avaient toujours un goût de fête.

Quand elle y pense, ce sont peut-être les seuls souvenirs heureux qu'elle ait avec son frère ; parce qu'elle s'est sentie aimée de ses grands-parents, parce que avec eux elle n'a jamais eu la sensation d'être la seconde, celle qui venait toujours *après.* À vrai dire, Catherine Lengrand n'a pas de meilleur souvenir de son enfance que ces escapades loin du huis clos avec sa mère et son frère.

Elle marche sur une grève où les galets martyrisent ses semelles. Elle se demande à quel endroit ils pouvaient poser leurs serviettes. L'eau est vaseuse et elle ne sait pas où exactement elle allait se baigner. Elle se souvient vaguement d'avoir marché sur cette tourbe mais elle regarde les paysages heureux de son enfance avec effroi. Rien ici ne respire le bonheur ni la joie. C'est un cul-de-sac où plus personne ne vient, à proximité d'un terrain vague sur lequel campent des caravanes. Ce sont peut-être les mêmes qu'à l'époque. Il y en avait aussi. Pas grand-chose n'a changé. C'est elle qui a changé.

Le bourg est resté le même, avec son moulin à marée et la cale d'accostage. Ils allaient déjeuner dans le restaurant. Elle s'approche mais il n'y a plus de restaurant. Il y a des vitres brisées et des portes condamnées par des parpaings. Les cris des goélands à la nuit tombée achèvent de plonger le lieu dans une atmosphère lugubre où elle espère engloutir les relents d'une injustice qui est en train de s'éteindre.

La conversation avec Roland Fourgue, le matin même, a été brève. Il est entré directement dans le vif du sujet.

— Est-il exact que vous travaillez avec une agence nommée Box Vox ?

Une petite lumière rouge s'est tout de suite allumée dans sa tête. Mais Catherine a l'habitude. Elle connaît les règles du métier. Ne jamais mentir, sans forcément tout dire.

— C'est une information confidentielle. On n'est pas encore officiellement en campagne. On n'a pas à donner le nom de tous nos prestataires. Mais tout est en règle, Roland, si c'est ça qui t'inquiète : on a un budget, des factures, tout cela sera déclaré si la commission des comptes de campagne le demande.

— Je vois, a-t-il répondu sèchement. Quelles missions assure Box Vox pour vous ?

— Roland... C'est quoi, ces questions ? C'est quoi, ce ton que tu emploies ? J'ai l'impression d'être en garde à vue. Je prépare l'enterrement de ma mère, qui a lieu demain. Ce n'est pas une période agréable. Ça ne peut pas attendre mon retour à Paris, ton histoire ?

— J'aimerais mieux pas.

— Eh bien, ça attendra quand même. Tu ne crois pas qu'il y a des sujets plus urgents ? D'ailleurs, si tu as des questions pour mon frère, qui est accusé de viol, je te le rappelle, je peux les lui transmettre. Je le vois demain.

Au loin, quelques casiers sont bringuebalés par la brise et le courant. Elle repense à cette conversation, à cette façon qu'ont les hommes de se serrer les coudes, à cette capacité qu'ils ont à emporter dans leurs combats d'arrière-garde des femmes trop scrupuleuses et trop influençables. Elle l'avait dit à Johanna, depuis longtemps : Leonore Sintermann finirait par parler. Ça ne peut être qu'elle derrière tout ça.

Le vent siffle dans ses oreilles. Elle cherche un coin pour s'abriter mais il n'y a que ce vieux restaurant abandonné. Elle s'adosse au mur, sous le porche. Elle a décidé de l'appeler, l'appréhension lui tord le ventre. Elle n'a jamais particulièrement apprécié Johanna Sargent, mais au moins ont-elles un combat commun.

D'habitude, la voix de la jeune femme est ferme et assurée, conquérante et posée, avec ce petit air de supériorité insupportable. La voilà qui hésite, balbutie.

— Il y a un journaliste qui m'a appelée. Je ne sais pas comment il a eu mon numéro.

On dirait une adolescente prise en faute par sa mère parce qu'elle est rentrée plus tard que prévu d'une fête chez sa meilleure amie.

— Il ne faut pas chercher trop loin, répond Catherine. C'est Leonore qui est en train de tout déballer. C'est vraiment pas le moment. On est dans une bonne séquence. La presse est en train de dégommer Gabory. Il ne faudrait pas qu'elle ait un autre os à ronger.

— Je n'ai rien dit.

— Moi non plus. Mais tu ne connais pas la presse. Johanna, quand ils cherchent, ils finissent par trouver.

Il lui semble que Johanna veut dire quelque chose, mais elle se rattrape au dernier moment.

— Ils savent comment s'engouffrer dans toutes les brèches qu'on leur offre, reprend Catherine Lengrand. Ils peuvent retourner l'opinion et faire d'un violeur une victime.

— La presse n'est pas l'opinion, Catherine.

Combien de fois avaient-elles déjà eu cette conversation ?

Combien de fois Johanna l'avait-elle fait passer pour une *has been,* tout juste bonne à parler en off aux journalistes pour faire passer des messages et des éléments de langage qu'ils reprendraient – ou pas ? Combien de fois Johanna avait-elle assuré que le métier de conseillère en communication ne consistait pas à déjeuner et à dîner avec des journalistes, comme si c'était à ça que Catherine passait ses journées ? Catherine Lengrand n'avait pas de compte Facebook. « Comment peux-tu travailler sans être là où sont trente millions de Français ? » lui avait demandé Johanna si souvent de façon péremptoire, parfois même devant Claire Bontems.

— Arrête avec tes leçons, Johanna. C'est fini, ça. Je regarde les réseaux sociaux comme toi. Il n'y a plus de frontières. Pour le moment, tout va bien. Mais si la presse s'intéresse à Box Vox, il ne peut rien en sortir de bon. Mon rôle, c'est de protéger Claire. Elle ne peut pas se permettre d'être associée à ces pratiques. Donc je veux être franche avec toi : oui, il y a un contrat entre Claire Bontems et ta société. Mais jamais, au grand jamais, Claire ni quiconque de son équipe de campagne n'a été au courant de tes méthodes.

Elle entend un rire forcé.

— Ce sont tes prochains éléments de langage, hein, c'est ça ? Tu veux que je prenne tout sur moi ?

— Si ça sort, Claire va se faire pourrir. Alors soit tu prends tout sur toi, en effet, soit tu l'emmènes avec toi au fond du trou. À quoi ça aura servi de se débarrasser de François si c'est pour que quelqu'un d'autre ramasse la mise, Johanna ?

Elle s'assoit sur un banc en face du bâtiment en ruine. Elle a hésité à venir à l'enterrement, mais elle est là, finalement, prête au combat. Elle sait que François y sera aussi, malgré la tempête à laquelle il fait face. Elle se dit que s'il le faut, si le viol de Claire ne suffit pas, si la presse finit par sortir quelque chose sur Box Vox et qu'elle remet son frère en selle, elle sortira de l'ombre elle-même. Elle veut bien se sacrifier pour être sûre qu'il ne se relèvera pas.

39

17 mars 2020

La petite fille, face à laquelle elle s'est accroupie, ne lui accorde plus aucun regard. Elle semble fascinée par la lumière de la caméra braquée sur elle, derrière Claire Bontems. On dirait un gibier rabattu dans une clairière et qui observe ses futurs bourreaux sans deviner encore leurs intentions.

— Tu t'appelles comment ?

La petite fille baisse les yeux et murmure sans que personne comprenne.

— Elle s'appelle Samantha, dit une femme à côté de Claire Bontems. Elle est là depuis six mois. Elle parle déjà bien le français. Son père est mort au Soudan. Elle est avec sa mère, et une tante.

L'appartement pue le renfermé. Les vêtements sales jonchent le sol, à côté de la vaisselle en plastique jetée près de la poubelle. Dans un coin, derrière le cameraman, une jeune femme dépassée par les événements est assise, sourire figé aux lèvres, mains jointes sur les genoux. Personne ne semble lui prêter attention.

— Tu as quel âge ?

Samantha articule avec peine une réponse qui reste suspendue dans le vide. Après quelques secondes, la femme traduit pour elle :

— Elle a 7 ans. Elle apprend à lire.

Claire Bontems se tourne vers la femme qui lui sert de guide dans cet appartement de misère. La quarantaine, sans maquillage, un jean ordinaire et un pull sans originalité, sans chichis. Nora a fondé cette association d'aide aux devoirs pour les familles en perdition du 18e il y a trois ans. Elles sont trente-cinq maintenant, uniquement des femmes, qui espèrent sortir ces pauvres gamins de la misère intellectuelle en leur faisant lire les aventures d'Ariol ou n'importe quelle autre histoire écrite pour des gosses de bobo.

— Elle sait qui je suis ? demande Claire Bontems.

— Bien sûr. On lui a parlé de vous, avec les filles de l'association. C'est formidable, en tout cas, ce que vous faites. Ça change des mecs, sourit-elle.

Claire Bontems sent son téléphone vibrer dans sa poche. Elle ne s'en préoccupe pas, poursuit la conversation.

— Tu aimes lire ? demande-t-elle en s'adressant à Samantha.

La petite fille hoche la tête.

— Tu lis souvent ?

— Parfois, quand je suis à l'école.

Le téléphone vibre encore. Elle choisit de l'ignorer une nouvelle fois.

— Mais toi, tu aimes ça, lire ? Tu as des livres que tu peux lire, ici ?

La petite fait non de la tête, comme si elle s'apprêtait à se ramasser une torgnole.

— Un magazine, ou quelque chose ?

Non.

— Tu as des jouets ? Des choses avec lesquelles tu peux t'amuser ?

Non.

— Tu as des stylos, des crayons pour colorier ?

Non.

Cette gamine n'a rien, ne possède rien.

Le téléphone, encore. Claire Bontems, agacée, le sort de sa poche, et voit les trois appels manqués. Tous émanent de Johanna. Claire Bontems donne à la petite Samantha quelques stylos Bic sur lesquels elle tombe en fouillant la poche de sa veste à la hâte, mais n'écoute déjà plus. Elle a la chair de poule, le visage un peu figé.

— Ce sont des éponges, à cet âge-là, constate Nora. Parler aussi bien après six mois... Il y a parfois des manques sur le vocabulaire, mais c'est impressionnant.

Claire Bontems hoche la tête. Nora continue de lui parler, puis au bout de quelques secondes, elle s'esquive en lui disant : « Excusez-moi, une petite urgence, je reviens. » La conseillère qui l'accompagne et le cameraman, un freelance engagé pour la journée, l'interrogent du regard.

Elle sort de l'appartement, descend l'escalier en plaçant les écouteurs au creux de son oreille. Johanna ne l'appelle jamais à l'improviste. Elle n'insiste jamais si Claire ne répond pas. Elle sait déjà que quelque chose ne va pas. Elle s'engouffre dans le local à poubelles. Ça sent la javel et les vieux détritus. Elle lance l'application Signal. Deux mots s'affichent, qu'elle répète : « *happy parrot* ». Elle voit Johanna hocher la tête sur l'écran. L'inquiétude se lit sur son visage, grave et fermé, qui contraste avec cette photo de profil où elle a l'air si conquérante.

Cette fille la fascine depuis le premier jour, depuis leur rencontre à Beyrouth, quelques mois après le référendum sur le Frexit. Elles s'étaient retrouvées côte à côte lors d'un dîner donné par l'ambassadeur, à la résidence des Pins. Claire Bontems était intervenue l'après-midi même lors d'un forum sur la condition des femmes au Moyen-Orient. Johanna Sargent, elle, était restée évasive sur les raisons de sa présence dans la capitale libanaise, dont était originaire sa mère, mais Claire Bontems avait cru comprendre qu'elle cherchait des fonds pour développer son entreprise. C'était la première fois qu'elle remettait les pieds dans le pays depuis près de vingt ans. Elle était accompagnée par un banquier d'affaires, Romain Daumas.

Là, dans le crépuscule et la moiteur d'un été déclinant, l'ambassadeur avait réuni une grande tablée qui s'était livrée à une véritable bataille autour du féminisme occidental.

— J'ai écouté attentivement votre intervention cet après-midi, lors du forum, avait assuré une superbe jeune femme aux yeux bleus, habillée à la garçonne, prénommée Félicie. Je crois que votre parallèle entre la situation dans les pays arabes et la situation en France est indécent. Les féministes dans notre pays sont à côté de la plaque, à les entendre on a l'impression qu'on vit encore sous l'emprise de la domination masculine. Or l'égalité chez nous est presque devenue la norme. Ce n'est pas forcément le cas ailleurs. L'intransigeance des féministes du XXIe siècle aboutit aux dérives de #MeToo[1], que nous constatons toutes et tous : un homme ne peut plus aborder une femme sans se demander s'il ne va pas se retrouver avec une plainte pour harcèlement. Je ne dis pas qu'une main au cul, c'est toujours agréable, mais enfin, ça n'a jamais tué personne. Entre ça et un viol ou un meurtre, il faut tout de même savoir faire une hiérarchie.

Claire Bontems n'avait même pas eu besoin de répondre. Johanna Sargent s'en était chargée à sa place, avec le calme et l'application d'une tueuse à gages qui ne laisse aucune chance à sa victime. Elle avait tiré la première balle :

— Vous trouvez les féministes trop méchantes, hein ? Mais pourquoi faudrait-il un féminisme gentil, tout doux, attentionné, bref avec toutes ces qualités que les hommes aiment prêter aux femmes ? Non, le féminisme, c'est exiger des droits équivalents à ceux des hommes. Exiger, pas demander. Parce que si on demande poliment, on n'obtient rien. Il faut des luttes, il faut du sang, de la sueur, des larmes pour se sortir de sa condition de dominée. Le féminisme est nécessairement radical et tant pis si ça fait peur aux hommes. Si la peur peut être un peu plus partagée, moi je suis pour...

L'ambassadeur avait désamorcé la tension en

1. Le mouvement #MeToo est à l'origine une campagne lancée sur Twitter en octobre 2017 par l'actrice américaine Alyssa Milano, après la révélation des enquêtes accusant Harvey Weinstein, un producteur de cinéma, d'agressions sexuelles. L'objectif était d'inciter les femmes à raconter les violences sexuelles qu'elles ont subies, pour montrer à quel point ces violences sont ordinaires. Le #MeToo s'est diffusé à travers de nombreux pays, y compris en France avec le #BalanceTonPorc.

assurant qu'il se sentait « parfaitement en sécurité » et avait demandé l'autorisation de leur jouer un petit intermède musical. Sous ses dehors de diplomate un peu coincé, malgré son costume en lin et ses lunettes en cul-de-bouteille, il leur avait chanté « Un jour en France », de Noir Désir, en massacrant sa guitare électrique.

FN Souffrance
Qu'on est bien en France
C'est l'heure de changer la monnaie
On devra encore imprimer le rêve de l'égalité
On ne devra jamais supprimer celui de la fraternité
Restent des pointillés yeah, yeah, yeah

— Une petite provocation, monsieur l'ambassadeur ? avait souri Johanna une fois la dernière note achevée.

Épongeant son front à l'aide d'un mouchoir à carreaux tout droit sorti des années 1980, il s'était assis à côté d'elle, visiblement content de lui.

— Je n'ai jamais fait mystère de mes opinions politiques, mademoiselle. Si le pouvoir est fascisant, je ne serai pas son représentant. Le président le sait, la Première ministre le sait. Les ministres du Rassemblement national dégageront avant que je rende mon tablier.

Johanna lui avait touché le bras, comme on le fait avec une personne fragile à qui on s'apprête à annoncer une nouvelle désagréable.

— Je ne parlais pas de ça. Être antifasciste, ce n'est pas à proprement parler ce que j'appelle faire de la provocation, c'est devenu extrêmement banal et pas vraiment héroïque. Je parlais du fait de reprendre la chanson d'un assassin[1] alors qu'on a passé une bonne partie de la soirée à parler des droits des femmes.

L'ambassadeur, pris de court, s'était décomposé. Claire Bontems se souvient de s'être dit qu'il n'avait sans doute même pas pensé au rapprochement opéré par Johanna. Félicie, la jeune femme aux yeux bleus, était venue à son secours.

— Vous voyez, c'est ce qui me gêne avec vous, les féministes. Tout est interprété à l'aune de la relation homme-femme, même une chanson politique qui ne dit rien de cela, mais qui exprime un engagement pour des valeurs. Vous jugez, toujours, en permanence et vous distribuez les anathèmes ou les excommunications. Ne comptez pas sur moi pour défendre Cantat. Mais laissons-le au moins exprimer librement ses opinions.

C'est là que Johanna avait tiré la seconde balle.

— Le féminisme est une idéologie, oui. Comme le communisme, comme le libéralisme, l'anarchisme, le gaullisme, tout ce que vous voudrez. Le triolisme, même, si ça vous chante. C'est une grille d'analyse de la réalité qui suppose qu'il faut établir l'égalité entre les hommes et les femmes. Ça n'a rien à voir avec la gauche et la droite, rien à voir avec rien, en fait. Le féminisme vise à proposer une alternative à la réflexion dominant-dominé qui passe principalement par les classes sociales. Mais faisons une hypothèse :

1. Johanna fait allusion à l'ancien chanteur de Noir Désir, Bertrand Cantat, connu pour ses prises de position de gauche, et qui a tué sa compagne, Marie Trintignant, à Vilnius (Lituanie) à l'été 2003. Condamné à huit ans de prison, il a aujourd'hui purgé sa peine. La chanson « Un jour en France » est sortie en 1996.

et si cette lutte des classes, inventée par des hommes, je le rappelle, avait été théorisée pour que les hommes puissent se combattre tranquillement entre eux, avec chacun en appui les femmes de « leur » monde, de « leur » classe, de leur « milieu » ? Le Grand Soir a toujours mis de côté la condition des femmes, comme si elles avaient intériorisé l'idée que cette question était secondaire par rapport aux autres, comme si dans le nouveau monde promis aux travailleurs, elles devaient rester reléguées à un rang subalterne. Le féminisme nous sort de tout ça. C'est pas trop tôt : on est au XXIe siècle, non ? Voilà ce que doit être la gauche aujourd'hui.

Claire Bontems et Johanna Sargent avaient terminé la soirée un peu à l'écart du groupe, comme deux amies qui se retrouvaient après une trop longue absence, dans l'ivresse d'une bouteille de Clos-Saint-Thomas. Johanna lui avait confié qu'elle avait levé ici à Beyrouth plusieurs millions d'euros pour donner un coup d'accélérateur à son entreprise. Elle lui avait dit qu'elle pourrait l'aider quand elle se lancerait à l'assaut de l'Élysée. Et c'est ce qu'elle avait fait.

Sur l'écran du téléphone de Claire Bontems s'affiche maintenant le visage d'une Johanna Sargent alarmée.

— Excuse-moi de te déranger, Claire. Il y a une urgence. Leonore a parlé à la presse. Catherine a reçu des appels. Moi aussi.

— Des appels de qui ?

— Des journalistes du *Temps.* Roland Fourgue.

— Quel type de questions ?

— Si Box Vox travaille avec toi, quel type de

missions, etc. Je ne sais pas exactement ce qu'ils savent. Mais on peut s'en douter.

Claire Bontems peut sentir le tremblement dans la voix de Johanna. De l'inquiétude. De la colère aussi. Claire adore cette femme. Elle éprouve pour elle un mélange de tendresse et d'affection, elle est aimantée par sa beauté et son arrogance. C'est une femme d'affaires impitoyable, portée par des convictions inébranlables et une colonne vertébrale idéologique extrêmement solide, mais par certains côtés, c'est encore une gamine qui n'a jamais supporté de partager l'affection de Claire avec Catherine.

— J'ai eu Catherine au téléphone. Elle est prête à me lâcher pour te préserver si ça va plus loin, assure Johanna d'une voix glaciale.

Claire Bontems fixe la jeune femme. Elle se souvient d'elle, adossée au mur, les doigts serrés autour d'une tasse jaune et rouge, dans sa chambre d'hôtel à Beyrouth, le silence entre elles qu'elle aurait voulu prolonger, et prolonger encore. Elle avait croisé les jambes. Elle lui avait souri. Ça lui avait suffi. Elles s'étaient embrassées. C'était la première, et la seule fois que Claire avait caressé le corps d'une femme. Elles avaient parlé toute la nuit, elles avaient esquissé le plan de leurs futures conquêtes.

Quand elles s'étaient retrouvées, quelques jours plus tard, à Paris, elle lui avait montré tout ce qu'on pouvait faire avec Facebook. Elle lui avait expliqué :

— Tu connais tous ces tests de personnalité : « Que serez-vous dans dix ans ? », « Quel animal dangereux êtes-vous ? », « Que dit la boule de cristal de vous ? », « Quel est votre plus vilain défaut ? » Je pourrais continuer la liste pendant des heures. Certains utilisateurs de Facebook passent leurs soirées à cocher des cases pour tuer le temps. Personne ne prend ça vraiment au sérieux. C'est un psychologue, un ami à moi, qui a mis les tests au point, *via* une société qui s'appelle Ask. Ç'a été un carton phénoménal. Rien que sur le marché français, les tests ont été effectués par des centaines de milliers de profils. Certains les ont passés de manière compulsive. Ceux-là, on les connaît mieux que leur propre mère. Ces données, c'est un trésor inestimable, revendable à prix d'or à n'importe quel annonceur. Elles sont à ta disposition.

Lorsque Claire Bontems, appuyée par Catherine Lengrand, avait donné son feu vert, Johanna Sargent avait mis en secret une équipe de trois développeurs, les meilleurs, qu'elle avait surpayés, sur une amélioration des quiz. Pour aller encore plus loin. Le quiz avait commencé à demander – et à obtenir, personne ne lit les conditions d'utilisation – l'autorisation de télécharger les données des amis Facebook de tous ceux qui avaient effectué les tests. Cela avait été exponentiel. Il y avait quelque chose comme 15 millions de profils dans la base de Ask, dont on connaissait toute l'activité Facebook. Même s'ils n'avaient pas passé les tests, Ask réussissait à savoir qui ils étaient, grâce aux *likes*, aux commentaires, aux pages suivies, aux parcours de navigation. Le psychologue avait réussi à élaborer un modèle qui décomposait les profils Facebook en fonction de tout cela. Avec dix *likes*, il vous connaissait mieux que vos collègues. Avec cent *likes*, mieux que votre mère. Avec trois cents *likes*, mieux que votre conjoint. Il était possible de cibler très précisément les personnes à qui on envoyait des messages, et d'adapter ces messages en fonction de la cible.

— Tu auras un coup d'avance en permanence, avait exulté Johanna. Ce qui imprime en politique, sur la durée, c'est les messages simples. L'homme politique, la femme politique aussi, même si les gens sont moins habitués, est devenu une « pollution », au JT, dans les *timelines*, sur les smartphones. Quand un politique surgit, les gens le zappent, le masquent ou ils vont aux chiottes. La seule chose à faire, c'est répéter, répéter des messages simples et courts. Plus vous les répétez, plus il y a de chances que les gens les retiennent. Je te donne un moyen de diffuser ce message le plus efficacement possible et de l'adapter au profil de chacun. À toi de trouver le bon message, avec le bon positionnement.

Catherine avait défini la thématique de la plupart des messages et en avait rédigé elle-même un certain nombre, qui avaient fait l'objet de *dark posts*[1] sur Facebook. Elle avait validé des montages photo.

— Je ne vais pas me laisser faire, poursuit Johanna. Je n'accepterai pas que la réputation de Box Vox soit détruite à cause des caprices de ta conseillère.

Il y avait eu une sorte de magie entre Claire Bontems et Johanna Sargent, la magie d'une nuit qui s'était prolongée dans la poursuite d'un objectif commun : arracher le pouvoir aux hommes, et transformer la société. Était-ce terminé ?

— Ça n'ira pas plus loin, répond Claire Bontems.

1. Ce sont des « publications de page non publiées », selon la terminologie officielle de Facebook. Il s'agit d'un post émis par une page Facebook mais qui n'apparaît pas sur cette page Facebook. Le message apparaît uniquement dans la *timeline* des personnes ciblées. Si on veut prouver qu'il a été envoyé, on ne pourra pas le faire en remontant l'historique des posts de la page émettrice. Il faudra avoir une capture d'écran de la *timeline* de la cible.

Elle regarde sa montre. Elle doit remonter.

— Méfie-toi de Catherine, assure Johanna. Elle t'a fait aller sur des chemins qui ne mènent nulle part. Je voulais défendre quelque chose de noble, moi.

Claire Bontems raccroche et remonte les escaliers quatre à quatre. Elle arrive à l'appartement, essoufflée. Elle a l'impression que plusieurs heures ont passé quand elle retrouve tout le monde autour de la petite Samantha. Elle s'agenouille auprès d'elle, lui tend la main.

— J'ai été heureuse de faire ta connaissance, Samantha.

La petite esquisse un sourire, se dandine et regarde le sol. Sa main est moite, molle. Elle a l'air de vouloir disparaître dans le sol.

— Je dois malheureusement écourter notre visite, dit Claire Bontems. Une petite urgence familiale.

— Je suis désolée, répond Nora.

— Rien de grave, ment-elle, mais on est maman vingt-quatre heures sur vingt-quatre, n'est-ce pas ?

Elle lui tend la main et part, suivie par la conseillère et le cameraman qui continue à tourner. Dans le hall de l'immeuble, elle agite la main comme pour chasser une mouche qui la dérange.

— Tu peux éteindre ça ?

— Qu'est-ce qui se passe ? demande la conseillère.

Claire Bontems se tourne vers elle. *Rien qui te concerne*, pense-t-elle. Le contrat avec Box Vox est connu uniquement de Catherine et elle.

La portière de la voiture claque. Claire Bontems se retrouve sur la banquette arrière, plongée dans son téléphone portable. Elle fait signe au chauffeur de démarrer. Son reflet dans le rétroviseur lui renvoie l'image des mauvais jours. Elle serre les dents, regarde les passants à travers la vitre teintée et, au bout de quelques minutes, lassée du silence qui règne dans l'habitacle, elle lâche pour elle-même :

— Facebook, c'est bien. Mais il faut qu'on développe les relais physiques comme cette femme, partout. Maintenant que Gabory est *out*, il faut qu'on entre très vite dans la phase 2 de la campagne. Le concret. Le terrain.

40

18 mars 2020

L'estomac cisaillé, la main posée sur l'accoudoir – elle tremble un peu – et le cœur, surtout, qui cogne et cogne sans s'arrêter. Même lorsqu'il s'était retrouvé seul, quelques secondes qui lui avaient paru des heures, dans l'antichambre du Kremlin où on l'avait conduit pour rencontrer en face à face un président russe très peu amène, à l'époque de la crise lettone, François Gabory n'avait pas appréhendé à ce point l'attente.

Viviane lui prend la main.

— Toute cette foule... Quelle horreur, mon Dieu, lâche-t-elle. Quelle horreur.

François Gabory attrape dans le revers de sa veste une boîte d'anxiolytiques, en retire un cachet qu'il fait fondre sous sa langue. Il ne s'habitue décidément pas au goût amer et farineux, mais c'est ainsi, lui a assuré le médecin, que le médicament agit le plus vite. Il se penche, saisit une bouteille d'eau en plastique et en boit une gorgée.

Des images lui reviennent, des images d'un autre

temps, celui où les pleurs étaient tolérés et les angoisses apaisées d'un baiser déposé doucement sur ses cheveux, d'une main qui serrait simplement la sienne. « Reste digne, François, disait sa mère dans ces moments-là. Dans la vie, tu en verras d'autres. »

La voiture est arrêtée. Pour le moment, les journalistes et les curieux sont tenus à distance par quelques policiers qui forment tout autour de la C6 un cordon de sécurité, mais n'empêchent ni les flashs ni les cris. Les images de sa silhouette à travers les vitres teintées, retransmises en direct, font déjà le tour des réseaux sociaux. Il voit une femme en veste de treillis frapper un autre reporter d'un coup de caméra pour se faire une place au premier rang, à trois ou quatre mètres à peine de lui. C'est elle qui s'est approchée le plus près des policiers et, maintenant, il ne peut s'empêcher de fixer ce rictus de haine et de défi qui s'affiche au coin de ses lèvres. Il voudrait ouvrir la portière mais ses doigts restent coincés autour du loquet, incapables de l'actionner.

Il pense aux condamnés à mort qui montent à l'échafaud, insultés par la foule chauffée à blanc. Il n'y a pas d'échappatoire, ni pour eux ni pour lui. Il s'en veut d'infliger tout cela à Viviane. Elle a changé d'avis après quelques jours loin de lui – c'est elle qui a insisté pour être à ses côtés.

— Je ne te laisserai pas gravir le Golgotha tout seul, François. Ce n'est pas la conception que j'ai du mariage et de la fidélité. Souviens-toi : « pour le meilleur et pour le pire ».

La femme en treillis baisse sa caméra, il a l'impression qu'elle va la balancer sur le capot. Il la voit s'agiter comme à travers un miroir sans tain. Elle n'a pas 25 ans, elle gueule et bouscule le service d'ordre. Autour d'elle s'agglutinent plusieurs dizaines d'autres journalistes, contenus à grand-peine. Derrière eux, des dizaines, des centaines de badauds, peut-être. Toute cette foule semble gagner du terrain, seconde après seconde. Il peut distinguer les taches de rousseur de la jeune femme autour de ses yeux et les dents gâtées d'une autre qui, d'une main, tire sur sa cigarette et, de l'autre, brandit au-dessus d'elle son téléphone portable pour tenter une improbable vue plongeante de la berline.

— Je fais quoi, monsieur le président ? demande le chauffeur en se tournant vers lui.

Il n'ose pas le regarder. Il a envie de répondre : « Foncez dans le tas. »

Il dit seulement, d'une voix éraillée :

— Avancez encore un peu. Le plus près que vous pouvez.

L'entrée de l'église est à trente mètres à peine mais il n'a pas la force de les parcourir à pied. Les portes sont grandes ouvertes. À l'intérieur il distingue la masse du cercueil dans lequel repose sa mère. Les rangs sont clairsemés. Ça ne lui aurait pas déplu, elle qui disait souvent : « À mon enterrement, je ne veux voir que des gens qui pleurent. Les autres n'ont rien à faire là. » Il fixe au-dehors un grand barbu habillé d'une doudoune sans manches qui mâchouille un chewing-gum et rit aux éclats avec l'une de ses complices. Jusque dans la mort, il aura échoué à satisfaire sa mère.

— Je ne peux pas aller plus loin, dit le chauffeur.

François Gabory prend une profonde inspiration, serre la main de Viviane et ouvre la portière d'un coup sec. Il sort de la voiture comme s'il se jetait dans le vide, ses jambes tremblent mais continuent de le porter. Une nuée de caméras s'est approchée le plus près possible de lui, comme des vautours sur une carcasse abandonnée. Il les garde à distance, d'un geste de la main, ignore les questions et les invectives pour réciter d'une voix blanche quelques phrases qu'il a préparées pour ne pas se laisser emporter par la colère s'il devait improviser une déclaration.

— Aujourd'hui, j'enterre ma mère, dit-il. Je vous demanderai de respecter ma douleur et celle de mes proches. Je ne ferai donc aucun autre commentaire. Merci.

Il se détourne et baisse le regard. Son œil gauche capte un mouvement dans la foule. Il tourne la tête immédiatement et aperçoit un homme qui tente de sauter par-dessus les barrières de sécurité. Il l'entend crier : « GABORY, EN PRISON ! »

Il est vite ceinturé par les forces de l'ordre. Une clameur s'élève de la foule. Tout le monde est debout, essayant de capter la scène avec un téléphone portable. Une armada de journalistes tente aussi d'immortaliser la scène au plus près, mais l'homme a rapidement été mené à l'écart. Il en sera quitte pour vingt-quatre heures de garde à vue et un quart d'heure de gloire.

Gabory marche rapidement vers l'entrée de l'église où deux policiers sont restés filtrer les arrivées. Les journalistes l'apostrophent mais il n'entend pas les questions, ce ne sont que des voix lointaines et anesthésiées qui rebondissent et s'épuisent contre les parois ouatées de son crâne. À l'abri du silence des pierres ancestrales, des gouttes de sueur perlent sur son front, ses aisselles sont humides comme après une bonne suée. Il est un peu rougeaud, mais il essaie de rester digne. La dignité, c'est tout ce qui lui reste.

Il se mord les lèvres en marchant vers l'autel. Viviane soupire pour elle-même :

— Qu'est-ce que c'était que ce type...

— Un malade, répond François Gabory.

— On n'aura jamais droit à aucun répit.

Elle garde sa main dans la sienne. Personne n'aura réussi à l'empêcher d'adresser un dernier adieu à cette mère qui, au fur et à mesure de son ascension, aimait à lui répéter : « Tu sais, François, la force de ton ambition, tu pourras la mesurer au prix personnel que tu es prêt à payer. »

L'église a des airs de refuge car la presse n'a pas été autorisée à y pénétrer. Il y a beaucoup de personnes âgées dans l'assistance. Par réflexe, il les salue toutes, même celles qu'il ne connaît pas. Certaines refusent de lui serrer la main. Un vieil homme a un rictus de haine qui lui déforme le visage et François Gabory jurerait qu'il est prêt à lui cracher à la gueule. Il y a quelques jeunes femmes aussi, qu'il ne connaît pas. Il se demande ce qu'elles sont venues faire là. Il est déçu, mais pas surpris, de ne pas voir Manon. Elle ne répond plus à ses messages.

Il entend le son lourd de ses pas sur la pierre millénaire et appréhende de voir si Catherine sera là. Plus il s'approche de l'autel, moins ses jambes semblent capables de le porter. La silhouette au premier rang, ce chapeau ridicule, c'est elle, bien sûr, et juste à ce moment-là, Catherine Lengrand se retourne et lui sourit comme pour lui signifier que même dans ce moment d'ultime tristesse, il ne pourra pas ne pas y penser. Il a encore une vingtaine de pas à faire pour se retrouver à côté d'elle lorsque, tout à coup, il aperçoit dans les travées, quelques rangs avant Catherine, Grégoire Castelli et, un peu plus loin, Jean-Pierre Beauvais. Il serre son conseiller dans ses bras.

— Merci d'être là, murmure-t-il. Ça veut dire beaucoup pour moi.

Castelli répond quelques mots convenus et lui glisse à l'oreille :

— Ta sœur a refusé de me serrer la main. Apparemment, il n'y aura pas de cessez-le-feu. Ç'a été, dehors ? C'était quoi, ces cris ?

François Gabory sourit tristement.

Un type qui a tenté de forcer les barrières de sécurité... Il se croit sans doute courageux, en tout cas il sera content de se voir sur BFM...

Castelli consulte aussitôt son téléphone. François Gabory ne lui laisse pas le temps d'aller plus loin et demande :

— On en est où, sur Box Vox ? Ils avancent ?

Son conseiller lui a raconté la visite de Leonore Sintermann. Il ne se fait pas d'illusions, mais à un moment comme celui-là, il a besoin de se raccrocher à quelque chose qui ressemblerait à de l'espoir.

— Je ne sais pas. Fourgue ne répond pas. Je lui ai donné tout ce que j'avais. J'imagine qu'ils fouillent. Ils finiront bien par sortir quelque chose. Espérons que ce soit rapide.

Il se fraie un passage jusqu'à l'avocat. Beauvais l'embrasse sur les deux joues.

— Les plaintes pour dénonciation calomnieuse et diffamation ont été déposées hier soir contre Claire Bontems. Bon, tu sais ce que c'est. Le temps de la justice n'est pas celui des médias, soupire son vieil ami. Je reste à ta disposition, vingt-quatre heures sur vingt-quatre. Personne ne te laisse tomber, François.

Il regarde alentour. Il a presque envie de rire. Ils ne sont que deux à être venus. Même Claude Danjun ne s'est pas donné cette peine. Tout le monde le fuit comme s'il était contagieux.

Il rejoint Viviane au premier rang, s'installe à sa place. Seule l'allée centrale le sépare de sa sœur, avec qui il n'a pas échangé un regard. Il aimerait s'approcher d'elle, lui demander une forme de pardon.

À l'autre extrémité du banc, une jeune femme se dirige vers lui et lui prend les mains en murmurant : « Mes condoléances. » Elle le fixe, garde ses mains dans les siennes, et lui n'a d'autre choix que de la regarder aussi. Ce qui l'aimante tout de suite, ce sont ses lèvres et ce rouge écarlate indécent qui les surlignent. Qui est-elle pour se maquiller comme une pute un jour comme celui-là ? Il voit ses lèvres bouger :

— Je m'appelle Mathilde. C'est moi qui prenais soin de votre maman, presque tous les jours. Une sacrée personnalité. On finit par s'attacher.

Il se tourne ensuite vers Catherine, absorbée dans ses pensées. Il la voit se signer et l'imite avec un peu de retard. Il n'a jamais été très à l'aise avec tout ça. Il ne sait même pas s'il croit en Dieu. Il a toujours cru en lui-même, et c'est tout. Ça a occupé toute sa vie. Ils ont été des millions à croire en lui, aussi, et maintenant ils sont *trois*. Il éclate en sanglots, sans se soucier de savoir si quelqu'un le regarde ou le filme. On a bien le droit de pleurer le jour de l'enterrement de sa mère, non ?

41

18 mars 2020

Il prend place dans la procession qui se forme pour bénir le cercueil. Il est arrivé en retard. Ni Catherine ni François ne savent qu'il est là. Lorsqu'il saisit le goupillon et fait le signe de croix au-dessus du cadavre de leur mère enfermé dans ce sarcophage, Claude Danjun ne peut s'empêcher de se racler la gorge. François Gabory se tourne instinctive ment et lui sourit. Danjun lui donne l'accolade, salue aussi sa sœur, de l'autre côté.

— Tu avais disparu de la circulation, lui glisse Catherine Lengrand, si bas qu'il doit se coller à elle pour l'entendre. Heureux de voir que tu te souviens encore de moi.

— De vous, Catherine, lui répond-il à l'oreille. Je me souviens de vous deux. Dans un moment comme ça... On laisse la politique au vestiaire, non ?

— Je ne sais pas, Claude. Tu fais de la politique depuis plus longtemps que moi.

Danjun reprend sa place, au fond de l'église, seul

dans son rang, sanglé dans le costume de croque-mort que son épouse lui a déconseillé de porter.

« Trop noir, et puis trop classe, lui a-t-elle dit. Tu pourras le mettre à mon enterrement à moi, mais là... Prends un costume ordinaire. Tu as l'air d'un employé des pompes funèbres. »

Il est tenté de partir sans parler ni à l'un ni à l'autre. Il a été vu, c'est le service minimum, mais c'est peut-être suffisant dans le contexte actuel. Les attendre à la sortie, pour leur dire quoi, et pour espérer quoi ? Pourtant, il reste là, debout, avec le missel à sa droite, et le livret froissé à sa gauche. François a choisi une belle photo de sa mère pour l'illustrer. Elle doit dater d'il y a au moins dix ans, mais on a bien le droit de tricher pour l'éternité.

Le cercueil retraverse les rangs clairsemés de l'église. Derrière, côte à côte, François et Catherine, visage fermé, sans un regard ni un geste l'un pour l'autre. Il y a entre eux une distance physique surprenante, comme un cordon sanitaire qui les empêcherait de se frôler, de se toucher. Quel gâchis ! Si ces deux-là avaient mis leurs forces ensemble... Ou si, au moins, ils ne s'étaient pas retrouvés l'un contre l'autre...

Dehors, les journalistes et les curieux ont été dégagés encore plus loin pour éviter tout incident. Il entend certains individus crier des slogans hostiles, mais globalement la foule est plutôt calme. C'est Catherine qui, la première, vient vers Claude Danjun. Elle l'entraîne à l'écart de l'attroupement autour du corbillard.

— Tu es allé te planquer. Il faudra te faire greffer des couilles, un jour.

Par-dessus l'épaule de Catherine, Claude Danjun aperçoit François Gabory qui les regarde. Il a de la peine pour son ami. Un peu de pitié aussi.

— Tu sais bien le nombre de petites pétasses qui virevoltent dans le monde politique... Claire, elle a virevolté, elle aussi.

— Tu sais quoi ? Tu m'écœures.

Catherine le laisse sur place pour se diriger vers sa voiture et suivre le convoi jusqu'au funérarium. François Gabory, lui, est toujours là. Il sait qu'on l'attendra, de toute façon, et il ne se presse pas. Là-bas, seuls les intimes seront présents. Claude Danjun devine qu'il n'a pas vraiment envie de se retrouver en tête à tête avec sa sœur.

— Alors, tu as fini par venir...

Le visage de François Gabory se tord. Il n'arrive pas à prononcer de mots, à qualifier ce qui lui est arrivé.

— Toutes ces filles qui nous tournaient autour, se souvient Danjun. Elles savaient pourquoi elles venaient, un poste, une faveur, ou juste l'impression d'en être. Si, dès qu'on insistait un peu, dès qu'on était un peu entreprenant... Je crois que beaucoup d'entre nous pourraient être accusés de viol. C'est tombé sur toi. Tu n'as rien à te reprocher. Les réseaux sociaux, le tribunal médiatique, les professionnels de l'indignation plus ou moins téléguidés... Peut-être qu'on n'est plus adaptés à cette époque, François. En tout cas, pour moi, c'est bien fini.

Gabory sourit en silence. Il prend son vieux camarade par l'épaule et l'emmène faire quelques pas autour de l'église. Ils s'assoient sur un banc, dans le petit jardin derrière l'édifice. Les oiseaux chantent, le ciel est bleu, quelques nuages laissent derrière eux des traînées qui annoncent le printemps.

— Je t'envie, parfois, Claude. Je t'envie parce que

je vois que tu es guéri. Moi je suis incurable. Je l'ai su dès que je suis parti, que j'allais revenir. Toute ma vie, je me suis épuisé à chercher le pouvoir, et je m'épuise encore alors qu'on pourrait croire que tout est perdu. Eh bien, moi j'y crois, et je suis incapable de te dire pourquoi. Je ne suis plus tout jeune, je file doucement vers la mort moi aussi – et je le sais, crois-moi, je le sais –, pourtant je ne cherche pas à profiter des années qui me restent. Je préfère les passer à ça, à m'épuiser à laisser une trace. Ça me fera une belle jambe, hein, quand je serai crevé ? Surtout si cette trace, c'est celle du « président pervers » qui violait ses adversaires politiques.

Il lève les yeux au ciel.

— Je ne sais pas où elle est, Claude. Mais ce que je sais, c'est qu'elle voudrait que je continue. Alors je vais continuer. Sans toi, ajoute-t-il en lui serrant le bras. Je comprends ça, mon ami, ne t'inquiète pas.

42

18 mars 2020

Dans le hall d'entrée du funérarium, elle attend, seule, assise sur un canapé. Elle observe les fleurs séchées dans le vase posé au milieu de la table basse. Elle aurait voulu pleurer, être triste, mais elle ne ressent rien. Le corps de sa mère, qui l'a portée, serrée dans ses bras parfois, rarement, va partir en fumée, et elle est presque soulagée.

On repart à égalité, se dit Catherine Lengrand au moment où son frère pénètre dans le hall. Grégoire Castelli – que fait-il ici, à part témoigner jusqu'à l'excès de sa dévotion à François Gabory ? – et deux gardes du corps l'accompagnent.

« Messieurs, mesdames, si vous êtes au complet, je vous invite à rejoindre la salle de recueillement », leur dit la jeune femme à l'accueil. D'un geste, François Gabory fait comprendre aux agents de sécurité qu'ils peuvent s'épargner ce spectacle. Grégoire Castelli, lui, donne une dernière accolade à son patron et reste en retrait aussi. Il va faire les cent pas en attendant.

Une porte s'ouvre, François Gabory fait signe à Catherine d'entrer la première. Il a l'air très affecté. Il l'est sans doute. À travers la vitre, elle voit le cercueil glisser doucement vers les flammes. François, lui, regarde par terre. Les haut-parleurs diffusent une symphonie de Haydn que Catherine ne reconnaît pas.

— Viviane n'est pas venue ? lance-t-elle d'une voix qu'elle veut la plus neutre possible.

François lève la tête. Il lui sourit, le même sourire qu'il avait quand ils étaient enfants, puis adolescents, plein de morgue et de mépris. C'est ce sourire qui l'a rabaissée toute sa vie. Sa mère avait le même. La même façon de lui faire comprendre combien elle n'était pas digne d'eux. Elle n'a jamais réussi à s'immiscer entre son frère et sa mère. Elle a eu l'impression de les gêner.

— Elle était à l'église, répond-il en s'étranglant.

Il semble pétrifié. Elle sent qu'il veut parler, mais les mots s'emmêlent dans sa voix enrouée, il se racle la gorge, il balbutie quelques syllabes sans aucun sens.

— Qu'est-ce que tu éprouves, Catherine ? finit-il par lui demander. Tu éprouves quelque chose, au moins ?

Bien sûr qu'elle éprouve quelque chose. Thérèse Gabory était une femme d'un autre temps, une femme dévouée aux hommes, toujours là mais en retrait, à leur service. Une femme qui avait intériorisé l'obligation d'être toujours au second plan, et qui s'en contentait. Une femme qui vivait les bonheurs de la vie par procuration. Son fils était heureux et ça lui suffisait. Elle ne s'était jamais vraiment souciée de Catherine, et dès qu'elle avait compris qu'elle ne lui ferait pas de petits-enfants, qu'elle ne serait pas comme elle et qu'elle entendait mener sa barque seule, elle l'avait rejetée.

Ça n'avait jamais été dit, ça n'avait pas été une répudiation violente. C'était un désamour lent, qui s'était amplifié au fil du temps. S'il y a eu de la haine de la part de sa mère, Catherine ne le sait pas. Mais elle, elle en a ressenti, parfois. Il lui est arrivé de vouloir qu'elle meure, de croire qu'elle serait plus heureuse quand sa mère ne serait plus de ce monde. Ce jour est arrivé et pourtant elle éprouve une forme de tristesse. Pas la tristesse de perdre un être cher, plutôt celle de ne pas avoir été capable de lui arracher des excuses, de ne pas avoir été capable de lui faire comprendre à quel point sa vie avait été bousillée.

— C'était notre mère, quand même, reprend François devant son silence.

Cela lui rappelle l'enterrement de Philippe Coutance, à la fin des années 1990. Sa mère avait insisté pour qu'elle soit là, avec le même type d'argument.

— C'était le meilleur ami de ton père, quand même.

Thérèse Gabory et François avaient fait semblant d'oublier ce qui s'était passé. Peut-être même l'avaient-ils réellement occulté. Qu'est-ce qui était le pire ? Plus de deux cents personnes s'étaient déplacées et l'éloge funèbre dont on avait gratifié Philippe Coutance avait été digne des plus grands saints. Le gouvernement avait même délégué un représentant, un secrétaire d'État. Tout le monde avait communié dans la plus grande hypocrisie, faisant de Philippe Coutance un ange et passant évidemment sous silence sa « passion » pour les jeunes femmes, parfois même les toutes jeunes femmes.

Combien étaient-elles, dans l'assistance, à avoir été contraintes de lui faire ce qu'il appelait des « faveurs » ? Un travail, une intervention auprès du maire, de l'administration ou d'un juge... Le sexe était la seule monnaie qu'il acceptait. Catherine Lengrand s'était demandé s'il avait touché ses propres filles, aussi, qui jouaient les pleureuses au premier rang.

Elle ne se souvenait qu'à peine de son visage, mais l'odeur âcre de sa peau, rance comme du beurre trop longtemps laissé à l'air libre, était restée collée à elle depuis tout ce temps.

— Tu n'as jamais voulu savoir, hein, François ? Pourtant, tu étais là quand il m'avait ramenée à la maison.

Elle observe son frère, qui reste muet. Il fixe le cercueil à travers la vitre et les flammes qui l'entourent. Elle se demande à quoi il pense.

— Alors je vais te dire ce qu'il m'a fait. Je vais te le dire maintenant, devant elle, aussi, puisque je n'ai pas eu le courage de le faire, très précisément, quand elle était vivante. Tu te souviens comme j'étais fascinée par Paris ? Tu te souviens que Maman ne voulait pas nous y emmener ? Ça lui rappelait trop notre père, peut-être. Qu'est-ce que j'en sais... Elle a cru me faire plaisir en me confiant à Coutance pendant tout un week-end. Tu t'en souviens, de ça, aussi ? Elle lui avait dit « oui » en connaissant sa réputation. Dis-moi quelle mère serait capable de dire « oui » à un vieux dégueulasse qui propose à une adolescente de l'emmener visiter Paris et ses joyaux ? Quelle mère aurait confié sa fille à un homme trois ou quatre fois plus âgé qu'elle, dont le contact de la main sur sa cuisse avait suffi à annoncer la couleur du séjour ?

— Arrête, Catherine... Tu divagues. Tu deviens insultante envers Maman.

— C'est moi qui ai été insultée, François. Pire,

souillée. Tu sais, ça fait presque cinquante ans, mais je me souviens encore, de ses grosses mains calleuses. Des mains calleuses et veineuses, sèches et rêches, je me souviens de leur contact sur ma peau. Ce sont ses mains-là qui avaient agrippé mon cou, qui m'avaient forcée à m'agenouiller, qui...

Elle s'arrête. Elle a la nausée, comme si elle revivait la scène.

— Tu sais ce que ça fait, d'avoir le sexe de quelqu'un d'autre qui racle le fond de ta gorge ?

Le visage de François se décompose, ses yeux se voilent, son corps s'affaisse comme s'il était tout à coup vidé de son énergie, creux et brisé.

À l'époque, Catherine n'avait pas prononcé le mot « viol », c'est vrai. Elle n'avait pas osé, parce qu'elle n'était pas sûre, après tout. C'était un mot dont la présence se sentait dans tous les autres, dans tous ceux qu'elle disait et qu'elle écrivait, mais c'était un mot trop moche pour le faire vivre, un mot qui était capable de tuer, un mot de heurts, un mot de mort, de mort lente. Elle avait presque eu l'impression que c'était à elle de demander pardon. Demander pardon d'avoir accepté de partir avec un homme qu'elle ne connaissait pas, ou si peu, pour l'avoir vu de temps à autre à la maison, demander pardon d'avoir accepté de partager le studio qu'il louait près de l'Assemblée, demander pardon d'avoir accepté quelques coupes de champagne dans des cafés de Saint-Germain-des-Prés, demander pardon de ne pas avoir assez résisté, demander pardon d'avoir cédé, de guerre lasse, et d'avoir cédé encore, demander pardon d'être une enfant dans un corps de femme. C'était il y a près de cinquante ans, Philippe Coutance était mort depuis longtemps, mais elle avait toujours ça en elle, cette cicatrice qui se mettait à puruler régulièrement.

— Tu n'as pas idée de ce qu'est un viol, François. Tu n'as même pas conscience d'en avoir commis un.

Elle dit « un », mais elle n'en sait rien. Il est peut-être comme était Coutance. On disait à l'époque « un homme à femmes ». On dirait plutôt aujourd'hui un prédateur sexuel. Les temps changent.

— La lâcheté, j'aurais pu la comprendre. Ce que je n'ai pas supporté, c'est l'opportunisme de Maman. Et encore, je dis « opportunisme » pour ne pas dire « calcul ». Je ne sais pas ce qu'il y avait de prémédité. Mais ce que je sais, c'est que j'ai été vendue, utilisée pour que ça te profite à toi. Un poste de député, ça valait bien une vie détruite, non ? Du moment que ce n'était pas la sienne, ni la tienne...

Philippe Coutance était un député finissant mais en vue, il pouvait encore aider François Gabory dans sa carrière qui commençait. Sa mère avait peur qu'au contraire il lui mette des bâtons dans les roues si Catherine venait à l'accuser d'on ne savait quoi. Alors elle avait eu cette idée-là : pas de plainte, la promesse d'une réputation préservée contre son siège à l'Assemblée. François serait député et pas juste suppléant, et Coutance partirait à la retraite avec un peu d'avance : ça n'était pas trop cher payé par rapport à l'opprobre ou la prison. Et puis elle voyait ça comme une sacrée punition. Si en plus, ça pouvait profiter à François, alors... C'était l'histoire de leur vie, ça. François en premier, Catherine après. Pour Thérèse Gabory, cet ordre n'avait pas à s'inverser. Mais elle n'est plus là. Il est temps que François passe au second plan.

43

18 mars 2020

Catherine a tenu à rester jusqu'à la remise de l'urne, alors ils se font face, dans ce petit salon aseptisé où quelques vases trônent près de la fenêtre, accompagnés d'une musique fade et discrète. Il aurait préféré rester seul, mais elle est là. Il flotte autour de lui comme un réquisitoire silencieux contre ce qu'il est, ce qu'il a fait, sa vie, ses choix, sa carrière, ses ambitions.

François Gabory est-il vraiment ce monstre qu'elle a dépeint avec une certaine délectation alors que le cercueil de sa mère était dévoré par les flammes ? Il l'a écoutée, comme une voix lointaine, sans répondre, sans riposter, hors de lui, hors de la réalité. Il n'a pas été capable de réagir, prostré, sidéré comme si ce n'était pas de lui ni de sa mère que Catherine parlait.

Il essaie de se souvenir du moment où il a appris que Philippe Coutance jetait l'éponge, mais sa mémoire lui fait défaut. Il a beau chercher, les visages et les mots se sont évanouis, les sensations aussi. Il a dû être heureux pourtant, quand il a su qu'il était le candidat officiel du parti socialiste aux élections législatives de 1981, celles du triomphe annoncé. C'est curieux comme on peut oublier les instants fondateurs d'une vie.

Il n'a jamais su ce qui était arrivé à Catherine. Il n'a jamais cherché à le savoir. Il a même tout fait pour ne pas le savoir. Mais il se rend compte maintenant qu'au fond de lui il l'a toujours senti. Comme un secret resté caché derrière une porte : il avait la clé, mais il ne l'avait jamais ouverte. Il n'avait même pas posé la question à Coutance : « Enfin, pourquoi tu te retires ? »

Elle était facile à poser, cette question, pourtant. François Gabory a le sentiment que ses poumons se contractent, que l'air doit forcer le passage pour y pénétrer. Toute sa carrière, toutes ses victoires, tout ce qui a fait de lui l'homme qu'il est aujourd'hui, a été bâti sur la douleur d'une femme. Sa propre sœur.

Mais qu'est-ce qu'elle attendait, Catherine ? Peut-être aurait-elle voulu qu'il aille casser la gueule à Coutance ? Ce viol, il n'en était pas responsable. Sa mère non plus. Qu'est-ce que ça aurait changé, de porter plainte et de le traduire en justice ? Rien. Il y aurait eu des mois, des années d'instruction qui auraient tout détruit sur leur passage. Tout aurait été déballé en public. Tout le monde aurait été perdant. Personne n'aurait pu prouver le viol, Coutance s'en serait sorti avec un non-lieu, ou un acquittement. Il peut comprendre sa mère. Il ne demande pas à Catherine de le faire, mais oui, il la comprend.

Il s'approche de Catherine. Il l'enlace, maladroitement, en gardant une certaine distance, comme si elle était contagieuse. Elle se laisse faire, mais elle reste les bras ballants, comme si c'était un mauvais moment à passer. Il lui prend le visage dans ses mains, colle sa joue contre la sienne. Il sent le parfum de sa peau, de ses cheveux. C'est celui d'une vieille dame, déjà.

— Je ne sais pas quoi te dire, Catherine. Je suis tellement désolé. Je ne peux pas imaginer ce que ça a dû être...

Il ne termine pas sa phrase.

Catherine se dégage, fait un petit pas en arrière. Un rictus en forme de sourire se lit sur son visage.

— Non, tu ne peux pas imaginer, répond-elle.

Il a été président de la République. Il a vécu des situations inimaginables, inconcevables pour le commun des mortels. Il a envoyé des soldats à l'abattoir, il a rendu visite aux Invalides à des vétérans d'Irak dont le crâne avait été défoncé par des obus, il a côtoyé des victimes d'attentats aux bras arrachés, il a dû sacrifier des otages au Sahel en refusant de payer les rançons et s'expliquer devant les familles... La mort et la souffrance l'ont habité en permanence pendant ses années à l'Élysée et continuent de le hanter, il est broyé par une tempête médiatique qui l'accuse d'être un pervers et un criminel – mais il n'a pas le droit de se plaindre car il l'a voulu, tout ça. Alors face à Catherine, il se tait. Il ne contredit pas sa sœur, il préfère la laisser croire que non, il ne peut pas imaginer...

— Qu'est-ce qu'on fait, alors, Catherine ? On continue à se regarder comme deux étrangers, à s'affronter comme des adversaires ?

Elle se mord les lèvres en le fixant, comme si elle voulait qu'il lise dans ses pensées. Il sait ce qu'elle veut. Elle veut qu'il se retire de la course à la présidentielle, et que ça vienne de lui. Ce cadeau, il ne peut pas le lui offrir. Depuis plus de quarante ans, il s'est épuisé à chercher le pouvoir et il s'épuise encore. Il l'a su dès le jour où il est parti, après le référendum perdu : s'il ne revenait pas, s'il n'avait pas cette perspective-là, de se réinstaller un jour à l'Élysée, tout était terminé. La conquête du pouvoir, l'exercice du pouvoir, c'est la seule chose qui l'a toujours éloigné de sa propre mort. Quand on est dans la frénésie perpétuelle, même si la mort s'invite quotidiennement dans vos journées, c'est celle des autres : la vie, la sienne, semble la plus forte.

— Je ne peux pas abandonner, Catherine, soupire-t-il devant son silence. Ce serait faire aveu de culpabilité. Je n'ai rien fait. Claire Bontems ment, Catherine. Elle ment, tout simplement. Je suis obligé d'aller jusqu'au bout.

Le regard de Catherine n'exprime rien. Il est vide, transparent, on la dirait déjà partie ailleurs. Son visage est figé comme de la pierre.

— Ça ne me surprend pas, finit-elle par lâcher, comme pour elle-même, en secouant la tête. Mais tu n'as pas idée de ce qui t'attend, François. Je sais que vous essayez d'allumer des contre-feux. Ça ne servira à rien. Claire ne ment pas, et Box Vox ne vous sauvera pas, parce que personne ne pourra rien prouver.

D'un ton très calme, elle poursuit :

— Maintenant ou plus tard, tu vas échouer, François. Les gens veulent quelque chose qui les excite, sur leur smartphone comme en politique. Et toi, tu n'excites plus personne, depuis longtemps. Tu es une espèce en voie de disparition. Mais maintenant que Maman est morte, plus personne n'a envie de te sauver. Et tu sais pourquoi ? Parce que, comme elle, tu es nuisible.

Elle quitte la salle sans attendre la remise de l'urne, s'assoit un instant sur le canapé à l'entrée. Il la suit, mais d'un geste, elle lui demande de partir. François Gabory entend la jeune femme à la réception demander à sa sœur si ça va, et la réponse de Catherine :

— Je crois que ça n'a jamais été aussi bien, merci.

Il n'a plus d'autre perspective que de briser sa sœur et d'affronter encore la meute, ou de se terrer à jamais.

44

20 mars 2020

Assise sur un tabouret, à la table de la cuisine, la petite fille est plongée dans la lecture du dernier numéro de *J'aime lire*, qu'elle dévore en mâchant bruyamment ses céréales. Face à elle, sa mère semble hypnotisée par son smartphone.

Une entreprise proche de Claire Bontems a siphonné les données de millions d'utilisateurs de Facebook

Les données personnelles de dizaines de millions d'électeurs français ont été aspirées sur Facebook par une entreprise proche de Claire Bontems. Cette entreprise, baptisée Box Vox, était chargée de cibler des profils d'électeurs pour leur envoyer des messages faisant la promotion des idées de la future candidate, ou opérant du dénigrement vis-à-vis de ses rivaux, et notamment de François Gabory. Tout cela s'est fait a priori sans le consentement des utilisateurs du réseau social.

Le Temps est en mesure de révéler comment Box Vox, fondée par Leonore Sintermann et Johanna Sargent à Londres en 2013, a pu construire cette base de données massive. Box Vox, qui cherche alors à s'imposer sur le marché du marketing électoral, a l'intuition que les données valent de l'or. Un psychologue, proche des deux femmes, met au point une application nommée Ask et présentée comme l'instrument d'une étude universitaire pour la London School of Economics, où enseignait Leonore Sintermann. L'utilisateur doit être connecté à Facebook pour remplir le questionnaire, Il donne alors accès à ses données personnelles, présentes sur son compte, ainsi qu'à certaines données de ses « amis ».

Ask a ensuite transmis ces données à Box Vox, ce qui a permis de créer une base de plusieurs millions d'utilisateurs. Le procédé a d'abord été utilisé au Nicaragua, en Uruguay et au Kenya, avant d'être importé en France il y a quelques mois. Ces immenses bases de données sont ensuite allées nourrir les algorithmes de Box Vox, De source interne à l'entreprise, on détaille : « Avec dix *likes*, on vous connaît mieux que vos collègues. Avec cent *likes,* mieux que votre mère. Avec trois cents *likes*, mieux que votre conjoint. On a la possibilité de cibler très précisément les personnes à qui on envoie des messages, et d'adapter ces messages en fonction de la cible. »

Ce modèle a été à l'origine de la santé florissante de l'entreprise, qui emploie désormais plus de cent personnes et a ouvert des bureaux dans toute l'Europe, notamment à Paris. La question est maintenant de déterminer le rôle exact de cette société dans les *fake news* qui ont inondé les réseaux sociaux ces derniers mois, notamment autour du hashtag « #PrésidentPervers » qui a touché François Gabory, par ailleurs accusé de viol par Claire Bontems. Dans l'entourage de la nouvelle star de la gauche, qui est une proche de Johanna Sargent, on confirme qu'il existe bien un contrat commercial entre Box Vox et la candidate, mais on assure que « personne n'était au courant de ces méthodes qui, si elles sont avérées, sont évidemment totalement condamnables ».

— Maman, on y va ? On va être en retard.

Claire Bontems l'entend, mais elle est incapable de

réagir, paralysée par l'article de Roland Fourgue, sidérée comme si ce n'était pas elle, la femme concernée. « Le rôle exact de cette société dans les *fake news* qui ont inondé les réseaux sociaux ces derniers mois »... Claire Bontems n'a jamais voulu ça. Elle voulait se battre à la loyale. Leonore Sintermann l'avait prévenue, mais elle n'a pas voulu l'écouter. Elle se souvient de ses mises en garde, lors du réveillon du Nouvel An, qu'elles avaient passé ensemble, avec Johanna et d'autres employés de Box Vox.

C'était juste après minuit. Leonore l'avait emmenée dans un petit salon, avec Johanna. À travers la porte entrebâillée, elles regardaient les autres invités danser sur des vieilles chansons de Queen, Nirvana, Oasis... Une playlist de sa génération.

— Je voulais vous voir toutes les deux. Je vais vendre mes parts. Je quitte Box Vox.

Claire l'avait regardée avec stupéfaction. Johanna avait eu l'air moins surprise. Peut-être était-elle déjà dans la confidence.

— Je suis fière d'avoir créé cette boîte. Je suis fière d'être à ton service, Claire. Je crois qu'il n'y a rien de plus beau que d'aider les idées pour lesquelles on s'est toujours battu à triompher. Je sais, je suis un peu grandiloquente mais... ça me fait de la peine de vous abandonner.

— Pourquoi tu pars, alors ? avait demandé Claire.

— Tu le sais, Claire. Avec Johanna, on a inventé la pierre philosophale de la communication à l'ère du numérique. C'est un outil extraordinaire. Mais il y a des choses que je ne peux pas cautionner. Cette campagne va être une boucherie, parce qu'il y a trop d'affects en jeu. Moi, ce n'est pas ce que je voulais, au départ. Je voulais juste aider les marques à cibler leurs clients pour qu'ils vendent leurs produits de façon plus efficace. Et puis on a eu des demandes de politiciens étrangers. Ils payaient bien. On n'a pas été trop regardants, très bien. On a eu tort, et c'est pour ça que j'ai été contente quand on a eu l'occasion de travailler avec toi, Claire. Contente que Box Vox permette de faire progresser l'égalité entre les femmes et les hommes. Mais je vous le dis, très sincèrement : vous êtes en train de vous faire manipuler. Box Yox est en train d'être confisqué pour une vengeance personnelle.

— Maman... On va être en retard.

Noémie a haussé légèrement la voix, mais sa mère ne lève pas la tête de son téléphone. Elle sent son cœur se serrer, et ses jambes la lâcher. D'un seul coup, elle vient d'être translatée sur le banc des accusés, comme si la méthode employée effaçait le message, le seul qui vaille, le seul qui devrait indigner une foule prête à lui foncer dessus : elle a été violée par l'ancien président de la République.

— Maman ! Je veux pas être...

Noémie n'a pas le temps de terminer sa phrase. Elle a soudainement tiré Claire Bontems de sa torpeur, qui gueule « tais-toi ! » et la fixe avec des yeux si pleins de rage que la petite fond en larmes. Claire Bontems s'en veut aussitôt et contourne la table pour rassurer sa fille. Elle lui murmure à l'oreille :

— Pardon... Pardon... Maman est fatiguée, tu sais.

Elle prend son visage entre ses mains, comme dans un écrin, elle le tient fermement, ne le lâche plus, elle sent au bout de ses doigts la douceur infinie des joues d'enfant et, dans les yeux de Noémie, elle lit un désespoir face auquel la raison ne peut rien et qui ne peut être guéri que par des preuves d'amour.

Mais dans ses yeux embués, elle ne peut s'empêcher de voir aussi, comme une maudite cartomancienne du malheur, ce qui arrivera à sa fille un jour si elle flanche. Elle a des flashs qui lui laissent entrevoir le futur bourreau de Noémie, elle voit un corps en sueur éclairé par des stroboscopes rouges, elle voit un barman en marcel, tous poils dehors, la quarantaine, sa calvitie naissante, elle voit un intellectuel aux lunettes embuées, exalté par la drogue, surexcité, un prêtre qui lui caresse les cuisses, un instituteur qui la cache sous ses genoux, un homme bedonnant, la chemise tirée du costume, le pantalon dégrafé, ridicule statue qui se targue d'avoir « réussi » et pour prix de cette réussite croit avoir le droit de piller l'innocence...

Quel que soit son visage, il faut l'arrêter. Arrêter avec ça, cette tolérance envers l'abjection que la société traîne comme une addiction.

— Je ne peux pas t'emmener, ma belle. Mais Théo va arriver. Prépare-toi en attendant. Tu t'es brossé les dents ?

Noémie la regarde avec une certaine pitié. Bien sûr que non, elle ne s'est pas brossé les dents. Elle vient de terminer son petit déjeuner, là, juste sous ses yeux.

Son téléphone, posé sur la table, se met à vibrer.

Catherine.

— Va te brosser les dents. Il faut que je prenne cet appel.

La petite file vers la salle de bains, sans discuter. Elle se retourne une fois, pour voir sa mère de dos, face à la vitre. Elle voudrait écouter la conversation mais n'ose pas, terrorisée par la perspective d'avoir encore à affronter ce regard.

— Claire, dit Catherine, ça va, tu tiens le choc ?

— Oui. Je ne pensais pas que Leonore irait jusque-là.

— Je le savais, moi. Je m'en doutais. Cette fille n'est pas fiable. *Ces* filles, appuie-t-elle, faisant allusion à Johanna.

La jalousie. Aucune équipe n'échappe aux passions tristes. Claire en a joué aussi, parfois. Mais personne ne peut rem placer Catherine. Parce que Catherine est la sœur de Gabory et qu'elle ne peut pas se la mettre à dos. Tout tient par elle, et pour elle.

— Est-ce qu'on avait vraiment besoin de ça, Catherine ?

— Besoin de quoi ?

— De toutes ces conneries sur Gabory.

— Tu sais bien que oui.

Quand Johanna avait mis Box Vox au service de la campagne de Claire Bontems, elles avaient eu un débat sur la nature des messages à envoyer. Claire aurait voulu privilégier les messages à caractère positif, mettre en avant ceux que le monde de l'entreprise appelle des « modèles inspirants », des femmes qui militent, se battent, réussissent, pour enrôler le plus possible de monde dans son combat. Ç'avait été fait. L'impact avait été jugé décevant et d'autres messages avaient été rédigés, et ciblés, à l'initiative de Catherine Lengrand. Des messages de dénigrement, des rumeurs absurdes, simplement relayées, parfois même inventées. Des dizaines de versions avaient été rédigées, qui n'étaient jamais passées entre les mains de Claire, puis la machine s'était auto-alimentée.

Catherine était persuadée qu'il s'agissait d'une arme légitime. Les rumeurs qui touchaient Philippe Coutance étaient en tout cas justifiées, elle avait payé assez cher pour le savoir. Pourquoi celles sur son frère ne le seraient-elles pas au moins un peu ?

C'est Catherine qui l'avait persuadée de parler du viol qu'elle avait subi. C'est Catherine qui lui avait dit qu'il fallait être prête à aller jusqu'au bout, à accuser publiquement François Gabory, si c'était nécessaire, s'il ne comprenait pas le message et qu'il se maintenait malgré tout. Elle s'était laissé entraîner dans cette stratégie. Un torrent de boue s'était abattu sur l'ancien président. Claire Bontems avait-elle vraiment besoin de cela ? Elle repense à ce qu'avait dit Leonore : « Box Vox est en train d'être confisqué pour une vengeance personnelle. » Elle ne parlait pas de la vengeance de Claire Bontems, mais de celle de Catherine.

Claire Bontems pourra nier, mais elle a laissé les rumeurs se propager. Elle en a fait un instrument politique. Les réseaux sociaux ont fait changer ces rumeurs de dimensions. Avant, elles finissaient par s'envoler et se perdre dans le temps qui passe. Maintenant, le fait de les voir écrites, ou pire de voir des images qui semblent les confirmer, le fait qu'elles puissent se diffuser aussi largement et aussi facilement, tout cela ne laisse aucune chance à la victime. Qu'elle garde le silence ou qu'elle démente, ça ne change pas grand-chose. François Gabory devait être détruit et l'accusation de viol était censée lui donner le coup de grâce.

Claire Bontems aurait voulu éviter d'aller jusque-là, que les rumeurs suffisent à lui faire lâcher prise. Mais il avait continué de se vautrer dans son impunité, avec ce sourire satisfait qu'elle voudrait arracher de son visage. Grâce à Box Vox, l'idée que Gabory a un problème avec le sexe s'est installée dans l'inconscient des Français. L'opinion a été préparée depuis des mois pour adhérer à une vérité que Claire Bontems ne peut pas et ne pourra jamais prouver.

Les rumeurs qui ont parcouru les réseaux sociaux ont conditionné les gens à y croire.

Lorsque, au bout de quelques semaines, Claire Bontems s'est confiée sur le viol qu'elle a subi, taisant d'abord le nom de son agresseur puis le révélant en prenant prétexte des accusations malsaines de journalistes qui l'auraient acculée à « produire des preuves », elle est tombée sur un public mûr pour la croire. Box Vox a mis au point un outil extraordinaire de manipulation des esprits, capable d'accréditer une fable fabriquée de toutes pièces, celle du « président pervers ». Cette fable est peut-être dérisoire, certes, mais elle cache une histoire vraie, l'histoire d'un crime pour lequel il n'a jamais payé.

Des preuves du viol, elle n'en a pas. Elle n'a que sa bonne foi, c'est pourquoi il a fallu qu'elle s'appuie sur le sentiment d'une opinion publique qui assemble inconsciemment un puzzle dont on lui a fourni le modèle.

Tout est en train de voler en éclats avec cet article du *Temps*.

— Il va falloir que tu prennes la parole, d'une manière ou d'une autre.

— Je sais. C'est toi, « l'entourage » ?

— Oui. Il faut lâcher Johanna.

— Tu aurais dû m'en parler avant.

— On n'a pas le choix, Claire. Une initiative

malheureuse de la boîte de com qu'on a engagée, voilà ce qu'on va dire. Tu n'es pour rien derrière tout ça, il n'y a rien qui te relie directement à elles, c'est moi qui ai signé le contrat. On va mettre fin à ce contrat, immédiatement. On va peaufiner ça, faire un YouTube et tu iras au « 20 heures » s'il le faut. On ne peut pas laisser François se relever du KO. J'ai compté dix, crois-moi, il va rester à terre.

— François, hein ? Tu ne penses qu'à lui, Catherine. C'est devenu une obsession.

C'est son combat, son seul combat. Un combat personnel avant d'être collectif. Claire reprend :

— Tu crois vraiment que c'est François, seul, qu'il faut abattre ? Tu crois vraiment qu'après lui tout cela aura disparu ? Le sexisme, la domination masculine, la solidarité des mâles blancs... Gabory, Castelli, Danjun, Fourgue, Drouot... Quand je lis ce papier, Catherine, c'est ce que je vois : un système qui se protège et n'a même pas conscience de ses errements. Et tu voudrais que je sacrifie Johanna ? Mais ils vont s'en délecter. Ils vont se servir de ça pour nous discréditer.

— C'est déjà ce qu'ils font, Claire. Il faut couper la branche pourrie pour sauver l'arbre. Et l'arbre, c'est nous.

— Mais qu'est-ce qui lui a pris, à Leonore, de balancer tout ça ?

— C'est à Johanna de nous le dire et de faire le ménage chez elle. On ne va pas payer pour ses conneries.

Le bruit d'une clé dans la serrure. Théo lui fait la bise, dépose son manteau sur le dossier d'une chaise et délace ses chaussures.

— Je te laisse t'occuper de la petite, dit Claire

Bontems. Je finis de me préparer. J'ai un rendez-vous dans vingt minutes. Tu iras la chercher à midi ?

— Oui, sourit Théo. Comme tous les mercredis. Vous allez bien, malgré tout ça ?

Claire Bontems se mord les lèvres.

— Ça pourrait aller mieux, dit-elle. Mais c'est la politique. Je savais où je mettais les pieds.

Elle s'éclipse dans le couloir, s'enferme aux toilettes. Elle baisse son pantalon, sa culotte, retire sa serviette hygiénique et la roule dans la poubelle. Elle colle une nouvelle serviette, spéciale nuit, au mur, et s'assoit sur la cuvette, le smartphone dans la main. Elle sait qu'il ne faut pas le faire, mais elle le fait quand même, poussée par un irrépressible besoin de plonger dans la merde, parce que c'est toute cette merde-là qu'elle s'est donné pour mission de nettoyer.

Les gouttes d'urine font clapoter l'eau qui stagne au fond de la cuvette pendant qu'elle lit ses mentions sur Twitter :

Mytho, perverse, la salope dans toute sa splendeur, Bontems mériterait presque l'oscar de la meilleure actrice

Je parle pas de politique mais de morale. Comment peut-on faire chialer dans les chaumières et en même temps abreuver Internet avec le #PrésidentPervers ? ?

T'es cramée, allez, on va te harceler toi aussi sale merde de misandre et tu vas tomber pourriture ; les sous-merdes comme toi la société en veut pas va te réfugier dans une grotte sale déchet !

Les grosses connasses qui se gargarisent de dénoncer des pervers alors qu'elles ont les mains noires de crasse... Elles se disent que plus c'est gros plus ça passe ?

Elle se souvient de Roland Fourgue, le cul posé dans un de ses fauteuils, à siroter un whisky. De Fraticelli, de Lartigolle, de tous les autres qui vont embrayer aujourd'hui, demain... « On a autre chose à foutre que de récurer les chiottes sous couvert de faire du *fact checking* », avait dit le journaliste du *Temps.* Visiblement, on lui a mis une balayette dans les mains.

Elle pose le smartphone sur le carrelage, se relève, s'essuie le sexe et décolle la serviette propre du mur avant de l'installer dans sa culotte. Les tampons ne suffisent plus à absorber des caillots de sang de la taille d'une mirabelle.

45

21 mars 2020

La musique dramatique du « 20 heures ». Les titres, égrenés par Anne-Cécile Darrigand sur un ton de bande-annonce de film de série B.

« Affaire Gabory : accusé de viol par Claire Bontems, l'ancien président va donner pour la première fois sa version des faits. Il est notre invité. Il évoquera aussi évidemment l'affaire Box Vox, qui éclabousse sa rivale à gauche. »

François Gabory garde le visage fermé, les deux mains posées sur la table. Il espère être le seul à s'en apercevoir, mais il sent la sueur perler aussi au creux des rides qui parcourent son front.

Il fixe la journaliste dans les yeux. Une belle femme, brune, les yeux noisette, un sourire éclatant. Elle n'est pas de sa génération. Mais des femmes comme elle, oui, il en a eu. François Gabory pourrait presque citer leurs prénoms. Il sait que Manon sera peut-être la dernière.

« Frexit : un accord serait imminent au sein de la majorité.

Hélène Cassard pourrait prendre la parole dès demain. François Gabory nous donnera aussi son sentiment sur la fin d'un épisode qu'il a lui-même ouvert en convoquant un référendum il y a bientôt deux ans. »

Tout ce qu'il dira là-dessus sera inaudible, il le sait. Mais Grégoire Castelli a insisté avec la direction de l'information de TF1 : l'interview se fera uniquement à la condition qu'elle ne porte pas seulement sur les accusations de viol et sur sa relation avec Claire Bontems. Il doit montrer que sa stature d'homme d'État n'est pas entamée par ces accusations. Il joue gros, il joue toute sa carrière et sa réputation. Mais ce n'est pas une partie de poker, plutôt du jeu de go : il ne veut plus laisser aucune place au hasard.

*

Claire Bontems attend derrière le rideau rouge. Une hôtesse à ses côtés, casque sur les oreilles, droite comme un piquet, lui dit en souriant : « Trente secondes. » Trente secondes en apnée, avant de monter à la surface. Elle n'a pas pu s'empêcher de regarder le début du « 20 heures ». Le ton, la forme des questions, le sourire enjôleur... La journaliste suintait la bienveillance, et ça l'a désarçonnée.

« Pouvez-vous nous dire ce qui s'est passé entre vous, il y a... vingt ans, c'est bien ça ? »

Elle se demande si François Gabory se souvient *vraiment.* Après tout, il avait à peine semblé la reconnaître quand Catherine l'avait emmenée à l'Élysée et quand elle en était ressortie secrétaire d'État. Surtout, il n'avait pas semblé gêné. Elle avait hésité, ça l'avait rendue malade pendant toute une nuit, et finalement elle avait accepté d'être secrétaire d'État de son bourreau. La réponse de l'ancien président lui donne envie de fracasser sa télévision.

« Il y a vingt ans, un peu plus, un peu moins, oui. Alors, que s'est-il passé ? Rien que de très ordinaire. Un jeu de séduction entre adultes consentants. Sans contrainte, évidemment. Sans agression. À l'époque, j'organisais parfois des dîners, comme il se fait dans tout Paris, où l'on retrouve des gens de tous les univers, où l'on reçoit des jeunes avides de conseils ou qui ont exprimé le souhait, par l'intermédiaire d'un tiers, de travailler éventuellement pour vous. C'était le cas de Mlle Bontems, qui venait de terminer ses études. »

Claire Bontems ferme les yeux. Elle ne sent pas l'hôtesse qui lui touche le bras. Elle réentend la voix de Gabory qui rebondit contre les parois de son crâne.

Un jeu de séduction entre adultes consentants.

Elle le revoit, vingt ans auparavant, qui s'approche d'elle au moment où elle s'apprête à partir.

Un jeu de séduction entre adultes consentants. Sans contrainte, évidemment.

Juste avant, elle était passée aux toilettes et s'était aperçue que son maquillage avait commencé à se craqueler. Machinalement, elle avait sorti le rouge à lèvres de son sac. Elle s'apprêtait à l'appliquer quand François Gabory le lui avait pris doucement des mains en la regardant dans les yeux. C'est ça, la vraie violence : cette douceur maléfique dans le regard qui vous hypnotise et vous paralyse.

Un jeu de séduction entre adultes consentants. Sans contrainte, évidemment. Sans agression.

La suite, elle l'avait observée en spectatrice de sa propre mutilation, comme hors de son propre corps en train d'être dégradé.

L'hôtesse la secoue un peu plus fort. Claire Bontems lui sourit, murmure :

— Pardon, j'étais dans mes pensées.

Claire Bontems entre sur le plateau à grandes enjambées. L'animateur, Lionel Tochourat, un quadra barbu et gominé à l'excès, se dirige vers elle pour l'accueillir et l'embrasser, sous un tonnerre d'applaudissements.

— Je suis fier d'accueillir, s'écrie-t-il, tel le speaker d'un stade de football, Claire... BONTEMS !

Les applaudissements redoublent d'intensité. Elle sent un public déjà conquis, captif, elle est tout à coup en terrain ami et remercie intérieurement Johanna Sargent d'avoir évacué la piste du « 20 heures » – « trop grave, trop institutionnel » – et celle de la vidéo Facebook – « déjà vu et pas assez empathique » :

« Va chez Tochourat.

— On va se faire allumer », avait répondu Catherine.

Les deux femmes étaient en froid depuis la révélation de l'affaire Box Vox.

« On s'en fout. C'est une émission populaire.

— C'est une émission de merde. Ils invitent la fine fleur de la goujaterie et la moitié des chroniqueurs sont homophobes.

— Claire va élever le niveau. Tochourat est en recherche de respectabilité. Et nous, on cherche à éviter les questions qui fâchent. C'est la solution idéale. »

Claire Bontems avait tranché. La voilà au milieu

d'une arène aux couleurs criardes, juchée sur un tabouret trop haut, mais où elle a la garantie d'être protégée.

— Merci d'être là, Claire, c'est courageux de votre part, commence Lionel Tochourat. Tiens, et dans « courageux », il y a « rageux » et des rageux, Dieu sait qu'il y en a eu depuis hier et l'annonce de votre participation à « En direct de chez nous ». Et chez nous, c'est...

Il tend son micro en virevoltant dans son costume bleu ciel, cintré à l'excès, vers le public qui en réponse se met à gueuler :

— CHEZ VOUS !

— Merci à vous, public chéri ! Alors, on ne va pas se mentir, les commentaires épidermiques et pavloviens venus de la classe politique, mais pas que, on en a eu notre dose, et surtout vous, chère Claire. Et à cette occasion on a eu la confirmation que ce n'est pas toujours très très reluisant, Twitter.

— C'est le moins qu'on puisse dire, sourit Claire Bontems. Faites une recherche sur Twitter avec mon nom et les insultes les plus communément adressées aux femmes – « salope », « pute », « truie », « pétasse »... – ça vous donnera une petite idée de la température.

— Pas par les hommes politiques quand même ? s'indigne faussement Lionel Tochourat.

— Ils ne le font pas sur les réseaux sociaux... mais laissez traîner votre oreille du côté du Bourbon, près de l'Assemblée, et vous ne serez pas loin de ce sympathique climat.

— C'est de tout ça dont on va parler ce soir. Public chéri, à vos questions. Vous connaissez le principe :

pas de tabou, pas de questions idiotes. Et c'est Stessie qui sera votre porte-voix ce soir.

La jeune femme, derrière une vitre, fait coucou de la main droite comme la plus stéréotypée des idiotes. Elle porte un chemisier blanc avec un cœur découpé au niveau de la poitrine. Elle fait un bon 95C.

— Évidemment, toute ma bande de chroniqueurs aura aussi libre parole. Les paroles qui réchauffent le cœur, et celles qui fâchent l'esprit. Vous les connaissez, ils sont capables de tout !

Les applaudissements et les vivats recouvrent le son de sa voix alors qu'il les nomme un à un. Claire Bontems n'en connaissait aucun jusqu'à la veille, jusqu'à ce qu'elle passe une matinée entière à regarder les derniers épisodes de l'émission pour se préparer à cette plongée dans le grand bain de l'*infotainment*.

*

Il a passé des heures avec Grégoire Castelli, à répéter les éléments de langage qu'il débite devant Anne-Cécile Darrigand, appris par cœur, jusqu'à avoir envie de les gueuler pour s'en débarrasser. Des heures à ciseler chaque mot, à sculpter chaque tournure de phrase, à reproduire avec minutie chaque geste tel un acteur avant la première de son spectacle, à jouer même les hésitations, à faire semblant de chercher ses mots pour qu'on ne mette pas en doute la sincérité de ses propos.

Grégoire Castelli a même obtenu de la rédaction de TF1 les premières questions, pour ne rien laisser au hasard dans les dialogues de cette étrange pièce de théâtre jouée en direct devant des millions de téléspectateurs. Mais Anne-Cécile Darrigand s'en est rapidement écartée.

— Claire Bontems avait à l'époque une vingtaine d'années. Elle était étudiante. Vous aviez 45 ans, vous étiez un homme politique déjà célèbre...

François Gabory peine à se maîtriser. Il a du mal à se contenir et à la laisser terminer.

— Est-ce que vous n'avez pas, en quelque sorte, profité de votre position ? Abusé de la situation ?

Il se met à serrer les dents, il sent ses intestins se tordre, sa main droite attrape trois doigts de sa main gauche et tire sur les phalanges pour faire craquer les os, il sent tout son corps se tendre alors qu'il répond, ainsi qu'il l'a appris :

— Je peux comprendre que vous soyez amenée à poser cette question, madame Darrigand. Je ne vous en veux pas personnellement, mais, rendez-vous quand même compte... Quelle violence, dans cette question ! Laissez-moi vous dire la profondeur de mon indignation face à ces calomnies qui depuis des mois courent sur les réseaux sociaux et culminent jusqu'à cette absurde accusation venant d'une adversaire qui a été membre du gouvernement quand j'étais chef de l'État. À l'époque, elle ne tarissait pas d'éloges sur mon action. Alors j'ai déjà répondu à votre question, madame Darrigand, et je vais me répéter. Un jeu de séduction. Pas de contrainte, pas d'agression. Et laissez-moi vous dire autre chose. Croyez-vous que si j'étais un affreux psychopathe, vous ne l'auriez pas su avant ? Ma vie a été scrutée, observée, décortiquée depuis plus de trente ans par la presse, comme personne. Je n'ai jamais eu maille à partir avec la justice. Jamais – au contraire de la plupart de mes prédécesseurs. Pas même pour cette pseudo-histoire de viol. Une enquête a été ouverte après des accusations publiques, plus de vingt ans après des faits qui sont prescrits depuis belle lurette.

Il se mord la lèvre. « Des faits qui sont prescrits. » Personne ne semble relever le lapsus. Il attrape le verre d'eau, juste en face de lui. Il s'aperçoit que sa main tremble, il ne sait pas si c'est de colère ou de crainte. Les deux, sans doute. Il aurait dû s'écouter, et doubler la dose d'anxiolytiques. La tripler. Il aurait dû cacher ces petits comprimés blancs dans une dent creuse comme une capsule de cyanure qui vous délivre au moment où vous seul le jugez opportun.

Il a tout à coup envie d'être très loin d'ici. Il voit Anne-Cécile Darrigand face à lui, il voit ses lèvres bouger mais pendant une ou deux secondes, il est littéralement déconnecté, l'esprit envahi par des corps, des visages, des paroles, des figures, Manon, sa mère, Gaston Defferre, Grégoire, François Mitterrand, Thérèse, Viviane, d'autres femmes dont il a tout oublié et pour lesquelles il s'est mis en danger, l'ivresse de l'espoir et le pouvoir gravi marche après marche, et le vide qui reste, après, seul et impossible à combler. La fin d'une vie, en somme. Il parle pour ne pas mourir, alors il chasse tout cela de son esprit, fermant les paupières pendant un court instant – et tant pis si la caméra est braquée sur lui à ce moment-là.

— Je vais vous dire, madame Darrigand. Ce soir, je ne pense pas à Mme Bontems et à sa sordide manipulation. Ce soir, je pense à ma mère, qui est morte la semaine dernière, je pense à mon épouse, à ce qu'on subit depuis des mois, depuis que cette odieuse campagne a été orchestrée par cette société,

Box Vox, employée par Mme Bontems. Quand vous êtes pris dans une telle tempête, vous vous demandez d'abord d'où peuvent sortir de telles inepties. Il y a des tas d'officines, d'extrême gauche, d'extrême droite, qui utilisent les réseaux sociaux pour répandre des *fake news.* J'ai été piétiné, humilié, incapable de me défendre face à la meute qui se déchaînait. J'ai été obligé de démentir publiquement ces rumeurs, j'ai été attaqué par des militantes dont la radicalité le dispute à l'impudeur. J'ai été accusé – je le suis encore – de viol – oui, de viol ! – par mon adversaire politique. C'est surréaliste et tout le monde saute à pieds joints sur l'aubaine, et là, c'est la déferlante. C'est la machine à broyer. Au même moment, j'apprends le décès de ma mère. Et dans cette période, disons troublée, j'apprends aussi que les rumeurs venaient de Claire Bontems elle-même. La boucle est bouclée.

Il tend à demi les bras et ouvre les paumes, comme pour signifier : « C'est évident, non ? »

— Rien n'est prouvé concernant l'implication de Box Vox dans les *fake news*, monsieur Gabory. Ni concernant la connaissance qu'avait Claire Bontems de l'éventuelle instrumentalisation de ces rumeurs. Mais si je vous suis bien, vous accusez votre ancienne secrétaire d'État ?

— Qui d'autre ? Je suis un homme en colère, madame Darrigand. J'ai été trahi. Claire Bontems me doit tout. Qu'elle ait de l'ambition, c'est tout naturel. Qu'elle souhaite suivre une autre route, politiquement, je peux le comprendre. Que cette route soit dictée par l'opportunisme plutôt que par des convictions profondes, c'est le jeu. Mais que pour éliminer un rival, elle invente ce mensonge odieux après avoir répandu des kilos de *fake news* sur Internet... Quelle bassesse ! C'est digne des heures les plus sombres de l'histoire de notre pays.

*

Il a la mâchoire carrée et les épaules toutes frêles, des yeux de fouine et un sourire Ultra Brite figé comme un lifting raté. Elle se souvient de lui, il y a vingt ans, parce qu'il avait présenté la première émission de téléréalité en France.

Elle avait regardé, pendant des semaines, ces hommes et ces femmes enfermés ensemble, en se demandant quand aurait lieu le premier abus sexuel. Rien ne s'était passé.

Paul Soucard, qui la regarde avec des yeux gourmands avant de poser sa première question, ne sait pas combien de fois elle avait pleuré en regardant l'une des jeunes femmes – elle s'appelait Cécile, elle s'en souvient très bien – détailler dans le confessionnal les mauvaises manières d'un des garçons, devinant derrière sa gestuelle et ses mots les mêmes sentiments que les siens, la sensation diffuse d'être prise pour une chose et non pas pour un être humain. Personne n'avait relevé cela à l'époque, mais les victimes de viol peuvent se reconnaître entre elles, et Claire Bontems sait très bien que le suicide de Cécile, deux ans plus tard, n'avait pas grand-chose à voir avec « sa difficulté à gérer la retombée dans l'anonymat », ainsi qu'on l'avait écrit à l'époque.

Elle brûle d'envie de demander à Paul Soucard si le viol de Cécile avait eu lieu dans « La Piaule » ou dans sa vie d'avant, mais elle connaît la réponse.

Cécile était venue avec ses balafres et son fardeau, elle était à fleur de peau dès qu'on lui parlait : tout cela remontait à loin. Il n'empêche, « La Piaule » lui avait fait plus de mal que de bien.

— Claire, demande Paul Soucard, vous êtes une femme de la génération Internet, des réseaux sociaux...

— Je suis un peu plus âgée que ça, Paul, coupe-t-elle. Je suis plutôt une femme de la génération de « La Piaule ».

Des rires et des applaudissements épars empêchent Paul Soucard de reprendre tout de suite. Lui aussi s'est mis à rire.

— Vous êtes une femme moderne, alors, poursuit-il. On sera d'accord là-dessus. Ne vous fâchez pas si je vous pose la question, mais pourquoi les femmes modernes comme vous sont-elles parfois si... agressives ? Pardon encore pour le mot, mais c'est vrai. Je veux dire, dans les mots, et dans les méthodes, si j'en crois l'actualité.

Des huées factices montent du public pendant quelques secondes, avant de retomber aussi sec.

— C'est vrai, reprend-il. Nous, les hommes, on a du mal avec les féministes radicales. Disons qu'on aime bien les femmes qui s'épilent, qui se pomponnent, qui se font belles pour nous, et on aime bien leur tenir la porte, les inviter au restaurant. Tout ça, quoi ! C'est la vie, non ?

D'un geste, il prend à témoin le public, d'où partent des salves d'applaudissements. Claire Bontems sourit, un peu jaune, mais elle sourit. Ce type est un imbécile et elle n'a envie que d'une chose, c'est de l'enfoncer, de lui mettre le nez dans sa merde et de l'obliger à la renifler encore et encore. Mais elle sait qu'on la traitera de harpie, alors elle prend une profonde inspiration et lui parle gentiment, aussi gentiment que possible, comme on parle à un enfant ou à un chien :

— Vous trouvez que je ne suis pas assez pomponnée, Paul ? J'ai fait des efforts, pourtant. Non, sérieusement, je comprends ce que vous dites. Parfois, les féministes peuvent donner le sentiment d'être un peu... agressives, même si ce n'est pas le bon mot. Mais vous savez, c'est aussi le signe d'une passion, une passion pour l'égalité, le respect, et je suis sûre que vous serez d'accord avec moi là-dessus. Une femme ne vaut pas moins qu'un homme. Or parfois, quand on vous entend – pas vous personnellement, Paul, je ne me permettrais pas – eh bien, nous, les femmes, on n'a pas toujours l'impression que... vous nous écoutiez ou nous estimiez. Moi je crois qu'il ne peut pas y avoir de féminisme doux, gentil, compréhensif, tout simplement parce qu'on n'obtient pas des droits en demandant gentiment l'accord du groupe dominant. Et vous les hommes – pas vous, personnellement, Paul, encore une fois –, vous êtes le groupe dominant, même si vous vous en défendez. Alors oui, je crois que le féminisme est par essence radical, si on veut vraiment faire bouger les lignes. Et la radicalité, ce n'est pas une tare qui justifie qu'on continue de traiter les femmes comme les rebuts de la société. La radicalité, pour moi, c'est une qualité. C'est valable aussi pour la politique économique : sans radicalité, pas de baisse des inégalités. Mais je vous rassure : je veux bien que vous m'invitiez au restaurant. Et si ça vous fait plaisir, je serai ravie que vous me teniez la porte !

— Elle est formidable, clame Lionel Tochourat en riant aux éclats, sous les vivats du public. Alors, Paul, ouvrez votre agenda, on va réserver la date tout de suite. Et vous choisissez un étoilé, hein, on compte sur vous !

Claire Bontems rit aux éclats. Elle imagine Catherine devant sa télévision – et encore, si elle regarde l'émission. Elle n'a pas voulu l'accompagner, lui assurant que rien ne pouvait en sortir de bon « quand on flirte avec la putasserie ». Claire Bontems a eu envie de lui dire que ce n'est pas elle qui avait encouragé les vidéos du « président pervers ». Personne ne s'en était plaint, de cette putasserie-là. Et finalement Claire est bien mieux au milieu de tous ces gens que devant des éditorialistes sans talent qui la titillent avec précaution pour savoir pourquoi elle n'a pas porté plainte avant, si elle est bien sûre que c'était Gabory à l'époque, comment elle a vécu le fait d'être membre du gouvernement quand il était à l'Élysée, pour insinuer que, peut-être, elle l'a bien cherché, et que son accusation a, peut-être encore, un léger caractère opportuniste.

Elle n'avait pas envie de devoir s'expliquer d'avoir été possédée contre sa volonté. Elle n'avait pas envie de devoir avouer à la France entière que oui, d'une certaine façon, elle s'était jetée dans la gueule du loup en croyant qu'il ne l'attaquerait pas. Elle n'avait pas envie de balbutier des justifications illégitimes face à des journalistes mâles qui prendraient plaisir à la chercher là où ça lui fait le plus mal : sa responsabilité. Son viol est devenu une affaire publique et elle a l'impression que tout le monde la condamne. C'est sans doute faux, mais elle n'a pas envie qu'une personne, ne serait-ce qu'une seule personne, revienne remuer ce qu'elle a mis des années à enfouir en elle : la culpabilité d'avoir été salie et humiliée.

Alors oui, elle est mieux là, au milieu de ces troubadours qui jouent à être incultes mais lui parlent poliment et ne lui donnent pas l'impression d'être interrogée par des flics de la Stasi, même quand ils en viennent à lui parler de Box Vox.

— Ce qu'on vous reproche, finalement, avec cette histoire de Box Vox, c'est de faire de la pub, non ? Et la pub, chacun le sait... c'est sale !

Des huées, des applaudissements encore. Le public vit et respire au rythme des saillies et des réponses, donnant raison aux uns et aux autres, même et surtout s'ils se contredisent. En attendant, elle a presque envie de serrer dans ses bras ce jeune homme tatoué qui, si elle a bien compris, est lui-même un ancien pubard. « Reconverti, mais pas repenti », prend soin de préciser Stephen Benoît en souriant.

C'est parti pour le grand numéro d'explication. Elle préfère le faire dans ces circonstances que lors d'un « 20 heures » anxiogène et compassé.

*

Il a l'impression de parler de l'affaire depuis une éternité. Les minutes passent et Anne-Cécile Darrigand reste sur le même sujet, à le cuisiner tranquillement. François Gabory sait que l'interview est calibrée pour durer une demi-heure et il y a quelque chose qui ne lui plaît pas dans l'attitude de la journaliste, une sorte de contentement à le laisser s'embourber dans l'affaire sans lui laisser la porte de sortie négociée par Castelli. Il veut parler d'autre chose, elle le ramène toujours à ces accusations.

— Pour être bien clair pour nos téléspectateurs,

monsieur Gabory... Vous affirmez que Mme Bontems est directement à l'origine des *fake news* sexuelles qui vous touchent sur Internet, et vous dites aussi à propos des accusations de viol : c'est une *fake news* également ? Elle aurait inventé cette histoire de viol pour vous nuire ? C'est bien ça ?

Il écarquille les yeux, acquiesce ironiquement. Un bouton de manchette se détache de sa chemise et roule sur la table en verre au moment où il se recule, et met ses bras en avant. Il essaie de ne pas y prêter attention et répond :

— Je pense avoir été clair. Et ce n'est pas moi qui le dis, mais la presse. Et que je sache, il n'y a pas eu de démenti.

— Sur les rumeurs liées à l'affaire Box Vox. Mais il n'est pas question des accusations de viol dans cette affaire. Ma question est la suivante : vous affirmez que les deux affaires sont liées. Comment pouvez-vous le prouver ?

Les lèvres serrées, la bouche close, il avance par réflexe la mâchoire inférieure, tel un prédateur qui s'apprête à bondir. Il fixe Anne-Cécile Darrigand avec des yeux remplis de haine.

— Réfléchissez un peu, affirme l'ancien président : pourquoi ces accusations interviennent-elles maintenant, alors que depuis des semaines et des mois je subis les coups de boutoir des réseaux sociaux sur mes prétendues pratiques sexuelles ? Le clan de Mme Bontems avait tout prévu : distiller des rumeurs infâmes et, si ça ne suffisait pas, sortir l'artillerie lourde. Accuser sans prouver. Ils ont utilisé les données personnelles de millions de Français pour déclencher une guerre des sexes et encourager tous les amalgames. Ce sont des méthodes totalitaires. Je ne suis pas naïf. Je m'attendais à ce que mon retour ne fasse pas que des heureux, jusque dans mon propre camp. Je m'attendais à ce que mon exposition soit brutale. Mais je n'ai rien à me reprocher et je peux tout assumer. Tout ce que j'ai fait, je l'assume. Mais ce que je n'ai pas fait ? Bientôt, on va m'accuser d'avoir braqué une bijouterie ou d'être responsable des tempêtes qui frappent en ce moment l'ouest de la France. Il faut être sérieux quand on fait de la politique. Il faut faire attention à ce que la démocratie d'aujourd'hui, celle des réseaux sociaux, celle de la transparence obligatoire, ne se transforme pas en règlement de compte permanent. Nous sommes inondés d'informations, plus ou moins vérifiées. Les médias manquent de moyens et sont dépassés. La rumeur les précède et le doute qu'elle engendre ne disparaît jamais vraiment. Il faut faire en sorte que toutes ces informations qui déferlent en permanence sur nos smartphones soient filtrées, vérifiées, validées. On ne peut pas laisser n'importe qui dire n'importe quoi, car tout cela se fait au détriment du débat démocratique et des vrais sujets : l'après-Frexit, le chômage, la compétitivité de nos entreprises, notre dette...

Anne-Cécile Darrigand le coupe, d'un geste de maîtresse d'école.

— Ce soir, je ne vous interroge pas sur votre programme, parce que je ne sais pas si vous êtes candidat à la future élection présidentielle. Vous avez parlé de « retour », tout à l'heure. Mais vous êtes aujourd'hui, politiquement, un homme très seul. Allez-vous renoncer à revenir ?

François Gabory regarde la journaliste, dans un silence de mort. Il pourrait l'étrangler sur place.

— Toute ma vie a été consacrée à essayer d'être utile au bien public, madame Darrigand, répond-il. J'ai la faiblesse de croire que, dans la crise qu'elle traverse, la France a besoin d'hommes d'expérience et pas d'aventuriers de la politique. J'ai la faiblesse de croire, oui, que je peux être utile à la gauche, que je peux être utile à la France. Alors non, je ne renoncerai jamais face à la calomnie. Ce sont les Français qui décideront. Je ne peux pas croire qu'ils choisiront de laisser notre beau pays aux mains de l'extrême droite ou de l'extrême gauche, fût-elle à visage humain. Et même si c'est un très beau visage. Je dis aux Français : regardez derrière le masque et la laideur apparaîtra. On a essayé de m'abattre, mais je suis debout, et bien vivant. Et pour la France, je suis prêt à lutter jusqu'à mon dernier souffle.

*

Stephen Benoît, Paul Soucard, Lionel Tochourat et les autres chroniqueurs jouent aux gros beaufs qui rient aux sketchs de Jean-Marie Bigard, mais ce sont aussi des cœurs tendres qui font de l'émission un cocon où elle peut se justifier sans avoir la crainte de se faire juger. Les femmes autour de la table n'ont pas encore parlé ; en attendant, Claire Bontems peut évoquer en toute confiance cette affaire Box Vox qui fait la une de la presse depuis deux jours.

— Vous savez, Paul, je ne vous apprends rien puisque vous venez de la publicité... Box Vox n'a rien inventé. Les publicitaires, les sondeurs utilisent depuis longtemps ce qu'on appelle dans le jargon la « segmentation » pour cibler des groupes spécifiques d'électeurs ou de consommateurs, selon des catégories telles que le sexe, l'âge, le revenu, le niveau d'éducation, le nombre de personnes dans le ménage, l'affiliation politique, les préférences d'achats. Box Vox n'a fait qu'améliorer cette segmentation pour distiller les bons messages aux bonnes personnes. La société n'a fait que pour suivre ce que les meilleurs vendeurs ont toujours fait : adapter leurs messages et leurs canaux selon la personnalité de leurs clients.

— Quitte à espionner les clients ? C'est là où ça coince, quand même !

C'est Isabelle Torti qui a posé la question. Ancienne journaliste spécialisée dans les médias, elle a dirigé *Télé-People* pendant des années avant de se mettre en préretraite à la télévision. Elle joue les révoltées mais elle n'en a rien à faire : dans son magazine étaient diffusées quantité de photos volées et d'informations non vérifiées, et pas une semaine ne passait sans une plainte pour violation de la vie privée.

— Je suis d'accord avec vous, Isabelle. Il y a deux problèmes. D'abord, Facebook a rendu possible techniquement l'acquisition des données sans le consentement des utilisateurs. Et ensuite certains, chez Box Vox, ont utilisé les techniques de marketing dans le but de nuire. J'ai demandé une enquête interne pour déterminer la chaîne de responsabilité et, en attendant, le contrat avec Box Vox est suspendu. C'est comme quand vous travaillez avec un sous-traitant et qu'il vous vend de la viande de cheval alors que vous avez signé pour de la viande de bœuf. Il y a tromperie, excès de zèle, que sais-je encore, mais c'est moi qui suis la première flouée : j'ai fait confiance et on m'a trahie. Jamais je n'ai demandé à ce que des *fake news* visent Gabory et, si cela a été le cas, il y aura évidemment des sanctions.

Les mots se sont assemblés de façon logique, les uns appelant les autres dans une argumentation où une somme de vérités produit ce que certains pourraient sans doute appeler un mensonge. C'est Catherine qui a écrit les premiers messages envoyés à chacun des profils cibles sur Facebook. Et puis elle a supervisé avec Box Vox la rédaction de centaines de messages, tournés différemment, des messages faux mais qui dessinaient la réalité d'un personnage, et crédibilisaient les accusations de viol. Peut-être Catherine et elle n'en avaient-elles pas besoin. Elles avaient simplement espéré qu'il abandonnerait à cause des rumeurs, et qu'elles n'auraient pas à dégainer cette histoire.

C'était une stratégie d'apprenti sorcier. Claire Bontems aurait préféré éviter d'accuser Gabory nommément, et publiquement. Elle l'a fait parce qu'il n'y avait pas d'autre solution. Parce qu'on commençait à douter de son histoire de viol. Il fallait qu'elle donne des détails pour ne pas être traitée de menteuse. Elle ne voulait pas être traitée de menteuse. Le menteur, c'est François Gabory. Elle, elle dit toute la vérité. Elle a toujours dit toute la vérité. S'il faut sacrifier Catherine, elle le fera. Même Johanna. Elles ont menti, après tout. Mais elle, elle n'a jamais menti, alors elle restera. Elle est pure. Ce sont les autres qui la salissent.

46

22 mars 2020

Il est 7 heures à peine. Il n'a pas bien dormi, malgré la double dose de somnifères qu'il a prise à son retour à la maison, après son passage au journal télévisé d'Anne-Cécile Darrigand. Il s'installe à son bureau. La pièce est encore plongée dans le noir, mais il laisse la lumière éteinte. Il attend, minute après minute, que le jour l'éclaire doucement. La situation pourrait-elle être pire ? À la radio, qu'il a mise en sourdine, on ne parle que de sa prestation au « 20 heures » la veille.

« ... pour la première fois, il s'est exprimé hier soir au "20 heures" de TF1 sur le viol dont l'accuse Claire Bontems : François Gabory nie et accuse à son tour. "Il essaie de faire diversion", répond le Rassemblement national, alors que 65 % des Français ne l'ont pas trouvé convaincant... » Comment peut-on être convaincant quand on est sur le banc des accusés ? Les hésitations, les lapsus, le ton de votre voix, vos gestes, votre nervosité, tout, absolument tout, peut être retenu contre vous. Si les faits avaient eu lieu quelques années plus tard, il aurait risqué quinze ans de prison. Quinze ans de prison pour s'être amusé avec un bâton de rouge à lèvres... Il frissonne. Le pouvoir était jadis à la fois un nid à emmerdes et la promesse d'une jouissance infinie. Il ne reste plus que le nid à emmerdes. L'époque est une tristesse et une terreur. C'est peut-être Claude Danjun qui a raison, à lui tourner le dos.

« ... Claire Bontems s'est justifiée à propos de l'affaire Box Vox en annonçant la suspension du contrat qui la lie à cette agence de marketing. Box Vox aurait ciblé des milliers de profils Facebook sans leur consentement. “Jamais je n'ai demandé à ce que des *fake news* visent Gabory”, a assuré Claire Bontems... »

Qu'est-ce qui attend François Gabory maintenant ? Personne ne semble s'offusquer des rumeurs qui l'ont sali pendant des mois, ni qu'elles aient été orchestrées par une société spécialisée dans la manipulation des masses. Il est vrai que personne n'a envie de le plaindre aujourd'hui. Claire Bontems va sortir indemne de cette affaire en faisant sauter éventuellement quelques fusibles. Catherine en fera peut-être partie.

Il a compris qu'elle s'en fout éperdument. Ce que cherche Catherine, ce n'est ni la gloire ni le pouvoir. Ce qu'elle veut, c'est la vengeance, parce qu'elle considère François Gabory comme le coupable de sa vie gâchée. Même s'il parvient à passer outre les accusations de viol, il sait qu'elle est capable de déformer la réalité de ses débuts politiques, d'affirmer que son ascension s'est bâtie sur les larmes de la jeune femme qu'elle était à l'époque. Il sait que ça ne s'arrêtera jamais, que Catherine pourra chercher, et trouver sans doute, parmi les dizaines de femmes qu'il a baisées, des témoignages qui brosseront de lui le portrait de ce qu'il est désormais à jamais pour l'opinion publique : un obsédé, un pervers, un criminel. Un salopard, pour résumer.

Le téléphone sonne. C'est Grégoire Castelli. François Gabory baisse le son de la radio.

— Depuis ce matin, j'essaie de trouver les mots pour la nouvelle étape, Grégoire. Le problème, c'est que je ne sais pas quelle est cette nouvelle étape. Je ne vois que des murs face à moi.

— Il faut qu'on se reprogramme sur l'essentiel, François. Les vrais enjeux. On ne peut plus subir ces histoires, sinon bientôt on ne pourra plus faire campagne.

— Moi je veux bien, Grégoire ! Je veux bien leur donner quelque chose de plus noble, quelque chose qui les élève, mais les journalistes sont des trous du cul attirés par tout ce qui pue. Ils jouissent de fouiller dans les ordures. Tu as bien vu le « 20 heures » hier. Pas une seule question sans rapport avec le viol !

— Il faut qu'on tape sur Box Vox. Ça finira bien par atteindre Claire Bontems.

— Enfin, Grégoire, tu rêves ? Ils ont instrumentalisé les rumeurs, la belle affaire ! Tout le monde fait ça, tout le monde a toujours fait ça ! Et puis, s'il est prouvé que Bontems elle-même a créé les rumeurs, il y aura toujours quelqu'un pour payer à sa place. Catherine est capable de tout prendre sur elle si ça peut lui permettre d'être sûre que je dégage du paysage. De toute façon, personne ne crée une rumeur. Une rumeur, ça n'a ni naissance, ni mort, malheureusement.

— Et alors ? Tu veux faire quoi ?

— Je te le demande, Grégoire. Je ne sais pas. Je vais être entendu bientôt par la police, sans doute en fin de semaine. Ça veut dire qu'on ne sortira pas de cette séquence, on n'en sortira jamais.

— Et tu leur diras quoi, à la police?

Il connaît Grégoire Castelli par cœur. Il connaît les moindres changements dans sa voix, il sait quand il est gêné, enthousiaste, optimiste ou désespéré. Il le sent : cela fait des jours et des jours que Grégoire Castelli a envie de poser cette question. Depuis le début de l'affaire. Il veut savoir si son sacrifice auprès de François Gabory n'est pas bâti sur du sable. Il veut savoir si François Gabory est capable de violer une jeune femme.

Que peut-il répondre à cela?

Il ne trouve pas les mots. Il se lève et observe, à la fenêtre, l'absurde ballet de la vie quotidienne. Le ciel est clair, comme s'il avait été lavé par la pluie qui s'est abattue sur Paris pendant toute la nuit. Un petit groupe de personnes est massé sur le trottoir d'en face.

— Je leur dirai ce que j'ai dit à la télévision, Grégoire, finit-il par répondre. Que veux-tu que je dise d'autre?

Il n'a rien à dire d'autre parce que, plus de vingt ans après, il ne se souvient plus guère des détails de cette soirée, ni des autres. La presse et la justice exigent que la mémoire soit infaillible. On deviendrait fou, si on se souvenait de tout.

Il tire le rideau, se penche pour mieux voir. Du troisième étage, il a du mal à distinguer les visages mais il est sûr d'une chose : il n'y a que des femmes. Une vingtaine de femmes, qui brandissent en silence trois pancartes. Il plisse un peu les yeux pour pouvoir lire.

DEVENEZ VÉGANES,
BANNISSEZ LES PORCS !
SYSTÈME PATRIARCAL ASSASSIN !
RAS-LE-VIOL,
NOTRE CORPS NOUS APPARTIENT !

— Grégoire, dit-il. Il y a des manifestants devant chez moi. Je te laisse, il faut que je voie ce que c'est. Je te rappelle.

Il contacte aussitôt l'un des deux officiers de sécurité postés devant la porte de l'immeuble.

— C'est quoi ce groupe d'hystériques ?

— Elles sont là depuis trois ou quatre minutes, monsieur le président. On attend de voir avant de faire quoi que ce soit. Pour le moment, elles ne font rien de mal, on ne peut pas les évacuer. Mais on a prévenu la hiérarchie. On va avoir du renfort au cas où...

François Gabory marmonne quelques mots et raccroche. Il appelle le préfet de police.

— Je te dérange ?

— Non, vas-y.

— Il y a une vingtaine de féministes en bas de chez moi. J'imagine que la manifestation n'est pas déclarée. Vous allez nettoyer tout ça, j'espère.

— Je suis au courant. On laisse faire, pour le moment. On ne va pas leur offrir ce qu'elles veulent.

— Et si je veux sortir, je fais comment ?

— C'est juste un happening. Je connais ça par cœur. Dans une demi-heure, elles seront barrées.

Il raccroche et ne répond pas à Viviane, qui l'appelle.

— François ! crie-t-elle encore, depuis l'autre bout de l'appartement.

Il entend ses pas résonner sur le parquet. Elle frappe et entre.

— François, dit-elle. Tu as vu dans la rue ?

— J'ai vu, oui. Ils sont dessus. Ils disent qu'elles vont partir.

Elle se met à la fenêtre.

— Ce n'est pas l'impression que j'ai.

Un autre groupe a rejoint les premières arrivées. Elles sont toutes habillées en mauve. Elles tiennent à bout de bras les mêmes panneaux.

ON EST EN VIOLET,
ON NE VEUT PAS ÊTRE VIOLÉES

— Elles auraient pu trouver mieux, comme slogan, quand même, lâche François Gabory. Là, ça fait vraiment pauvre.

Viviane réprime une sorte de hennissement.

Ce qui est impressionnant, c'est le calme qui se dégage de cette manifestation sauvage. Une sorte de sérénité. La force tranquille, comme si elles avaient le temps pour elles. Elles occupent tout le trottoir d'en face, et une bonne partie du bitume, maintenant. Les voitures ont de plus en plus de mal à passer. Certaines s'arrêtent et déposent de nouvelles manifestantes. François Gabory a le sentiment que le groupe n'en finit pas de gonfler. Il en arrive de partout, des ruelles adjacentes, de la bouche de métro située à une cinquantaine de mètres, des balcons de l'immeuble en face.

Deux journalistes de BFM TV viennent de descendre de scooter. François Gabory regarde sa montre. Il leur a fallu moins d'un quart d'heure pour être là. Il se demande qui les a prévenus, même si la question importe peu. Il sent son téléphone vibrer.

— C'est Grégoire, à nouveau.

— Ah, Grégoire..., soupire François Gabory.

— Elles sont nombreuses ?

— Je dirais une petite centaine maintenant. Ça grossit, ça grossit. Il y a des hommes, aussi.

— C'est un appel lancé par un groupe Facebook hier soir après le « 20 heures ». Tu veux que je vienne ? Ce serait peut-être mieux.

— Viens, si tu veux, oui. Si elles te laissent entrer...

Il rit nerveusement.

— Je suis là dans dix minutes.

Viviane allume la télévision. BFM est en direct, évidemment. C'est curieux de voir à l'écran ce qui est en train de se passer en bas de chez soi. François Gabory regarde alternativement la télévision et le spectacle que lui offre sa fenêtre. De là-haut, il reconnaît la journaliste en train de filmer. Cheveux courts, veste de treillis... Une lesbienne, sans doute. Elle était déjà là le jour de l'enterrement de sa mère. À l'écran, une autre journaliste, tout aussi jeune, commente ce qu'elle voit.

« Nous sommes en direct, devant le domicile de François Gabory où ce matin, spontanément, plus de deux cents jeunes femmes se sont rassemblées. Nous sommes avec Garance : "Garance, pourquoi êtes-vous venue ce matin ?" »

Garance. Une jeune femme bien mise, bien coiffée, bien maquillée. Peut-être une étudiante à Sciences Po. En d'autres temps, elle se serait damnée pour partager un verre avec lui. Il fixe Viviane en silence, la bouche pincée.

« "Je suis venue pour dire qu'on veut le voir dégager. Trop, c'est trop. Le corps des femmes, ce n'est pas un instrument de pouvoir ni de possession. Ce n'est pas quelque chose qu'on peut utiliser au gré de ses envies ou de ses besoins. Ce qu'il a fait, la manière dont il traite les femmes... C'est odieux." »

« Odieux... » Que sait-elle de sa vie ? Ces petites allumeuses... Elles jouent avec le feu et s'étonnent de se brûler. Il y a même une petite salope qui a collé un de ses strings vermillon sur un carton où elle a écrit :

CECI N'EST PAS
UN SIGNE DE CONSENTEMENT

C'est quoi, alors ? se demande Gabory. Il faudra bientôt remplir des formulaires en trois exemplaires avant de pouvoir envisager de baiser. Il n'aimerait pas avoir 20 ans aujourd'hui.

Viviane, blanchâtre, s'est laissée tomber sur le fauteuil. Elle sursaute quand un pétard éclate. Gabory, lui, reste de marbre. Il aperçoit Grégoire Castelli, casque de scooter sous le bras, qui parlemente avec les policiers en faction.

D'autres équipes de télévision sont arrivées. Il voit les cars-régies au bout de la rue. Il essaie d'évaluer le nombre de manifestants. À vue de nez, au moins trois cents. Il jette un coup d'œil à sa montre. La demi-heure dont parlait le préfet de police est largement écoulée. Il le rappelle et, d'un ton sec, lui dit :

— Le happening se prolonge. Elles sont de plus en

plus nombreuses. À deux pour protéger l'entrée, ils ne vont pas faire long feu si ça dégénère.

Au même moment monte de la foule une clameur. Il a d'abord du mal à comprendre mais, en tendant l'oreille, il comprend le refrain entonné en bas.

Il observe Viviane, recroquevillée dans le fauteuil, le regard dans le vague.

— Il faut que tu envoies des renforts, reprend Gabory. Vite.

— C'est en cours, François. Ils arrivent. Et j'ai donné ordre de ne laisser monter personne dans l'immeuble.

— J'ai vu ça. Mais dis-leur de laisser passer Grégoire Castelli, quand même. J'ai besoin de lui.

Il raccroche. Il change de chaîne. Sur France Info, sur CNews, sur RT France, les mêmes images. Des femmes, de tous âges, qui crient leur haine. Leur haine vis-à-vis de lui. Leur haine vis-à-vis du mâle en général. Il y a des hommes aussi. *Des petits pédés*, ne peut-il s'empêcher de penser. Ou des hommes soumis qui pensent que leur seul moyen d'espérer baiser dans ce triste siècle, c'est d'être plus féministes que les femmes. Un barbu longiligne, avec des lunettes cerclées et une veste fuchsia, porte fièrement une pancarte où il a inscrit à la peinture rouge :

GABORY,
TOI AUSSI TU ES SORTI D'UN VAGIN

Et toi par le trou du cul de ta mère, pense-t-il. Il se met à la fenêtre, tire sur le rideau pour que la foule puisse l'apercevoir. Il reste là, quelques secondes, à les défier. Le tumulte reprend de plus belle.

GABORY, ENFOIRÉ,
ON VIENT TE CHERCHER !
GABORY, ENCULÉ,
ON VIENT TE CHERCHER !

Quelques projectiles sont lancés dans sa direction, sans dommage. Ils échouent au premier étage. Les deux policiers intiment l'ordre aux manifestants de rester de l'autre côté de la rue. Quelques-uns ont des pavés à la main. Il y a de plus en plus de personnes masquées.

— Ils doivent être morts de trouille, les flics, dit Gabory à son épouse.

Elle ne répond pas. Elle a peur, elle aussi. On frappe à la porte. Il marche tranquillement pour ouvrir à Castelli.

— Alors, la température, en bas ? Ça bout, ou pas encore ?

— Je n'ai jamais vu ça. Deux flics pour trois cents manifestants. Ils voudraient faire partir tout ça en couille qu'ils ne s'y prendraient pas autrement.

— Le préfet m'a dit qu'il allait y avoir des renforts.

Les deux hommes retournent dans le bureau. Lorsqu'elle aperçoit Grégoire Castelli, Viviane se lève avec peine. Elle lui sourit, lui tend la joue. Il l'embrasse. François Gabory sursaute. Trois bruits sourds, à quelques secondes d'intervalle, déchirent le silence.

— Ils sont arrivés, les renforts, lâche-t-il.

— C'est des GLI-F4[1], ça, affirme Grégoire Castelli.

1. Il s'agit d'une « grenade lacrymogène instantanée »,

Au loin, des sirènes retentissent. François Gabory se penche par la fenêtre. Ses yeux le picotent un peu. La fumée est en train de se dissiper. Il distingue dans la brume une cinquantaine de CRS et quelques pancartes toujours tenues à bout de bras par les manifestants.

QUAND C'EST NON, C'EST NON !
TA MAIN SUR MON CUL,
MA MAIN DANS TA GUEULE !
SYSTÈME PATRIARCAL ASSASSIN !

Il rentre, ferme la fenêtre, remet la télévision sur BFM :

«... vient de lancer plusieurs grenades assourdissantes, les manifestants ont été pris par surprise... Ils reculent... »

Casquées, protégées par leur bouclier, matraque ou lanceurs de balles de défense à la main, les forces de l'ordre forment un demi-cercle qui s'élargit à mesure qu'il avance vers les manifestants. On leur jette quelques projectiles mais les CRS n'ont aucun mal à regagner du terrain.

Viviane reste debout. Elle a repris des couleurs.

— Tu veux un thé, Grégoire ? Ou quelque chose d'autre ?

Il n'a pas le temps de répondre. Ils entendent une détonation, et la vitre qui se brise. Leur premier réflexe est de s'écarter du champ de tir en se mettant à plat ventre. Quelques secondes de répit, une autre

---

assourdissante et à effet de souffle, qui contient une charge de TNT.

détonation. Sur le sol, deux plombs échoués à leurs pieds.

— Ça n'a pas pu venir d'en bas, putain ! assure Castelli. Ça vient forcément d'en face.

Il n'y a personne en face.

« ... les forces de l'ordre s'agitent et désignent du doigt une fenêtre de l'immeuble situé en face de celui de François Gabory. Une dizaine d'entre eux pénètrent maintenant, à l'instant où je vous parle, dans cet immeuble, mais je ne peux pas vous en dire plus... »

François Gabory s'approche de la fenêtre, regarde la rue sans se mettre à découvert.

— L'immeuble en face est quand même assez loin. Le mec doit être champion olympique de tir à la carabine, sourit-il.

Grégoire Castelli sourit lui aussi, tristement. Viviane, elle, est prostrée dans un coin de la pièce. Les deux hommes semblent l'avoir oubliée. Ils sont absorbés par les images retransmises en direct. Des femmes traînées au sol, la peau raclée par le bitume, des insultes qui fusent, des hommes tabassés à coups de matraque. *Catastrophique,* songe Castelli.

Les flics sortent de l'immeuble. Il ne leur a pas fallu cinq minutes pour interpeller le « champion olympique ». C'est une jeune femme, toute frêle, mais dotée d'impressionnants biceps. Elle ne porte pas de chemise, ni de T-shirt. Elle offre ses seins à la caméra de BFM, qui échoue à capter l'expression de son visage. Un policier maintient violemment sa tête vers le sol alors que les autres la poussent pour l'emmener dans leur camion.

À l'écran, dans la brume des lacrymos, derrière les flammes des feux de poubelle, dans le vacarme des sirènes et des cris rauques des manifestants qui vocifèrent des insultes, une femme enlève son blouson, son pull et son chemisier, les jette sur le trottoir et avance vers la caméra en bombant le torse. François Gabory est hypnotisé par sa poitrine, flasque et si fière pourtant, qui semble venir le défier en personne.

Il se tourne vers la fenêtre, s'avance pour essayer de la trouver au milieu du chaos. D'en haut, il voit des dizaines et des dizaines de femmes qui, comme elle, se débarrassent de leurs vêtements et, dans le froid du matin, viennent frotter au plus près leur peau aux uniformes, en levant les yeux vers lui, en chantant, en hurlant de bonheur :

GABORY, ENFOIRÉ,
ON VIENT TE CHERCHER !
GABORY, ENCULÉ,
ON VIENT TE CHERCHER !

Elles avancent doucement et font reculer les forces de l'ordre, sans violence. On dirait que les policiers n'osent pas les toucher. La tension est retombée. Mais la foule ne cesse de grossir et de se masser dans les rues alentour. François Gabory est littéralement assigné à résidence. Des sirènes se font entendre au loin. Des renforts arrivent pour bloquer l'accès à la manifestation.

— Il était temps, murmure Gabory en regardant sa montre. Une heure pour s'organiser...

— Ils ont été pris par surprise, je crois, répond Castelli. Ce n'est pas pour les défendre, mais je ne pense pas que quiconque ait intérêt à laisser pourrir une situation comme celle-là.

— Mais regarde, Grégoire ! Regarde ! Elles sont aux portes de l'immeuble, avec leurs seins à l'air.

Une clameur monte tout à coup, de surprise et de panique. Sans sommation, les policiers tentent de regagner du terrain et repoussent les manifestantes. De là-haut, François Gabory voit clairement voler des coups de matraque sur des corps dénudés. Des grenades sont lancées au milieu de la foule. Des cris déchirants percent le tumulte de la rue.

— Ils sont fous, commente Castelli. La foule est trop dense pour utiliser ce genre d'armes.

— Ils savent ce qu'ils font, répond Gabory. C'est leur boulot. On ne peut pas non plus laisser l'anarchie s'installer. Ils ont quasiment voulu prendre d'assaut l'immeuble d'un ancien président de la République, Grégoire. Rends-toi compte, putain !

Plusieurs déflagrations éclatent encore. À la télévision, les caméras montrent des policiers armés de lanceurs de balles de défense viser clairement les manifestants, qui leur jettent des pavés ou des cocktails Molotov. Entre les deux, en première ligne, les femmes qui se sont mises à nu semblent paniquées. L'une d'elles se juche tant bien que mal sur les épaules de deux autres. Elle domine toute la scène. Elle a un porte-voix et crie :

ARRÊTEZ !
ARRÊTEZ !
ARRÊTEZ !

Elle se fait huer par une partie de la foule, et se retrouve déséquilibrée par la charge des policiers.

— Elle est en train de se faire piétiner, observe

Viviane avec horreur. Fais quelque chose, François. On ne peut pas rester comme ça, les bras ballants !

— Mais tu veux que je fasse quoi, Viviane ? Que je m'offre en sacrifice à ces furies, que je leur ouvre la porte et que je les laisse nous saccager ?

À la télévision, une des envoyées spéciales de BFM se balade à travers la foule, un peu plus loin de l'épicentre de la contestation, où les rangs semblent plus clairsemés. Elle interroge plusieurs manifestantes, seulement des femmes. Il y a peu d'hommes apparemment, très peu. François Gabory les écoute, sans savoir que penser. Et puis sa vue se brouille, sa gorge s'assèche, il sent comme un coup de poing au plexus. Il a du mal à reprendre sa respiration.

Elle est là, sur l'écran.

Elle s'adresse à lui.

Manon.

« Pourquoi je suis là ? répond-elle à la journaliste. C'est simple. Je veux dire à François Gabory qu'il ne faut pas s'accrocher, que tout est fini. Il faut savoir reconnaître ses torts et s'en aller. »

Il a l'impression qu'elle lui parle comme dans l'intimité des draps où ils se sont si souvent vautrés, dans le sexe et l'amour, elle a cette voix à laquelle il ne résiste pas.

Une nouvelle explosion retentit. Les images valdinguent comme si la caméra avait sauté sur une mine. Pendant quelques secondes, la télévision ne montre plus qu'un bout de bitume et de la fumée, énormément de fumée. Et du sang qui coule sur l'objectif de la caméra. Les cris couvrent la voix du présentateur, qui demande à la journaliste si ça va. Personne ne lui répond.

François Gabory se dirige en tremblant vers la fenêtre, ouvre la vitre et se hisse sur le radiateur. Un épais nuage de gaz lacrymogène l'empêche de bien distinguer le champ de bataille en contrebas. Il essaie de crier, mais aucun son ne sort de sa voix. Il sent une main qui l'attrape par le bras et le ramène en arrière.

Il aurait pu tomber. Il aurait dû sauter.

Il est assis par terre, si ordinaire, si misérable.

Note de l'auteur

Ce roman est une œuvre de fiction. Comme le veut la formule consacrée, toute ressemblance avec la réalité serait purement fortuite. Les personnages ne sont donc rien d'autre que des constructions intellectuelles. Comme dans la vie, ils ont leur propre histoire, leurs propres pensées, leur propre comportement. Mais, comme dans mes précédents romans, le contexte politique, économique et sociétal de l'histoire ne doit rien au hasard.

Avec *La Meute*, je poursuis mon exploration des élites françaises. *Les Initiés*, paru en 2015, illustrait le pouvoir de la finance et son impact sur la vie politique. *En pays conquis*, paru en 2017, trois mois avant l'élection présidentielle, mettait en scène le pouvoir de l'ombre, celui des conseillers qui gravitent autour des hommes et des femmes politiques, jusqu'à faire basculer le destin d'un pays. *La Meute* s'attache à évoquer la relation de fascination et de haine entre le pouvoir politique et le pouvoir médiatique, dans une société transformée par les réseaux sociaux et les mouvements #MeToo et #BalanceTonPorc. On retrouve d'un roman à l'autre certains personnages mais chacun des livres de cette trilogie peut se lire indépendamment des autres.

Je remercie Aurélien Masson, mon éditeur, pour la grande confiance qu'il me témoigne depuis plusieurs années. Son exigence me fait avancer plus vite et plus loin que si j'étais seul. Car seul, un écrivain l'est face à son texte et son ordinateur. Savoir qu'il y a quelqu'un qui vous soutient donne de la force.

Le soutien, c'est aussi celui, indéfectible, au quotidien, de mon épouse, et je la remercie pour son inextinguible patience.

Je vous remercie, enfin, vous, les lecteurs, vous qui m'écrivez parfois, vous que je rencontre dans les librairies et les salons. Être lu est un honneur.